黑暗中凝視天光

We Begin at the End

Chris Whitaker

克里斯・惠戴克 ———著

葉旻臻 ———譯

獻給我的讀者，

你們陪我從高橡鎮、恩典鎮來到海文角，

我苦苦掙扎時，是你們幫助我撐下去。

楔子

「你們看到什麼就舉手。不管是捲菸紙，還是汽水罐。看到什麼東西就舉手。不要去碰。舉手就好。」

杜柏瓦警長宏亮的聲音響徹整片沼澤地。鎮民們默默遵從著號令，在淺灘上一字排開，每人相隔二十步的距離移動，上百隻眼睛往下看，卻仍凝聚在一塊，像一支懺悔者的群舞。

身後的小鎮已經空無一人，時值初夏，漫漫的回聲淹沒在令人悲痛的消息之中。

她叫希希．萊德利。七歲大。金髮。大多數人都認識她，杜柏瓦不需要發照片給他們指認。

沃克負責最遠那一側。十五歲且無所畏懼的他，現在卻每走一步膝蓋都在發顫。

他們如行軍般越過樹林，警方在前帶路，手電筒揮來揮去，樹林再過去就是海岸，隔著相當一段距離，而這個叫希希的女孩並不會游泳。

瑪莎．梅伊在沃克旁邊。他們交往了三個月，進度卡在一壘，她父親是小河聖公會教堂的牧師。

她望向他。「還想要當警察嗎？」

沃克看向杜柏瓦，低著頭，像是把最後一絲希望揹在肩上。

「我有看到星兒，」瑪莎說。「和她父親在門口。她在哭。」

星兒・萊德利，失蹤少女的姊姊。瑪莎最好的朋友。他們幾個親密無間，不分彼此，眼下只差一個人沒有到場。

「文森去哪兒了？」瑪莎問。

「我之前跟他一起走。他可能在另一側吧。」

沃克和文森親如兄弟。九歲時，他們割過掌心歃血為盟，承諾對彼此不分階級的忠誠。

他們沒再多說話，就只是望著地面，穿過日落大道，越過許願樹，樹葉被帆布鞋踩得散開來。儘管沃克已經萬分小心，但他還是險些錯過最重要的發現。

再往前走十步就是卡布里約海灘，橫亙在眼前的是加州海岸綿延上千公里的一號公路。沃克突然停住，抬頭看了看依然在向前移動的搜索隊伍。

他蹲下身子。

月光自雲層散開處灑落。

那隻鞋子很不起眼。紅白兩色的皮革。金色調的扣環。

高速公路上一台車子放慢車速開來，車頭燈照過起伏的路面直到他身上。

接著他看到她。

他深吸一口氣，將手舉起。

第一部　法外之徒

1

沃克站在鼓譟的人群外圍，其中有些人是他自出生便認識的，有些比較年輕的則是打從他們出生起。度假遊客帶著曬黑的皮膚和愜意的笑容，手持相機，他們可不知道會被水沖走的東西不僅是木材而已。

地方新聞架好設備，一位KCNR電台的記者上前。「方便做點回應嗎，沃克警長？」他面露笑容，將雙手深埋進口袋，找路穿過一片驚呼的人群。

屋頂下陷，崩塌至下方水中，發出片段的噪音。一塊又一塊的，地基只剩骨架裸露在外，曾經的家園彷彿僅僅是棟房子。這裡自沃克兒時有記憶以來，就一直是那個離海邊半畝遠的「費朗廣場」。一年前它被貼上布條禁止進入，那座懸崖在逐漸風蝕，加州野生動管局的人時不時就會來勘測評估。

屋瓦散落如雨，正門門廊死撐在那兒，伴隨著此起彼落的相機聲和群眾離譜的興奮之情。旗桿傾倒，旗幟垂在微風中，米爾頓——那位開肉鋪的屠夫——單膝跪地，拍下了這一瞬間。

泰洛家年紀較小的男孩靠得太近，被他母親用力抓著後領往後拉，力道強得讓他一屁股跌在地上。

後頭的太陽和建築物一同陷落，將水面分割成一道道橘色、紫色和無名的色彩。女記者悻悻然而去，這一趟她顯然沒挖到什麼猛料。

沃克環顧四周，看見迪奇．達克，他正面無表情地旁觀著。他身高宛若巨人，將近兩百一十公分。一個熱衷於房地產的男人，在海文角有幾棟房子，還有卡布里約的一家夜店——那種只消你交出十塊錢和一點人格就能享受罪惡快感的放蕩之地。

他們又駐足觀看了一個小時，門廊終於倒塌時，沃克的兩條腿都站痠了。圍觀群眾忍住鼓掌的衝動，他們意猶未盡地轉過身，回去享受烤肉和啤酒。一堆堆篝火在黃昏中搖曳生姿，火光映在沃克的巡邏車上。人們三三兩兩，不疾不徐跨過石板——那是一道灰色的矮牆，雖然風化嚴重但依然結實。後面是許願樹，一棵寬得要用副木撐起樹枝的巨型橡樹。老海文角盡其所能地將往日風情留存下來。

沃克有次和文森．金恩一起爬過那棵樹，時間距今遙遠得難以估計。他顫抖的手一隻擱在槍上，另一隻靠著皮帶。他繫了領帶，領口筆挺，皮鞋閃閃發亮。有些人羡慕他的身分，而有些人卻覺得他可憐。沃克，就像一位從未出過海的船長。

他看見那個女孩，從另一頭穿過人群，她握著弟弟的手，後者吃力地跟上她的腳步。

黛吉絲和羅賓，萊德利家的小孩。

他往前走，小跑步在半路跟他們碰頭，他對他們的一切再熟悉不過了。

男孩五歲大，無聲地流著眼淚，女孩才剛滿十三歲，一次也沒哭過。

「你們的媽媽。」他說，那不是提問而是陳述，一個悲慘到讓那女孩頭點都不點，就只是轉身帶路的事實陳述。

他們穿過霧濛濛的街道，由圍籬和夢幻燈光構成的一派祥和。月亮在上方升起，為他們指路，也嘲笑他們，過去三十年皆是如此。他們越過那些以玻璃和鋼鐵對抗大自然的豪宅，一整片美得要命的景致。

往下經過傑納西——沃克還住在那兒他爸媽的老家裡。往上經過常春藤牧場，萊德利家便映入眼簾。

幾扇掉漆的百葉窗，一輛倒置的腳踏車。在海文角這裡，不中用的東西跟垃圾沒有兩樣。

沃克離開姊弟倆身邊，跑過走道，屋內除了電視微弱的閃光以外沒半點燈光。他往回看了一眼，看見羅賓還在哭，而黛吉絲依舊是一臉冷酷又不依不饒的表情在旁觀。

他發現星兒坐在沙發上，旁邊有一瓶酒，這次沒有藥，鞋子穿了一邊，另一邊光著腳丫，小巧的腳趾頭，還塗了指甲油。

「星兒。」他跪下來，拍拍她臉頰。「星兒，快給我醒來。」

他語氣沉穩，因為孩子就在門口；黛吉絲一隻手攬著弟弟，後者如此沉重地靠在她身上，好像他再也無法支撐自己小小的身軀。

他叫女孩打電話報警。

「我已經打了。」

他用拇指撥開星兒的雙眼，除了眼白什麼也沒看見。

「她會沒事嗎？」那男孩的聲音。

他望過去，對火紅的天空瞇著眼睛，希望能聽到警笛。

「你們可以去外面等他們嗎？」

黛吉絲讀出他的意思，帶羅賓到外面去。

星兒接著發抖，吐了一下然後又繼續抖，彷彿她的魂魄被老天還是死神給抓住，使勁要將它拖離世上。不是沃克沒給她時間，文森．金恩和希希．萊德利的事已經過了三十多年，但星兒還是會口齒不清地大談永恆論，說過去和現在交會相撞，說起那股將未來抛離正軌，永遠不得改正的力量。

黛吉絲和她母親一起搭車。沃克會帶羅賓過去。醫護人員忙碌的時候，黛吉絲一直冷眼旁觀。沃克沒有用廉價的微笑安慰她，這令她十分感激。他頂上毛髮漸疏，時常焦慮，或許已經厭倦了去拯救那些一心尋死的人。

一如既往，他們在屋前待了一陣子，門開著，沃克一手搭在羅賓肩膀上。羅賓需要來自大人的安慰，需要安全感。

對街的窗簾被拉開，人影沉默地說三道四。緊接著，她見到她同校的孩子們出現在馬路盡頭，奮力地踩著腳踏車，滿臉通紅。在這個新聞頭條經常只是土地分區規劃的小鎮裡，消息傳得可快了。

那兩個男生停在巡邏車附近，讓腳踏車倒在地上。比較高的那位上氣不接下氣的，一束頭髮垂著黏在一起，往救護車緩緩走來。

「她死了嗎？」

黛吉絲昂起下巴，和他四目相望並停在那兒。「他媽的給我滾開。」

車門甩上的同時，引擎發出轟隆聲。世界在霧面玻璃後黯淡一片。

車子轉來轉去，直到他們從山坡繞出來，太平洋就在後邊，從表面浮出的岩石遠遠望去宛如溺水者探出的腦袋。

她一路看著她住的那條街，一直望到盡頭，直到樹木延伸出去，再於彭薩科拉交會。街兩旁的行道樹高大茂密，粗壯的樹枝像大手一樣合抱在一起，彷彿為他們姊弟倆祈禱。然而真正的悲劇早在他們倆出生前就已經開始。

黑夜如期而至，每每將黛吉絲徹底吞噬。她相信自己一定看不到第二天的太陽，至少與其他孩子看到的不會一樣。媽媽被送進了凡庫爾丘醫院，黛吉絲對這裡再熟悉不過。他們帶走她母親時，她站在清得乾乾淨淨、光線如鏡面反射的地板上，眼睛盯著門口，見沃克帶羅賓進來。她走上前，牽她弟弟的手，然後帶他去搭電梯上二樓。借助家屬休息室昏暗的燈光，黛吉絲把兩張椅子拼在一起。對面有個儲藏室，黛吉絲給自己拿了幾條柔軟的毯子，接著把椅子改成一張簡易小床。羅賓無精打采地站在一旁，看起來很累，睏得都有黑眼圈了。

「你想尿尿嗎？」

羅賓點點頭。

她帶他進廁所，等了幾分鐘，然後看他把手洗乾淨。她找到牙膏，擠了一點在她手指，然後在他牙齒和牙齦四處抹了抹。

他吐出口水，讓姊姊輕擦他的嘴巴。

她幫他把鞋子脫掉，讓他爬過座椅扶手，他像隻小動物般蜷縮在椅子上，她為他蓋上被子。

他眼睛探出來。「別丟下我。」

「絕對不會。」

「媽媽會沒事嗎？」

「會。」

她關掉電視，房間暗下來，他們被緊急照明燈照得紅紅一片，光線足夠柔和，他在她走到門口時便已入睡。

她背對著門，站在醫院冰冷的燈光底下；她不會讓任何人進去，三樓還有另一間家屬休息室。

一個小時後沃克再度出現，呵欠連連。黛吉絲很了解他，從海文角開始，綿延數英里的卡布里約海灘都是他的轄區。這裡的每一吋土地都宛如天堂，許多有錢人不惜跨越整個國家跑到這裡購置房產，儘管一年有十個月的時間都處於閒置狀態。

「他睡了嗎？」沃克問。

她點頭一下。

「我去看過妳母親了，她會沒事的。」

她再點頭一次。

「那邊有台自動販賣機，妳可以去買汽水喝——」

「我知道。」

她回頭往房間瞥一眼，見她弟弟睡得香甜，到她去叫他之前都不會有任何改變。

沃克遞出一張一美元鈔票，她不甘願地接過去。

她穿過走廊買了汽水，她沒有喝，她要留著等羅賓醒來之後給他喝。沿途的病房裡上演著人生百態，有新生，有將死，有喜悅，有哀傷。她看到有的人骨瘦如柴，相信絕無康復的可能。她看到警察帶著手臂刺青、滿臉鮮血的壞人前進。她聞到醉鬼、漂白劑、嘔吐和糞便味。

她經過一位護士身旁，對方對她笑了一下。這裡大部分人都見過她，且對她印象深刻，她就是那種命運多舛的可憐孩子。

她回去時，發現沃克在門口擺了兩張椅子。她查看了一下弟弟的狀況，然後坐下。

沃克遞給她口香糖，她搖頭。

她看得出來他想聊聊，肯定又是關於變故啊、人生的路還很長啊、今後的生活會如何不一樣之類的廢話。

「你沒叫他們。」黛吉絲首先開口說。

沃克看向她。

「我是說社工。你沒通知他們。」

「按理說應該通知的。」他講得難過，好像自己愧對了她，或是那枚警徽，她不知道是哪個。

「但你沒有。」

「對。」

他有個把褐色襯衫撐得緊緊的肚子。臉上圓滾紅潤的雙頰像個被父母過分寵愛的孩子。黛吉絲想像不出這張臉能隱藏什麼秘密。星兒說他就是完全的良善，彷彿那是個永遠撕不掉的標籤。

「妳應該去睡一下。」

他們就這樣坐了一晚上，直到曙光初現。月亮好像忘了下班，掛在天空遲遲不肯離場，彷彿在提醒人們逝去的時光再也不會回來了。對面有一扇窗，黛吉絲站在玻璃前，看著窗外的樹和了無新意的風景。鳥兒晨啼。再過去遙遠一段，她看到海水，被拖網漁船切分成一塊塊的海浪。

沃克清了清喉嚨。「妳媽媽的事……是不是和哪個男人有關？」

「總會有個男的。這世上每次有破事發生，都會有個男的。」

「是達克？」

她不由得挺直了身體。

「連我都不能說？」他問。

「你是警察，我可是法外之徒。」

「好吧。」

她頭髮上別了個蝴蝶結，經常去撥弄它。她和她母親一樣，太細瘦、太蒼白、太漂亮。

「那邊有個小孩才剛生出來。」沃克換了個話題。

「他們取了什麼名字？」

「我不知道。」

「我賭五十塊不是叫黛吉絲。」

他輕輕笑出來。「妳的名字很與眾不同。妳將來會成為艾蜜莉那樣的大詩人。」

「『風暴必然會帶來痛苦[1]。』」

「對。」

「她還是會讀那首詩給羅賓聽。」黛吉絲坐下來，交叉雙腿，按摩著肌肉，她的運動鞋又鬆又舊的。「難道就是我的風暴嗎，沃克？」

他抿了口咖啡，彷彿在給某個無解的難題找答案。「我喜歡黛吉絲這個名字。」

「你自己試試看讓人家叫你黛吉絲一陣子。我要是男生，大概會叫作蘇。」她把頭往後靠，望著忽明忽滅的街道。「她不想活了。」

「沒有。妳千萬別那樣想。」

「我無法決定自殺是最自私還是最無私的行為。」

凌晨六點，一位護士過來叫黛吉絲。

星兒躺著，徒具形影，完全不像個母親。

「看誰來了，海文角的黛吉絲。」星兒臉上帶著虛弱的笑容。「沒事的。」

黛吉絲看著她，接著星兒哭了出來，黛吉絲走過病房，將臉頰貼在她母親胸口，搞不懂她的心臟怎麼還在跳。

她們一起躺著度過破曉，新的一天，但沒有希望之光，因為黛吉絲知道希望是虛假的。

「我愛妳。對不起。」星兒說。

黛吉絲或許有好多話要說，但此時此刻，她腦中一片空白，只淡淡地回答：「我也愛妳。我知道。」

❶ 出自美國詩人艾蜜莉．狄金生詩作〈「希望」是帶有羽毛之物〉。

2

陸地綿延，直至消失於山峰頂部。

太陽升上蔚藍天空，黛吉絲則和弟弟一同坐在車後座，她手裡握著他的小手。

沃克的巡邏車減速駛進他們住的那條街上，停在那間老房子的門口，然後跟著他們進去。他本想要張羅早餐，但發現櫥櫃空空如也，於是他留下他倆跑去羅熙餐館，隨後帶著鬆餅回來，笑盈盈地望著羅賓吃了三片。

她幫羅賓洗過臉，把他的外出衣服拿出來之後，黛吉絲到門外，發現沃克坐在台階上。

她看著海角一帶緩緩醒來，郵差經過，隔壁家的布蘭登．洛克走出來給他的草坪灑水。一台巡邏車停在萊德利家門外，卻沒有人多看一眼，這讓黛吉絲既難過又高興。

「讓我載你們一程好嗎？」

「不了。」她在他旁邊坐好，綁起她的鞋帶。

「我可以去接妳媽。」

「她說她會打給達克。」

黛吉絲不曉得她母親和沃克警長的友情實際上是怎麼回事，雖然她猜他跟鎮上其他男人一樣，都想要上她。

她往他們破舊的院子一望。去年夏天她跟母親動手種了些植物。羅賓買了一個小的灑花器，把土翻得鬆鬆軟軟的，一趟趟下來曬得臉頰都紅了。他們種了粉蝶花、苘麻和加州紫丁香。最後全都因疏於照料而死。

「她有說是什麼事嗎？」沃克溫和地說。「昨晚，妳曉得原因嗎？」

她不習慣聽他問起這類殘忍的問題，因為大多數情況下根本沒有原因。但這次她知道他為什麼問，她知道文森．金恩的事，還有被葬在懸崖邊墓地裡的希希阿姨。幾乎所有人都曉得她的墳墓，就在因日照褪色的尖樁後方，那裡埋著許多夭折的孩子。他們被上帝提前放棄，儘管上帝也曾受過他們父母的虔心祈禱。

「她什麼都沒說。」

他們聽見羅賓在後面。黛吉絲起身後整理他的頭髮，用口水把他臉頰上的牙膏擦掉，然後檢查他的書包，確認他課本和筆記本、水壺都有帶。

她把背帶拉到他肩膀後，他笑了，她也回以一笑。

他們肩並肩站著，看巡邏車開過長長的馬路，然後黛吉絲伸了一隻手臂攬住她弟弟，兩人出發上路。

那位鄰居關掉水管，走到他院子邊緣來。布蘭登．洛克。矮胖黝黑。一邊耳朵戴著耳環，體毛濃密，身穿絲質浴袍。他有時會開著車庫大門，大放金屬樂練握推。

「又是妳媽？該讓誰去聯絡社福單位才對。」

他的聲音彷彿鼻梁骨折但從沒治好似的。他一手拿著啞鈴，時不時地舉起來。他的右手臂明顯比左手臂粗上許多。

黛吉絲轉頭看他。

微風吹過。他的浴袍被吹開。

她皺起鼻子。「對小孩露鳥。我該去報警才對。」

布蘭登看著羅賓帶她走開。

「妳有看到沃克的手在抖嗎？」羅賓說。

「都是在早上特別嚴重。」

「為什麼？」

她聳肩，但心知答案為何。她知道沃克和她媽有著相同的困擾，也知道他們是如何應對的。

「昨天晚上，我在我房間的時候，媽有說什麼嗎？」她當時在寫作業，她的家族樹專題報告，然後羅賓用力敲門說媽又不舒服了。

「她拿了她的照片出來。以前那些，跟希希還有外公拍的。」羅賓頭一次在他們母親的照片裡見到那位高大的男子，就對自己有外公這個念頭著迷不已。他從沒見過他，星兒也幾乎沒提過他，這些對她來說似乎都不重要。羅賓需要親人，哪怕是空洞的稱謂也能給他帶來些許安全感。他渴望親戚朋友，渴望有一堆表哥表姊表弟表妹叔叔阿姨，渴望週日一起踢足球和烤肉聚會，就像他班上的其他孩子那樣。

「妳知道文森．金恩嗎？」

黛吉絲牽著他的手，一同踏往費雪路上。「怎樣，你知道他什麼事嗎？」

「他殺了希希阿姨。三十年前。那是七〇年代，男人都留鬍子，媽媽梳著奇怪髮型。」

「希希並不是我們的阿姨，不是親的那種。」

「是親的，」他簡潔地說。「她看起來就像妳和媽媽。一模一樣。」

黛吉絲在過去幾年來，從星兒喝醉後的咕噥，還有薩利納斯圖書館的檔案裡，大概了解了這件事的來龍去脈。她整個春季也是在同一間圖書館研究他們的家族樹。她深入挖掘萊德利家的血脈，接著，在她追溯到一名曾是通緝犯、名為比利．布魯．萊德利的法外之徒後，她把書丟在地上。就是這種發現會讓她引以為傲，更值得她站在教室前面跟全班分享。她父親那邊依舊是一大片空白，完全就是會讓她和她母親講到翻臉的那種問號。星兒不止一次，而是兩次和陌生人亂搞，害得自己懷孕，兩個小孩終其一生納悶著自己血脈裡流的是誰的血液。蕩婦，黛吉絲曾低聲咕噥道。這讓她被禁足了一個月。

「你知道他今天出獄嗎？」羅賓壓低聲音，像在說什麼天大的秘密一樣。

「誰跟你說的？」

「瑞奇．泰洛。」

瑞奇．泰洛的媽媽在海文角警局上班。

「瑞奇還說了什麼？」

羅賓別開眼。

「羅賓？」

他很快就放棄掙扎。「說他應該葛屁。但後來就被桃樂絲老師給罵了。」

「應該葛屁。你知道那是什麼意思嗎？」

「不知道。」

黛吉絲牽他走上維吉尼亞街，人潮變多了點。海文角一帶地勢往海的方向下降，越靠近山丘的地價就越低。黛吉絲清楚自己的身分，他們家在離海邊最遠的那條街上。

他們加入一群孩子往前進。黛吉絲聽人講到跟洛城和徵兵有關的內容。

到了校門口，她再整理了一次他的頭髮，確定他襯衫釦子沒扣錯。

幼稚園就在丘頂中學旁邊。黛吉絲休息時間會待在圍欄邊，看著她弟弟。他會朝她揮手微笑，她則是看著他，吃她的三明治。

「要聽話喔。」

「好。」

「別說任何跟媽有關的事。」

她抱住他、親他臉頰後送他進去，一直看到桃樂絲老師接走他為止。然後她繼續前進，加入人行道上滿滿的小孩子。

台階上聚了一群人，奈特．多爾曼和他的朋友。黛吉絲低著頭踏過階梯。

奈特的領子上翻，袖子捲到纖瘦的二頭肌上。

「聽說妳媽又差一點掛了？」

笑聲此起彼落。

她直接衝著他看。

他看回來。「怎樣？」

她對著他視線。「我，黛吉絲・戴伊・萊德利，是個法外之徒，而你，奈特・多爾曼，是個懦夫。」

「妳這瘋子。」

她往前站一步，見他吞了吞口水。「再敢談論我家人一次，我就讓你的腦袋開花，操你媽的。」

他試著要笑，但有些失敗。她可說是聲名遠播；儘管她臉蛋漂亮、身材瘦弱，但如果翻臉失控起來，是會瘋到連他的朋友都不敢介入的程度。

她撞開他繼續走，邊走邊聽見奈特・多爾曼如釋重負地呼了口氣。走進校園後，她想起昨晚發生的事，哭紅了眼睛。

3

飽經風化侵蝕的峭壁蜿蜒了一英里長，再延伸到海灣，消失進水晶灣高聳的橡樹林裡。沃克沿路前進，時速從沒超過三十。

他離開黛吉絲和羅賓後，接著開車到金恩家的房子，將路上的落葉掃進袋子，收拾花園裡的垃圾。

三十年來，他每週都會來整理一次，已經變成他生活的一部分。

他到局裡和前台的莉亞．泰洛確認狀況，今天就只有他們倆在，沃克這輩子每天都在值勤。他從這扇窗看著四季更迭，遊客來來往往，丟下無數野餐籃。紅酒、起司和巧克力，這些讓他的腰一年比一年粗。

他們有一位叫露安的編外輔警，會在他們有需要，比如舉辦遊行、演出的時候來幫忙。她會一邊嚼口香糖，作著完全退休的白日夢，一邊指揮交通。

「你今天都準備好迎接金恩重出江湖啦。」

「我已經準備好三十年了。」他努力保持臉上的笑容。「我要外出，路上會帶個甜點回來。」

他閒晃到主街上，每天早晨都是如此。熟稔的步伐，他在電視上看過警察會有的那種。他試過像麥格農❷那樣留鬍子，看《法醫檔案》時做筆記，有次甚至還買了件淺米色的雨衣。一旦有真正的案子進來，他就能隨時上場。

布條自路燈垂掛，閃閃發亮的廂型車陣頭尾緊連，綠色的遮雨棚在整潔的人行道上投下陰影。他看見派特森的賓士並排停車，但沒打算開單，也許下次見到柯提斯的時候，好心提醒一下即可。

他加快腳步經過肉鋪，但米爾頓搶先一步出來然後站在門階上，身上的白衣被染成紅色，手中拿著一塊布，彷彿那樣就能將掌上的血漬擦掉似的。

「早安，沃克。」米爾頓渾身是毛，體表每一吋都長滿濃密的捲毛，就是那種眼睛以下的體毛必須一天刮三次的人，免得哪個動物園的飼育員經過，就朝他射一劑鎮定針。

窗戶裡掛了一頭新鮮到前一天還在門多西諾那兒閒晃的鹿。米爾頓會去打獵，每週公休時戴上他的獵鹿帽，把卡曼奇吉普車裝滿來福槍跟被單，和一個裝滿啤酒的保冷箱。

「你和布蘭登．洛克談過了嗎？」米爾頓不屑地講出那個名字，每個字都講得吃力，好像講一段正常對話就會要了他命似的。

「有打算去。」

布蘭登．洛克有一台引擎很難發動的野馬跑車，他第一次嘗試啟動的時候，噪音吵得半條街的鄰居都打來警局通報，到現在都開始讓人覺得煩躁了。

❷ 指美國犯罪影集《夏威夷之虎》（Magnum, P.I.）中的主角湯馬士．麥格農，後者在劇中為一私家調查員。

「我聽說星兒又差點沒命？」米爾頓用血淋淋的布拭去頭上的汗水。聽說他除了肉之外啥也不吃，這也開始產生不太好的影響。

「她沒事。她生病了，這次就只是生病而已。」

「我全看見了。真丟人……可憐那兩個小孩。」

米爾頓就住在星兒正對面。他對她和那對姊弟的關心，與其說跟他領導的社區守望隊（成員人數逐漸縮減）有關，更多還是因為他本身孤獨的生活。

「什麼都逃不過你法眼，米爾頓。也許你該去當警察才對。」

米爾頓手揮了一下。「守望隊就夠我忙了。前一天就有一起10-51❸。」

「得叫拖吊車來。」

米爾頓恣意地使用警方的通訊代號，又用得很爛。

「有你這樣關心她，她真幸運。」米爾頓從口袋裡掏出一根牙籤，開始挑起卡在他兩顆門牙中間的一塊肉渣。「我剛在想文森．金恩的事。是今天嗎？大家說是今天。」

「是。」沃克彎腰撿起一個汽水罐，丟進垃圾桶裡，暖暖的陽光曬在他脖子上。

米爾頓吹了聲口哨。「三十年了啊，沃克。」

本來會是十年，最多就十年，但那是罪名只有室內毆打傷人的情況。

沃克從來沒拿到完整的案件報告，只曉得自己朋友揹了兩條人命。十年變成三十年，過失殺人變成謀殺，男孩變成男人。

「我還是會想到那一天，我們走過那片林區。所以說，他要回海文角這兒來？」

「據我所知是。」

「他如果需要什麼，你可以讓他來這裡。啊其實，這樣吧，沃克。不如我留幾雙豬蹄給他吧，怎麼樣？」

沃克想著要怎麼回答。

「話說。」米爾頓清了清喉嚨，視線往下看著地面。「今晚天空……有超級月亮。景色會很讚，而且我剛給自己買了座新的星特朗望遠鏡。我想說，我會需要做些準備，但如果你想順道過來——」

「我有事情要忙。改天吧？」

「當然。但下班後過來一趟，我可以把頸子給你。」米爾頓用頭撇了撇，指著一頭鹿。

「天啊，拜託，不要。」沃克往後退，接著拍拍自己的肚子。「我得減掉一些——」

「別擔心，是瘦的。好好燉的話是塊還不錯的肉。我本來是要送你心臟，但那味道啊，我烤個一下就香得不可思議。」

沃克閉上眼睛，一股反胃感湧上。他雙手顫抖。米爾頓注意到了，看起來好像想多說些什麼的樣子，於是沃克速速離開。

❸ 美國警方通訊時使用的代號，10-51 指嫌犯為酒醉狀態。

他左右看了看，見四下無人便吞了幾顆藥下去。

他對自己如今這般依賴藥物，有著非常強烈且痛苦的意識。

他經過咖啡廳和商家，跟幾個人打了招呼，幫阿斯特太太把雜貨店購物袋放進她車子裡，聽菲立克斯・寇克沒完沒了地抱怨富勒頓那邊的交通狀況。

他在布蘭特熟食坊停下來，瞥過那一排排的酥餅和起司。

「嘿，沃克警長。」

愛麗絲・歐文，她頭髮往後綁起來，雖然一身運動服，臉上還是化了全妝。她抱著某種小型雜種犬，牠消瘦到沃克都能隨著牠的顫動數出牠肋骨有幾根。

他伸手要拍拍牠，然後看牠咧嘴露出牙齒。

「我要取個貨，你方便幫我顧一下淑女嗎？只要一下下就好。」

「當然。」他伸手要拿牽繩。

「喔，你不能把牠放地上。牠指甲才剛修過，很容易受傷。」

「牠的爪子？」

愛麗絲把狗塞進他懷中，接著走進店裡。

他透過窗戶看她點了餐，接著停下來和一個來度假的人聊天。十分鐘過去，那隻狗對著他的臉喘呀喘地呼氣。

等愛麗絲終於回來的時候，她手裡滿滿的袋子，於是他把狗抱去她的廂型車，在旁邊等她把東西放進車子裡。她謝過他，然後伸手進一個紙袋裡，遞給他一個卡諾里捲。他努力婉拒了一陣，接著等主街都沒人之後，兩口就把它吞下肚。

他沿著凱希狄街一路走，然後轉彎往常春藤牧場方向去。

他到星兒家，在門廊站了一會兒，聽著裡頭播放的音樂。

他還沒來得及敲門，星兒就把門打開，以那種令人無法棄之不顧的笑容迎接他。只剩空殼卻又迷人，頹喪不堪但雙眼依舊炯炯有神。她穿著粉色圍裙，好像剛剛在烤什麼東西似的。但沃克知道櫥櫃裡什麼也沒有。

「午安，沃克警長。」

儘管不願，他還是忍不住笑出來。

一台電扇緩緩轉動，石膏板牆上一塊塊剝落的痕跡，窗簾被從扣環拉開來，彷彿星兒等不及想讓這天結束。收音機大聲播放史金納歌詠阿拉巴馬的同時，星兒跳著舞穿過廚房，把垃圾袋裝滿空的啤酒罐和一盒盒的好彩香菸。她看起來像個孩子一樣，朝他咧嘴一笑。她還是像那樣，脆弱、受苦，又令人操心。

她旋轉一圈，接著把一個鋁箔做的克難菸灰缸扔進袋子裡。

壁爐上擺了一張相片，他們兩個人，十四歲的時候，正準備好迎接未來。

「妳的頭還好嗎？」

「再好不過了。我現在腦袋很清楚，沃克。謝謝，為了你做的一切和……昨晚的事。但我想也許我需要那樣做，你知道。最後一次。現在我腦袋清楚了。」她敲敲她的頭，然後繼續走，依舊跳著舞。「孩子們，他們什麼都沒看到，對吧？」

「我們要在今天談那件事嗎？」

隨著音樂漸歇，她也終於停下腳步，擦掉頭上的汗水並把頭髮往後綁。「它會發生，然後過去。黛吉絲知道嗎？」

星兒得要跟他問自己女兒的事。

「全鎮的人都知道。」

「你覺得他變了嗎？」

「我們都變了。」

「你沒有，沃克。」她想表達欣賞，但他聽到的全是輕蔑。

他跟文森有五年沒見，儘管他經常試著要去見他。

起先，會面相當頻繁，葛蕾西．金恩會開那輛別克富豪舊車載他一起過去。一個十五歲的男孩被法官送去成年男子監獄，實在很殘忍無情。星兒的父親站上證人席，講起希希，講她本會長成怎麼樣的女孩。他們亮出現場照片，小小的雙腿，一隻小手上的鮮血。他們也傳喚哈區校長，而他講起文森是個怎麼樣的男孩：麻煩人物。

接著輪到沃克，而他父親穿著褐色襯衫，一臉真摯地在旁邊看。他是泰洛建設公司的工頭，他們有一座工廠，排出的煙霧能籠照整整兩個鎮。同年夏天沃克跟他一起過去工廠裡熟悉環境。

他穿著連身工作服站在那看，看一整片灰色的零件、管線，還有結構複雜到像是腸子的鷹架，一座金屬製成的大教堂。

在法庭裡，沃克對上父親驕傲的眼神，接著講出了直截了當、毫無修飾的事實，決定了他朋友的命運。

「我不需要再回首過去了。」星兒說。

他泡了咖啡，他們一起把咖啡拿出來到露台上，沃克坐在一張舊椅子上，同時，鳥兒懶洋洋地在鞦韆上拍動翅膀。

她揙了揙自己的臉。「你會去接他嗎？」

「他說不要。我寫過信給他。」

「但你還是會去。」

「我會。」

「別跟他說……我的任何事。」她膝蓋動來動去，手指敲著椅子。她在真正潰堤之前總是有源源不絕的能量。

「他會問。」

「我不想要他在這邊。我覺得我沒辦法，讓他待在我家裡。」

「好吧。」

她點了根菸，閉上眼睛。

「話說，有個計畫啊，是新的，就在——」

「省省吧，」她舉起一隻手。「我跟你說過了。那都過去了。」

他們試過諮商，沃克每個月載她去布萊爾峰，維持了很久，那位諮商師似乎有突破她的心防，進展得都還不錯。她會在三個小時後打來，有時更久。偶有幾天，孩子會在後座靜靜地跟他們開好幾小時的車，一邊看著沿路風景，一邊讓他們的純真被遺留在巡邏車後，拋得越來越遠。

「不能……不能再這樣了。」

「你還在吃那些藥嗎，沃克？」

他想跟她說這不一樣，但接著他又納悶不一樣在哪。他們都飽受煎熬。就這麼簡單。

她伸手按了按他，沒有任何惡意。

「你襯衫上好像有鮮奶油。」

他低頭看，然後她笑出來。

「看看我們。你知道，我有時候還是會有那種感覺。」

「什麼？」

「十五歲的感覺啊，寶貝。」

「我們越來越老了。」

她吹出了個完美的煙圈。「我沒有，沃克。是你越來越老了，而我嘛，我的大好時光才剛要開始而已。」

他大笑出來，然後她也跟著笑了。他們就是這樣，沃克和星兒，經歷三十年的歲月，最後剩下來的就只是兩個孩子講著幹話、開著玩笑。

他們在愜意的寧靜中度過又一個小時，誰也沒說，但都曉得他們腦中就只想著那一件事。

文森・金恩要回家了。

4

沃克邊開車，邊看著水面層層交疊的金光和波濤。往東開一百英里，就到了費爾蒙特郡立監獄。

雷雨雲逐漸積厚，猶如許多個錯誤聚合成形，院子裡放風的男人停下腳步，往天上看去。

他把車子開進一座巨型停車場，將引擎熄火。蜂鳴器和男性的叫喊聲，困在籠子裡孤寂的靈魂一批批往數英里寬、無神眷顧的平坦空地湧去。

無論是為了什麼樣的案子，這都不是十五歲男孩該來的地方。法官當時面無表情地坐著，語驚四座地宣判要少年犯至成人監獄服刑。但監獄裡的殘忍實情，更和拉斯洛馬斯那間法院距離天差地遠。沃克有時會想起那天晚上造成的傷害，那無法計量、如蜘蛛網般殘害了那麼多人生命的傷痛，讓新事物被過去扼殺，衰頹腐敗取代了清新生機。他見過這樣的悲劇發生在星兒和她父親身上，但最可憐的還是早在出生之前就背負起那天晚上的事件的黛吉絲。

他的後車廂被拍了一下，他下車對典獄長柯迪笑了笑。柯迪高高瘦瘦且滿臉笑容。撇開他冷酷的外表——他是個因為被迫和受刑人為伴，被消磨殆盡、硬起心腸的男人——他向來是個友善又親切的傢伙。

「文森・金恩，」柯迪微笑說道。「你自己一個人在海文角忙對吧。那裡怎麼樣，還是人間仙境嗎？」

「是啊。」

「不得不說，但願我能有一百個更像文森的犯人。其他人大多時候都說他們根本忘記他的存在。」柯迪動身，沃克在一旁跟上他的腳步。

他們經過一道門，接著又一道，然後進到一棟低矮寬大的建築物，上面漆著某種綠色，柯迪說他們每季都會重新漆亮一次。「對人眼負擔最低的顏色。有寬恕和改頭換面的意涵。」

沃克看到幾個傢伙拿著刷子，小心地沿著踢腳板塗刷，嘴巴因專注而緊閉。

柯迪一隻手擺在沃克肩膀上。「聽著。文森．金恩刑期服滿了，但要讓他意識到這點不容易。你有任何需要就打給我。」

沃克站在等候室裡，看著寬敞的窗景，和那些昂著頭做循環運動的男子，彷彿柯迪教了他們羞恥是種罪惡。要不是那些如此粗暴地刻鑿在風景上的鐵絲，這或許會是一幕令人屏息的景致，「我們善美的世界」，男人們穿著連身服，變回了從前那些迷失的孩子。

文森有五年不見訪客了，因此，要不是那依舊湛藍的雙眼，沃克也許會很難認出他。高高瘦瘦的，堪稱皮包骨的凹陷臉頰，跟入獄時那個吊兒郎當的十五歲少年相差甚遠。但文森看到他之後笑了笑。那個笑容沒讓沃克鬆了一口氣，反而惹來多不勝數的麻煩。他還是他，無論人們怎麼警告，說監獄會怎樣改變一個人，他的朋友都還在這裡。

沃克往前站一步，想要敞開雙臂，但轉而緩緩伸出他的手。

文森看著那隻手，好像忘了它可以只是用來握手，而不帶其他意涵。他輕輕握了一下。

「我跟你說過不用來。」他語調平板安靜地說。「但，謝謝你。」他舉止的方式帶有某種崇敬感。

「看到你真好，阿文。」

文森將資料填好，一名獄卒在附近看著；一個三十年後重獲自由的男子不是什麼引人議論的景象。

加州日常的一天。

半小時後，他們來到最後一道大門前，在柯迪出來送別時雙雙轉身。

「外面生活會很辛苦，文森。」他迅速緊抱了他一下，彼此傳遞了某種訊息，或許是三十年來有條不紊的常規終於被打破。

「一半以上。」柯迪抓著文森一會兒。「有一半以上的人回來監獄找我。你要確保你不會是其中一個。」

沃克納悶著，這些年來，柯迪講那句沉重的話講了多少次。

他們並肩而行，到了巡邏車旁，文森一隻手擱在車頂上看向沃克。

「我從來沒看過你穿制服的樣子。我看過人家傳閱的相片，但現在本尊就在眼前，你是個警察呢。」

沃克微笑。「我是。」

「我不確定我能否跟警察當朋友，老兄。」

沃克笑出來，釋然放鬆的感覺差點將他擊潰。

他先是慢慢地開車，把窗戶搖低，讓微風吹過他倆，文森則一邊留意著把周圍的幾乎每樣事物都收進眼底。沃克想要講話，但他們緩緩駛過起初那幾英里時宛如身在夢中。

「我剛想到，我們窩在聖羅斯號那次。」

沃克說，試圖讓自己語調隨性，別被發現他在來程練習過要如何開啟話題。

文森抬頭看了看，那回憶讓他揚起一邊嘴角。

當時十歲的他們，在入夏第一天早早相約碰面。

他們騎腳踏車到岸邊，把腳踏車藏好後溜進漁船，太陽升起，陽光照過在帆布底下沉沉呼吸的兩人。沃克還記得，記得史奇普．道格拉斯和他的手下將船駛向廣闊大海時，隆隆震動的引擎。他們爬出來的時候，史奇普甚至沒有發火，而是傳無線電回去，然後說他會看管他們一天。沃克從沒幹過比這更辛苦的活，洗刷木頭和箱子，而魚血的臭味完全比不上那個感覺，那種在國境外生活的短暫體驗。

「你知道，史奇普還在工作，一個叫安德魯．威勒的傢伙在經營船隻租賃。史奇普現在肯定有八十歲了。」

「我媽那天把我訓得差點要投胎。」文森清了清喉嚨。「謝謝。喪禮，和全部那些事。」

沃克把遮陽板放下來。

「所以你要跟我講她的事嘍。」文森在位子上移動，縮起雙腿，褲子比腳踝長了一吋。沃克在鐵道前緩速停下，一輛載貨列車裝著一箱箱鋼鐵經過他們，鏽成紅色，嗚嗚作響。他們開過軌道，進到那種在開礦前就有設車站的小鎮裡，然後沃克終於開口。「她沒事。」

「她現在有孩子了。」

「黛吉絲和羅賓。你記得我們第一次見到星兒的時候嗎？」

「記得啊。」

「等你見到黛吉絲，馬上就會回到那時候。」

文森於是分了心，沃克知道他的心思在哪裡。星兒父親開著他的別克未來房車來到海文角的第一天，文森和沃克騎腳踏車過去，見到這一家人的生活被打包進行李箱，衣服和箱子和盒子挨在窗戶上。兩人肩並肩，手扶著他們的腳踏車，頸子被太陽曬得發熱。男子先下車，身形寬大，用一種知道他們是哪種人的方式打量他們。不過，在沃克的記憶中，他們就是小孩子，腦袋最多只想著要找到威利．梅斯球員卡，就因為文森的神奇八號球說他們今天運氣不錯。接著那名男子抱出一個還睡著的小女孩，在他審視這條新街道的同時，她的頭枕在他肩膀上。希希．萊德利。就在他們正要調頭回沃克家的院子、回到他們正在打造的樹屋時，後座車門打開，伸出一對沃克見過最長的腿。文森咒罵一聲，張大著嘴巴，死盯著那個跟他們同樣年紀、美如茱莉．紐瑪的女孩。她下車，邊嚼口香糖邊看向他們。幹你媽的，文森又說一次。接著她被父親催著進去克蘭門斯老家裡，但她在離開前轉頭，頭往他們揚了一下，沒有笑容，那副模樣深深烙印在文森的靈魂。

「我很想念你。我本來會去看你的，你知道。如果你肯的話。我會每個週末都來看你。」

文森的目光一直在風景上，就像那種靠著電視節目活了一輩子的人看到實景時會有的興致。

他們停在中央山谷高速公路上，到靠近漢福德的一家餐館吃漢堡。文森吃了一半，眼睛黏在窗戶上，看著一個母親和她的孩子，一位老人駝著背，像是把活過的每一年都扛在背上似的。沃克好奇他看到了什麼。他不曉得名稱的車子，他只在螢幕上見過的商家，錯過了一輩子的生活，自一九七五年起，跨過千禧年。曾經，二〇〇五年代表的彷彿是天上飛的車子和機器人女傭，但現在他們實實在在就在這裡。

「那房子——」

「我檢查過。需要修一下，屋頂、門廊，木板大半都腐爛了。」

「好吧。」

「是有個開發商，迪奇．達克，他夏天之前每個月都賴在那個地方。你要是有想賣的打算——」

「我沒有。」

「好吧。」沃克講了他要講的，文森如果想要錢，他眨個眼就能把那地方給賣掉，那是前排僅存的一棟房子，在日落路上，談都不用談就能賣上近百萬美元。

「準備好回家了？」

「我剛剛才離開家，沃克。」

「不，阿文，你沒有。」

他們回到海文角時，沒有人夾道歡迎，沒有熟面孔或派對或騷動。沃克注意到另一人在他們開往太平洋的同時吸了口氣，無邊的大海迎面而來，松樹和豪宅佔據了海文角和更偏遠的地帶。

「他們蓋了房子。」文森說。

「是啊。」

起先有人抗拒，只是抗議的力道並不夠。因為人們的確賺了比當初承諾還要更多的錢，像米爾頓這樣開店的老闆便站穩立場，說他們無力再苦撐下去。

艾德．泰洛說他的營造公司光維持營運都有困難。

海文角鑲嵌在峭壁上，是個恬靜且妥善保存，從安那翰搬移至此的小鎮。沃克感覺到每塊新的磚頭直接壓在他的童年上方，壓在他如此迫切地需要、讓自己賴以為生的記憶上。

「許願樹。」他們經過那棵又高又老的榆樹時，文森望向它。「大概是我唯一還認得的東西。你記得我們以前都把菸藏在那底下。」

「和一手山姆亞當斯啤酒。」

沃克往下看他朋友的雙手，看遍布他指節上深刻的傷疤。他向來很強悍。

終於，他們駛過斜坡到日落路上，金恩家的房子佇立在那兒，宛如最明亮的日子裡不受歡迎的那抹陰影。

「鄰居都沒了。」

「都拆掉了。峭壁本身被侵蝕了，和杜姆岬角一樣。最後一戶是昨天拆的，費朗廣場。你家地基的位置夠後面，而且他們在幾年前建了防波堤。」

文森看著那裡像犯罪現場（的確曾經是）般被膠帶封起來。後面有幾戶人家，距離近到讓這條街不至於與世隔絕，但也遠到讓金恩的房子獨佔了最壯美絕倫的視野。

文森下了車，站在屋子前面，看著腐敗的三角牆和垂落的百葉窗。

「草地我除過了。」

「謝謝你。」

他跟著文森走過蜿蜒的小徑、台階，然後是寒冷陰暗的門廳。牆上壁紙的花紋喚回七〇年代，還有成千上萬綿密動人的回憶。

「我鋪了床單。」

「謝謝你。」

「冰箱也補了貨。裡面有雞肉和一些——」

「謝謝你。」

「你不需要一直道謝。」

壁爐上有面鏡子，文森經過時看也沒看。沃克感覺他現在移動的方式不一樣了，每一步都是關於人應該置身何處和審慎判斷的警世寓言。

他知道頭幾年很辛苦，不是大哭特哭或夜不成眠的那種辛苦，是一個英俊的男孩置身於窮凶極惡的男罪犯之間那樣的辛苦。他們寫過信，沃克和葛蕾西・金恩寫給法官和最高法院，甚至寫去白宮請願。他們請求至少讓他隔離監禁。但什麼結果都沒有。

「你想要我待在這嗎？」

「你回去吧，做你現在會做的事。」

「我晚點再過來看看。」

文森送他到門口並伸出一隻手。

沃克把他拉過來抱住，他的朋友，現在回來了。他試著不去感覺文森瑟縮了一下，整個人緊繃起來。

他們聽到引擎聲時雙雙轉頭。沃克看見那台凱雷德豪華休旅車。是迪奇・達克。

達克下車。他龐大的體型讓他好似穿了一件尺寸不合的西裝，肩膀下垂，視線壓低。他每天都穿得一身黑，外套、襯衫、褲子，因為他總是心不在焉又裝腔作勢。

「文森・金恩。」他聲音低沉、嚴肅。「我是迪奇・達克。」他臉上沒有笑容，從來都沒笑過。

「我收到你的信了。」文森說。

達克終於抬頭，用一種令沃克背脊發涼的目光和他對望。接著達克打量那間房子。「前排最後一間了。後面的土地也是你的。」

文森看了看沃克。

「我多開一成的價碼。」

「這房子不賣。」

「會有你願意賣的價格的。」

沃克笑了笑。「拜託，達克。這人才剛回到家而已。」

達克再看了一會兒。接著他轉身，腳步閒散、不疾不徐地離開他們，巨大的影子投射得很遠。

文森看著他，眼睛緊盯著達克，彷彿他能看到什麼沃克看不到的東西一樣。

✦

黛吉絲和幼稚園的桃樂絲老師商量過；她答應每天讓羅賓多待三個小時，直到黛吉絲放學，主要是因為沃克有介入詢問，同時也因為羅賓根本一點麻煩也不會惹。

羅賓一看到她便收拾起東西，拿了他的書包跑過去。黛吉絲跪下來抱住他，然後跟桃樂絲老師揮手，再一起轉身。

她幫羅賓把背帶拉到他肩膀上，然後檢查他的故事書和水壺都在裡面。

「你沒吃你的三明治。」她瞪了他一下。

「抱歉。」

校車開過去，家長們開著廂型車，老師們在外頭草地上聊天，小孩們則在一旁丟著一顆足球。

「你得要吃東西，羅賓。」

「只是……」

「怎樣？」

「妳裡面什麼東西都沒放。」他不情願地說。

「狗屁。」

他低頭看他的鞋子。

黛吉絲打開他的背包，拿出那份三明治。

「幹。」

「沒事啦。」

「才不。」她一隻手擱在他肩膀上。「我們回家後我弄熱狗堡給你吃。」

他光想就露出笑容。

他們一起踢著一顆石頭，一直踢到抵達東哈厄尼路末端，羅賓再把它踢進一條排水溝裡。

「其他小孩有說什麼關於媽媽的事嗎？」他說的同時，她牽著他的手越過馬路。

「沒有。」

「瑞奇・泰洛有，他說他媽跟他講了我們媽媽的事。」

「她說了什麼？」

他們從一棵柳樹的樹枝底下鑽過去，抄福坦莫和杜龐間的小路。

「她說他不能來我們家，因為媽不會管好我們。」

「你可以去他們家。」

「他媽媽和爸爸老是在吵架。」

她弄亂他的頭髮。「你想我去跟她談，看我能安排什麼嗎？」

「想。」

黛吉絲知道莉亞．泰洛。海文角警局就只有她和沃克和一個叫露安的備用人員，老得都要變成鬼了。

黛吉絲難以想像他們哪個人有本事去偵辦一樁真正的犯罪。

「瑞奇說等他哥哥上大學之後，他會搬進他的房間。他說他哥哥有個水族箱。我們可以也弄到一個嗎？」

「你有浮潛面罩。去看海裡的魚。」

他們來到主街時看見一群女生在羅熙餐館外，每次都是同一群人，在太陽底下霸佔兩張桌子喝著奶昔。竊竊私語和笑聲在他們經過時傳來。

他們走進雜貨店，亞當斯太太人在櫃檯。

黛吉絲找到一罐法蘭克福香腸，羅賓拿了麵包來。她拿出錢包，點出三塊錢紙鈔，她全部的家當。

羅賓抬頭。「我們可以拿芥末醬嗎？」

「不行。」

「我們至少要番茄醬吧。會乾乾的。」

黛吉絲拿起罐頭和麵包。

「你們母親還好嗎？」亞當斯太太隔著眼鏡往下看。

「還好。」

「我聽說的可不是如此。」

「那妳他媽問屁啊？」

羅賓扯了扯她的手。亞當斯女士可能會要她離開，但黛吉絲搶先一步丟了三美元鈔票在櫃檯上。

「不要那樣講髒話。」他們走過主街時，羅賓說。

「你們媽媽今天還好嗎？」

黛吉絲轉頭看到米爾頓在他肉鋪店門外。他在圍裙上擦手，把鮮血抹了上去。

羅賓上前到櫥窗邊，看著那些喉嚨被尖鉤掛起來的兔子。

「她還好。」黛吉絲說。

米爾頓往前一步，他身上味道濃重到令她喉嚨一緊。鮮血和死亡。

「妳看起來跟她實在像得嚇人，妳知道嗎？」

「嗯，你之前跟我講過。」

她注意到他的手臂上，有小塊小塊的生肉卡在濃密的毛髮裡。他盯著她看了一陣子，彷彿忘了自己在哪，旋即又在看到她手上的購物袋和其中的內容物以後，啪地回過神來。

他嘖了一聲。「那根本就不是肉腸。那是人工實驗室裡養出來的。在那等等。」

她看著他走進去，每踏一步都氣喘吁吁。

幾分鐘後，米爾頓拿了一個折起來的棕色紙袋回來，用血跡為之封口。「血腸。妳跟妳母親說這是誰送的。她如果想知道正確的料理方法，就叫她過來。」

「不是就煎一煎嗎？」羅賓說。

「監獄裡大概是吧。如果你想煮出美妙的香味，你就得學習怎麼用荷蘭鍋。你知道，重點全在壓力和──」

黛吉絲抽走紙袋，抓起羅賓的手趕忙離開，同時感覺到米爾頓的目光落在她身上。

到了羅熙餐館，黛吉絲吸了口氣，帶羅賓走進去，把那些女孩和她們的臉色關在門外。裡頭生意繁忙，桌桌都是來度假的人們，濃濃的咖啡香四處瀰漫。大聲談著他們的第二間房子和暑期計畫。

黛吉絲站在櫃檯邊，看到裝著一包包番茄醬的罐子，若有消費就能免費取用。她望向忙著處理收銀機的羅熙。

黛吉絲拿了就一包番茄醬要給羅賓，然後準備轉身。

「妳不是應該要消費才能拿番茄醬嗎？」

她抬頭。凱瑟迪伊．伊凡斯，跟她同班。羅賓緊張地看著，雙腳動來動去。

凱瑟迪伊得意地笑，噘起搽了唇膏的嘴唇，頭髮滑順，擺著一副賤人的表情。

「就只是一包而已。」

「羅熙小姐，不是應該要消費才能拿番茄醬嗎？」凱瑟迪伊大聲地說，語氣流露著滿滿的天真。

談話聲靜下來，陌生人的目光強烈到黛吉絲感覺都要燒起來了。

羅熙放下一個杯子，來到櫃檯邊。黛吉絲把醬包猛地塞回罐子，罐子接著掉到地上，玻璃碎了一地，讓她往後一縮。

她抓住羅賓的手，帶他繞出門，凱瑟迪伊緊跟在後，羅熙則大聲呼喚。

他們沉默地走過靜謐的街道。

「我們根本也不需要醬料，」羅賓說。「還是會不錯吃。」

他們在日落路上看到幾個孩子往底下的沙灘丟著一顆球。羅賓看他們看得出神。黛吉絲經常和他玩，玩具啊、士兵啊、車子啊，和一根他覺得樣子很像魔杖的棍子。有時候他會大叫要星兒出來加入，但大多時候她都是躺在昏暗的客廳裡，電視開著靜音。黛吉絲聽人講過躁鬱、焦慮、物質成癮等等的說法。

「怎麼回事？」羅賓說。

他們看見前面有三個男孩回頭朝他們的方向跑，拔腿狂奔盡可能快速經過他們。

「那是金恩家的房子。」黛吉絲說，然後他們停在對街看了看。前門窗戶破了，是個邊緣參差、約莫一顆小石頭大的洞。

「我們該去講嗎？」

她看著那間屋子，發現裡面有人影移動，然後搖頭。她牽起羅賓的手，並帶他離開。

5

沃克坐在露天看台後排，看橄欖球旋轉飛了五十碼到達陣區，接球員把球弄掉了。四分衛舉起一隻手，那孩子則笑笑後聳肩了事。

他們要再來一次。

沃克追當地球隊追了一輩子。文森曾是他們的外接手。全州熱議的天生好手。他們少了他之後就很少贏球，最多就連勝個兩三場。但沃克每週五晚上還是會來坐在一群畫了臉部彩繪、死命尖叫的少女之間。贏球之後，他們會整團人聚在羅熙餐館外面，球員們和啦啦隊員，散發著那種讓沃克欣然微笑的感覺。

「他那個手臂不錯喔。」文森說。

「是啊。」

沃克帶了一手滾石啤酒，但文森至今滴酒未沾。他下班後打過去，發現雖然天黑了，但文森還在整理那間房子。

他已經把屋後平台大致磨回原本的模樣，雙手弄得起了水泡，用力工作時臉部緊繃。

「他以後會變職業選手。」文森看那孩子又拋出一顆球。這次接球員接住球並大聲歡呼。

「就像你本來也有機會一樣。」

「你想問我嗎？」

「什麼？」

「全部的事。」

沃克抿了口啤酒。「我無法想像那是怎樣的情況。」

「你可以，你只是不想要。那也沒關係。不管是什麼情況，都是我罪有應得。」

「不是。不該是那個樣子。」

「我去了她的墳墓。我沒有……我沒有留花束或什麼的。我不曉得那樣好不好。」

燈光底下，一次又一次傳球落地。在下面隔了好一段距離、最遠的角落那頭，沃克看見布蘭登・洛克的身影，頭上反戴一頂棒球帽。沃克每場比賽都會看到他。

文森跟隨他的視線。「那是布蘭登？」

「嗯啊。」

「現在想想，我本來以為他會成功。我是指，當年他表現很棒，對吧？」

「膝蓋的問題。骨折後就喬不回去，喬不回正常的位置。他在泰洛營造那邊做銷售相關的工作。他腿瘸了，應該是要用拐杖，但你也知道布蘭登的個性。」

「現在不知道。」

「他還留著他父親那台野馬跑車。」

「我記得他老爹拿到車子的那一天。半條街的人都跑過去看。」

「你當時還想偷。」

文森大笑。「想借，沃克。只是想借而已。」

「他很愛那輛車。我感覺得到他在其中看到，你曉得，他生命中比較美好的一段時光。那髮型，那些衣服，那傢伙還活在一九七八年。你看，他沒有變，阿文。我們全都沒有，不真的有。」

文森把啤酒瓶上的標籤撕下來，但還是沒喝半口。「瑪莎．梅伊呢？她有變很多嗎？」

聽到她的名字讓沃克愣了一下，就那麼一下。

「她在比特沃特那裡當律師。主要處理家庭糾紛吧。」

「我總認為她就是你命中注定的那個人了。我知道我們當時年輕，但你看著她的方式很特別。」

「有點像你看星兒的方式。」

接球員掉了球，讓它一路往觀眾席彈去。布蘭登迅速起身，考慮到他瘸腿，算是移動得相當快。他撿起那顆球，但沒把它傳回給接球員，而是扔了四十碼傳給四分衛，被對方在半空中攔下來。

「他那隻手還是很強。」沃克說。

「那樣才更糟，我猜。」

「你會去看星兒嗎？」

「她跟你說她不想要我去那裡。」

沃克蹙眉，讓文森笑了笑。「我一直都能把你讀得一清二楚，沃克。你說她需要點時間的時候……靠，難道過得還不夠久嗎？但我接著就想，她是對的。過去實在發生太多事了。但是，你跟瑪莎呢？」

「她……我們沒再聯絡了。」

「你想跟我說嗎？」

沃克再開了一罐啤酒。「那天晚上，判決出來之後。我們兩個在一起。她懷孕了。」

文森盯著球場。「而她父親。他是個牧師。」

「靠，沃克。」

「嗯啊。」

「而且她也想要當牧師，跟隨他神聖的腳步。」

沃克清了清喉嚨。「他讓她去……墮胎。我是說，那樣也……我們還是孩子。但你沒辦法從那種事情走出來。也不只是他看我的方式而已，是她看我的樣子。好像看著一個錯誤似的。」

「而當你看她的時候，你看到——」

「一切。全部的一切。像我爸媽一樣，他們在一起四十三年。有房子和小孩和共同的生活。」

「她有結婚嗎？」

沃克聳肩。「我寄了封信給她。大概六年前吧，聖誕節的時候，我把老照片翻出來。然後，你知道。她沒回信。」

「重修舊好永遠不嫌遲。」

「同樣的話我也能回敬給你。」

文森站起來。「我已經遲了三十年了。」

✦

星兒上班的酒吧位於聖路易斯，那一帶除了鑿刻在休耕田地上、通往埃塔農山谷方向的巨型高速公路以外，什麼東西都沒有。

星兒和對街的米爾頓借了一台老吉普車。空調故障了，黛吉絲和羅賓便把頭倚到窗外，像兩條小狗。他們都累了，但這種情況每個月至少都會發生一次。

黛吉絲帶了她的專題作業來，她緊抓著那疊紙，讓星兒帶他們穿過停車場，從兩台皮卡車中間擠過去，穿過後門。星兒帶著一個破舊的吉他盒，穿短到臀部的丹寧褲和低胸上衣。

「妳不該穿成那樣。」

「這個嘛，小費會比較多。」

黛吉絲低聲咒罵，讓星兒轉了過來。「拜託。今晚別跟我吵就是了，看好妳弟，然後別惹麻煩。」

黛吉絲帶羅賓到後面一處卡座，先讓他坐進去，再坐到他旁邊，把這個他不應該接觸的空間隔在外頭。星兒給他們各弄了一杯汽水來，黛吉絲拿出她的報告，然後給她弟弟幾張空白紙。她拿出他的鉛筆盒，把他的筆擺出來。

「她會唱裡面有橋的那首歌嗎？」羅賓說。

「每次都會。」

「我好愛那首。妳會跟著她唱嗎？」

「不會。」

「很好。我討厭她在台上哭。」

煙霧自塞滿的菸灰缸裡飄散出來。舞台是深色木質，旗幟在吧檯上方，燈光恰好地昏暗。黛吉絲聽到笑聲，她母親跟兩個男人乾了幾杯烈酒，上台前必要的一環。

羅賓伸手要拿桌上的一碗堅果，黛吉絲推開他的手。「都是尿。」

她瞪著那一頁，她父親那側長長一串空白的族譜。凱瑟迪伊・伊凡斯前一天站在前面講她的家族史，接著亮出一份歪斜、高貴的族譜，和杜邦家族連上關係，她講得栩栩如生，黛吉絲幾乎都能聞到那陣煙硝味。

「我畫掉妳。」

「是畫『了』。」

他把紙推過來，然後黛吉絲笑了。「我牙齒有那麼大？」她捏捏他側身，他大笑不已，讓星兒看過來示意要他們安靜。

「再和我說一次比利・布魯・萊德利的故事。」羅賓說。

「我讀到他是個很勇敢的傢伙。他搶了一家銀行，然後讓警長追他追了上千哩。」

「聽起來很壞。」

「他是為了保護自己人。像是家人啊。」她把一隻手擱在他胸前。「那就是我們的血脈。我們是法外之徒。」

「也許妳是吧。」

「我們是一樣的。」

「但我爸爸和妳的爸爸，他們不是同一個——」

「嘿，」她輕輕抓住他的臉，「我們都一樣流著萊德利家的血。就算我們父親沒半點屁用……我們都一樣。跟我說一次。」

「我們都一樣。」

表演時間到，燈關暗了一些，星兒從高腳凳上坐起來，表演了一系列翻唱，和幾首她自己的作品。

跟她一起喝酒的其中一名男性，在每首歌結束時都吹口哨又大吼亂叫。

「白目。」黛吉絲說。

「白目。」羅賓附和道。

「別說那個字。」

接著那男的站起來，朝星兒示意並抓了抓自己褲襠。他還說了些話，好像兩人之前就有發生過什麼似的。

說她在故意賣騷。說也許她是個死拉子。

黛吉絲站起來，汽水杯一拿就把杯子扔過酒吧。它飛不夠遠，碎在他腳邊。他張大嘴巴瞪著她，她也瞪回去，張開雙臂叫他放馬過來，她才不會逃。

「坐下，」羅賓拉扯她的手。「拜託。」

她低頭對他眨了眨眼，看到他臉上的恐懼，接著轉向她母親，她同樣用唇語講了同樣的話。

那男的怒瞪著她。黛吉絲揮開他並坐下來。

羅賓喝完他的汽水，同時星兒呼喚她女兒上台。

「黛吉絲，上來這邊。我的寶貝能唱得比她媽咪還好聽。」

黛吉絲縮進長椅裡，瞪著她母親並搖頭，不管有多少人轉頭或招手或鼓掌。曾有段時間她會唱歌，在她更小的時候，在她認識這個世界之前。她會在家、在淋浴間、在院子裡唱歌。

星兒向大家表示她女兒太沒趣了，並接著唱最後一首歌，那首讓羅賓將筆擱下，用一種看見神仙下凡似的表情望向他們母親的歌。

「我好愛這首。」

「我知道。」

星兒表演結束後溜下舞台收錢，將信封塞進她錢包裡，大概五十元吧。接著那男的回來了，這次他一手抓住她的屁股。

羅賓來不及求她住手，黛吉絲就跳起身。她迅速衝過去，蹲下撿起一片杯子的碎片。

星兒把男子往後推，但他往後閃，她握緊拳頭直到他發現她的目光，不是在他身上，而是看得更遠。他轉過來，她瘦小的身子準備十足地站在那裡。她將武器舉得高高的，讓玻璃的鋸齒狀邊緣對準他喉嚨。

「我是個法外之徒，黛吉絲・戴伊・萊德利。而你是個泡酒吧的遜咖，我會一刀讓你人頭落地。」

她隱約聽到弟弟的哭聲。星兒抓住她手腕，用力甩到玻璃片掉下來為止。其他人上前隔在中間，讓情況冷靜下來。大家獲得免費的酒水。

星兒把她猛推出門，抱起羅賓後跟上。

他們爬上車的時候，停車場一片陰暗。

星兒對她破口大罵，說她蠢死了，說那男的有可能傷到她，說她知道自己在幹嘛，不需要一個十三歲小孩來照顧她。黛吉絲坐著不動，等她講完。

講完後，星兒動手要啟動引擎。

「妳現在不該開車。」

「我很清醒。」星兒望向鏡子，整理她的頭髮。

「妳這種狀態別想要開車載我弟。」

「我說了我現在很清醒。」

「像文森．金恩當初那樣清醒嗎？」

黛吉絲看著手過來，沒有別開，任憑那一巴掌打在她臉頰上，彷彿那不算什麼。

羅賓在後座哭了。

黛吉絲靠上去，拔下引擎上的鑰匙，爬到後面陪他。她撫平他的頭髮，幫他擦眼淚並換上睡衣。

黛吉絲睡了一個小時，然後爬到前座，將鑰匙遞給星兒。他們離開停車場，開車返家，母女倆相依而行。

「妳知道這週末是他生日吧？」黛吉絲靜靜地說。

「當然知道。」

星兒答話之前停頓了一下，讓黛吉絲肚子一疼。她自己沒有錢。她每個週末騎自行車，負責在一條路線上送報，送得滿頭大汗，工資還沒多少。

「妳如果能給我點錢，我可以處理。」

「我會處理好。」

「可是——」

「該死，黛吉絲，我說了我會處理。有點信心好不好。」

她或許可說，隨著每次她生日無聲無息地過去，她的信心已經隨之喪盡。

車子一路顛簸，直到他們開上九號高速公路。

「妳餓不餓？」星兒說。

「我弄了熱狗堡吃。」

「妳有沒有拿醬料？妳知道羅賓喜歡那樣吃。」

黛吉絲眼神疲憊地看向她母親。

星兒伸過來撫摸她臉頰。「妳今晚應該上台來的。」

「唱歌給一堆醉漢聽。這差事留給專業的來吧。」

星兒從包包裡掏出一根菸叼在齒間，同時翻找她的打火機。「我如果開收音機，妳願意唱點什麼給我聽嗎？」

「羅賓在睡覺。」

星兒一隻手繞過黛吉絲肩膀，將她攬過來。在他們開過高速公路的同時，她親吻她的頭。

「今晚有個傢伙來，他在山谷那頭有間工作室。他給我他的名片，叫我打過去。這次說不定就是了。」

黛吉絲打了個呵欠，眼皮開始沉重，街燈逐漸模糊。

「海文角的黛吉絲。妳知道，我一直都夢想有個女兒。頭髮綁上漂亮的蝴蝶結。」

黛吉絲知道。

「妳知道比利・布魯・萊德利嗎？」

星兒笑了。「妳外公以前常跟我講他的事。我以為那是他掰的。」

「是真的。萊德利的血脈，媽。」她想想要不要再問起她父親的事，但決定作罷，因為她累得無力深入這個話題。

「妳知道我愛妳，對吧？」

「當然。」

「認真的，黛吉絲。我做的一切……我有的一切，全都是為了你們兩個。」

黛吉絲望向黑夜。「我只是希望……」

「什麼？」

「我只是希望有個折衷，妳知道。因為那才是人們生活的地方。不必須是全有或全無……非得溺死或拚命繼續游之類的。大多數人只是辛苦涉水而行，而那就夠了。因為當妳溺水的時候，也會把我們兩個一起拉下去。」

星兒擦了擦眼睛。「我在努力了。我會做得更好。我今天早上複誦了我的承諾。我每天都會唸。我想為你們這麼做。」

「做什麼？」

「我想要當個無私的人。無私之舉，黛吉絲。那會讓妳成為一個好人。」

他們開過小鎮時已接近午夜，黛吉絲看到達克的凱雷德停在車道，內心又更絕望了一些。

他們開上去，大門開著，達克應該是在院子門廊上等著，用一種令她害怕的方式盯著那一片空無，好像他能看到暗處有什麼東西似的。她不喜歡他。他太過安靜，個頭太大，也他媽太愛盯著人看。她見過他出現在學校外面，在圍欄邊，就只是坐在車子裡然後看著她。

「我以為妳今晚要上大夜班？」星兒之前在比特沃特那邊清理辦公室。

「他們……我昨天沒去，他們就叫我不用回去了。別擔心。我可以去達克那裡做吧檯，他大概是為了這件事才跑來。」

「我不喜歡妳去那裡工作。」

星兒笑了笑，然後再一次舉起那張名片，好像能證明什麼東西。「我們要轉運了。」

黛吉絲抱起她弟弟。他身子很輕，手腳纖細，頭髮越來越長，但她沒錢讓他去主街找麥克斯．羅傑斯剪頭髮，其他男生都是去那裡。她很慶幸他還太小，不會注意到，其他孩子也是。情況很快就會改變，那讓她很擔心。

羅賓的房間裡有她掛的海報，科學和行星主題。他會是姊弟倆之中頭腦聰明的那一個。書架上有一本書，書裡的麥克斯又餓又瘋，但故事結尾才是羅賓所愛之處，因為食物代表著麥克斯是有人照顧的。那是她從薩利納斯的小型圖書館借來的，每隔一週續借一次，每次都要騎上兩英里的腳踏車。

她聽見外頭的談話聲。這房子是達克的，星兒繳不出房租來。黛吉絲年紀大得足以聽出這代表什麼，也小得能讓自己不真正去理解。

她的心思回到作業上，想著如果她沒完成的話會惹上多少麻煩。她不能被留校察看，這樣沒人能去接羅賓。星兒也靠不住。

她決定待在那裡，也許打盹到日出，然後早早去處理。她拉開窗簾。整條街熟睡無聲，米爾頓的房子在對面，門廊的燈整晚都開著，讓飛蛾聚集在那兒飛來飛去。她看見一隻狐狸，優雅地從燈光下探入陰影。接著，她看到有個男人在布蘭登．洛克家旁邊，而且他正看著她的窗戶。他看不見她，她站的位置剛好夠裡面。他很高，不像達克那樣，但還是挺高。短髮、駝背，好像自信已從他身上流得一滴不剩。

她躺回原處。

就在此時，就在她眼皮逐漸沉重的同時，她聽到一聲尖叫。

她母親的尖叫。

她是個對夜裡各種可怕的情境，以及和糟糕透頂的男人們攪和的母親習以為常的女孩。她小心而熟練地越過房間。她在身後將羅賓房門鎖上，他會睡著，就算他醒來也不會記得。他永遠都不會記得。

她聽見達克一如往常沉穩的聲音。

「冷靜。」

她從門縫看出去，房間裡地獄般的景象被縫隙分割成細長形，檯燈倒落在地，她母親躺在地毯上，被燈光照出層層陰影。達克專注地看著她，好像她是什麼剛被他打了鎮靜劑的野獸一般。

他太大了，對那張椅子和這間小房子來說太大了，大得難以壓制。

黛吉絲知道該做什麼、哪塊地板會發出聲響，她沿著走廊來到廚房。她不會報警，那樣會留下紀錄。就在她撥打沃克手機的同時，她聽見一個聲音，轉頭轉得太慢，話筒旋即被達克拿走。

她的指甲戳進他手裡，抓到她感覺他流血為止。他領她進廚房，手牢牢放在她肩膀上。她胡亂摸索，撞到邊桌，一張羅賓的照片落在她眼睛旁邊。他上幼稚園的第一天。

達克在她上方站著。「我不會傷害妳，所以別報警抓我。」音調低沉到幾乎不像個人類。她聽過他的事蹟，只是些片段，說有個男的在彭薩科拉超他的車，被達克從車子裡拉出來，整張臉被踩得稀巴爛。還說他過程中冷靜到讓路人看得目不轉睛。

他像平常那樣看她。端詳她的臉、頭髮、眼睛、嘴巴。記下所有細節，讓她嚇得發顫。

她抬眼狠狠瞪向他，小小的鼻子扭成一團。

「我是法外之徒，黛吉絲·戴伊·萊德利，你是個專揍女人的孬種，迪奇·達克。」

她往後退，頭對著門口、玻璃窗和街燈，沐浴在橙橘色的燈光下，看著她母親又叫又吼地衝向達克。

她不會起身幫忙，她知道不該那麼做。於是她起身，同時看到玻璃後有人影。

她母親在身後揮拳，達克抓緊她雙手，試圖讓兩人維持在同個高度。

黛吉絲迅速做出決定；不管外面是什麼情況，都不會比裡面的更糟了。她打開門栓，抬頭仰望那名男子的臉。她移到一邊讓他過去，然後他猛地揍了達克一拳。

達克沒有瑟縮或動手，就只是盯著，足夠冷靜地衡量他的選項。他個頭更大、更寬，但另一個人看起來超想打架，那股欲望讓他整個人都要燒起來了。

達克不疾不徐地從口袋掏出鑰匙，然後走出房子。那男的跟出去，黛吉絲跟在後面。她盯著那台凱雷德，直到車燈消失不見。

那男的轉過來看她。然後越過她，看向站在後面老舊門廊，上氣不接下氣的星兒。

「過來，黛吉絲。」

黛吉絲沒說話，只是跟她母親回到屋內，回頭再看了一眼，那名男子待在那兒，彷彿他是被派來保護她似的。

他的襯衫在混亂中被扯破，月光照到他身上她才看見——遍布在他身上，突起又紅腫又脆弱的十字形疤痕。

6

她放棄抵抗，任倦意席捲自己，她腳步和呼吸沉重，雙眼刺痛，耳裡滿是模糊壓抑的聲響，有時聽起來好遙遠，她做不出任何反應。

她感覺手被輕輕拉了一下，看到她弟弟純真的臉龐，他的夜晚是在夢裡度過的。

「妳還好嗎？」他擔心道。

黛吉絲揹著他和她的背包。她前臂跌倒的地方有塊瘀青。她的書包裡裝著她寫了一半的報告，她的家族樹。她的成績不上不下，自知必須持續保持現狀。她不去惹誰，努力不闖禍，她不能冒險給星兒任何介入的空間。親師座談會的時候她會找理由：「我母親得工作，您也知道那沒辦法。」她單獨用餐，怕被其他小孩看到她準備的食物。有時候就只是抹了奶油的麵包，乾硬到可以被掰斷的程度。有些人吃得更糟，她知道，只是她不想加入他們而已。

「我睡在你床上，你晚上一直踢我。」黛吉絲說。

「抱歉。」她看他往前跑了一段，進到鄰居家前門的院子，找到一根長木棍然後帶回來，像隻狗似的。他把棍子伸出來當拐杖，假裝是老人，她看得笑出來。

接著街上的門打開。是布蘭登・洛克，他對他的野馬跑車呵護備至，星兒說他應該用那種態度對他前妻才是。

他穿著一件棒球外套，褪色嚴重又尺寸緊繃，袖口卡在前臂。他瞪向羅賓。「你別碰我的車子。」

「他沒去那附近。」

布蘭登穿過草坪，站到他這邊。「你知道那塊布底下是什麼嗎？」他指向那台被藍色帆布包得緊緊的車子。她每晚都看到布蘭登當它是剛出生的寶寶一樣哄它睡覺。

「我母親說是老二延伸器。」

她看著他兩頰漲紅。

「是台六七年的野馬跑車。」

「六七，跟那件外套的製造年份一樣。」

「那是我的號碼。去問妳媽我是誰。去問全州的人，他們以前都叫我公牛衝鋒。」

「公牛中風？」

羅賓走回來抓她的手。她一路上都感覺布蘭登的眼睛死盯在她身上。

「他怎麼這麼氣？我沒有靠近那台跑車。」

「他只是不爽他想跟媽約會但被打槍。」

「達克昨晚有過來嗎？」

前方出現了陽光，百葉窗被拉起來，家庭主婦們準備工作。

「我沒聽到。」

黛吉絲比較喜歡冬天的海文角，和其他城鎮一樣被抹去任何脂粉的樣子。夏天總令她感到折磨，漫長、壯麗但又醜陋。

她看到凱瑟迪伊．伊凡斯和朋友們坐在羅熙外頭，長腿和短裙，甩動她們的頭髮，對彼此噘著嘴唇。

「我們走去佛蒙特吧。」羅賓說，然後她讓他帶著她走，遠離主街和那些嘻嘻哈哈的女孩們。「我們這個夏天要做什麼？」

「跟以前一樣。出門溜達，去海邊。」

「喔。」

她瞥了一眼，他視線一直朝下。「諾亞要去迪士尼。還有梅森，他要去夏威夷。」

她一手擺在他肩膀上按了按。「我會給我們找點事情做的。」

羅賓跑向福坦莫旁邊那幾棵樹。她看他撥開柳樹，從底下穿過去，嘗試要爬上比較矮的枝幹。

「早啊。」

黛吉絲轉身，她累到沒聽見巡邏車的聲音，心思飄得太遠，沒注意到沃克在旁邊停下車。

她停了一下，他將引擎熄火，拿下他的太陽眼鏡，看她看得太過仔細。

「一切都還好嗎？」

「當然。」她眨眼忘掉達克的手，和她母親的尖叫。

沃克讓話題懸在那兒，撥弄他的無線電，敲著門。「昨晚，都還好嗎？」

他總是他媽的無所不知。「我剛就說了，不是嗎？」

於是他微笑。他從來不逼她做任何事。

他會關切，但黛吉絲知道，有時候大人認為的「關切」，就是幹些後果遠超出他們自身負擔範圍的鳥事。

「好吧。」他說。

他的手顫抖著，拇指和食指不斷相碰。

他注意到被她發現後，將手收回車內。她好奇他喝酒喝得有多兇。

「妳知道妳有事可以跟我聊，黛吉絲。」

這讓她感覺好累，他肥胖、友善的臉，和沉重的目光。

他很柔軟，像是果凍也像布丁。柔軟的笑容、柔軟的身體，用柔軟的目光看待她的世界。但柔軟對她來說毫無用處。

他們到校後，她目送羅賓進幼稚園，接著和桃樂絲老師揮手後轉身。學期就剩最後幾天了，她得保持低調，但那份報告很難處理，她的家族樹會讓她惹上麻煩。她作業從來不缺交。她肚子發疼，一隻手放在那裡，感覺它揪緊到像是預感有壞事要發生。她不能站在全班面前，說她不知道自己父親是誰。

她不能那樣做。

她在走廊找到她的置物櫃，試著對隔壁的女生微笑，但沒得到任何回應。已經好長一段時間都是如此，好像其他小孩都知道一樣，她就只是個被責任和後果給整得累翻的人，沒時間提供他們期待朋友能提供的東西。

她到教室裡坐在中間靠窗的位子，可以看到整個草坪。有一群鳥在翻弄泥土。

她想到羅賓，如果她被留校察看，誰會去接他？

沒有人。沒有。她哽咽了一下，雙眼發燙。她沒有哭。

這時門打開，不是路易斯先生。一名年長的女子慢吞吞地走進來，握著一個保麗龍杯，冒著煙的咖啡，眼鏡用繩子掛著。是個代課老師。

當她叫他們把課本拿出來自習一下的時候，黛吉絲整個人癱倒在桌上。

✦

沃克在現已空曠的停車場找到他，費朗廣場的房子現在只剩一堆瓦礫。人們清理著工地，確保安全無虞，挖土機將木頭和木板移開，一台台滿載的卡車準備好把回憶運走。

達克看著他們，他光是在場就足以讓眾人加快腳步。他看見沃克時站挺了一些，沃克忍不住往後退了一步。

「外面天氣真不錯。莉亞說你打來警局。酒吧又出事啦？」

「沒有。」

無論沃克多努力嘗試，他就是不想閒聊。完全沒方法讓這男人開金口，除非是百分之百絕對非說不可的話。

沃克將一隻顫抖的手插進口袋裡。「所以是？」

達克指向後面那間房子。「那地方是我的。」

後面有間小房子，脫落的百葉窗和腐敗的門廊，有人努力保存，但屋況看起來已經準備好要拆掉重蓋了。

「那是迪伊．萊恩的家。」沃克看見她站在窗邊。他揮揮手，但她視線直接掠過他，現在海景就在那兒，那價值百萬的景觀任憑自然殘酷地風吹雨打。

「她租了那裡。她不肯走。我已在期限內送交法律文件。」

「我會去和她談。你知道她在那住很久了。」

沒反應。

「而且她還有女兒。」

達克別開視線，望向天空，也許終於被什麼給觸動了。

沃克看向他。黑色西裝。樣式簡單的手錶戴在跟沃克腳踝一樣粗的手腕上。沃克納悶他是都用什麼東西來做臥推的，說不定是家用汽車吧。

「那你之後打算怎麼處理那房子？」

「蓋一間新的。」

「你申請許可了？」新建房屋申請由沃克監管，每每都被他駁回。「我聽說昨晚有些小麻煩。在萊德利家。」

達克只是瞪著眼。

沃克微笑。「這地方就是小。」

「很快就不會了。你跟文森・金恩有再談過嗎？」

「他說……我是說，他才剛出獄，所以目前來說……」

「你可以直說。」

沃克咳了一下。「他說，叫你去吃屎吧。」

達克的臉龐蒙上一股哀傷，或單純是失望。他折按手指，發出的聲音宛如槍響。沃克不敢想像他那雙十八號的靴子能帶來多大的傷害。

沃克往前走到工地破碎的地面，人們操作著機器、叼著菸、瞇眼看著太陽。

「沃克警長。」

沃克轉過來。

「萊恩小姐可以再待一週。我有個倉庫。她如果有什麼東西，叫她留在門口，我會把它們收去保存。免費。」

「你人真好。」

迪伊家院子有個小平台，還有那種邊緣修得整整齊齊，讓這地方——不管地有多小——引以為豪的花叢。他認識她二十年了，這段期間她都是住在福圖納大道上的家裡。她結過婚，直到老公開始到處亂搞，留給她一堆債務和兩個嗷嗷待哺的小孩。

迪伊在紗門前和他碰面。「我真該他媽的殺了他。」她個子小，大概只有一百五十五公分，是個帶著剛毅氣質的美人，彷彿過去這些年的辛苦扼殺了她前夫拋棄掉的那些部分。

她要跟達克較量，連小蝦米對抗大鯨魚都還稱不上。

「我可以幫妳找個地方——」

「滾吧，沃克。」

「達克說得沒錯嗎？是今天？」

「是今天，但那不代表他就是對的。我跟他租這地方租了三年，自從他把房子拿去抵押……給銀行處理之後。然後費維的房子就倒了，我房子的景觀立刻開闊起來，然後我就在信箱收到這個。」她在一堆文件裡翻找，再把那封信猛地塞給他。

他仔細讀過。「我實在很遺憾。妳能找人談談嗎？」

「我就在跟你談啊。」

「我不覺得，法律上——」

「他跟我說我可以待在這裡。」

沃克把信再讀了一次，然後讀通知書。「我可以幫妳把東西裝箱。女兒們知道嗎？」

迪伊閉上眼睛，睜眼時含著淚，搖了搖頭。她女兒凱特琳和露西，一個十六歲，一個八歲。

「達克說妳可以再待一週。」

迪伊於是喘了口氣。「你知道，我們有交往過……在傑克之後。」

沃克知道。

「我以為……我是說達克，他長相不錯，但他實在怪到不行，沃克。就是少了某個東西。我甚至不確定是什麼，但那傢伙就是冰冷到不行。像是機器人。他甚至不會碰我。」

沃克皺眉。

「你懂我的意思。」

他感覺自己雙頰發燙。

「不是說我很飢渴或什麼，但我們都約了五、六次會，這種事很正常。但跟他不是。迪奇・達克整個人身上沒有哪個地方是正常的。」

前院有幾個箱子，他走過去要把那些東西搬進屋，但她叫他放著就好。「那都是垃圾。我今天早上開始打包。你知道我發現了什麼嗎？」

她哭泣起來，沒有哭聲或啜泣，就只是淚水不停落下。

「我辜負了她們，沃克。」

他上前要講話，但她舉起一隻手，情緒幾近潰堤。「我辜負了我的女兒。現在我沒有家給她們住了。我什麼都沒有。」

✦

那天晚上，羅賓和母親入睡之後，她踩著腳踏車出門。

黃昏時分，藍天逐漸消失，垃圾桶被拿出來，烤肉的香味四溢。黛吉絲肚子很餓，可家裡沒什麼可吃的，能吃的都被羅賓吃光了。

她轉上梅爾街，在向下的矮坡上讓腳踏車自己移動，一側車把上的彩色絲帶飄揚起來。她穿短褲，沒戴安全帽，上衣拉鍊拉上，踩著涼鞋。

在日落大道路口，她放慢了速度。

她向來最喜歡文森家的房子，她喜歡它孑然而立的樣子，喜歡它的殘缺，喜歡它的與眾不同。

她一眼便看見了他。

車庫門開著，男子站在梯子上，輕輕將木板移下。他已經移除了大半的木板，靠著一捲膠膜、像槌子和十字鎬的器具，和裝滿手推車的乾砂石塊。他有個提燈，照出恰好堪用的光源。

她看過希希的相片，她們是同一型的女生，淺淺的髮色和眼眸和小鼻子上的雀斑。

她慢慢騎過去，坐墊磨得她發疼，她索性不坐，岔出一隻腳蹬著地滑行。

「你去我家幹什麼？」

他轉身。「我是文森。」

「我知道。」

「我以前認識妳母親。」

「這我也知道。」

他微微一笑，但笑得極不自然，好像他只是覺得這時應該微笑，而他尚在學習階段。她沒有跟著笑。

「妳母親還好嗎？」

「她一直都好。」

「那妳呢？」

「你沒必要問。我是個法外之徒。」

「我該擔心嗎？法外之徒是壞人，對吧？」

「狂野比爾．希考克❹殺了兩個人之後當上警長。也許我哪天會金盆洗手，也許我不會。」

她騎近了一點。他滿身是汗，襯衫胸口和手臂底下都被浸成深色。車庫上面有個舊的籃球框，網子不見了，她好奇他還記不記得玩球的事，還記不記得事發之前的任何回憶。

「跟其他東西相比，」她說。「被剝奪自由，是最糟的嗎？也許是。」

他爬下梯子。

「你手臂上有一個疤。」

他低頭看自己前臂，那道疤延伸了整隻前臂，沒有紅腫，就只是在那裡。

「而且你全身到處都是疤。你在牢裡被打了嗎？」

「妳長得很像妳母親。」

「別被外表騙了。」

她往後退了一點，在他的注視下撥弄她頭髮上的小蝴蝶結。「小花招。別人只會看到我是個小女孩，除此以外就什麼都看不到。」

她前後推動她的腳踏車。

他找到一把螺絲起子，緩緩走過來。「煞車卡住了，才會不好踩。」

她謹慎地看著他。

他跪在她腿邊，小心不碰到她的皮膚，修理了一下煞車器，然後起身退回去。

她再推動一次，感覺車輪轉得很順，然後調頭走了。他和那間舊房子後方月色低垂，空中繁星點點。

「別再過來我們家。我們誰都不需要。」

「沒問題。」

「別逼我對你不客氣。」

「我也不想那樣。」

❹ Wild Bill Hickok，1837—1876。美國西部拓荒時期的傳奇警長。

「打破你窗戶的那個男生，名字是奈特・多爾曼。」

「謝謝妳告訴我。」

她轉身騎上車子，朝著家的方向慢慢地離他而去。

她騎到他們家住的街上時，看到了那台車，車棚長到從他們的車道凸出去。達克又回來了。

她猛踩踏板，然後慌亂地把腳踏車丟在草地上，她不應該離開的。她繞到房子側邊，從廚房門口進去，小小聲地，汗水留下她的背脊。她拿起牆上電話的話筒。然後她聽到笑聲，她母親的笑聲。

她從他們看不見的暗處看去。咖啡桌上喝了一半的酒瓶，一束紅花，彭薩科拉的加油站會賣的那種紅花。

她離開他們，小心翼翼地踩過薄地毯到她弟弟的房間。她脫下短褲，親一下羅賓的頭，然後掀開被子，躺在他的床尾。在那大塊頭離開以前，她都不會睡著。

7

「跟我說說那女孩。」文森說。

他們坐在那間老教堂的後面。從窗戶看出去是墓園，再過去是海，兩者都染上髒兮兮的顏色。他們順道去看望希希的墳墓，沃克讓他朋友獨處了一陣子。文森帶了花，跪在地上閱讀碑文。他在那裡待了一個小時，直到沃克過去，一隻手輕輕地擱在他肩上。

「她叫黛吉絲，一個被生活逼得不得不提前長大的孩子。」沃克猜想他比大部分人都能懂。

「那羅賓呢？」

「她在照顧他。黛吉絲做了她母親該做的。」

「他們的父親呢？」

沃克看向漆成白色的老舊長椅，還有滴到石頭地板上的點點白漆。高聳的拱形屋頂和其錯綜交織的結構，那種會讓度假旅客在每個週日前來拍照，把這地方打包帶走的美景。

「兩個孩子的爸爸都不知道是誰。她那時候跟很多男的往來，很常往外跑，有時候我見她早上才回家。」

「也太不檢點了。」

「和檢不檢點沒關係。你什麼時候見到星兒在乎過這些？」

「我都不敢說我了解星兒。」

「你了解。她跟你高三帶去舞會的是同一個女孩。」

「我有寫信給赫爾。她父親。」

「他有回信嗎？」

「有。」

十分鐘過去，沃克心裡納悶卻不想知道。星兒父親很難搞。他在蒙大拿有幾畝地，對他來說，海文角連來看一眼都太過痛苦。他從沒見過他的外孫。

「一開始他叫我去死。」

沃克看向畫滿聖像的牆面，描繪著審判，還有原諒。

「我本來可能會。然後他改變心意。死亡太輕鬆了。他寄給我一張她的相片。」文森吞了吞口水。

「希希的。」

沃克閉上眼睛，陽光透進來，照在瞳孔上。

「你去過鎮上了沒？」

「我已經不認識這地方了。」

「你會重新再認識一次。」

「我得去詹寧斯家買油漆，才發現老闆變成厄尼了。」

「他有找你碴嗎？我可以去跟他談談。」厄尼是當晚步行尋人的其中一員。第一個看到沃克舉手的就是他，他第一個跑回來然後當場愣住，被小女孩的慘狀嚇得彎腰作嘔。

他們一起站起來走出去，穿越綠色草坪，經過那些歪斜的墓碑。他們在峭壁邊緣看著百呎之下的水面。

沃克往下看。「我常常會想，想到當時的我們。每看到海文角的孩子，像是黛吉絲，我就會想到我跟你和星兒和瑪莎。星兒跟我說有時候她感覺還是像十五歲。我們可以聚在一起，我們三個。時間過去，我們可以挽回些什麼。那時比較單純，對吧？那時——」

「聽著，沃克。有關過去這些年來發生的，你覺得你知道或可能知道的事，不管我當初是什麼樣的人，現在都跟當初不同了。」

「在你母親走後，你怎麼都不讓我去看你？」

文森望著眼前的風景，好像他沒聽到似的。「他給我寫信，我是說赫爾，每年都寫，每次都在希希生日那天。」

「你不該——」

「有時信很短，好像只是為了提醒我。有時他卻會寫上十幾頁。不是都在發火，有的是在講改變，講我能做什麼，怎麼樣能讓別人好好過生活，不要拖累他們。」

此時沃克終於明白，文森的理由並非只是自我保護的本能。

「如果你無法改正一個錯誤，如果你永遠都不能⋯⋯」

他們一同看著一艘漁船——沃克知道，是「飄陽號」——它藍色的塗漆和生鏽彎曲的鐵管及纜繩。從他們這裡聽來，它移動時安靜無聲，沒有波浪，只有船身劃過水面的凹痕。

「有些事情就是如此，對吧。凡事總有個理由，空談無濟於事。」

關於好友過去三十年來的生活，沃克想問的有好多，但文森手腕上的傷痕告訴他，情況可能糟得超乎他所能想像。

他們靜靜地走回鎮上，文森從頭到尾都低著頭挑小路走。「所以星兒，」他說。「跟很多男人交往過？」

沃克聳肩，然後有那麼一刻，以為自己在文森的聲音裡聽到那麼點醋意。

他望著朋友走遠，回到日落大道上，修補那間老舊空虛的房子。

午餐後沃克開了三十分鐘的車到凡庫爾丘醫院。

他搭電梯到四樓，在等候室入座，翻閱一本光鮮亮麗的雜誌，裡面是和屋主一樣極簡到不行的房屋裝潢，光線反射在潔淨的灰泥牆上。他低著頭，雖然另一位患者是個跟他一樣意志堅定的年輕女性，被錯置的心靈困在一具不受控的身體裡。

他的名字被叫到時，迅速進去診間。現在沒有外顯症狀，不管是劇痛還是鈍痛，但才幾個小時前他幾乎連站都沒辦法站。

「藥沒效。」他坐下時說。制式化的診間裡，唯一有個人特色的，是個轉到背面的相框。是坎卓克醫生。

「又是手出問題？」坎卓克說。

「全身都是。每天起床都要半個小時。」

「但你其他方面都沒有退化吧？比如走路？微笑？」

他笑了笑，儘管和開心沒關係。她也回以笑容。

「只是雙手，還有手臂。感覺很僵硬。沒別的了，我知道會出現這種情況。」

「而你還是沒告訴任何人？」

「他們說我應酬太多，喝酒的關係。」

「然後你能接受？」

「我幹這行的，應該也算正常的。」

「你知道你早晚要跟人說。」

「然後怎樣？我可不想坐辦公室。」

「你可以試試別的工作。」

「我告訴妳，妳要是哪天看到我在哪艘漁船上虛度光陰，妳可以直接過來把我給斃了。當個警察很……我喜歡我的職位。我喜歡我的生活。兩者我都想兼顧。」

坎卓克苦笑一下。「身上還有別的地方不舒服嗎？」

他望著窗外，與其說是看風景，不如說是為了緩解他陳述個人困擾時的尷尬。排尿有點困難，排便有點困難。睡覺則不只是有點困難。坎卓克說那很正常，給了些建議，比如減肥、飲食控制、改變治療方案、調整用藥劑量、適當吃點左旋多巴。

都是他已經知道的。他不是那種什麼都不知道就開始服藥的人。他空閒時就去圖書館讀書：悲傷五階段、布拉克分期假說，甚至連詹姆斯．帕金森本人的著作都讀了。

「幹，」他說，然後舉起手。「對不起罵了髒話。我不講髒話的。」

「幹。」坎卓克附和道。

「我不能丟掉這份工作。就是不能。人們需要我。」他納悶是否真是如此。「其實就只有右手臂。」他撒謊道。

「我們有個小組。」

他作勢起身。

「算我求你。」她說，他收下那本小冊子。

✦

黛吉絲坐在沙灘上。她雙手抱膝看著羅賓，腳踝踩在沙裡，到處找貝殼。他蒐集了一堆——大多是小碎片——口袋裝到都要爆開來。

左邊過去有一群跟她同校的孩子，他們躺著休息，女孩們穿著泳衣，男孩們則丟著球。喧譁聲飄來，直接越過她。她有那種能力，能在人擠人的海灘上、滿是孩子的教室中感覺旁若無人。這是她從她母親那裡學來的，但她盡其所能去抵抗這點。羅賓需要的是穩定，不是處於叛逆青春期、成天抱怨生活爛得像屎的姊姊。

「又一個。」羅賓喊說。

她起身走過去，被水冷了一下，崎嶇的海岸線向兩側延伸到遠方。她調整羅賓的遮陽帽，摸了一下，感覺他前臂暖呼呼的。他們沒錢買防曬乳。「別曬傷。」

「知道。」

她幫他找，在最澄淨的水底撈出一枚漂亮的海膽，羅賓笑開懷。

羅賓看到瑞奇．泰洛後跑去找他，兩個人抱在一起，讓她笑了出來。

「嗨，黛吉絲。」莉亞．泰洛說。她的長相普通，黛吉絲有時希望自己母親能有那樣平凡的五官。就是個媽媽，不是賣奶露臀的酒吧歌手，不是那種走在海邊會有男人盯著看的女人。

「我們該走了。」羅賓表情垮下來，但沒有說話。

「如果妳不介意的話，待會我們可以送他回去。你們住在哪邊？」

「常春藤路。」瑞奇的父親，年紀還輕得很就已經一頭灰髮，黛吉絲每次見到他，他雙眼底下的眼袋好像都變得越來越重。

莉亞給她丈夫擺了個臉色。

他別過頭，把一整袋的玩具倒出來，羅賓盯著看，嘴巴維持緊閉。他不會要求她，她討厭這樣，她愛他這點，但還是討厭這種感覺。

她考慮了一下。「這方便嗎？」

「當然方便。瑞奇他哥哥晚點會來加入我們。他可以教孩子們玩球。」

羅賓睜大眼睛，抬頭看向黛吉絲。

「我們會在晚餐前送他回去。」

黛吉絲把羅賓帶到旁邊，跪在沙灘上，緊緊捧著他的臉。「你知道要聽話對吧。」

「嗯。」他越過肩膀往後看了一眼，瑞奇在那邊開始挖一道水渠。「知道。我會聽話。我發誓。」

「別離開他們，別亂跑，要有禮貌。別講任何媽的事。」

羅賓用最嚴肅的表情點頭，接著她親了下他的頭，和莉亞．泰洛揮手，而後越過炙熱的沙灘去牽她的腳踏車。

她到日落大道時已經滿身大汗，下車用推的走完最後四十哩。她在文森家的房子外面停下來。文森彎著背在門廊上鋪沙子，汗水從他下巴滴落。她看了一陣子。他手臂的肌肉低調緊實，不像她在海灘上經常看到鼓起來的那種。

她越過馬路，站在他車道盡頭的位置。

「妳想幫忙嗎？」文森已經停下動作，坐了下來，手中拿著一塊石頭和紙，他遞出另一份。

「我他媽為什麼會想要幫忙？」

他回去繼續工作。她把腳踏車靠在圍欄上並走近一些。「妳想喝個什麼嗎？」

「你可是陌生人。」

她注意到他伸展時，有個刺青會從他T恤底下手臂的地方露出來。他繼續忙了十分鐘。

她再走近了一點。

他停下來，再度坐下。「那天晚上……那個男人，妳認識他？」

「他看我的方式很像他認識我。」

「他很常出現嗎？」

「最近越來越常。」她用手背擦掉頭上的汗。

「妳想要我告訴沃克嗎？」

「我沒想要你怎樣。」

「妳有其他可以找的人嗎？」

「我也不是好惹的。」

「如果再發生的話，妳願不願意打給我？」

「達拉斯．史陶德邁爾五秒內就能打死三個人[5]。我想我應付一個人應該是沒問題。」她改

[5] 出自美國老西部十大經典槍戰之一的埃爾帕索槍戰，實際上他並非如黛吉絲所說在五秒鐘內打死了三個，而是四個。這四人也並非都在五秒鐘內死亡，有的是隨後不治身亡。

變重心，用臀部一邊靠著，然後再更靠近，坐在最底端離他五階遠的台階上。

他轉過來彎腰，繼續弄沙子，他的手平穩、有力地揮掃。她伸手拿了另一塊石頭，著手弄起她那層台階。

「你怎麼不賣掉這間破房子？」

他跪下來，像在那間舊房子前面禱告似的。

「大家說……我的意思是，我聽他們在羅熙餐館說，你可以賺個一百萬之類的，多到誇張的一筆大錢。而你想要留在這。」

「我曾祖父蓋了這間房子。沃克載我回海文角這個小鎮的時候，我很高興自己還認得它的一部分。改變的不只是度假客，而是，」他停頓了一下，好像不知道該說什麼。「我當時不認為自己壞到骨子裡。隔了這麼久之後我回頭看，我看到的也不是個壞到骨子裡的人。」

「那現在呢？」

「監獄會捻熄人的希望。而這間房子它……也許是星星之火，但依舊是在燃燒。我要是放手，要是讓最後這一點火熄滅，那就只剩一片黑暗，我就再也看不到它了。」

「看不到什麼？」

「妳有沒有感覺過人們看著妳，但並沒有真的看到妳？」

她讓這話沉入她腦海。她撥弄她的蝴蝶結，把鞋帶塞進運動鞋裡邊。「希希當初怎麼了？」

他又停了下來，這次往後坐下，一隻手擋著陽光，眯起眼睛看著她。「妳母親沒告訴妳？」

「她不喜歡那個話題。」

「我開我哥的車子出去。」

「他人在哪？」

「他去打仗。妳知道越南的事嗎？」

「知道。」

「我想追一個女生，就開車載她出去。」

她知道那個女生是誰。

「我送她回家後，我開去卡布里約——妳知道城鎮標誌旁邊那個彎道嗎？」

「知道。」

他說得安靜。「我都不曉得我撞到她。我甚至沒減速。」

「她為什麼在外面？」

「她在找她姊姊。她爺爺有時候晚上要工作，在那間工廠，泰洛建設公司。那還在嗎？」

她聳了聳肩。「算是吧。」

「所以他白天就在睡覺。星兒負責照顧她。」

「但星兒不在。」

「我打給她。一起喝了點啤酒。我們，還有沃克跟瑪莎·梅伊。妳知道她嗎？」

「不知道。」

「我忘了時間。她把希希留在電視機前。」他的聲音毫無層次。滾瓜爛熟的複誦讓她懷疑他心裡還剩下些什麼。

「他們是怎麼找到你的？」

「我想沃克當時就已經像個警察了。他當天晚上來到我家。看到車子撞壞的地方。」

他們在沉默中繼續做事。她咬著牙把木頭磨平，用力到她肩膀都痛了起來。

「妳要照顧好自己，」他說。「我知道那種人。達克。我看過那樣的男人，眼睛裡有些什麼東西，不對勁。」

「我不怕。我很堅強。」

「這我知道。」

「你知道才怪。」

「妳還有個弟弟要照顧呢。這可是很大的責任。」

「我把臥室門鎖著，他什麼都看不到。就算聽到什麼，他也以為是作了惡夢。」

「妳把他鎖在房間裡，那樣安全嗎？」

「總比在外面好。」

她看著文森，他給她一種深不可測的感覺，彷彿他背負著某個沉重的東西。

終於，他抬頭迎著黛吉絲的目光。「妳說妳是法外之徒？」

「我是。」

「那妳等我一下。我有東西要給妳。」

她看著他離開，進到屋子裡，然後她想到赦免這件事。她曉得緩刑只是個暫時的概念，那樣地稍縱即逝，當她看著他再回來時，感覺就像眼前是一具行屍走肉。

8

「有時候我覺得她恨我。」

沃克瞥了星兒一眼，但她沒看他。

這天早上她很平靜，但沃克知道這種狀態不會持續太久。

「她還是個孩子。」

「你當真相信就只是這樣，沃克？我不需要聽鬼扯，聽你鬼扯。」

他們經過布蘭登．洛克家的時候，沃克看見窗簾在動，隨後布蘭登走了出來。他瘸著嘴，努力撐著瘸腿穿過院子。沃克稍微停了一下，星兒嘆了口氣。

「早安。」布蘭登對星兒笑了笑。

「你又把半條街都吵醒了，布蘭登。你最好把那引擎修好，否則黛吉絲會跑來幫你修好它。」

「那是台一九六七年的——」

「我知道那是什麼車。你父親的車，也是你過去二十年來都在修理的同一台車。我還看到你在地方報紙上談過那輛車。」

那篇報導很簡陋，被埋在分類廣告附近，一個地方人物的欄位。布蘭登談了半頁的活塞，然後躺在引擎蓋上，披頭散髮地噘著嘴。黛吉絲用麥克筆把他們那份報紙亂塗一通，然後貼在布蘭登家大門上。

「國慶日前會修好。所以我在想，你們會不會想去趟水晶灣。我可以安排野餐。我打算準備些奶油夾心蛋糕，對了。妳喜歡奶油夾心蛋糕。還有鳳梨雞。我還搞了一個做奶酪火鍋用的鍋。」他手裡拿著啞鈴，不停地舉上舉下，右臂上的血管一根根凸顯出來。

「我不想和你約會，布蘭登。你從高中起就開始約我，我都覺得累了。」

「星兒，妳要清楚總有一天我會對妳死心的。」

「那麻煩你到時候給我發個書面通知。」

她挽著沃克的手，繼續漫步向前。

「他還當我們在讀高中。」星兒說。

「而且他到現在還是不爽妳被文森給追走。」

他們走到常春藤路盡頭時，他回頭看了一眼，看到布蘭登・洛克仍然站在那邊，盯著他們。

他們走著，這每週一次的儀式已經持續了近十年。每週一的早上沃克會到星兒家，讓她從屋裡走出來，跟他說說話。雖然他待的時間不會太長，但他有時認為這種例行見面對她是好的。如果她有話不肯跟心理醫生談，她可以和他談。

「所以他怎麼樣？」

「他還好。」

她瞇起眼睛。「那他媽是什麼意思，沃克？真是的。多給我點資訊。」

「我聽說了。那天晚上發生的事。」

「他英雄救美是吧。誰稀罕啊。我自己應付得了。我不需要他媽的文森・金恩過來多管閒事。」

「以前都是他替我們出頭。記得那個叫強森的男生嗎？他以為我偷了他的腳踏車。」

星兒笑了。「好像你會偷什麼東西一樣。」

「他個頭可大的。」

「沒有大到能打倒文森。我就喜歡他這點。他很強悍，很多人看到他的樣子就害怕，可只有我們真正了解他的性格。希希以前很愛他。我們坐在沙發上，她就會過來擠到我們中間。你知道他們相處的時間也不短，他還把希希的畫帶回家保存起來呢。」

「我記得。」

「你什麼都記得，沃克。」

「妳幹嘛讓他過去？我是說達克。他不是好人。」

「那沒什麼，不是你想的那樣。我被他搞到火大。是我起頭的。都過去了。我今晚會去夜店上晚班。」

他在日落大道拐彎處停了一下，星兒的目光越過他望向文森家。接下來要往哪裡走，他讓星兒決定，她往海灘走去。汽車一輛輛從身邊駛過，這時來了一台廂型車。

他看到是艾德・泰洛，他舉起手，但艾德經過時，目光始終在星兒身上。

沃克鬆開領帶，星兒踢掉涼鞋，踩上熱烘烘的沙灘。沃克跟上去，星兒踢著腳跟衝向海水，感覺腳被曬得發燙，他的鞋子則進了越來越滿的水。她在水深至腳踝的地方停下，看著沃克拖著沉重的步伐走向她，星兒樂得哈哈大笑。

他們沿著海岸線一起漫步。

「我知道我很失敗，沃克。」

「妳沒有——」

「唯一一件我本該做好的事情，也被我搞砸了。」

「黛吉絲愛妳。雖然她有點叛逆，但我看得出她很關心妳，還有羅賓——」

「羅賓是個好孩子。他……他身上有我最好的那部分。他是個小王子。」

他們坐在沙灘上。

「三十年了，沃克。然後就這樣砰地一下他就回來了。過去這些年，我有想到他，想到太多次了。而我知道那讓你很高興，你想要聊他的事，好像我們都還是曾經的我們。」

他這才感覺到熱，背部整片都是汗。「妳酗酒、嗑藥，不把自己的命當一回事。幾番折騰，我們依然能像現在這樣一起散步、聊天，好像一切都沒變。」

「你誠實到病態的程度，沃克。你甚至都不知道自己對別人有多大的影響。黛吉絲的榜樣不是我，而是你。」

「不，不是——」

「你是她跟一切美好事物間的聯繫。你是她生命中的那個人，那個不會撒謊或劈腿或害慘別人的人。她沒說，但她需要你。而你永遠不能讓她失望，因為那就像把燈關掉一樣。」

「妳會沒事的。妳可以當她的那個人。」

她翻弄沙子，舀起來，讓它們自指縫流過。「我要怎麼做才不像現在的我？」

「去見他。」

「原諒他？」

「我沒這麼說。」

「每次遇到什麼挫折，我想到的都是他。我沒那麼堅強，面對不了這樣的狀況。你不知道這意味著什麼，你不知道讓他重新回到我的生活中意味著什麼，更何況現在不僅僅是我的生活。」

「他比迪奇・達克好。」

「媽的，沃克。你說這話就像個孩子一樣，誰比誰強，誰比誰好，難道就這麼簡單嗎？非黑即白那一套你覺得可信嗎？我們每個人都一樣，有好的一面也有壞的一面。文森是個殺人犯，他殺了我妹。」她聲音顫抖。「我應該搬走的。我應該像瑪莎一樣，把海文角拋在腦後。」

「我一直在關心妳，還有孩子們。」

她緊握他的手。「我很感激。你是我有史以來最棒的朋友，沃克。宇宙的力量無處不在。世間因果，都有天數。」

「妳真的那樣相信？」

「宇宙會找到方法來平衡好跟壞。」

她站起來，拍掉身上的沙子。「他如果問，你就跟他說，我跟他在很久以前就結束了。也別再提他了，沃克。至於黛吉絲和羅賓，他們才是唯一重要的。而我會盡我所能跟他們證明這一點。」

他看著她離開，然後轉頭望向大海。

這些話他以前就聽過很多次了，他祈禱這次她是認真的。

✦

午夜，低沉的轟隆聲中，車頭燈掃過黛吉絲的房間，房裡放著沒有門的衣櫃、抽屜壞了的梳妝台。

牆上沒有她喜歡的海報，沒有漂亮的裝飾，彷彿這房間與這個十三歲的女孩沒有半點關係。踩薄的地毯、磨成光禿平面的尼龍織布，還有一張她在上頭痛苦地睡了好幾小時的小床。

她躡手躡腳地穿過走廊，查看羅賓的狀況，聽他從被單傳出的聲音。天氣熱得他頭髮濕黏。她把他的門關緊，然後走到面對街上的門口，打開門鏈。

星兒躺在乾枯的草坪上。

黛吉絲小心翼翼地走過去。

她瞥向馬路，那台凱雷德轉彎離開時，煞車燈一閃一閃地亮。

黛吉絲把她母親翻過身，裙子鉤住了，樣子很不檢點。

「星兒。」

她眼睛旁邊有個傷痕，嘴唇腫起來，好像裡面的血隨時都可能噴湧而出。

「星兒，醒醒。」

她看見對街的窗簾移動，那屠夫的身影一閃而過，他簡直是個偷窺狂。然後是旁邊，布蘭登・洛克家警示燈也亮了起來，投在被遮住的野馬跑車上。

「快點。」她拍打她母親的臉頰。

她花了長達十分鐘叫她起來，帶她進屋又是十分鐘。星兒吐在走廊上，那種猛烈的反胃好像要把她焦黑的靈魂吐出來一樣。

黛吉絲用她熟知的方式把她送上床，讓她面朝下躺好，脫下她的高跟鞋，把窗戶打開，讓菸味、酒味和香水的甜膩味散去。有時候她母親在達克那裡顧吧檯，下班後會很晚才跌跌撞撞地進屋，把她吵醒。但這是她頭一次看到她被人打。

她打開羅賓的房門，看到他坐了起來，她讓他躺回去睡覺的時候，他一臉茫然的表情。

然後她去廚房裝了一桶水。她把嘔吐物清掉，她弟弟才不會看到，然後梳洗完穿上她的牛仔褲和運動鞋。

海文角還在熟睡，黛吉絲小心地騎過街道，避開主街和日落大道，沃克有時會坐在那邊監視。

她想到她母親和沃克，以及讓世界顯得沒那麼重要的酒精和藥物的吸引力。

沿著卡布里約騎了一英里，半個小時過去，她的大腿就痛得發燙。

夜店出現在視野裡，「八號俱樂部」，黛吉絲知道它，因為所有小孩都知道。每隔幾年，初選開跑，市長候選人想搶選民的票時，就會有些許要它停業的壓力。

星期一晚上，晚到能讓停車場空空如也，霓虹燈不再閃爍，碎石路面上滿是空瓶。

穿過卡布里約海灘，黛吉絲看到那座峭壁，看到了嶙峋的怪石和在微風中輕輕搖擺的成片樹叢。夜晚的海洋是如此遙遠又黑暗，彷彿在規定著她世界的邊際。這裡沒有船隻或車輛行經，就只有她，她扔下腳踏車，穿過停車場，試了試巨大的木門，但知道它們會被鎖起來。貼了深色貼膜的窗戶，其中一角開始剝落。一個標誌寫著「暢飲時段，兩點到七點」，黛吉絲納悶什麼樣的男人，會在陽光還照得出他們的罪惡之舉時來到店裡。上頭管狀的霓虹燈塑型成巨乳和美腿的輪廓，但現在暗了下來。

她從旁邊找到一塊石頭，把它往玻璃窗扔，看窗戶裂開來，然後再試一次。玻璃破掉的時候她屏住呼吸，碎裂聲頃刻間震耳欲聾，然後四周鴉雀無聲。再過一秒，警鈴聲響起，刺耳的聲音催促著她不得不抓緊時間。她包包裡有一盒火柴，從鋸齒狀的窗戶鑽過時，玻璃劃破了她的手臂，可她一聲都沒吭。她往目標前進，發現自己來到一間後台準備室，有發亮的鏡子、凳子和化妝品，還有她沒見過的服裝。空氣中瀰漫帶著汗臭和消毒過的氣味。

房間裡有很多儲物櫃，每個櫃子上都貼著照片。她看著那些面孔和噘起的嘴唇和往後梳的頭髮。旁邊則是些代表天真或純潔等涵義的名字。她沿著走過去，一隻手撫過那些羽毛和馬甲。

酒吧裡，玻璃杯在鏡面牆前一字排開。她拿了一瓶Copper & Kings，在一張牛皮卡座上倒個精光。

她拿出包包裡的火柴，點燃了一整盒之後丟下去，看著藍色火焰漸漸上升，令人著迷。

她站在那兒看得好久，沒發現自己的雙頰因熱氣而發紅，直到她胸腔緊繃，開始咳嗽起來。火勢蔓延的同時，她踉蹌著後退。她抓緊手臂，手指沾著血，火焰沿著燈泡和桌子往上往外延燒。

眼看就要出來了，她忽然想起一件事。

她往回跑過濃煙，把T恤蓋在鼻子上，打開一扇又一扇的門，直到她找到辦公室。桃花心木辦公桌上鋪著綠色皮革，另一個更小一點的吧檯上有水晶杯和一盒雪茄。她找到旁邊的一排螢幕，並打開底下的櫃子，把監視錄影帶從機器彈出來，塞進她的包包裡。

她低著頭迅速移動，火焰從後面朝她衝來。

她在夜空中大口喘氣，牽起她的腳踏車。她的T恤上有幾顆星星和半輪弦月，和一張笑著的臉。

在她身後，她聽見爆裂和災難的聲音。接著，終於，有人回應警鈴了。

她用力騎車，往下滑行經過卡布里約海灘，然後往上爬。

她經過一輛汽車，持續把頭壓低，然後循著樹林騎出馬路，進到海文角。她騎上日落路，接著到福圖納大道上，在一堆垃圾旁邊停下來，隨便瞥一眼，她看到一張破舊的床頭櫃，裝得滿出來的箱子和布袋，隨時能被拖上垃圾車。她扔下腳踏車，衝過去把錄影帶塞進一個垃圾袋裡。

銷毀證據。她很聰明。

她盡可能安靜地移動，穿過她住的那條街和家裡的院子，把腳踏車靠好，進到廚房裡，接著發現她母親和羅賓都還在睡。她在浴室裡脫下衣服，沒理會割傷的地方，裸著身子溜到洗衣機前開始忙碌。

結束之後，她爬進浴缸裡，讓水從蓮蓬頭流下來，用肥皂清洗乾淨。接著，她對著鏡子從手臂上拔出一片半英寸長的玻璃，看著鮮血隨之流淌出來。她看著那道殷紅，臉上沒有露出半點驚慌的神色，法外之徒的血統使她變得更堅強。

他們不是家裡有藥櫃或急救箱的那種家庭，但黛吉絲找到她一年前買的一包兒童用ＯＫ繃，挑了尺寸最大的用力貼上去，看著它被染上血色。

她躺在弟弟的床尾，像隻貓一樣縮起來，等待遲遲未到來的睡意。

第一道日光露臉，將炙熱的夜晚留在過去，她猜想接下來會發生什麼事。

很糟的事。

內心深處，她痛恨這樣的自己。

9

沃克在懸崖邊找到了他。

邊緣的圍欄已被推倒，文森站在崖邊，腳尖懸空，只要稍微起一點風，就能將他帶到一百呎以下。他穿著牛仔褲和舊T恤，雙眼蒙著一層倦意。沃克懂文森的感受。沃克在一點多被達克俱樂部的電話給叫醒。他穿上制服就上了車，路上遠遠地就看到半邊天被映得通紅，活脫脫像國慶煙火重新登場。他很快感受到了現場的火光、熱浪，和嘈雜的聲響，他把巡邏車停在兩條路外頭。那裡有少許車流匯集，但大部分駕駛都曉得要調頭回去。

升起的煙霧將天色染灰，達克跟圍觀群眾分別而立。面無表情。

「你要不要從邊邊往後站一步啊，阿文。你這樣子讓我有點緊張。」

他們一起走回房子的陰影處。

「你像那樣站在那裡，是在祈禱還是怎樣？我都擔心你要跳下去。」

「祈禱和許願有什麼差別嗎？」

沃克拿下帽子。「許願是求你想要的東西，祈禱是求你需要的東西。」

「我很肯定兩者對我來說是一樣的。」

他們一起坐在後面平台的階梯上。新的木板靠在他們旁邊，浸過透明漆但還沒上色的橘色木板。

要修復這地方，可能得花上一輩子。

「你認識迪奇・達克那傢伙嗎？」

「我不真的認識任何人，沃克。」

沃克沒有急著反駁。

「萊德利家的女孩，還有星兒。那個叫迪奇・達克的在找她們麻煩，我就插手了。」

沃克相信這是真話。「星兒說他們是朋友，所以她不會提告。」

「朋友。」

沃克再次從他的話語中聽出了醋意。看來文森對星兒還是很在乎。

「他的店昨天夜裡失火了。」

文森沒說話。

「他在卡布里約海灘附近有一家夜店，那是他的搖錢樹。達克提到你的名字，所以我必須得——」

「沒關係，沃克，真的不用擔心。」

沃克手沿著傾斜的圍欄摸過去。「所以說，你昨晚在家？」

「我想他那種人應該樹敵不少吧。」

「我大概已經知道該找誰了。」

文森扭頭看著他。

「我們有個司機打來說，看到一個騎腳踏車的小孩。」

「我說，你不能就丟著別管嗎？我知道自己在說什麼，我無權干預，但她是個孩子。星兒的孩子。」

「她是。無論如何，縱火的人很可能拿走了監視錄影帶，這就死無對證了……」

「沒錯。」

就這樣，文森沒說別的，沃克也放過他。他記下對話，他在盡他的職責，他總是會盡他的職責。

離開文森家，沃克接著在遠離主街的賽耶爾路上找到那對姊弟。他們一起走著，羅賓走在前面，穿過院子，時不時往後看是不是只有他一個人。還有黛吉絲，她戒慎小心的姿態，好像她在耳聽八方，隨時都在預期會有麻煩出現。

他停下車的同時，她轉頭，用他在文森身上也看過的同一種平靜的眼神望向他。

沃克將引擎熄火，下車站著，太陽緩緩攀升，籠罩在一棟屋子上。那天早上，他的手沒有顫抖，因為他服用了不同劑量的多巴胺。但沒多久就會再復發。

「早安啊，黛吉絲。」

她一臉倦容。肩上揹著她跟她弟弟的書包，穿著牛仔褲和舊運動鞋，還有一件T恤，其中一邊手臂上破了個小洞。她一頭蓬鬆金髮和她母親一模一樣，總是別著蝴蝶結。她長得夠漂亮，能讓男生排隊追她，前提是他們不知道她的身世。

「妳知道達克那邊的事嗎？」

他等待任何一點蛛絲馬跡出現，但她完全沒有露出異狀。這讓他很高興。他希望她能演好這場戲，提供他需要的答案。

「他的店昨晚被燒掉了。有人在那段時間看到一個騎腳踏車的孩子，妳知道嗎？」

「不知道。」

「那不是妳？」

「我整晚都在家裡。你可以跟我母親確認。」

他雙手擱在他鼓起的肚子上。「這幾年我放水了很多案子。每次我都會質問自己。妳好多次被抓到偷——」

「食物，」她哀傷地說。「那只是食物。」

「這次不一樣。牽涉到非常多的錢，如果有人在裡面，可能會出人命。我沒辦法每次都幫妳脫身。」

他們站在一起，一台車經過，一位年邁的鄰居往前看，很快瞥了他們一眼，旋即別開目光。星兒的女兒，一點也不意外。

「我知道達克，也知道他是怎樣的傢伙。」

她用手掌摀住眼睛，她太累了，全身肌肉緊繃。「你什麼屁都不知道，沃克。」她語氣雖然溫和，但他還是渾身一震。

「你何不去主街上晃晃，讓度假客管好他們的狗。」

他試圖找什麼話說，但最後改而將視線轉向草地，摸了摸他的警徽，彷彿那是他的第二層皮膚。

她轉頭就走，沒有回頭。他知道，要不是有羅賓讓她繼續走在正軌，他肯定會忙到一個頭兩個大。

✦

她在學校門口看到那台凱雷德，黑色車身，染色的窗戶將世界隔絕在外。它停在那裡，不知情的人們從旁經過。黃色校車像花一樣排成一列。

她知道這遲早會來：星兒老把平衡和因果掛在嘴邊。她跟弟弟揮手再見，看著他走進紅色的教室門。

空氣中仍瀰漫著火災的氣息，懸浮的灰燼落在她的手臂上，緊黏她的鼻子。她納悶有誰會在那個時候看到她，按道理那時人們早該回家睡覺了啊。只能說太倒楣了吧。可她心裡又不免喜孜孜的，因為她報復了迪奇・達克。

她穿過馬路走到車窗前，她在這裡會是安全的，在學校外面，有老師和其他會幫忙注意陌生人的熱心人士。

車窗徐徐降下，達克的眼睛浮腫得好像從水裡被打撈起來，只不過淹沒他的不是海洋，而是金錢和貪欲。

她站穩腳步，膝蓋在牛仔褲底下打顫，但她給了他一個兇狠的表情。

「上車。」沒有怒氣，也不大聲。

「去你的。」

她班上的一群同學經過，沒看到她，他們正興致勃勃地聊著上個星期的事。有時候她會想，做一個沒沒無聞的普通人是什麼感覺。

「關掉引擎，把鑰匙拿出來。」

他照做了。

她繞到另一頭。「我會讓門開著。」

他粗厚的手指，巨大的指節，緊抓著方向盤。

「妳和我，咱們心知肚明。」

她望著天空。「沒錯。」

「妳知道因果法則嗎？」他看起來那麼哀傷，他媽的那麼高大又強悍又哀傷。好像不屬於這個世界。

「你倒是說說看。」

「妳不明白妳做了什麼。」

地墊上有一根抽完的菸蒂，就那樣捻熄在上面。是她母親抽的牌子。

「妳跟妳母親不一樣。」他說。

黛吉絲注視著一隻鳥在空中靜止而完美的姿態。

達克一隻手摩擦著方向盤。「她好不容易找到賺錢的門路。她得繳房租，而我剛好需要人。」

「她不是妓女。」

「妳覺得我看起來像個拉皮條的？」

「反正不像個好東西。」

空氣停滯了一瞬間。

「無所謂。只要我看起來不像我真正是的樣子就好。」他的嗓音死氣沉沉得令她發寒。

「昨晚妳拿了某個東西。」

「你賺得已經夠多了。」

「怎樣算夠由妳來定的嗎？」

黛吉絲瞪了他一眼。

「這件事怎麼解決，妳媽的態度也很重要。妳得去問問她。」

「去你的，達克。」

「那捲影帶，黛吉絲。我需要監視錄影帶。」

「為什麼？」

「特倫頓七號。妳知道那是什麼嗎？」

「保險公司嘛，我在廣告看板上看過。」

「他們不願賠償，因為監視錄影帶不見了，他們覺得火災跟我有關係。」

「難道沒關係嗎？」

他深深吸了一口氣。

她咬著牙。

「我會記住的。」

她正對他的視線。「你不該忘記。」

「我真的不想非得衝著妳來。」他聲音裡某個部分讓她相信他是認真的。

「但你會。」

「我會。」

他越過她伸手到置物箱裡，拿出他的太陽眼鏡，然後她才看到槍擱在那兒，槍管對準她。

「我給妳一天的時間。去跟妳媽說妳做了什麼。她可以擺平，不然我沒得選擇。妳要把錄影帶弄回來。」

「你會拿去交給沃克。」

「不會。」

「保險公司的人會讓警方介入。」

「也許。但妳問問妳自己，黛吉絲。」

「問什麼，混帳？」也許他注意到她發抖了。

「妳比較想被警察盯上，還是我？」

「我聽說你曾把一個傢伙活活踹死？」

「他沒有死。」

「你幹嘛那麼狠？」

「為了生意。」

「我看那捲錄影帶我還是自己留著吧。」

達克惡狠狠地瞪著她，目光深不可測。

「你離我媽遠一點，也許有一天我會把它還給你。」

她爬下車，然後轉身。他看著她，端詳她，觀察她每個特徵，將她詳記在心裡。

她很好奇，當她跟著其他孩子——他們的生活明亮得令她眼花撩亂——走進學校大樓時，他看到了些什麼？

這一天緩慢行進。她屢次確認時鐘，眼睛盯著窗戶，老師講的話沒進到她耳裡。她獨自吃午餐，隔著柵欄看著羅賓，感覺她曾擁有的一點點控制權從她手中流失。達克能造成無可估量的傷害。她需要那捲錄影帶。她相信他不會拿去給沃克。她認為世界上有兩種人，一種會報警，一種不會。

當鐘聲響起，她看著其他小孩魚貫而入，打球的孩子試圖要打最後一局，凱瑟迪伊・伊凡斯領著她那個小圈圈。

黛吉絲從主建築側面溜下來，然後衝過停車場，在福特、富豪和日產汽車之間遊走。她很有可能會被校方抓到，但她早有準備，她會跟她母親說她身體不舒服，月事來了，學校不會逼問的。

她走得很快，感覺到每個路人的目光。她沿著主街外圍走，以免沃克從局裡往外看。天氣很熱，熱得她幾乎喘不過氣。她滿身是汗，T恤都濕了。

等她趕到福圖納大道時，她發現了那間老屋。

然後她盯著院子，垃圾已全部清空，被垃圾車清走了。

錄影帶沒了。

她慌了，呼吸急促四下搜尋，好像最後的希望已經棄她而去。

整個下午她都待在海灘，坐在沙地上看著海水發呆。她摀著肚子，疼痛的感覺劇烈且揮之不去，即使到了該接羅賓的時候也沒有半點緩解。

他回家路上講個不停，講他的生日，講他要六歲了，還有六歲之後會怎樣。他說他總算有資格擁有一把家裡的鑰匙了，她笑著撫摸他的頭髮，心思在某個她希望他永遠別跟來的地方。她在空蕩蕩的屋子裡弄了炒蛋，兩個人一起在電視前面吃。然後，等太陽下山後，她帶他上床，唸書給他聽。

「我們可以吃一次綠雞蛋[6]嗎？」

「當然。」

「還有火腿？」

她親了下他的額頭，把燈關掉，自己瞇了一會兒，然後在黑暗中醒來。她走過屋子，打開一盞檯燈，這時她聽到外面有音樂聲。

黛吉絲發現星兒在露台上，坐在那張需要重新粉刷的舊長椅。月光照亮她的母親，她正彈奏著那把舊吉他，輕聲唱著歌。她們的歌。她閉上眼，歌詞刺痛了她的心。

她需要告訴母親她做了什麼，說她用一根火柴，把保護他們不陷入惡水的唯一那道橋梁給燒了。他們現在還在淺灘，但很快就會來到水深處，他們會被吞沒到連月光都照不到的地方。

黛吉絲赤著腳走了幾步，對地上的碎片毫不在意。

輕柔的和弦彈奏著。「和我一起唱吧。」

「不要。」

黛吉絲湊過去，直到她的頭倚在她母親的肩膀上。不管她做了什麼，不管她有多堅強、是個法外之徒，她都需要她的母親。

「妳唱歌的時候為什麼會哭？」她說。

「不好意思。」

「沒什麼不好意思的。」

「我打給那個人了，酒吧那個音樂圈的人。他想跟我碰面喝一杯。」

「妳有去嗎？」

星兒緩緩點頭。「男人啊。」

「昨晚怎麼了？」她不常過問，但這次她需要知道實情。

「有些人就是沒那個酒量。」星兒往鄰居家使了個眼色。

「布蘭登．洛克。他打妳？」

「意外而已。」

「恐怕他脫不了干係吧？」

星兒搖搖頭。

黛吉絲看著高大的樹木在夜空中搖曳。「所以達克什麼也沒做？」

「我只記得他扶我上車。」

事實如此冰冷，黛吉絲一時說不出話來。她忽然想到達克，他已經盯上自己。她咬咬牙，抖擻精神。善有善報，惡有惡報。

❻此處綠雞蛋和下文的火腿算是一個梗。源自一本名為《綠雞蛋和火腿》的兒童圖畫書，書的主題是要不要嘗試新事物。該書作者蘇斯博士是二十世紀最受歡迎的兒童圖畫書作家之一。

「妳知道明天是羅賓生日吧？」

星兒頓時一臉難過，好像馬上就要忍不住哭起來。她嘴唇還是有點腫，眼睛上的瘀青也仍未消退。那副模樣讓人心痛。顯然她弟弟不會有禮物。她母親忘記了。

「媽，我做了件壞事。」

「我們都會做壞事。」

「我覺得我補救不了。」

星兒閉上眼睛繼續彈唱，女兒輕輕地靠向她。「啟航吧，銀髮女孩。」

黛吉絲的聲音開始嘶啞。「向前航。」

「我會保護妳。那是母親該做的。」

黛吉絲沒有哭，但那個當下她幾乎就要哭出來了。

10

沃克獨自承受跌倒的屈辱。

謝天謝地。前一分鐘他還在走路，下一刻他就仰面朝天了。他的左腳好像不存在了。

他坐在巡邏車裡，在凡庫爾丘醫院的停車場裡。他沒有走進去。坎卓克說他可能會有平衡的問題，但那種失控的感覺依舊令人恐懼。

無線電上滿是低沉的嗡鳴、噪音和對話：布朗森一件2-11狀況，聖路易斯一件11-54狀況。旁邊是印著羅熙餐館字樣的咖啡杯，踏腳墊上是漢堡包裝紙。他的肚子撐著襯衫，雙手擱在那裡。他慢慢欠了個身。沃克剛開車經過文森家，房子有點樣子了，百葉窗被拆除，準備上漆。

他抬頭望著夜空中的星星，心裡想著自己的病。他已經能切切實實地感覺到，他的病在骨頭裡，在血液裡，在他心裡。末梢神經與大腦的聯繫雖然沒有中斷，卻大大地延遲了。

午夜剛過，無線對講機的聲音把他從淺眠中驚醒。

常春藤路。

他舔了舔乾燥的嘴唇。

然後再次傳來呼叫。

他一邊拿對講機一邊啟動引擎，打開車燈，照亮了馬路，往海文角開回去。

報警的人沒提供細節，只說他們得過去。他祈禱不要出什麼大事，也許是星兒又喝醉了。

他經過埃迪森街，位在主街比較安靜的一側，半點燈光都沒有。

他到了常春藤牧場後放慢速度，除了熟睡的家戶以外沒看到任何東西，他又恢復了正常呼吸。

到了她家外面的馬路邊，在他看見面向街道的門敞開以前，他一直很冷靜，接著那種感覺就來了，腹部一陣刺痛，肺部失去空氣。他爬下車，伸手拿槍，他已經不記得自己上次這麼做是何時。

他看了一眼洛克的房子，然後再看看米爾頓家，完全沒有動靜。貓頭鷹在不知什麼地方叫了一聲，一個垃圾桶忽然倒下，可能是浣熊在找吃的。他箭步走上門廊，輕輕推開門。

走廊上有張邊桌和電話簿。運動鞋胡亂擺成一排。牆上貼著畫，羅賓的作品被黛吉絲釘在上面。

鏡子上有裂痕，沃克和自己四目相望，瞪大的眼睛充滿害怕。他抓緊手槍，子彈已經上膛，保險也已打開。他想過呼叫支援，但這時他不想出聲。

他經過男孩的房間，往裡面看了一眼，看見床是空的，他的床單捲成一堆，和一顆枕頭掉在地毯上。

女孩的房間裡也是同樣狀況，不過乾淨了些。廚房裡，就只有時鐘指針沉穩地劃過寂靜。他慢慢看過去，老是沒變的一團亂，一把奶油刀，水槽裡的餐具；黛吉絲會去處理，她向來都會。

直到月光照到他，他才注意到那名男子，坐在小桌子邊，掌心攤開朝上，一副完全不帶惡意的模樣。

「你最好去客廳看看。」文森說。

沃克注意到他頭上的汗水，意識到他的槍正對著他童年好友，但他沒有放下來。此刻的他完全歸腎上腺素支配。

「你做了什麼？」

「沃克，你來晚了。但你得趕緊去打電話。我會在這裡，動也不會動。」

槍在手裡顫動了一下。

「你應該把我上銬。人們預期你會這樣做。你不能搞砸。如果你把手銬丟過來，我會幫自己上銬。」

沃克嘴巴乾啞到幾乎說不出話。「我不——」

「把手銬給我，沃克警長。」

警長。喔，他是警察。沃克伸手拿皮帶上的手銬，丟到桌上。

他走進客廳。汗水滲進他雙眼。

映入眼簾的情景讓他倒吸了口氣。

「該死，星兒！」他迅速衝過去跪下。「喔我的天，星兒。」

她仰躺在地。片刻之間，他還以為她試了什麼不好的玩意，以前也發生過。但當他注意到實際發生什麼事之後，他往後一倒，又咒罵了一次。

血，到處都是血。他本能地抓起無線電對講機呼叫總部，可手上濕滑得差點把對講機摔在地上。

「天啊！」他在星兒的衣服上來回翻找，很快找到了傷口。就在她心臟上方，有一個洞，還有撕裂的皮肉。

他撥開星兒臉上的頭髮，發現她面色蒼白，毫無血色。他試了試脈搏，什麼都沒有，但他還是開始做心肺復甦術。他一邊進行的同時，一邊環顧四周：一盞檯燈翻倒，一張照片掉在地板上，一個小書櫃倒落。

血跡濺到牆面上。

「黛吉絲！」他大聲喊道。

他不停按壓星兒的胸口，累得滿頭大汗，手臂痠痛。

增援的警察和醫護人員很快趕到，他們把他輕輕拉到一邊。顯然，她已經死了。

他聽見廚房傳來喊叫聲，文森被壓在地上，隨後那聲音跑到了外面。

沃克站起身，頭暈目眩，整個世界都在跟著旋轉。他走到街上，鄰居開始聚集。他坐在門廊上大口呼吸，看著那些紅色和藍色的燈光。他揉了揉自己的頭和眼睛，捶了幾次自己胸口，想確定這一切是真的。

他還來不及趕到警車旁，他們就把文森帶走了，他跑了一小段，但喘得雙膝跪地。往事歷歷浮現眼前。

一個小組迅速控制了現場，他們拉起封鎖線，把圍觀群眾趕到夠遠的地方。新聞車、燈光和記者把這裡團團圍住。一台資訊後勤車切進來停到路邊上。這裡是犯罪現場，他們控制得很好。這時，沃克突然聽到裡面的吵雜聲。

他立刻起身，雖然頭還有點暈，依舊搖晃走過去，彎身越過布條，他在屋內看到州警波依德和薩特郡的兩名員警。波依德正跪在小櫃子旁邊。

「怎麼了？」

一名員警轉頭，雙眼滿是怒火。「那孩子……那男孩。」

沃克往後退，撞到牆面，感覺自己雙腿一軟，走廊彷彿變成一條隧道，做好準備面對即將發生的事。

波依德揮手讓他們退後一點。

接著沃克看見他閉著眼睛，一條毯子圍在他的肩膀上。

「他沒事吧？」沃克說。

波依德仔細地檢查他的狀況。「臥室門鎖著，應該一直在睡覺。」

沃克跪在男孩旁邊，男孩的目光四下游移，就是不看他。

「羅賓，你姊姊在哪？」

✦

黛吉絲騎腳踏車整整騎了三英里，越過黑暗的馬路，帶她遠離她的小鎮。車子朝她開來、把車頭燈改成近光或閃燈或按喇叭的時候，她屏息以對。她大可騎有照明的路，可那要多騎一英里，她已經夠累了。

彭薩科拉大街上的雪佛龍加油站已經進入視野，架在灰色柱子上的藍色標誌牌格外醒目。她把腳踏車靠在一個煤箱上，走過停車場。一台老轎車亂停在那，車主拉著加油泵正要加油。

羅賓明天醒來就六歲了，她不會讓他什麼東西也沒有。

十一元。她從星兒錢包裡拿的，那時星兒看著天花板，對她女兒來說就像死了，對這世界來說也死透了。

黛吉絲對她大多是厭恨，偶爾是愛，但又徹底需要她。

加油站裡有一名員警，他站在咖啡機前，穿著黑色領帶和長褲，俐落整齊的鬍鬚，警徽別在胸前。

他打量她，她無視他，接著他的無線電劈啪作響，他丟了幾塊錢在櫃檯上後走出去。

她走過走道，經過高大聳立的冰箱，寫著啤酒和汽水和能量飲的標示。

沒有生日蛋糕，只有一盒恩特曼紙杯蛋糕，上面撒著粉紅糖霜。那會讓羅賓很不爽，至少心裡會，他不會講任何可能顯得不知感恩的話。她拿了一盒，找到幾根蠟燭。手裡只剩六元了。

櫃檯後面是個大約十九歲的孩子，兩邊臉頰都是痘痘，還有太多的刺青。「你們有玩具嗎？」他指向一排架上擺著黛吉絲有史以來看過最可悲的塑膠玩偶。她仔細翻了翻，有個魔術組合包、一隻兔子玩偶、一包五顏六色的髮帶，還有一個看起來很像醜到不行的美國隊長的模型。她緊緊抓著，算是找到了什麼。但它的售價是七元。

她拿著它回到甜點區，發現唯一能稱得上有點特別的就是她拿的那盒，然後她又再咒罵了她母親一次。她站在裸露的黃色燈管底下，燈光暗到她直接失去掙扎的能力。她考慮要偷走蠟燭，四下張望卻看到櫃檯後面的孩子在看她，彷彿能讀出她痛苦反覆的心思。她壓了一下蛋糕盒，力量剛好讓它凹下去。她在櫃檯理論，給那孩子看受損的蛋糕，要求他少收一元。他起先拒絕，接著結帳隊伍開始變長，他只好臭著臉收下她的錢。

她把包包鉤在把手上，出發回家，她騎得很慢，這時又一台警車從身邊駛過，打開的警示燈和尖銳的警鈴和溫暖的夜晚形成強烈對比。

稍後，等她知道發生了什麼事以後，回想最後這趟車程，她後悔不已。假如知道會是這樣的結果，她一定會希望自己有繞遠路，沿著海岸，注意看無邊無際的海水、感受夜晚中的哼鳴，主街上每盞路燈完美的光暈。她會希望自己有深呼吸，保留她在那裡最後一刻的正常生活，因為如果說之前很糟——而且大多來說確實如此——等她回到那條街，看到鄰居們讓路給她的腳踏車經過時（好像她在指揮他們，好像她無所不能），整個情況已經是徹底面目全非。

當她看到警車，她的本能反應是調頭。一個小時前，當她牽起腳踏車，拉到房子側邊時，她在布蘭登．洛克家外面停了一下。她找到一塊夠銳利的石頭，走到他的車道上，把野馬跑車的遮布掀起來，拿石頭劃過車門和擋泥板，她劃得如此用力又深入，烤漆底下的銀色都露了出來。去他的！誰教他揍了她母親。

可如果只是因為劃了鄰居的車子，應該不至於來這麼多警察，聚集這麼多人吧？還有沃克看她的眼神。不對勁。

她扔下她的腳踏車，扔下她的包包，踢開一位試圖擋在她面前的警察。他退開來，她知道情況非比尋常。

她衝向屋子，閃過布條和另一位警察，咒罵他們每個人，罵出她知道的所有髒話。

她找到她弟弟後冷靜下來，沃克看著她，嘴巴緊閉，但他的眼神顯露了一切，所有一切。無論她怎樣對沃克振臂狂揮，她怎樣和他四目相望，用上什麼樣的詞彙，她弟弟如何失控爆哭，他們都不讓她進去客廳。

沃克半拖半扛把她帶到院子，沒有人能看見她的地方。他讓她坐在泥地上，她罵他是狗娘養的，同時羅賓在旁邊哭得好像再也沒有明天。

到處都是陌生人，穿制服的男子，穿西裝的男子。

當他們以為她冷靜下來時，她拔腿狂奔，躲開他們。她手腳夠快，成功穿過人群。到了門口，她衝到屋裡，衝進了客廳。

她看見了她。

她的母親。

她沒有抵抗抱住她的手臂，也不再踢人或咒罵，就只是讓沃克帶走她，像個孩子——她的確是個孩子。

「妳跟羅賓今晚可以待在我那裡。」

羅賓緊握她的手，走向沃克的巡邏車。陌生人盯著姊弟倆看，一台電視攝影機照亮他們，黛吉絲沒有力氣瞪他們。她看到米爾頓在他家窗邊，他倆對望一下，隨後他轉身回到黑暗中。

她撿起院子上的背包，看到裡面的蛋糕、玩偶和蠟燭。

他們在那兒坐了好長一段時間，直到過了好多好多個小時，羅賓在她身旁墜入不安穩的睡眠，又是呻吟又是呼喊，她則輕撫著他的頭髮。

沃克緩緩駛離他們那條街，黛吉絲望著她家明亮的燈光，她的人生隨著這一幕逐漸黯淡。

第二部　大天空[7]

[7] 代指蒙大拿州。該州綽號為大天空之鄉。因為在那裡地平線往往不間斷地伸展，一眼望去無邊無際。

11

沃克在太陽下單手開車，眼看無盡的平原高低起落，從大草原到乾草原到更遠方。東邊是一條蜿蜒穿過四個州，最後流向太平洋的河流。

他把無線電關了。好幾英里過去，都只有蟋蟀的叫聲，以及偶爾經過、司機打著赤膊的破卡車。有幾位低著頭，其他則緊盯著前方，彷彿還有好長的一段路要開。沃克維持慢速，他很久沒睡覺了。他們在汽車旅館過了一晚，他們房間有一扇門相連，沃克整晚都讓它開著。他提議跟他們玩飛高高的遊戲，但羅賓很怕。沃克很慶幸，他從來都不喜歡飛高高。

他們坐在後座，分別盯著外頭，看著這片土地，彷彿那是全然陌生的地帶。羅賓沒有講任何有關那天晚上的事，他沒跟沃克說，沒跟他姊姊說，也沒跟下來辦案的特勤員警說。他們寄予同情，帶他到充滿粉彩色調、牆上有塗鴉和動物笑臉的房間裡。他們給他筆跟紙，在他周圍說話的時候謹慎小心，彷彿他是個易碎的玻璃花瓶。黛吉絲不以為然地看著，雙手交叉，皺著鼻子，看似不甚在乎他們在搞什麼把戲。

「你們在後面還好嗎？」

沒人回應他。

他們開過小鎮、水塔、生鏽的鷹架。沿著鐵路開了五十英里，棕色野草長出來蓋過焦黑的鐵條，彷彿最後一列車早在上世紀就已離站。

他減速停在一間衛理堂教會旁邊，白色牆面和淺綠色的石板，教堂尖塔猶如一支箭，指向豐饒之地。

「你們餓嗎？」他知道他們不會回答。這趟路程非常遠，上千英里。內華達州的焦土地帶，永無止境的八十號公路，跟空氣一樣乾燥的土地。過了好久好久，周遭世界才產生變化，橘色變成綠色，愛達荷州就在前方，再過去則是黃石公園和懷俄明州。黛吉絲暫時還不覺得無聊。

他們停在兩河廠區的一間餐館。

在破舊的卡座裡，沃克點了漢堡和奶昔，他們看著對面的加油站。一組年輕家庭跟著搬家貨車，在搬家途中，那個小女孩被巧克力沾得黏呼呼的，她母親手忙腳亂地跟在她後面，拿著一張濕紙巾，臉上掛著笑容。

羅賓停下來看。沃克擺了一隻手在他肩膀上，讓男孩轉回來低頭看著他的奶昔。

「會沒事的。」

「你怎麼知道？」黛吉絲回嘴，速度快得好像她一直在預期什麼似的。

「我記得妳外公，我還小的時候見過他。他是個好人。我聽說他住在一片有一百畝那麼大的地，也許你們會喜歡。新鮮空氣等等的吧。」他不知道自己在說什麼，只希望能停下來。「土地肥沃。」他把情況弄得更糟。

黛吉絲翻了個白眼。

「你跟文森・金恩談過了？」她沒有抬頭看。

沃克用餐巾紙擦了擦嘴。「我……我會協助州警調查。」

他們隔天早上就把沃克排除在辦案人員之外，只留他負責安排看守現場，直到他們完成工作。兩天下來，技術後勤車和圍觀的人群來來去去，沃克協調當地相關單位，封鎖了半條街。後來他們去了文森的家。沃克依然負責看守現場。他們根本沒把他放在眼裡，小小的海文角警局，不值得他們合作。他沒有去爭論。

「他們會判他死刑。」

羅賓望向他姊姊，目光疲憊但強烈，那是他僅剩的一絲精神。

「黛吉絲——」

「他們就是會這樣判。那樣的人無藥可救。槍殺一個手無寸鐵的女子。你相信以牙還牙嗎，沃克？」

「我不知道。」

黛吉絲拿了一根薯條沾番茄醬，然後搖搖頭，好像對他感到失望。她很常提起文森，那個開槍射死她母親、留她弟弟躲在衣櫃裡的男人。

「吃你的漢堡，」黛吉絲對羅賓說，他照做。「蔬菜也要吃喔。」

「可是——」

她怒目瞪過去。

他挑起一塊生菜，從邊角小口小口地咬。

✦

又一個小時過去，沃克看到迪爾曼監獄的標誌。長達四分之一英里的鐵絲網，阻絕人們在這種狂躁的生活內外自由進出。

高塔上有一名警衛，眼睛從帽子的寬帽簷底下露出，一隻手擱在來福槍上。在後照鏡裡，沃克車後拖著一條塵土，好像他擾亂了這片和平。

羅賓在他位子上睡著，面容緊繃，彷彿連作夢也在忍受不幸。

「那是監獄呢。」黛吉絲說。

「是。」

「像他們送文森．金恩進去的那種。」

「對。」

「他在裡面會被揍嗎？」

「監獄不是好地方。」

「也許他會被強姦到死。」

「妳不該那樣講話。」

「操你媽的，沃克。」

他完全理解那種怒火，但他擔心那會對她造成什麼後果，那些餘燼，只要最輕的一絲微風就會燒起來。

「我希望他被狠狠大揍一頓。我會看到，你知道，我晚上躺下來的時候。我會看到他的臉。我希望他被揍到一點也不剩。」

他把椅子往後推，骨頭發疼，雙手顫抖。那天早上他差點起不來，身子不聽使喚。他真擔心自己一命嗚呼，那剩下這姊弟倆該怎麼辦？他回想到最開始他也就只是肩膀痛而已。

「我擔心我會忘記海文角。」她對著他們行經的景色說。

「我可以寫信給妳。我可以寄照片過去。」

「那邊不是家了。我們要去的地方，那也不是家。全被他奪走了。」

「情況會……」他打住，那些話卡在那裡。

她轉頭看著迪爾曼監獄，直到它煙消雲散，然後閉上眼睛，不看沃克，不看外面變化萬千的世界。

✦

這是一天當中最難熬的時段，熱浪一波波升起，兩個小孩睡著了。黛吉絲雙眼凹陷，因為忍著不哭而發腫。她穿著短褲，沃克看見她膝蓋上的擦傷，和蒼白的大腿。

地勢在一百哩內先高升後傾落，不毛之地變得綠意盎然，乾燥焦渴的空氣被北方吹來的水氣取代。蒙大拿州低調地迎來他們，就只有一個標誌，一個藍色、紅色和黃色的「歡迎」。沃克搓揉頸部，打了個呵欠，隨即感覺兩頰上的鬍碴發癢。他在事發之後吃得都不多，體重掉了兩三公斤。

再過一個小時，他在密蘇里河轉彎。海倫娜鎮在後邊，天空如一面偌大的畫布，那天下午的蔚藍剔透醉人。經過幾條路和一條步道，農場理所當然地出現在那裡，以精細的筆觸畫在這幅地景上。總共有兩座白色屋頂的土紅色穀倉，和兩座被雪松簇擁的筒倉。房子很寬大，門廊環繞四周，上面有座椅和一架鞦韆，還有虯結扭曲但美麗的木材。沃克見到她在看，想要發問，但最後繼續閉緊嘴巴。

「到了。」他說。

「這一帶還住人嗎？」

「銅瀑布，就幾英里外。那邊有間電影院。」

他前一晚查過資料。

桉樹從兩邊交纏，為他們遮蔭。路邊有需要粉刷的白色尖籬笆，他跟著彎路開，見到赫爾直挺挺地站著看，沒有笑容、揮手或任何動作。黛吉絲伸長脖子，頭越過沃克的肩膀，解開她的安全帶。

他們停車後，沃克先下車，而黛吉絲沒有。

「赫爾。」他說，他走過去伸出手。

赫爾用力一握，他的手粗硬又長繭。他有雙隨著年歲增長越發閃亮的藍色眼睛，但沒有笑容，直到他孫女從巡邏車裡冒出來，站得同樣挺拔，猶如她母親的幻影。

沃克看著他倆打量彼此，互相下評斷。他嘗試要招呼她過來，但赫爾搖了一下頭。她準備好了就會過來。

「車程很長。羅賓正在睡，我不知道該不該叫醒他。」

「他明天不會睡到太晚的。農場的早上可熱鬧了。」

沃克跟著赫爾走向屋子。

這名上了年紀的男子很高，全身肌肉，他走起路來抬頭挺胸，下巴微微往上，宣示「這裡是我的土地」。

黛吉絲在後邊亂晃，看著這一片廣闊的世界，心裡卻禁不住失望，新的生活還沒開始就已經枯燥起來。她彎腰觸摸草地，走到一座穀倉前，往陰涼的暗處窺視進去。臭味很濃重，屬於動物和糞便，但她沒有轉身離開。

赫爾拿來沁涼無比的啤酒，沃克沒有拒絕。他穿著他的制服，他倆坐到硬邦邦的木椅上。

「時間過得真快啊。」沃克說。

「是啊。」

蒙大拿州，像一幅栩栩如生的風景畫，廣袤的大地挑戰著人的視力，在它面前你會情不自禁地屏住呼吸。

「真沒想到會出這種事。」赫爾說。他身穿格紋襯衫，袖子捲到長滿肌肉的前臂上。他平淡的語氣中透著無奈和淒涼。

「她有看到嗎？」

沃克望向赫爾，但老人的目光維持在那幾畝地上。「應該有。事後才看見的。她掙脫警察，跑進了客廳。」

赫爾壓響了一個指節，他雙手布滿疤痕，聲音蒼老。「她弟弟呢？」

「那倒沒有。但估計有聽到一些聲音：叫聲、槍聲。但他不肯談。他當時躲在衣櫃裡。我們帶他看過幾次醫生。在這兒可能還得定期看醫生，我可以幫忙聯絡。他需要心裡諮商。有些事也許他會記得，但不記得最好。」

赫爾一口喝掉半瓶啤酒。他粗厚的手腕上戴著一支樸素的手錶，皮膚因為長年在大白天底下工作而曬黑。

「我都沒見過他們，黛吉絲……我最後一次見到我女兒的時候，黛吉絲還是個嬰兒。然後還有羅賓……」他話語漸歇。

「他們都是好孩子。」這句話聽起來很老套，空洞得不符其實，講得好像世界上還有別種小孩一樣。

「我有想要去，參加葬禮。但我做過承諾。」赫爾沒有進一步解釋。

「事情發生得很快。他們一放……他們一送回星兒的遺體，我們就在小河教堂辦了簡單的葬禮。把她葬在妹妹旁邊。」黛吉絲當時牽著弟弟的手。她沒有哭，就只是看著那具棺材埋進土裡。

他們看著黛吉絲從穀倉裡出來，一隻雞尾隨在後。她往後看，好像牠在跟蹤她。

「她看起來跟她母親很像。」

「對啊。」

「我整理了一間房間。他們先一起睡。那個男孩子，他喜歡棒球嗎？」

沃克笑了笑，他並不知道答案。

「我買了棒球和手套。」

他們看見黛吉絲往巡邏車裡面看，關心地查看羅賓，然後往回走向穀倉，眼睛還盯著那隻雞。

赫爾清了清喉嚨。「文森·金恩。我好久沒說那名字了。希望我永遠不用再說一次。」

「他一個字都還沒講。我在那裡找到他，在廚房裡，是他報警的。我覺得有些疑點。」

沃克堅定地說，心裡納悶會不會被赫爾看穿，他層級太低，州警根本沒告知他案情進展。

「他們把他收押了？」

「是，但還沒正式起訴。他們以違反假釋條件來抓他。他夜裡外出是違法的。」

「但是，文森·金恩到底……」

「我也不知道，不知道文森做了些什麼，也不知道案子的具體細節。」

「我上教堂，但我不相信上帝。他進監獄，但他不是罪人。」

沃克望向他，他的臉，皺紋鑿得如此之深，本身就述說了一個從三十年前開始的故事。

赫爾再按了按指節。「牧師說結束會帶來新生。我要是有那麼一秒，能夠認為希希去了一個比小木箱更好的地方，那念頭就會讓我這些年比較好過。可我試過，每個星期天我都在試。」

「我很遺憾。」

「那不是你的——」

「不只是希希。你太太。我事後一直沒機會說些安慰的話。」

當年那件事上了地方新聞。他們所有人第一次見到星兒的母親，就是在開庭第一天。瑪姬・戴伊坐著輪椅進法庭。她有著漂亮的頭髮和眼睛，走到哪裡都能成為眾人注目的焦點，但從那時起，她身上顯露出一種墮落的氣息，正一點一點驅散她的美麗。

「她很為文森難過。說因為一個孩子讓一個人坐牢，幾乎讓她整顆心又碎了一次。」赫爾喝光最後一點啤酒。「那天晚上，星兒找到她的時候，你知道我們家有一幅畫吧？《無畏艦》。」

「那艘船是吧？知道。」

「她坐在底下，頭往後仰。那整片鬼影幢幢的夜空，彷彿她是畫的一部分。」

「真的很遺憾。」

「她想要跟希希待在一起。」他說得雲淡風輕，好像自殺是件不值一提的小事。

「文森・金恩對我們這家人而言就像癌症。」

沃克把冰涼的酒瓶舉到前額。「聽著，赫爾。有個傢伙，迪奇·達克。他……他跟星兒。他對她很粗魯。」他注視著眼前這位緊繃著下巴的老人。

「我不曉得黛吉絲幹了什麼，但有人把這傢伙的店給燒了。一家脫衣舞俱樂部。」

赫爾望著站在遠處的外孫女，她小小的身軀站在無邊無際的土地上。

「我不認為他會試圖來找你們，在發生這一切之後。」

「他有可能來這裡？」

「我不覺得，但黛吉絲認為他會。」

「她那樣說？」

「她沒有具體說任何事。她就只是問達克有沒有可能發現他們在這裡。她不肯講清楚原因。我沒辦法排除說，星兒的事可能和他有關。」

「那如果他真找到這兒來呢？」

沃克吸了一口氣，望向車上。羅賓還在車裡酣睡。

也許他是唯一的目擊證人。

「他找不到這裡的。我沒被列管，而這片地……抵押了。我有幾年過得比較糟。我可以保護她的安全。還有她弟弟。我確定我能做到這一點。」

沃克沿著屋子的外圍，再往下走到尖籬笆。那裡有水，說是水池有點太大，說是湖又嫌太小。水面很清澈，像鏡子一樣。他在水中看到了天空、樹木，和他自己憔悴面容泛起的漣漪。

「我不想待在這裡。」

他轉頭看到黛吉絲。

「那男的很老。我他媽的連他是誰都不知道。」

「沒有別的地方了。要嘛留在這裡，要嘛被人找到，妳能不能……就當為了羅賓？」

他想要伸過去握起她的手，跟她說些安慰人的謊話。

「別打電話過來，沃克。也許可以寫信。那個心理醫師說羅賓得盡量忘掉發生的事。這可能需要時間。這件事對他來說影響太大了。他畢竟還是個孩子。」

他想要告訴她，她也是個孩子。

隨後，他跪在土地上，搓揉羅賓的頭髮，對上他恐懼的目光。而羅賓的視線則落在沃克身後的赫爾和那間老農舍上。接著沃克站起身，面向黛吉絲，思索能說些什麼。

「我是法外之徒。」她說。

他吸了口氣，哀傷的情緒湧上心頭。

「而你是執法人員。」

他點頭。「我是。」

「那你就趕快滾吧。」

他上了巡邏車，慢慢駛離他們。

太陽下山了，他在池邊那些桉樹底下減速，看著她將一隻手擺在弟弟肩膀上，兩人緩慢又謹慎地走向那個老人。

12

黛吉絲在農場的第一天晚上沒有吃東西。

但她看著羅賓，確定他有吃完他那碗。那是某種燉煮類的料理，他用那種她知道他想要哭的眼神看著他。她自己餵他吃下最後一口。

赫爾尷尬地站著看了一陣子，然後移去水槽旁，往外望著那片土地。對黛吉絲來說，他個頭很大，高大又有力又氣勢凌人。對羅賓來說，他看起來肯定像個巨人。

黛吉絲把他們的碗拿過去。

「妳需要吃點東西。」赫爾說。

「你不知道我需要什麼。」她把她的食物丟進垃圾桶，然後帶她弟弟離開廚房，到外面門廊去。

日落。火紅的薄霧遍布這片廣大的土地，碰撞在水面上。動物們聚集在遠處，一群麋鹿面朝夕陽。

「去到處跑跑。」她推了他一下。

羅賓離開她，走過那座矮丘，找到一根棍子，在泥土上畫來畫去。他另一隻手緊抓著美國隊長玩偶。從他在沃克家醒來那天早上開始，他就沒讓它離開過他的視線。

昨天沃克睡著之後，她曾問過羅賓那天晚上的事，告訴他儘管講沒關係。

他什麼也沒跟她說，那段記憶可能在的地方完全被黑暗給籠罩。

她還沒有機會消化她母親的死亡、葬禮，還有小河教堂所在的峭壁上，希希旁邊那座新的墳墓。她想要哭，雖然她知道自己要是哭了，哀傷就會在她最需要力量的時候，直搗她的心窩，讓她無法呼吸。她得在那裡照看她弟弟。就他們兩個。法外之徒，和她的弟弟。

「我有準備一顆棒球給他。」

她沒轉身，沒給赫爾反應。她不可能把他當成家人，當他們是同一條血脈。他們需要的時候——持續很多年——他根本都不在。她往地上吐口水。

「我知道這很困難。」

「你什麼屁都不知道。」她任這句話懸在起霧的空氣中好一陣子，黑夜朝他們如此快速地奔來，彷彿她眨個眼就讓顏色流失殆盡。

「我不喜歡有人在我家裡罵髒話。」

「我家。沃克說這裡是我們的家。」

他因而露出受傷的表情。她很高興。

「明天在各方面都會和過去不同。有些妳可能會喜歡，有些可能不會。」

「你不知道我喜歡什麼，不喜歡什麼。我弟也一樣。」

赫爾坐在鞦韆上，示意她過來一起坐，但她不要。鐵鍊拉扯雪松木的樣子，像是它們可能會把老農舍的靈魂扯出來。她母親跟她講過靈魂，從植物的講到理性生物的。她納悶，生命最基本的型態何以能有理性可言。

他抽著一支雪茄，煙飄到她那邊，她想移開但她不願意，她的涼鞋扎根在原地。她的本能想問他關於她母親的事、她阿姨還有文森．金恩的事。她想問他這裡到底是世界上他媽的哪個地方，土地如此不同，天空又太過寬廣。她知道他會樂在其中，樂於和他的外孫女講話，好像可以建立某種關係。她再往地上吐了一次口水。

離上床時間還長達一個小時，赫爾便送他們上樓。黛吉絲千辛萬苦把行李搬上去。她不要給他幫忙。

她幫羅賓換上他的睡衣，接著，在他們簡陋的房間外面的小浴室裡幫他刷牙。

「我想要回家。」羅賓說。

「我知道。」

「我好害怕。」

「你是個小王子喔。」

黛吉絲把床頭櫃拉過刮痕累累的木頭地板，然後又拉又推，直到兩張床併在一塊。

「你們現在要做睡前禱告。」他從門口說。

「你他媽作夢，」她嗆回去。她看著他接招，希望看到他退縮，但他沒有。他站在那裡，嘴巴抿成完美的一直線。她觀察他臉部的輪廓，想找出她自己、她弟弟、她母親的影子。也許她各個都看到了一些，又或者他就只是個衰老的陌生人。

幾分鐘後，羅賓整個人滾到她床上。他拉她的手臂到自己身上直到他入睡。

轉瞬間，一陣穩定的震動聲闖進她的夢鄉。她伸手用力拍掉鬧鈴，然後迅速坐起來，在殘忍的頃刻之間，她想到要呼喚她的母親。

羅賓睡在她旁邊，她轉身過去幫他蓋被子，然後聽見赫爾在樓下，水壺的鳴笛聲，還有靴子沉重的踏步聲。

她躺回去，試著入睡，但看見走廊的燈光照進房間裡，赫爾爬上樓梯並打開門。

「羅賓。」老人的聲音讓她弟弟動了動身子。「那些動物需要吃早餐，你想來幫忙嗎？」

黛吉絲看著她弟弟，很容易就能猜到他的思路。她有看到他好奇地打量穀倉和雞群、大乳牛和馬匹。他爬過床鋪，轉向她直到她去拿牙刷給他。

樓下有幾碗粥。黛吉絲把她的那份丟到垃圾桶。她找到砂糖，舀了一點到羅賓碗裡。他安靜地吃。

赫爾出現在門口，他背後面的薄霧豔紅得好像地底下有火在燒似的。

「準備開工。」不是問句。

羅賓喝完他的果汁，從椅子跳下來。

赫爾伸出一隻手給羅賓握住。黛吉絲從窗戶看他們走向穀倉，老人說著一些她在這裡聽不見的話，羅賓抬頭望著，好像過去六年都不再重要了。

她穿上她的外套，綁好運動鞋的鞋帶，然後出去到黎明的空氣中。後面的山上，太陽攀升，彷彿承諾了未來將有轉機，這個念頭沉重地壓在她的胸口。

✦

沃克徹夜開車，在黑夜中，各個州和它們的景色幾乎沒有差別，就只有計算哩程數的標誌，告訴他該休息一下，過勞是會害死人的。他回到家後把電話線拔掉，拉上窗簾躺下來，他沒睡著，一直在想星兒、黛吉絲和羅賓。

早餐是兩顆止痛藥和一杯水。他沖了個澡，但沒刮鬍子。

他八點開到停車場，看到一個記者站在那，薩特郡論壇報的奇普．丹尼爾斯。奇普旁邊站了幾個度假旅客和當地人。沃克在來程短短的時間裡聽說，加州政府打算以謀殺星兒．萊德利的罪名起訴文森．金恩。他不相信，覺得只是新聞台想要炒新聞罷了。

「我恐怕沒有新資訊能告訴你。」

「凶器有任何發現嗎？」奇普喊說。

「沒有。」

「那起訴理由？」

「別相信你聽到的那些傳聞。」

文森已經回到費爾蒙特監獄。當然，沃克不會告訴記者，他也不會說文森在現場的事，關於這一點他自己也有疑問。案件暫時沒有其他關係人。州警方佔據了後面的辦公室，波依德和他的人馬，引來了地方的民眾和喧譁。不過情況已經開始平息下來了。

沃克在局裡看到莉亞．泰洛在前台，電話機上的顯示燈瘋狂閃爍。「早上局裡都快瘋掉了。你聽到新聞了嗎？」

沃克看著她接起下一通電話，沒多做評論。

他們打去請露安．米勒過來支援，她比沃克還老個十歲。此刻她坐在辦公桌後面吃堅果，一堆果殼整齊擱在電話機旁邊，對那些騷動充耳不聞。

「早上好，沃克。這裡可忙了。他們把肉店老闆找來了。」

沃克停下腳步，撓了撓臉頰上的鬍碴。

「在哪裡？」

「審訊室。」

「他們用什麼名義找他來？」

「你覺得他們會跟我說什麼東西嗎？」露安吃下另一顆堅果，差點嗆到，急忙用咖啡把它吞下去。「你得多睡點，沃克。臉也該刮了。」

他環顧四周，一如往常。莉亞的妹妹在主街開了間花店，每週都會送一束花過來。藍繡球、水仙百合還有桉樹。

有時候他感覺局裡很像拍攝場景，像日間電視的警察辦案劇之類的，他們各演各的角色，只是背景臨時演員而已。

「波依德在哪？」

她聳聳肩。「他說在他回來之前誰都不准和肉店老闆說話。」

他發現米爾頓在警局後面的小房間裡，就是他們如果真有機會要做口供的話，應該會用來審訊的那間。米爾頓用手揉著胸口，彷彿需要讓他的心臟重新運作起來。儘管米爾頓今天沒繫圍裙，沃克還是能聞到血腥味，好像那氣味就沾附在米爾頓全身布滿的毛髮上一樣。

沃克雙手深深插進口袋裡。他發現自己越來越常做這個動作。唉，吃藥也沒用。

米爾頓站起身。「我不知道他們為什麼叫我在這乾等。要知道，是我主動來提供線索的。」

「什麼線索？」

米爾頓看了看他的鞋子，鬆開他的領帶，甩了甩他的袖口。他似乎特別換了件衣服才來的。

「我想起了一些事。」

「想起什麼了？」

「你也知道我在家沒事的時候喜歡往外看。看看海啊、天空，我有一台天文望遠鏡，還連著電腦。你該找時間來我家看看，我們可以——」

沃克舉起一隻手示意米爾頓打住，實在沒力氣跟他扯這些。

「那天晚上，在槍響之前。我覺得我有聽到大叫。我窗戶是打開的，我當時在家裡烤兔肉，你知道吧，烤一烤骨頭會酥脆些。」

「你聽到什麼？」

米爾頓望向頭頂的燈。「我聽見喊叫聲，應該是吵架。」

「而你到現在才想起來？」

「我可能還在驚嚇中。也許它慢慢恢復了。」

沃克盯著他。「你當晚有看見達克嗎？」

他過了一下才搖頭。也許才幾秒，但被沃克看到了。迪奇・達克跟案子的關聯一直有被討論，但都是沃克自己提起這件事。黛吉絲不願說任何關於這個男人的事。

沃克不曉得她是不是在害怕。

「布蘭登・洛克。」米爾頓挺起胸膛。「那台車……今天早上。我比較早起，而那傢伙都在各種莫名其妙的時間回家。我需要睡覺，沃克。可他……」

「我會去跟他談。」

「你知道我們守望隊又一個人不幹了。好像他們都不關心社區安全了一樣。」

「你們現在剩多少人？」

米爾頓擤了擤鼻子。「只剩我和艾塔・康斯坦斯。但她一隻眼睛留意不了多少。周邊環境啊。」他揮手加強效果。

「知道有你們兩個在留意，讓我睡得比較安穩。」

「我全都有記錄。一大箱收在我床底下。」

沃克難以想像這人留的都是什麼樣的筆記。

「我在看一齣劇，裡面的警察讓一位平民跟著他到處跑。你有沒有想過那樣做，沃克？我可以帶點哥齊諾香腸……讓我們一路更帶勁。然後下班之後我們可以——」

沃克聽到外面有動靜，轉頭看見波依德堵在門口。寬大的身形和個頭，是個轉任員警的軍人。

沃克跟他走出去。

波依德帶他到他自己的辦公室，然後沉重地坐在他椅子上。

「你想告訴我這是怎麼回事嗎？」沃克說。

波依德往後靠並伸展身子，他的肩膀寬大，手指在後頸交扣。「我剛從地區檢察官辦公室回來。我們要以謀殺星兒・萊德利的罪名，起訴文森・金恩。」

沃克知道會這樣，但直接從波依德口中聽到還是讓他很錯愕。

「那肉店老闆跟我們說，他在事發前幾天晚上，看見文森・金恩和迪奇・達克打起來。說看起來文森在警告他滾開。吃醋吧。就在萊德利家門外。」

「那達克對此又有何表示？」

「說法相符。他跟他律師一起進來的。那傢伙是個渾蛋。聽起來達克跟受害人有在約會，雖然他說他們只是朋友。」

波依德舔了下牙齒，抿起嘴唇。他老是在動，好像一旦停下來就會讓他長出肥肚子、髮際線往後狂退。沃克聞到濃濃的古龍水香氣，他瞥向窗戶，想把它打開來。

「我們逮到文森在現場，還有指紋。她身上有他的DNA。她有三根肋骨斷裂，他的左手腫脹。他不願否認，不願說任何話。簡單得很，沃克。」

「沒有射擊殘留物，」沃克說。「那把槍。沒有殘留物也沒有槍。」

波依德揉揉下巴。「你說過水龍頭是開著的，他可能洗過手。至於作案的槍啊。我們有派人到處去找了。會找到的。他殺了人，把槍丟扔到別的地方，然後又返回現場報案。」

「這不合常理。」

「我們拿到彈道專家的報告了。他們拿出來的子彈是點三五七麥格農，火力有夠猛。我們查了序號，結果發現文森．金恩的父親在七〇年代中期曾經登記過一把手槍。」

沃克望著他，不太喜歡他這番話的走向。沃克有印象，金恩家收過幾次嚴重的恐嚇，讓文森父親去搞了一把槍。「看你猜不猜得到它的口徑，沃克。」

無論腸胃如何翻攪，沃克仍維持鎮定。

「檢察官想要更多。現在我們有了動機和取得凶器的管道。我們會爭取判他死刑。」

沃克搖頭。「我們還有些人得去談。我想再確認一次迪奇．達克的不在場證明，再說還有米爾頓，我不確定——」

「別管了，沃克。事情就是這樣。我想在週末前把案子交給檢方。我們證據已經夠多了。之後就不會再打擾你啦。」

「但我真的覺得——」

「聽著。你在這邊怎麼搞，都很好。我有個表親在艾爾森海灣工作，他愛死了，步調緩慢，工作輕鬆。那沒有什麼不好的。但你最後一次處理真正的案子是什麼時候？我是指不只是輕罪的案子？」

沃克最多就只處理過交通違規而已。

波依德伸手用力抓住他的肩膀。「別把我們的事搞砸了。」

沃克嚥了嚥口水，絞盡腦汁地想辦法。「如果他抗辯。如果我能找到人為他辯護呢？」

波依德對上他的視線，沒有回答，但也沒必要。

文森．金恩會為此送命。

13

雲層從後面山峰傾瀉而下，將農舍團團圍住，好像一幅畫。

黛吉絲拖著沉重的雙腿工作，手套底下的手被磨到破皮。

不管赫爾交派什麼工作，鋤草，砍去屋子上長長的藤蔓，從蜿蜒的車道上移開樹枝，她都帶著沉默的恨意照做。如今她母親入土為安，換赫爾來扮演外公的角色。

整個喪禮低調得令人難堪。沃克為羅賓找出一條舊領帶，他自己母親過世時他繫的就是這一條。羅賓全程牽著她的手，牧師試圖帶他們離開他們殘破的生活，說著上帝需要另一位天使，彷彿他對躺在眾人面前這受盡苦難的靈魂一無所知。

「我們現在來休息吃午餐。」赫爾的聲音讓她從回憶中驚醒。

「我不餓。」

「不餓也得吃點。」

她背對他，伸手拿她的刷子，用力地揮，把泥土從裂開的車道上掃出去。

十分鐘後，黛吉絲扔下刷子，慢慢地走回去。她站到房子門廊上，從窗戶看進去。赫爾背對著她，她弟弟正吃著一份三明治，頭從桌邊探出來。

他有一杯牛奶。

她穿過後門進到廚房裡，雙頰發燙。她到桌邊拿起羅賓的杯子，把牛奶倒進水槽裡，沖過之後從冰箱拿出一盒果汁。

「我午餐可以喝牛奶，我根本不介意。」羅賓說。

「不，你不能。你要喝果汁，就像你在——」

「黛吉絲。」赫爾打斷了她。

「你閉嘴。」她轉向他。「你別叫我的名字，你他媽別叫我名字。你對我或我弟弟一無所知。」

羅賓哭了起來。

「好了，夠了。」赫爾輕聲說。

「你別跟我說『夠了』。」她喘不過氣、發抖著，怒火來得如此猛烈，她幾乎無法控制。

「我是說——」

「去你的。」

他接著站起來，舉起一隻手並用力拍在桌上，讓他的盤子應聲落地，在石地板上撞碎。黛吉絲縮了一下，旋即轉身跑走，跑過湖濱和車道，雙臂猛地甩動，越過高高的草坪，進到危險區域，往樹林奔去。

她不斷地跑，直到她不得不停下來，直到她跪倒在地，大力吸了好幾口溫熱又凝重的空氣。她咒罵他，踢了一棵粗大的橡樹，感覺疼痛反彈過自己全身。她對著樹林大叫，音量大得鳥都飛了起來，點點遍布在雲上。

她想起她的家。葬禮隔天，他們僅存寥寥無幾的東西被沃克裝進箱子。銀行帳戶裡什麼都沒有，她母親錢包裡只有三十元，沒有任何遺產。

她走了一英里，直到洋松變得稀疏。她一身髒兮兮又流汗，頭髮潮濕打結。她稍微放慢速度，沿著一條路的中線走，數著一節節斷裂的標線。

旁邊是往邊緣生長的草地和木頭，遠方以及再過去的地方有一條河，天空是廣闊怡人的藍色。有時她會期待老天給她一點暗示，比如枯萎的植物、灰暗的天空，或失靈的什麼機器，總之能讓她感覺這世界因為她母親死了有所不同。

一個標誌告訴她來到了一個小鎮。蒙大拿州銅瀑布鎮。一排商家，新得格格不入的橙色磚塊，平平的屋頂和褪色的遮陽棚，軟軟垂掛的旗幟。早已被人遺忘，褪了色的招牌，「布希與凱莉」，星星和條紋。一家餐館，「獵人之家」，便利商店，藥局，洗衣店。一間讓她流口水的麵包店。她站著往內看，看到每桌坐著的老夫婦，吃著點心，喝著咖啡。

一名男子坐在外面讀報。她經過一間舊式男士理髮廳，有玻璃跑馬燈並且提供刮鬍服務的那種。它旁邊是一家美容院，女人們坐在椅子上，熱氣吹到敞開的門口來。

街道盡頭是一座佔據了地平線的山脈，聳立在那裡，像是一份挑戰，或是提醒，山外還有更廣闊的世界。

她經過一個瘦小的黑人男孩。他站在人行道上，雖然氣溫高達二十七度，還是用外套遮住手臂，專心地盯著她。他穿著長褲、繫著領結，皮帶把褲子拉得高到露出突兀的白襪子。

不管她多狠地瞪他，他都不轉頭。

「你他媽在看什麼看？」

「我在看天使。」

黛吉絲搖搖頭，似乎明白了這小子繫領結的原因——大概是個神經病吧。

「我是湯瑪斯・諾伯。」

他嘴巴微張地繼續看。

「別盯著看，你神經病。」黛吉絲推了他一把，讓他一屁股跌在地上。

他透過厚厚的鏡片往上看她。「光是能被妳碰一下就值得了。」

「呃！這鎮上每個人都是智障嗎？」她走回街道頂端，一路上仍能感覺到他的目光在她身上。

她在一張長椅上坐下，看著來往的行人，他們步履緩慢，看得她眼皮下沉，昏昏欲睡。

一位女士停在她旁邊，年約六十歲，行頭華麗得讓黛吉絲偷看了幾眼。超高跟鞋，口紅和濃重的香水味，她頭髮如波浪般垂落的樣子，就像剛從那間美容院踏出來。

她把包包放下來，是香奈兒的，然後擠到她旁邊。

「這夏天啊。」

一種黛吉絲不認得的口音。

「我一直叫我家比爾把空調修好，但妳想他有嗎？」

「我想我他媽不在乎。也許比爾也是。」

那讓她笑出來，塞了根菸到濾菸嘴上，點燃它。「聽起來很像妳認識他，或也許妳有個像他那樣的爹地。辦什麼事都三分鐘熱度。親愛的，男人就是這樣。」

黛吉絲呼了口氣，希望單憑粗魯的態度就能讓她閃開。

女士伸手進她的購物袋，拉出一個小一點的紙袋。她拿了一個甜甜圈，接著遞了一個給黛吉絲。

黛吉絲試著不理她，但對方搖了搖袋子，好像在引誘一隻警戒的動物一樣。「妳有吃過櫻桃烘焙坊的甜甜圈嗎？」她不放棄，搖袋子搖到黛吉絲拿了一個甜甜圈，她小心地咬了一口，糖霜落到她的牛仔褲上。

「是妳吃過最好吃的甜甜圈吧？」

「普普通通。」

那位女士笑出來，好像她講了個笑話。「我也許可以吃個十個。妳試過吃的時候不舔嘴唇嗎？」

「我他媽幹嘛那樣做。」

「那我們就試試看吧。可沒聽起來那麼容易。」

「對個老女人來說，也許吧。」

「不過就跟我男人一樣老罷了。」

「比爾多大？」

「七十五。」她發出低沉的笑聲。

黛吉絲咬下甜甜圈，感覺到嘴唇上的糖霜，但沒有舔。她看著對方同樣吃了一會兒，努力抵抗，像種發癢的感覺，然後她舔了嘴唇，黛吉絲伸手一指，讓那位女士瘋狂大笑，黛吉絲努力才不露出笑容。

「對了，我叫桃莉。跟巴頓一樣，只是沒那個胸部。」

黛吉絲沉默了一陣子，就讓那句話懸在那兒，感覺桃莉看了她一眼然後又別開。

「我是個法外之徒。妳也許不該被人看見妳跟我講話。」

「妳真有氣魄。這世上有氣魄的人太少了。」

「克萊・艾利森[8]墓碑上寫，他不殺不該死的人。那才叫氣魄。」

「所以這位法外之徒有個名字嗎？」

「黛吉絲・戴伊・萊德利。」

桃莉看了她一眼，雖然沒有可憐她的意思，但也很接近了。「我認識妳外公。妳母親的事我深感遺憾。」

[8] Clay Allison，1841—1887。美國西部傳奇人物。傳言說他曾殺過十五個人。

黛吉絲這時才察覺到胸口一緊的感受，有點喘不過氣。她垂下視線看著街道，死盯著她的運動鞋，雙眼發燙的感覺太過強烈。

桃莉把菸捻熄，根本連一口都沒抽。

「妳沒抽它。」

桃莉笑了，一口整齊亮白的牙齒。「抽菸沒好處。問我家比爾就知道。」

「那妳是為什麼？」

「我爹地有次抓到我在抽菸。把我打個半死。但我暗地裡繼續抽。我甚至也不喜歡那味道。妳肯定覺得我是個瘋癲的老古董。」

「對。」

黛吉絲感覺有隻手按在她肩膀上。扭頭看到羅賓咧嘴大笑地站著，捲髮沾滿汗水，指甲縫裡全是泥土。

「我是羅賓。」

「幸會，羅賓。我是桃莉。」

「跟巴頓一樣？」

「但沒有奶子。」黛吉絲補充。

「我媽媽喜歡桃莉．巴頓。她經常唱她的歌，尤其那首什麼朝九晚五的歌。」

「諷刺的是，她從來沒有幹過一份穩定的工作。」

桃莉跟羅賓握了握手，說他是她這輩子見過最帥氣的男孩了。

黛吉絲見到赫爾在街道對面，靠在舊卡車的引擎蓋上。

「希望我很快會再見到你們。」桃莉遞給羅賓一個甜甜圈，然後離開他們走回街上，經過時和赫爾點頭致意。

「外公嚇壞了。拜託別惹麻煩。」

「我是個法外之徒，小子。麻煩自己會來找我。」

他眼神哀傷地抬頭看。

「試著不舔嘴唇吃這個甜甜圈。」

他看向甜甜圈。「這太簡單了。」

「那就吃啊。」

他咬一口，立刻舔了舔嘴唇。

「你剛剛就舔了。」

「才沒。」

他們走回人行道上，烏雲鋪天蓋地，天很快就暗了下來。

「我想媽媽。」羅賓說。

她捏了捏他的手。她還不確定自己是否也有同感。

三十年都在同個牢房，鐵製馬桶和臉盆，被挖鑿又塗寫的牆面。一扇每天固定時間滑開再關上的門。

沃克站在費爾蒙特郡立監獄外面，感受無論哪個月份都無情高掛的豔陽。

他往上看了看攝影機，院子裡被監視的男人們，鎖鏈將他們組成怎樣拼都不對的拼圖。

「我永遠不習慣這些顏色。一切看起來都像被洗白過。」

柯迪大笑。「是啊沃克，還是你們那身藍色看起來舒服。」

柯迪點了根菸，伸手要分沃克一根，但他揮手拒絕。

「你不抽菸？」

「從來都沒試過。」

他們看著黑人男性們打赤膊，流著汗在投籃。

一個人摔倒在地，又立刻爬起來，擺出和人幹架的姿態，但瞥見柯迪，於是馬上縮回去。比賽繼續，戰況猛烈，生死一線間，沒有灰色地帶。

「這個犯人讓我很刮目相看。」柯迪說。

沃克轉過去，但柯迪繼續看著球賽。

「但話說回來，我以前會覺得有些人不該來這裡。我剛開始在樓層值勤的時候。我看到他們帶白領人士、律師或銀行家或什麼的進來，就會覺得他們不該在這裡。可後來我又想，也許惡根本不分等級，也許不管你跨過善惡那條分界線多遠都無關緊要。」

「大部分人都差點這樣過。一輩子少說一次。」

「你沒有，沃克。」

「現在還言之過早。」

「文森在十五歲的時候越過了那條線。他們關他進來那天晚上，是我父親當班。新聞媒體都在這。我記得陪審團很晚才宣判。」

沃克也記得。

「我父親說，那是他這輩子最糟糕的一晚。你很難想像他看到了什麼。關一個孩子進大牢。看著那些男人手臂勾出欄杆，大呼大叫。幾個人還好，甚至很幫忙他。但大部分人，你知道。吵得要命，用下流的方式歡迎他。」

沃克緊抓著圍欄，手指穿過網格，另一邊的空氣同樣難以呼吸。

「我來這裡第一天是十九歲。」柯迪把菸捻熄，拿著菸蒂。「比文森大三歲。我在他那區值三點的班。該死，我以前看他，看到的跟其他人一樣，就是個孩子。也許是我同校的孩子，也許是小弟弟，隨便哪種。我立刻就喜歡他這人。」

沃克微微一笑。

「我會想到他，在家的時候，出遊的時候，跟心儀的女生看完一場電影之後也會。」

「是嗎？」

「他的人生和我的，其實沒多大差別，就只差在犯了一個錯。僅此而已。他奪走了一個孩子的生命……老天。如果你算上文森，就是兩個孩子的人生。要是他又回來這裡，要是他又一無所有，那就更悲慘了，簡直是浪費生命。」

沃克試想過同樣的想法，可能的嫌犯，他拚了老命想實事求是，但現在都結束了，他的推測被推翻。陪審團會再一次用那樣的角度看待這件事。

「你來接他的時候我很高興。這麼長的一章結束了，要開始新的章節。他還有時間，沃克。我們還沒有那麼老。」

「我知道。」沃克想到他的病是怎樣扭曲他，讓他變成一個他還沒準備好成為的人。

「有時人們會抱怨我偏袒他，說我讓他在院子放風比較久和其他狗屁之類的。我不否認。我的確盡可能幫他，把人生還給他……或部分人生，隨便啦。我們照理說不應該去質疑一個人有沒有罪，我們只管做好自己的工作，對吧？」

「確實。」

「我從不去問這個問題。我從沒問過，在這裡的三十年裡一次也沒有。」

「不是他幹的，柯迪。」

柯迪用力呼吸，好像他忍著不問一個問題好久好久了。接著他轉身打開大門。

「我幫你們準備了個房間。」

「謝謝你。」沃克先前很擔心要用話筒講話，兩人之間隔著一面樹脂玻璃，容易產生距離。

柯迪帶他到一間辦公室裡，裡面就只有一張金屬桌和兩張椅子。這是律師和委託人單獨交流的地方。

文森被帶了進來，柯迪幫他解開手銬，看了看沃克，然後出去了。

「你到底在搞什麼鬼？」沃克問。

文森在對面坐下來，交叉雙腿。「你變瘦了，沃克。」

又掉了一公斤。他除了早餐就沒吃別的，只喝咖啡。他經常胃痛，雖然痛得不算厲害，但頻率讓人受不了，且每次都很持久，好像他的身體在故意針對他。新開的藥還是有作用，他沒怎麼摔倒過，也能放心走動。

「你想跟我說是怎麼回事嗎？」

「我有寄給你一封信。」

「我有收到。但是對不起……」

「我說的都是真心話。」

「可裡面你還說了別的。」

「那也是真心話。」

「我不會替你賣房子的。也許在審判結束後，等一切蓋棺論定再說。」

文森看起來很受傷，好像他拜託他幫個忙，但發現沃克根本不肯。他信裡講得很清楚，而他優美的字跡也讓沃克忍不住讀了兩次。把房子賣掉。接受迪奇・達克一百萬的報價。

「我已經拿到支票了，只不過還需要你幫我處理簽約那些事。」

沃克搖搖頭。「再等等吧，我們——」

「你看起來糟透了。」文森說。

「我沒事。」

兩人陷入沉默。

「黛吉絲……和那個男孩。她弟弟。」他小聲地說出他們的名字，彷彿他不配提起他們。

「你需要什麼東西，文森？我們可以來談，我們可以想出個辦法來，但你得在這上面花點時間。」

「時間我有的是。」

沃克從口袋拿了一包口香糖，讓他拿一片。

「私帶東西不合規矩喔。」文森說。

「知道。」沃克盯著文森，試圖找到些蛛絲馬跡。沒有內疚，沒有懊悔。他甚至懷疑文森是不是懷念監獄生活，或者說已經習慣了監獄生活？可他不相信會是這樣，因為那說不通。文森一直在別開目光，從來不跟他對望過哪怕一秒鐘。

「我知道，阿文。」

「你知道什麼？」

「我知道不是你幹的。」

「有些罪行，在實際發生之前，罪惡就已經產生了。人們只是沒意識到罷了。他們以為他們有得選擇。他們回首過去，覺得可以換個方法，採取別的選項，但他們從來都不是真有得選擇。」

「你不肯講，因為你知道我會追問到底。你沒辦法讓謊言滴水不漏。」

「不——」

「如果是你做的，槍在哪裡？」

文森嚥了嚥口水。「我確實需要你幫我找個律師。」

沃克吐了一口氣，臉上露出笑容，攤平的手掌在桌上拍了拍。「對，很好。我知道幾個人，不錯的庭審律師。」

「我要瑪莎．梅伊。」

沃克的手停下來。「你說什麼？」

「瑪莎．梅伊。我要她，其他人都不要。」

「可她擅長的是離婚官司啊。」

「我只要她。」

沃克消化了一下這念頭。「你這是想幹什麼？」

文森盯著桌子。

「你到底有什麼問題？我等你等了三十年。」沃克的手往桌子猛地一拍。「拜託，文森。你不是……你的人生，不是只有你被困住。」

「你覺得我們的人生很接近？」

「那不是我的意思。大家都不好過。星兒也是。」

文森站起身。

「等等。」

「怎樣，沃克？你還有什麼要說的嗎？」

「波依德和地區檢察官。他們打算判你死刑。」

這句話懸宕在他們之間。

「你叫瑪莎來見我。我會把該簽的文件都簽一簽。」

「這會是一樁死刑案。老天，文森。好好想想你在幹什麼。」

文森敲敲門，跟獄卒示意。「再會，沃克。」

又是那半笑不笑的表情，那就是三十年前，讓沃克不放棄幫助他朋友的那個表情。

14

第一個星期天，他們睡到早上八點鐘。

黛吉絲先醒來，弟弟緊靠在她身邊，臉龐在陽光下顯得一片金黃。他的膚色很容易曬黑。

她下床走進浴室，在鏡中瞥見自己的臉。她原本就瘦，現在掉了更多體重，臉頰變得凹陷，鎖骨突出。她日漸變得更像她媽媽，像到讓羅賓叫她要多吃點東西。

從浴室出來到走廊上的時候，她看到了那件洋裝。上面有印花，也許是雛菊，旁邊放著的衣架掛了一件正式的棉質襯衫和深色鬆緊褲，吊牌還沒拆，尺寸是四到五歲適穿。

她緩緩走下樓梯，還在學著摸清這間老房子會發出的各種怪聲。她站在廚房門邊看著他。他穿著擦亮的皮鞋，繫了領帶，衣領漿得硬挺。雖然她確定自己沒弄出聲響，他還是轉過身來。

「我給妳放了一件洋裝在外面。我們每週日都上教堂。谷景教堂。從不缺席。」

「不要用『我們』來說我跟我弟。」

「小孩都喜歡上教堂，禮拜後可以吃蛋糕。我已經跟羅賓說過了，他沒問題。」

羅賓這個叛徒，為了蛋糕什麼事都做得出來。

「你自己去教堂。我們哪裡都不去。」

「我不能留你們孤伶伶兩個人。」

「你過去十三年都是這樣做的。」

赫爾無言以對。

「你甚至沒有買對尺寸。羅賓六歲了，你買的是四到五歲的尺寸，你連自己的外孫幾歲都搞不清楚。」

他吞了吞口水。「對不起。」

她走過去幫自己倒咖啡，感覺到他的目光落在自己身上，心裡好奇他看到了什麼。「話說又是什麼原因讓你覺得有上帝存在？」

他指著窗戶的方向，她轉頭望出去。

「我啥也沒看到。」

「妳有看到，黛吉絲，妳全都看到了。我知道妳有。」

「我知道自己看到的是什麼東西。」

赫爾抬起頭，神情有些緊張，像是早已為這場對話準備好。

「我看到一個徒具空殼的男人，把自己的人生搞得一團混亂，沒有朋友，沒有家人，也沒人在乎他會不會突然倒下來死掉，」她露出無辜的微笑。「也許他會死在自己的田裡，他超了不起、填滿上帝的色彩的那片田裡。他會躺在那裡直到皮膚變綠，直到送油桶的人看見上百隻烏鴉聚在玉米田裡。那時他已經被野生動物五馬分屍，但沒關係，他們會把他就地埋了，反正也沒人哀悼他。」

她看到他拿起咖啡杯時，手微微顫抖。她想繼續講，也許她可以講到她的阿姨，她親愛的、美麗的阿姨，埋在無人照料的墳墓裡，因為黛吉絲的母親無法面對，赫爾又徹底拋下了她。要不是黛吉絲騎馬上山摘野花，希希就會孤孤單單在那裡腐爛了。但她抬頭看見她弟弟站在門邊。

羅賓爬上赫爾對面的椅子。「我夢到蛋糕。」

赫爾瞥了黛吉絲一眼。

「妳也會來教堂，對不對？」羅賓直視著她，她在他眼中看到了他對她的需要。「拜託，黛吉絲。不是為了上帝，只是為了蛋糕。」

她爬上樓梯，抓了那件掛在房門上、在門框間搖曳的洋裝。她在浴室裡打開置物櫃，從OK繃、肥皂和洗髮精之間找到一把剪刀，開始動工。

她把洋裝剪短，雛菊現在只長到她蒼白的大腿上半。她再隨意剪一兩刀，露出背部和上腹部。她沒有梳頭，只是把頭髮抓得蓬亂狂野。她從床下挖出舊運動鞋，把新涼鞋踢落在地上。她膝蓋上有割傷，手臂上也有被等身高的玉米株磨出的擦傷。如果她有點胸部，她就會把洋裝剪成低胸了。

她下樓的時候，他們已在屋外。赫爾前一天洗過卡車，羅賓從旁幫忙，兩人在落日下幫車身抹肥皂，沖水，再用舊皮革擦乾。

「噢，老天啊。」羅賓看到她時如此說。

赫爾一愣，看了眼黛吉絲，沒說什麼，逕自上了車。

他們經過另一座農場、一排從白色鏽成褐色的電塔，電線穩定的嗡嗡聲被卡車引擎蓋過。東邊有一條管線從地面隆起，像是冒出來迎接第一場雨的蚯蚓，延伸了五百碼之後才埋入地下。十分鐘後，他們經過單獨一支插在土裡的立牌，上面寫著「財富之州[9]」。

「那上面寫的是『財富』嗎？」

她拍拍羅賓的膝蓋。她每晚都讀十分鐘的書給他聽。他很聰明，她已經看得出來，他對她和星兒而言都太聰明了。她害怕他的發展會落後，會被舊日的生活拖累，就像被藤蔓纏住雙腳。

「這裡有很多礦產，」赫爾的一隻手擺在方向盤上，轉了一下，對羅賓挑挑眉毛。「Oro y Plata，西班牙語，金和銀的意思。」

羅賓嘗試吹口哨，但始終吹不出什麼聲音。

西邊是扁頭湖，黛吉絲目前還沒看出水牛的影子。她倒是可以看見草原上有上百隻某種動物，也許是牛群。

「這裡還是許多河流的源頭，流到全國其他部分的河川都是從這裡發源的。」

羅賓沒有對這句話吹口哨。

車子轉了個彎，一面標示牌告訴他們這裡是谷景浸會教堂。可這裡並沒有值得稱道的風景，只有更多的褐色。

教堂本身是一幢原木色和白色的樸素建築，前方的尖頂已龜裂剝落，鐘塔低到可以從地面丟石頭去敲。

「你還找得到更破的教堂嗎？」黛吉絲諷刺說。

小停車場裡停著若干汽車和卡車。黛吉絲爬下車，在陽光中左看右看。五十哩外有風力發電機在旋轉。

一位老太太信步走來，笑得很開懷，鬆弛的皮膚上長著肝斑，彷彿大地在召喚她的肉身歸於塵土，但她的腦子太固執而不肯屈從。

「早安，艾格妮絲，」赫爾說。「這是黛吉絲和羅賓。」

艾格妮絲伸出一隻骷髏般的手。羅賓非常戒慎惶恐地握了握，像是在害怕若把手扯下來了會不知道該怎麼善後。

「哇噢，這件洋裝可真漂亮。」艾格妮絲說。

「只是塊破布。我覺得有點短了，但赫爾說牧師會非常欣賞的。」黛吉絲彷彿抱定決心要讓赫爾難堪。

儘管一頭霧水，但艾格妮絲依然盡力維持著臉上的微笑。

黛吉絲讓羅賓跑向教堂。側邊的窗戶下有一群小孩，頭髮整整齊齊，每個人都笑容可掬。

「我有種參觀邪教的感覺。」黛吉絲說。

---

❾ 蒙大拿州的別稱。

「我可以去跟他們玩嗎？」

「不行。他們會想偷走你的靈魂。」

羅賓抬頭看她，想找出一絲笑意。她用力板著臉。

「他們要怎麼偷？」

「他們會用不切實際的理想轉移你的注意力。」

她揉揉他的頭髮，把他推向他們，在他回頭時對他頷首。

「你姊的洋裝好噁心。」有個小女孩說。黛吉絲走過去，孩子們全都戒備地看著她。那個小女孩的視線越過她，向一個塗紫色眼影的大個子女士揮手。

「那是妳媽嗎？」她已經想好挖苦的詞。

那女孩點點頭。

羅賓抬頭看著黛吉絲，眼中帶著懇求之意。

「我們得進去了。」黛吉絲只好忍住火氣。

羅賓不由得鬆了口氣。

他們坐在教堂後排的長椅上。

桃莉大步走進來，踩著高跟鞋，帶來一縷芳香。她對黛吉絲眨眨眼。

羅賓坐在他們中間，對赫爾問一些關於上帝的問題，全是凡人無法回答的。

牧師帶著他們談論遠方的戰爭和饑荒，還有對於人性良善的褻瀆。黛吉絲讓這些話左耳進右耳出，直到他提起死亡與新的開始，說這是一個宏大計畫的高峰點，這個計畫不是我們應該試圖理解或質疑的。她看羅賓聽得全神貫注，很確定他心裡想到了什麼。

他們低頭禱告時，她發現自己閉起眼後看到了星兒的臉，如此清麗而無憂，讓她想要哭出來。她感覺到淚水正在蓄積，於是緊緊閉住眼。然後，當那位老牧師再度開口說話時，她依然低著頭，依然鎖死著淚水的出口，唯恐她會失去她還沒準備好要放棄的這最後一幅影像。

她感覺到一隻手擱在她身上，一隻大手，越過她弟弟伸向她，在她最不需要安慰的時候試圖提供她安慰。

「幹，去死，」她低聲罵道。「你們全都去死。」她站起來跑出教堂，跑得又快又遠，她幾乎能依稀聽到冥冥中的譴責，要將她推進土裡活埋。

她坐在高草叢裡，試著讓自己的呼吸恢復平穩。直到桃莉過來坐在她旁邊，她才發現對方。

「洋裝很美。」

黛吉絲扯起一把雜草，丟進微風中。

「我不會問妳是不是還好。」

「那就好。」

黛吉絲偷偷瞄她一眼，她唇色鮮豔，眼睛化了煙燻妝，頭髮燙捲，身上穿著奶油色裙子和海軍藍低胸上衣，搭配絲巾。她是如此有女人味，讓黛吉絲更加感覺自己只是個小丫頭。

「上教堂穿這樣也露太多奶了吧。」

「如果我把胸罩脫了，我的奶子就會滾下教堂走道嘍。」

黛吉絲沒有笑。「教堂裡講的全是狗屁。」

桃莉點了菸，菸味正好蓋過她的香水。「我懂妳，黛吉絲。」

「妳懂什麼？」

「我也曾經恨得那麼深。有時候怒火就是燃燒得太過熾熱，對吧？」菸上的火光在微風中略略閃動。

黛吉絲又繼續拔草。「妳哪裡了解我。」

「我了解的是妳還很年輕。我也是到老了以後才想通。」

「想通什麼？」

「我不是孤單一人活在世上。」

黛吉絲從地上爬起來。「我知道我不是孤單一人。我有我弟弟。我不需要其他任何人，不需要赫爾，不需要妳，也不需要上帝。」

✦

比特沃特是一片雜亂無章的鋼筋混凝土聚落，店面櫥窗上貼滿酒吧、樂團和廉價烈酒的廣告傳單。這裡較靠近內陸，距離海文角二十英里，是那種都市計畫會議中發生嚴重失誤所導致的產物。

沃克經過一排排工業用地，有堆疊的貨櫃、自助倉庫和供應商公司，然後他才找到目的地。瑪莎．梅伊法律事務所，位於城鎮邊緣的購物中心商店街，夾在乾洗店和主打八十九美分塔可餅的墨西哥餐廳之間。

沃克把巡邏車停好，走過停車場。

沿路有比特沃特牙醫診所、精靈電器行、紅牛乳品店，還有一間美甲沙龍，裡面一名戴口罩的亞洲女性在替一位滿臉疲憊的母親做指甲，後者用腳來回推著嬰兒車。

上方的天空灰濛濛，一旁的塔可餅霓虹招牌閃爍著。他推開事務所的門，迎面而來的竟是滿滿的人牆，全都是女性，全都帶著孩子，全都有那種訴說著相同悲劇故事的眼神。室內有一張辦公桌，坐著一位年近七十的秘書，染了藍色頭髮，戴粉紅框眼鏡。她一面嚼口香糖一面打字，耳朵和肩膀之間夾著話筒，同時還忙著向一個簡直要用尖叫聲掀翻屋頂的小女孩眨眼示意。

沃克回到門外。

他在車上坐到六點，估算著離開事務所的人數，然後看著那位秘書爬進一輛生鏽的福特Bronco，光是要發動引擎就花了足足一分鐘。她開走之後，他橫越停車場，墨西哥餐廳漸漸因為疲累的上班族顧客而熱鬧起來，他們在窗邊啜著啤酒。

他試著推瑪莎事務所的門，卻發現鎖住了，於是他敲了幾下。

他聽見她在毛玻璃另一側的聲音。「我們下班了。明天請早，抱歉。」

「瑪莎，我是沃克。」

過了一分鐘，他聽見門鎖彈開。

然後她就在他面前。

他們花了片刻打量對方。瑪莎．梅伊，棕髮圍繞著一張靈秀的臉龐，身上穿著灰色套裝。沃克看到她腳上搭配的是一雙查克泰勒帆布鞋時，差點忍不住笑出來。

他考慮要上前擁抱一下，但她轉開身，臉上沒有微笑。她帶他走進辦公室，裡面的布置比他預期的高級。橡木辦公桌、盆栽、一整面牆的法律專書。她坐下來，然後示意他也就座。

「好久不見了，沃克。」

「真的。」

「我應該要請你喝咖啡的，但我累斃了。」

「見到妳真好，瑪莎。」

她終於微笑了，她的笑容一如往常令他傾心。

「星兒的事我很遺憾。我本來想過去，但是要出庭，沒辦法改期。」

「我有收到妳送的花。」

「那兩個孩子啊，老天。」

她的辦公桌上放著檔案資料，整理得很整齊，但是堆積起來的高度驚人。他們聊了一會，聊到星兒和她生前的狀況、命案帶來的震驚，還有波依德接手調查的方式。他講得好像自己真的有負責這個案子。兩人聊天的氛圍並不像普通朋友那樣輕鬆自如，倒像是一對舊情人久別重逢，氣氛中有一種尷尬。

「文森呢？」

「不是他幹的。」

她走到窗邊，望向後方的高速公路。他聽到往來的車聲，偶爾響起的喇叭，摩托車的尖嘯。

「妳在這裡過得很好，瑪莎。」

她稍稍昂了一下頭。「噢，謝謝啊，沃克。你的認可對我來說真是意義非凡。」

「我的意思不是要——」

「我累到沒力氣閒聊了。你要告訴我你打的是什麼主意嗎？」

他的嘴巴發乾，他不想來這裡，不想欠這種他還不起的人情。

「文森指名要找妳。」

她轉頭。「找我幹嘛？」

「找妳當他的辯護律師。我知道這聽起來很離譜。」

她笑了。「你真這麼覺得嗎，沃克？因為在我聽來你好像根本就沒搞清楚狀況。」她深吸口氣，冷靜下來。牆上有一塊金屬牌寫著「西南大學」，旁邊的布告板貼了許多卡片和微笑的母子合照。

「我不是刑事律師。」

「我知道，我告訴過他了。」

「不。這就是我的答案。」

「好吧，總之我問過了。」

她微笑道：「還是一樣在幫文森．金恩料理大小事？」

「我願意做任何事來阻止一個無辜的人被處死。」

「這是死刑案？」

「對。」

她癱靠在椅子上，把穿著帆布鞋的腳蹺到桌面。「我可以推薦其他人選。」

「我已經試過了，沒用。」

她從一個碗裡撈了顆糖果。是M&M's花生巧克力。「他到底為什麼要找我？」

「他在牢裡待了三十年，我們很容易就忘記妳和我現在是他唯一的指望。」

「我根本不認識他。而且我也不認識現在的你了，沃克。」

「我沒多少改變。」

「這就是我害怕的。」

他笑了。「妳想吃點東西、聊聊近況嗎？」他小聲地說，臉頰開始泛紅。「妳要是剛好有八十九分錢，我知道一家不錯的塔可餅餐廳。」

「我可以跟你實話實說嗎，沃克？」

「當然。」

「我花了很長一段時間才真正把海文角拋在腦後。我不想再回去了。」

沃克站起來，微笑了一下，轉身走出門去。

15

沃克注視著主街緩緩甦醒。

米爾頓帶著鑑賞藝術品般的眼光，一身血淋淋地陳列出切好的肉品：牛腩、特選牛排、牛肩。沃克在那裡買了牛排，比觀光客拿到的價格便宜了一大截。

他剛和赫爾講完電話。他每週打去關心羅賓的狀況，這孩子也許是唯一說得出那晚發生什麼事的人了。赫爾說他們找了個心理醫生，一位在自宅執業的女士，離萊德利農場二十哩遠。他們沒有提到人名和鎮名。沃克保持一貫的謹慎。

「你要咖啡嗎？」莉亞在門外問。

沃克搖頭。「妳都好嗎，莉亞？」

「好，就是累。」

有些日子她很明顯看得出來有哭過，因為眼睛又紅又腫。沃克猜是因為艾德，這方面他看得很準。沃克推想，男人就是跟女人不一樣，全是設計有瑕疵的混帳白痴。

「我需要趕快處理那些檔案。後面倉庫亂糟糟的。」

她已經拿這件事唸了他好幾年，說要新的歸檔系統，新的格式。人盡皆知，沃克喜歡老派作風。所以每次只要有人跟鎮上申請拆除老屋蓋新房時，他都壓著不批。

州警已經走了，留下一堆漢堡包裝紙和咖啡杯，波依德則承諾會跟他更新資訊。

「你能不能考慮讓我多加點班？我是說，我知道我值的是日班，但是有沒有可能安排我值點夜班？」

「家裡都沒事吧，莉亞？」

「你知道的。才送了一個去念大學，瑞奇這會兒又要買更多電玩。」

「好。我會想辦法。」預算有限制，但是他可以為了她多擠一點出來。艾德是塔洛建設公司的老闆，她以前在公司做行政，但後來市場景氣無情地背叛他們。但話說回來，他還是好奇她是怎麼回事。她似乎在警局裡、在海灘上都越待越久，就是不想回家跟老公相處。

他翻開卷宗，星兒從裡面的照片上回望他。現在卷宗裡多了驗屍報告。

他在旁邊放的是文森的檔案。他前一晚回顧了三十年的時光，先讀了法庭紀錄，研究希希・萊德利的命案。然後他接著看第二個案子，那場失控的監獄鬥毆。死者叫作巴克斯特・羅根，從沃克讀到的資料看起來，他就是那種死有餘辜的人。他死時在服無期徒刑，因為他綁架並謀殺了一位年輕的房地產經紀人安妮・克萊佛斯。沃克看著筆錄，腦裡響起文森的聲音。

人是我打死的。我們起了爭執，我揍了他一拳，他倒在地上，沒再爬起來。其他我不太記得了。我不知道還能跟你說什麼，柯迪。你要給我簽什麼我都簽。

接下來三頁是柯迪解釋實際事件，沃克能清楚看穿他哄誘引導的含蓄手法。既然大家都知道這是怎麼回事，我們就把這定調為自衛吧。

那不是自衛，是鬥毆，誰引起的無關緊要。

檢方再次下了重手，決定以二級謀殺起訴。文森接受了再多二十年的刑期。

他拿起電話撥給柯迪，過了五分鐘才跟對方說到話。

「我在瀏覽文森．金恩的檔案。」

柯迪吸著鼻子，聽起來像感冒了。「我還以為波依德已經查過了。」

「他查過了。」

「好。」

「關於文森．金恩和巴克斯特．羅根打架那件事，驗屍報告的細節資料太少了。」

「恐怕我們就只有這些資料了。羅根倒在石頭地板上的時候就死了。那是二十四年前，沃克，當時的報告不像現在這麼詳盡。」

「文森狀況怎樣？」

他聽見那個大塊頭在椅子上往後靠，讓皮革發出拉扯的聲音。「他不講話。甚至跟我也不講。」

「他有看到自己上新聞嗎？」地方新聞媒體不斷施壓要求檢察官正式起訴。

「他沒有電視。」

沃克皺眉。「但我以為——」

「他可以有一台。我好幾次說過要給他。」

「那他在牢裡都做什麼？」

一段很長的沉默。

「柯迪？」

「他有一張那個女孩的照片，希希．萊德利。他把照片貼在牆上，那是他牢房裡唯一的東西。」

柯迪說有事隨時聯絡，便掛了電話。沃克失望地閉上眼睛。隨後他又看了下報告。執行驗屍的是大衛．尤托醫師，附了地址和電話。他打過去，被轉到答錄機，無奈只好留言。二十四年了，他都懷疑這個人是否還在。就算他還在，沃克也想不出要拿什麼問他。他想當個好警察，盡他所能調查一起案件。儘管波依德警告過，他還是會繼續進行。他只是不知道該朝哪一個方向努力。

露安．米勒走進來，一如往常坐在他對面，一言不發望著窗外。

沃克翻過一頁報告，直盯著裡面的星兒，她的頭髮在後腦散開成扇形，手臂彎曲的角度像是在伸手向某人求救。

「你得整理整理這間辦公室。」露安看著成堆的文件和一團混亂。

「我想親自跟達克談。」

「因為你能做得比州警更好嗎？你就是這麼固執。」

「我跟達克認識已經——」

「那不算什麼，沃克。那完全不代表什麼。看看文森．金恩，我看到你看他的樣子，好像在期待他還是三十年前那個離開這裡的小孩。可是，那個小孩已經不在了，你對他所了解的一切，在他踏進費爾蒙特監獄的第一天就離他而去了。」

「妳錯了。」

「真是的，沃克，我知道你不會改變，但其他人都會。」

窗外處處閃耀著明亮的色彩，藍與白，擦亮的玻璃與褪色的旗幟。

「所以你想從哪裡著手？」她問。

「竊案。」

「沒有東西被偷。」

「米爾頓說謊。」

「他沒理由說謊啊。」

「我們選竊案這一條吧，也許是星兒驚動了竊賊。」連他自己都覺得這說法站不住腳。

「你說了這麼多，卻忽視了一個有目共睹的事實。我們在凶案現場發現了一個男人，襯衫上有死者的血，現場到處都是他的指紋，他也有合乎邏輯的犯案動機。」

「不可能。」他立刻反駁。

「依據呢？你只是憑你的直覺。」

「文森一個字都不肯說。他不肯說為什麼，不肯說他是怎麼捲入的，不肯說事發的時間點。

該死，他是自己報案的。用的還是星兒家的電話。」

「這只能說明他窮凶極惡。星兒她……被他打斷了多少根肋骨？照片明明就擺在你眼前。」

他再度看向照片，怵目驚心的傷痕橫過她的胸膛，由青轉紫，斷骨造成的條痕。這參雜了強烈的情緒，是一種非常熾熱的憤怒，沃克能感覺到它灼灼發燙。

「不管他是用什麼方法進屋的，他當時就是在場。房子沒有強行闖入痕跡，她邀請他進門，然後發生了某些事。他打了她，開槍射死她，然後跑去藏了凶槍，回來坐在廚房地板上報案，等我們到場。羅賓那個孩子躲在衣櫃裡，藏在大衣和鞋盒和他們囤積的那些垃圾下面，在我們找到他之前，他都沒有出來。」

沃克站起來打開窗戶，迎接又一個美好早晨的呼喚。在辦公桌前待一兩個小時就是他的極限了。

「我需要跟達克談。」他又說一遍。「他跟星兒以前有糾葛。他有暴力傾向。」

「還有滴水不漏的不在場證明。」

「所以我今天才叫另一個人進來支援。」

「波依德都說別管了。別插手州警的案子。」

沃克做了個深呼吸，他頭腦昏沉，思緒紛亂，但有一點無比篤定：他了解文森。不管露安說什麼都沒用。去他的三十年，他自己的朋友自己清楚。

「你該刮鬍子了，沃克。」

「妳也是。」

她聽得笑了，這時莉亞過來叫他，說迪伊．萊恩在外面等。

他在前台找到她，把她帶到後方的隔間辦公室，裡面有一張小桌、四張椅子和插著怒放的奶油玫瑰，窗戶對向主街，與其說是訊問室，倒更像老祖母的客廳。

迪伊的狀況看起來比上次見面時好。她穿著一件簡單的黃色夏季洋裝，頭髮做過造型，上了點淡妝，恰足以讓她的美麗蓋過辛勞風霜的痕跡。她將手裡拿著的紙袋遞給他。

「蜜桃派。」她用打招呼似的語氣說。「我知道你有多喜歡。」

「謝謝妳。」

他沒帶錄音機，也沒有紙筆。

「我已經跟州警的人說過了。」

「我只是在盤點事項。妳要喝咖啡嗎？」

她肩膀微微下沉。「好吧，沃克。」

他離開去找莉亞，請她燒水。他回去的時候，迪伊站在窗邊。

「從這裡看出去不太一樣，」她說。「我是指主街。新開的店，新的面孔。這是循序漸進的，對吧。你知道那些新住宅的營建申請嗎？」

「不會通過的。」

她轉身，坐下來蹺起腿。「你以為我很軟弱……對達克。」

「我只是試著在了解。」

「他買了花送我，跟我道歉。然後就一步一步走到現在。」

「告訴我他的事是怎麼開始的。」

「他來銀行，開一個支票帳戶。我覺得他……『可愛』對他不是合適的形容詞，他沉靜但是堅強——該死，沃克。我不知道該說什麼。他又來了幾次，總是排我窗口的隊。我約他出去，他答應了。就是這樣發展的。」

「妳之前說他整個人都不正常。」

「我那時在氣頭上，因為房子的事。我是在發洩。我跟你說一件他的事。」

「什麼事？」

「他跟我女兒處得很好，很關心她們。他會照顧她們，推她們盪鞦韆，等等的，就是陪著她們一起。有一天我從院子進屋裡，看到他把露西抱在腿上，在看一部迪士尼電影。沒有多少人能這樣疼愛別的男人的小孩。」

莉亞把咖啡端進來就離開了。他的手拿杯子時搖搖晃晃，讓他不得不又把杯子重新放下。

「你還好嗎，沃克？你看起來很累。可能還需要刮刮鬍子。我沒有冒犯的意思。」

「所以達克那天整晚都待在妳家嗎？」

「我在女兒起床之前提早趕他走了。」

他癱靠在椅子上，疲憊感席捲全身，他眼睛乾澀、肌肉痠痛。

「我知道你不想看到這樣的結果，沃克，文森和星兒和這一切。但是達克這個人雖然有時候很混帳，卻不是你想的那樣。或者說不是你期待的那樣。」

「我期待他是什麼樣？」

「你期待他能夠讓文森．金恩變得無辜。」

✦

在畜欄忙完之後，她移到馬廄去，動物糞便的臭味變得比較不刺鼻了。馬廄裡有兩匹馬，一匹是黑的，比較小的另一匹是灰的。牠們沒有名字，羅賓問起的時候，赫爾是這樣回答的。羅賓聽了大惑不解，「不管是誰都需要有名字。」

打掃、清掉濕草和馬糞、裝袋丟掉。從倉庫拿小捆的乾草，又出來鋪好。她知道要避開哪些潮濕的區塊，等風乾之後再鋪草蓋上。她幫馬匹補水，一天準時餵兩次穀糧，不然灰馬可能會腸絞痛。她把牠們牽到定位，關上廄門，有時候還會看著牠們又跑又踢，像是要被套上韁繩時一樣暴衝。黛吉絲喜歡馬，每個法外之徒都應該喜歡。

槍聲響起。

原本平靜自得的黛吉絲被震懾得雙膝跪地。只見一頭馬鹿單腳舉起，鹿群紛紛抬頭，然後散開奔跑，速度飛快，她站起來時，牠們就已經跑散了。

她衝回屋子，因為想到達克而心臟重重狂跳。

看到赫爾站在門廊上，她冷靜了一點，但他的臉擔憂地拉得老長。

「他在樓上，在衣櫃裡。」

她快步爬上樓梯，進到他們的房間，看到羅賓在地上用毯子蒙住頭。

「羅賓。」她還不敢碰他，只是慢慢挨近他身旁。

「羅賓。」她輕聲說。「沒事了。」

「我聽到了。」他的聲音小到她得貼過去才聽得見。

「聽到什麼？」

「槍聲。我聽到了。我又聽到了。」

那天下午，赫爾帶他們到紅穀倉，叫他們在戶外的陽光下等等。黛吉絲走到門邊，從縫隙裡看到赫爾把地墊捲起來。

「外公說要在這裡等。」

她對弟弟噓了一聲。

赫爾拉起地上的一扇門往下走，回來的時候拿了一把槍，漫不經心地提在身側，另一手則拿著一個馬口鐵小盒。

黛吉絲站到弟弟身旁。

「這是春田一九一一手槍，很輕，準頭很好。每個農夫都需要槍。你們剛剛聽到的只是獵人的槍聲，重要的是你們得習慣這個聲音，我不想要你們擔驚受怕。」他跪低下來將槍遞給他們。

羅賓退了一步，躲到黛吉絲的腿後。

「裡面沒有子彈，而且上了保險。」

猶豫了片刻，黛吉絲還是伸手拿過槍，槍身比她想像的冰冷，儘管他說很輕，她拿起來還是覺得重。

她仔細地研究，然後羅賓也走過來看。他用一根手指摸過槍把。

「妳想試射看看嗎，黛吉絲？」

黛吉絲低頭看著槍，心裡想到母親，那個撕裂她胸膛的彈孔。她也想到文森．金恩。

「想。」

他們到了一片綠野上，這裡的植物都長得不比黛吉絲腳踝高。再走過去，他們就碰到了最近的一片雪松林，高聳如天堂之梯。

在一棵比他們兩人肩膀更寬的樹幹上，有坑坑疤疤的彈孔、焦痕，排列得十分整齊。這棵樹的葉子早已凋零掉落，青苔爬上掉落的樹枝，積水倒映出上方的林冠。

赫爾帶他們往後走五十步，拿出四顆子彈，一面讓他們看膛室構造一面填充彈藥。他檢查保險和準星，示範標準的雙手持槍姿勢，以及平穩的呼吸方式。然後他拿給他們各一對耳塞。

赫爾開第一槍時，羅賓嚇得往後一跳，黛吉絲連忙扶住他。第二槍又害他驚跳一次，但第三和第四槍的反應就沒那麼大了。

黛吉絲在赫爾的指導下裝了下一輪子彈。她拿子彈時像他教的一樣小心翼翼，同時心跳加速，流動的記憶將她徹底帶回過去。沃克、警察、弟弟、封鎖線、採訪車、喧鬧。

她一連射歪了六發，每次都沒站穩腳步，手被後座力推回來。羅賓變大膽了，雖然還是緊抓赫爾的手，但已不再別開頭。

黛吉絲又裝上子彈，這次只有森林的聲響陪伴她，赫爾在旁密切住意，但沒有幫忙，他想讓黛吉絲自己找到感覺。

第一次打中樹幹時，她只射到邊緣。

接下來兩發都射在中間，羅賓為她歡呼鼓掌。

「妳已經學會了。」赫爾說。

她趁他看到她小小的微笑前連忙轉身。

她又來回練了幾次，直到能夠射中雪松正中央，或是只上下偏一點點。然後赫爾要她多退二十步，她又從頭練起，校正角度、跪姿射擊、臥姿射擊。不能受情緒、腎上腺素這些人性的影響，以免破壞精準度。

走回農舍的路上，羅賓跑在前面要去看他的鳥——其實是雞。他每天早上撿雞蛋，這個工作現在由他單獨負責，而且他樂此不疲。

太陽開始下山，天空還沒有變色，但黛吉絲已感覺到陽光的熱力減弱，她看著這片土地，夏季已走到盡頭，赫爾說秋天會美侖美奐。

她拉緊來到她身邊的灰馬，輕輕撫摸。

「牠不會這樣來靠近我，」赫爾說。「牠喜歡妳。牠喜歡的人可不多。」

黛吉絲什麼也沒說，不想要開啟對話，不想要失去那把支持她度過每一天的怒火。

那一晚，她獨自在門廊吃飯，聽到赫爾被羅賓講的某件事逗笑，讓她腹部緊繃起來。就是在這種時刻，回憶會找上她，把她拖回海文角。老人時而大笑、時而微笑，他的外孫經歷的一切都已經過去了。他們之間的羈絆正在成形。

她走回廚房裡，打開櫥櫃，從頂層拿了一瓶金賓威士忌。

她拿著酒到了湖邊，旋開瓶蓋就喝，酒精的燒灼感沒有讓她退縮。她想著文森．金恩，然後又喝了點；想到達克時也再喝了一口。她喝了又喝，直到痛楚緩解，她的肌肉放鬆下來，世界開始旋轉。她的問題融解消失，萬物的稜角都被柔化。她仰躺著閉上眼睛，感受著她母親。

一個鐘頭後，她開始嘔吐。

再過一個鐘頭，赫爾找到了她。

他溫柔地將她扶起時，她在迷茫中看見他的眼睛，水汪汪的藍眼。

「我恨你。」她輕聲說著。

赫爾親了親她的頭，她將臉頰貼在他胸前，任自己沉入黑暗。

16

如果房子也有靈魂，那麼星兒家一定像十二月的夜晚一樣黑。

沃克猜想，他們一把房子交回，達克就會立刻有動作，也許整理一下租給新房客，或乾脆整間拆掉重蓋。但沒有，房子還是保持原狀留在原地，只是面對街道的門換成了木板，破掉的窗戶遮了起來，草長得又高又黃。

「我知道你想念她，沃克。我也是。也想念孩子們。」

沃克不用轉身看是誰，「文森．金恩有什麼消息嗎？我想他們現在應該已經起訴他了。報紙上說如果他被判有罪，就是死刑。」

沃克僵了一下，他最新聽到的消息是地區檢察官叫波依德再搜索一次凶器。由於違反假釋，文森哪裡也去不了，時間站在他們那一邊。

「順便說，我喜歡你的鬍子。好看，真的很好看。之後會長得更濃的。我也可以留鬍子，你知道，我們可以一起留。那樣會很好玩的，對吧，沃克？」

「當然，米爾頓。」

米爾頓穿著汗衫和背心，茂密的體毛從肩膀一路長到手背。

「這個地方發生的事，實在太嚇人了對吧。流了那麼多血。這件事放在動物身上就沒問題。

我是說，吃素的人會有不同看法，但反正他們也吃白肉，只要切得夠薄就行。」

沃克聽了只能搔搔頭。

「但是星兒呢，我一想到她躺在那裡……」米爾頓說著抓緊了肚子。「別擔心，我有在觀察那個地方。如果看到小孩跑進去什麼的，我會通報。代號10-54。」

「那意思是高速公路上有牲畜。」

米爾頓轉身，拖著腳步走回對街，那股血腥味如影隨形跟著他。

沃克走上小徑，敲了敲布蘭登．洛克的車庫門。

門打開時只見一道強光，范海倫合唱團的音樂播得震天價響，同時傳來汗水和古龍水的強烈氣味。

布蘭登穿著萊卡運動褲，緊身上衣好像布料不夠似的，胸口以下戛然而止。

「沃克，你剛剛是不是和那個野蠻人說話了？」

「你的引擎修好了沒？」

「他又在抱怨了嗎？你知道，我想申請改建一下房子，把後面打通，在車庫樓上開個道場。你猜誰投了反對票？」

布蘭登打開一瓶水，倒了半瓶在自己頭上。「冷靜冷靜，我這是自找的。」

「早點把車修好，布蘭登。」

「你記得他在學校的樣子嗎，沃克？我那時候在跟蒂．馬丁約會，她說米爾頓會跟蹤她回家，他媽的嚇她個半死。」

「那是三十年前的事。」

布蘭登走出車庫，看著萊德利家的舊屋。「只希望那天晚上我在場。也許我可以做些什麼吧。誰知道呢。」

沃克讀過他的訪談紀錄，內容很簡短，他們是挨家挨戶問的。「所以你那晚不在家。」

「就跟我告訴州警的一樣。艾德．泰洛帶我跟客戶出去，想在鎮上外邊做建設。你聽說了嗎？是日本人呢。你知道他們多愛派對。」

「是。」

布蘭登練起了右手臂。「保持強壯。等我的腿動完手術，我又會是一尾活龍了。」

沃克沒回答。

布蘭登輕捶他手臂，然後回到車庫裡，關上門，熄了燈，調低了音量。

沃克過馬路走進星兒家的前院，在那晚的記憶湧上時努力堅持住。他感覺到身體的顫抖，只將之歸因於負面回憶，然後走到房子側邊。

他打開從來沒鎖過的側門（在海文角這種地方不用鎖），然後聽見屋內有聲音，於是猛然停下動作。他湊近過去、看進窗戶，看到一盞手電筒。

他來到門廊上，拔了槍，準備移動。

沃克退了一步，眼前的男子比他高出一截。

「達克。」

對方怒目瞪視，沒有回話。

「你嚇到我了。」沃克將槍收回槍套裡，同時達克坐到了長椅上。

沃克走過去，不請自來地跟他坐到一起。「你在這做什麼？」

「這是我的房子。」

「這倒是。」

雖然早已習慣了炎熱，但沃克還是不停擦著額頭上的汗。「我聽說你和州警談過了，我讀過報告，但我想跟你親自談，本來要打電話，現在倒省事了。」

「那兩個孩子，現在怎樣了？」

「他們……」他搜尋著合適的字眼。

「我想跟那個女孩談談。」

沃克頓時僵住，疑惑地盯著他問：「談什麼？」

「我想告訴她我很抱歉。」

「抱歉什麼？」

「她失去了母親。她很堅強，對吧？」他的話說得很慢，彷彿每個字都精挑細選。

「她還是個孩子。」

月光穿過樹木照在他們身上。

「他們去哪了？」

「離這裡很遠的地方。」

達克巨大的雙手放在巨大的腿上。沃克想像著面前這個大塊頭過著怎樣的生活：他強大的氣場會自動分開擁擠的人群，走到哪裡都會是眾人矚目焦點。

「跟我說說她的事。」

「黛吉絲？」

達克點頭。「她十三歲了吧？」

沃克清清喉嚨。「我們接過幾次通報。山頂中學有人說他們看到一輛車停在學校圍欄旁。黑色的，沒有人記下車牌。」

「我有一輛黑色的車，沃克。」

「我知道。」

「你思考過自己做的事嗎？」

「當然。」

「還有那些你知道自己非做不可的事？」

「我不太明白你的意思。」

達克抬頭望著月亮。

「迪奇，你應該知道有不少關於你的傳聞吧？」

「知道。」

「很多人說你有暴力傾向。」

「沒錯，這我承認。」

大個子的男人繼續望向天空，沃克感覺自己喉嚨乾燥。

「我在教堂見過你。」達克說。

「我沒看到你。」

「我沒進去。你都祈禱什麼？」

沃克將一隻手放在槍上。「公平和正義。」

「希望是世俗的產物，而生命何其脆弱。有時候我們即使知道它承受不住，還是會不慎抓得太緊。」達克站起來，他的身影籠罩了沃克。

「如果你有機會跟那個女孩說話，跟她說我最近時常想起她。」

「我還有很多事想問你。」

「我全都跟那些州警說了。如果你還需要問別的，再打給我的律師。」

「文森呢？你知道他房子的事嗎？他想賣掉房子。你知道他為什麼改變主意嗎？」

「也許有讓人心動的報價。悲劇總能讓人頭腦清醒。我在跟銀行談了，會拿到貸款的。」

他轉身離開。沃克起身靠在玻璃上，並伸手拿他的手電筒。

廚房的櫥櫃全被拆了下來，天花板凹凸不平，乾牆被打穿了幾個洞。不管達克還做了什麼，有一件事可以確定：他在找東西。

✦

蒙大拿的夏天流逝得比海文角更快，一開始是一點一滴，然後像洪水般傾盡，留下陰鬱的早晨和幽暗的黃昏。

黛吉絲收到沃克寄的明信片，只是一張在卡布里約拍的照片。他在背面用藍筆寫上顫抖的字跡，幾乎令她無法辨讀。

我想念你們倆。

沃克

她將明信片貼在床後面的牆上。

她還是不跟外公說話，而是對著灰馬喃喃自語。這成了她的規律運動，她會對著牠說那些她不樂意說的話，像是關於達克和文森，還有某次她伸手指到媽媽的嘴裡催吐，以及有一次她和羅賓在小河教堂的櫻花樹下練習復甦姿勢。

有些夜晚，她坐在階梯上聽赫爾和沃克講電話。

羅賓漸漸適應，他喜歡動物，晚上睡得很好，也吃得很好。那個心理醫師說他進步了。每週半小時的約診，他沒有抱怨。

然後話鋒改變，就像鞦韆盪到高點之後墜回原地，抵消了之前的爬升。

黛吉絲……她還在這裡，沃克。她乖乖工作，從不抱怨。有些時候她就跑到農地裡不見了，越過玉米田就失去蹤影。一開始我會慌張，跑過田埂、穿過泥地，開著卡車到處找。我發現她跪著，在麥田旁的一個地方，遠離水邊，很隱蔽，是我本來挖了地要蓋穀倉的，但始終沒有真的需要蓋。她就在那裡跪著，我看不見她的臉，但我想她應該是在祈禱。

她謹記不能再去那個地方。她已經發現了一個新地點，森林裡的一塊空地，林子茂密到不可能再被赫爾找著。

她回顧她媽媽死去的晚上，她覺得自己也許從那之後就一直處於震驚狀態。但是現在悲傷緩緩浮現，每個小時一點點地追上她，在她需要堅強的時候。

有些時候她會尖叫。

當她深入荒野，離農舍有半小時路程，也遠離她正在幫忙鬆土的、臉頰紅潤的弟弟，她會仰頭對著雲朵尖叫。那種尖叫會讓灰馬挺直身子，在草地上抬頭，伸長優雅的頸子。她叫完之後會對著馬兒舉起一隻手，示意牠繼續吃草。

夜裡，姊弟倆會在黑暗中對話。

「那些警察……」羅賓說。

「嗯。」

「他們覺得我在說謊。」

「警察都那樣，懷疑這個懷疑那個。」

「可沃克就不是那樣。」

她沒有反駁。但不論這個曾幫他們的冰箱塞滿食物、載他們去電影院的男人本身個性如何，他終究是個警察。

「今天聊得怎麼樣？」她每週都會這樣問。

「她人很好。她讓我叫她克拉拉。她有四隻貓和兩條狗耶，妳能想像嗎？」

「她還沒找到真命天子。你們有講到那晚的事嗎？」

「我沒辦法。就是……我有試，但是腦子裡什麼也沒有。我只記得妳讀書給我聽，然後睡覺，後來醒的時候就在沃克的車上了。」

她用手肘撐著床，他則翻身仰躺。「如果你想起來，要第一個告訴我。我會決定我們該怎麼辦。你現在不能信任那些警察，或是赫爾。我們只有彼此可以依靠。」

每天下午她都練習用槍。赫爾會帶她到那塊有一棵大樹的空地，羅賓現在也毫不害怕地跟著去。黛吉絲仍然話不多，除非不得已要說。而她的話永遠都是那麼具有殺傷力，開口就是一針見血，說著上帝或是拋家棄子什麼的。但赫爾現在會用不同的方式理解那些話，不再被刺傷，針尖只是無害地從他皮膚上滑開。她要他知道，她不愛他，永遠不會，絕不會用名字以外的稱謂叫他，一等到她年紀夠大，她就會不假思索把羅賓帶走，留他一個人等死。

而他對此的回應是教她開車。

那輛老卡車一路瘋狂搖晃顛簸，她在最平坦的田地加速，讓赫爾嚇得緊抓住座椅。羅賓坐在他們後面的安全座椅，戴著單車頭盔和護肘看著他們，因為赫爾怕她會翻車。她掌握了排檔桿的手感，不再那麼常滑錯檔，感受到了他所謂的排檔的咬合。有時，他會像最近常做的那樣，目光望向天際，等待第一場雨，他還來不及開罵，她就開到時速六十哩。過了一個星期，她就可以把卡車穩穩停住，而不致讓赫爾猛撞到儀表板、咒罵自己為何沒繫安全帶。

然後，他們會走回屋子，黛吉絲牽羅賓的左手，赫爾牽他的右手。赫爾會說她表現得很好，她會說他教得很差勁。他會說她加速得很平穩，她會說他的卡車真是超爛。他會答應隔天帶她出門練車，這時她什麼也不會說，因為她確實是喜歡開車的。

有些日子，她會發現老頭子喜歡偷偷觀察羅賓吃早餐，或是觀察他餵雞、爬上牽引機的耙。他的眼中會出現那種半是慈愛半是遺憾的神色。那種時候，她得很努力堅持才能繼續恨他，他們剛來時，要這樣堅持並不難，但現在對她來說越來越費力了。

她還是把衣服摺得整整齊齊放在一個行李箱裡。偶爾赫爾要替他們洗衣服時，她會吼著要他別碰他們的東西。她若是發現他們的衣服吊在衣櫥裡，就會拿下來放回行李箱。他幫羅賓買錯牙膏、買錯洗髮精、買錯早餐穀片時，她也對他大吼。她吼得喉嚨都痛了。羅賓會旁觀整個過程，有時候他實在忍不住了就會要姊姊安靜一下，而她從不和弟弟吵。她會忍著氣憤的情緒獨自走到田裡對著落日大罵特罵，像個瘋女人。

漸漸地，她比較少想到文森・金恩和迪奇・達克了，他們是她人生中幽暗章節中已經翻頁的往事。她知道他們會重新出現，就像情節逆轉，藏在她故事中的暗刺。

最重要的是，她累了。不是因為工作或睡不好，只是因為她內心深處埋藏著的那股可悲的恨意。

17

「我要帶槍去學校。」

「不行。」開學第一天早上，赫爾很焦慮。

羅賓也很焦慮，他問了好多關於學校的問題，問他要在哪裡跟姊姊會合，問她如果沒有出現他該怎麼辦。校車沒有開到他們的農場這麼遠，所以赫爾說他會親自開車載他們上下學。他抱怨這樣佔用了他的時間，直到黛吉絲跟他說那他們就乾脆搭強暴犯卡車司機的便車，或是她要去賣身賺錢搭計程車。

「其他小孩會喜歡我嗎？」

「怎麼會不喜歡呢？你是個可愛的小王子。」

「肯定會喜歡的。」赫爾說。「如果他們不喜歡，你姊姊會讓他們吃不完兜著走。」

「但你還是不讓我幫忙收書包。」她吃完早餐穀片，然後檢查羅賓的書包，確定他的鉛筆盒和水壺都帶了。

赫爾讓她開農場裡的路段，指著橡膠樹林和天空交界的地方。她和赫爾要爬下座位互換位置時，她把車停在怠速狀態，他們繞過後車廂時打了照面，赫爾點了一下頭，黛吉絲也點頭回敬。

「你們倆要互相照顧。」赫爾盯著前面的路說。

「免得大孩子拿走我們的午餐錢？」羅賓興致勃勃、睜大眼睛說。

「他們可以試試看。我是法外之徒，黛吉絲．戴伊．萊德利，我會在他們兩眼中間送一顆子彈。」

「如果妳想當法外之徒，就要學著騎那匹灰馬。」赫爾說。

「你懂什麼。我會騎馬，那是與生俱來的。」

「我讀過些關於比利．布魯．萊德利的故事。」

黛吉絲朝他看過去，不屑的表情被盎然興致取代。

「如果妳想聽，我改天可以跟妳講講他的故事。」

「好啊。」這不是談和，也不是示弱。

他們開上彎道時，路上的校車、家長、噪音和休旅車讓羅賓緊繃起來。她看到一台輪胎滿是泥巴的福特、一台太過閃亮的賓士。他想到達克，和他的凱雷德休旅車，還有他尚未實現的恫嚇。

「要我陪你們走進去嗎？」赫爾把車停在人行道邊緣。

「不要。人家會以為你是我們的爸爸，然後更無情地霸凌我們。」

她拿了羅賓的書包，牽著他的手，下車走到街上。

「我三點會在這裡。」赫爾隔著車窗說。

「我們三點十五分才會出來。」羅賓說。

「我還是會在這裡。」

姊弟倆在一群群小孩之間移動，他們在暑假把皮膚曬成古銅色，用吵鬧又誇張的故事重溫同學感情。她聽到片段的對話，組合起的整體很相似，無非是假期、海灘、主題樂園。他們對她行注目禮，她也瞪回去。

她帶羅賓到他的教室，陪他走進去，裡面有幾位媽媽蹲著親吻她們的孩子，大驚小怪地忙來忙去。有個小男孩在哭。

「他就是這個班上的娘娘腔，不要接近他。」黛吉絲說。

這班的老師年輕又漂亮，蹲下來一一握過學生的小手。黛吉絲把羅賓帶到夾繩旁邊找他的名字和動物圖片。

「畫的是什麼動物？」

黛吉絲瞇著眼說：「大老鼠。」

「那是小老鼠喔。」老師出現在旁邊。

黛吉絲聳肩道：「還不都一樣。」

老師蹲在他們旁邊，輕輕握了羅賓的手。「我是柴爾德老師，你是羅賓吧？我一直很期待見到你。」

黛吉絲用手臂戳了戳弟弟。

「謝謝妳。」他說。

「妳一定就是黛吉絲了。」

「我是法外之徒，黛吉絲・戴伊・萊德利。」黛吉絲用力握緊老師的手，在她手背上留下了白色的指印。

「嗯，那麼希望妳有愉快的一天，黛吉絲小姐。」柴爾德老師用甜美的嗓音說。「妳弟弟今天會跟我們玩得很開心，對不對呀，羅賓？」

「對。」

柴爾德老師離開他們，回去照顧那個大哭的男孩。

黛吉絲彎腰對上她弟弟的視線，捧起他的臉，直到他全神貫注在她身上。「不管發生什麼麻煩，你來找我就是了。你就去走廊上大喊我的名字。我不會走遠。」

「好。」

「好嗎？」

「好的，」他說得更堅定一點。「好。」

「那好。」她站起來。

「黛吉絲。」

她轉頭看他。

「我真希望媽媽也在這裡。」

外面的走廊上人漸漸少了，都是快要遲到的學生，男孩們抱著足球，臉紅流汗。她找到自己的教室，坐在窗邊的一個座位，遠得不容易被點到名。

「妳坐了我的位置。」

說話的人很高，稜角輪廓長得古怪，身上的襯衫太小，短褲太緊。

「你是借了你妹的短褲穿嗎？你滾吧，王八蛋。」

他臉紅了，轉身前往教室另一頭的座位。

她旁邊坐的是個黑人男孩，瘦到讓她猜想他大概是感染了線蟲或什麼寄生蟲。他的一隻手扭曲成了一個看起來不像手的樣子。他發現她在看，迅速將手塞進口袋。但他還是禮貌地微笑了一下。

她轉開視線。

「我是湯瑪斯．諾伯。妳還記得我嗎？」

這時老師進教室了。

「妳叫什麼名字？」

「安靜，我是來讀書的。」

「妳叫安靜？這名字有意思。」

她在心裡默默期望他突然原地爆炸。

「我上次在鎮上看到妳的時候。妳是金色頭髮的天使。」

「如果你有任何一點常識的話，你就會知道我是跟天使最不像的人。現在閉嘴看前面好嗎？」

沃克坐在停車場裡，車窗開著，聞得到墨西哥料理的味道。

天色已晚，月光取代了太陽，比特沃特鎮籠罩在紫色的天空下。他又來看文森，在悶熱的等候室裡坐了三個小時，只有CNN新聞和故障的電扇作伴。然後他跟文森見面了十四分鐘，每一分鐘他都在乞求對方更換律師，換一個至少有機會查明真相的刑事律師。文森說他的人選就只有瑪莎．梅伊。沃克說她不想再跟他們倆有瓜葛，也不想牽扯上海文角和此地勾起的回憶，但文森沒再說話，然後叫來獄卒，沃克只能目送他離開。

瑪莎的辦公室到了深夜還是燈火通明，雖然她的秘書在兩個小時前就走了。沃克試著要下車，但又暈到不得不坐回車上閉眼休息一會兒。他試著要打電話給坎卓克醫生留個言，但他接著看了他的藥附的小冊子。副作用的部分洋洋灑灑寫了兩頁。

終於看到她從辦公室出來，沃克掙扎著下了車，緩緩橫越停車場。四周漸漸空了，最後幾輛車正要開走，只剩墨西哥餐館外兩間老舊破敗的沙龍，還有瑪莎的車，一台灰色的Prius，貼著世界自然基金會的保險桿貼紙。沃克記得她喜歡動物。她十五歲生日時，他們和文森與星兒一起蹺課，去水晶灣的可愛動物園。那裡擠滿了小孩子，鬧哄哄的，但瑪莎一整天都掛著笑容。

「瑪莎！」他喚道。

她看到他，把公事包丟進後車廂，然後站著等他走過來，手扠著腰，像是早已做好準備。

「我跟你本來多年不見，現在一個月內竟然見面了兩次。」

「我想請妳吃晚餐。」他說話時的自信連自己都感到意外，瑪莎就更不用說了，因為她的微笑是一點一點釋放出來的。

餐廳裡有黃色牆壁和綠色拱形天花板，小小的餐桌搭配格子桌布。一台電扇緩緩轉動，將辣椒的氣味吹拂到老舊的吧檯後方。他們挑了一張角落的桌子，鄰著窗戶，可以看到停車場。瑪莎負責點菜，點了塔可餅和啤酒。她還是有那副鄰家女孩的微笑，她使出這股魅力時，服務生連忙加快動作。

沃克啜飲著冰啤酒，感覺他的肌肉放鬆下來，他陷進椅子裡時，肩膀的緊繃舒緩了一點點。

室內小聲播著音樂，是某些輕柔的拉丁歌曲。

他們沉默地對飲，瑪莎喝完之後再點一杯。「我會叫計程車回家。」

「我什麼也沒說。」

「老天，我是在跟警察一起喝酒呢。」

他笑了。服務生送上他們的餐點，他們吃了起來，挺美味的，比沃克預期的好，但他沒吃幾口就把盤子推到一邊。他實在沒胃口。

瑪莎在她的食物上倒了幾乎半瓶辣醬。「這才夠味！你要來一點嗎，警長？」

「饒了我吧，除非妳想隔著廁所門和我聊天。」

「嗯，去過廁所了嗎？」

「我相信我等一下會去的。」

「我喜歡你的鬍子。」

他翻了翻白眼。

「上次……」她說。「很不好意思，那天實在太累了，而且我也沒想到你會來。」

「應該是我對妳道歉才對。」

「那確實。」

沃克笑了。

「所以，你要現在趕快談完，還是等我再喝一杯啤酒？」

「我還是等等吧。」

這次換她笑了。那是沃克許久以來聽過最甜美的聲音。

他吸了一口氣，告訴她一切，從文森出獄到星兒、到迪奇・達克和黛吉絲和羅賓。他告訴她州警如何將他排擠在外。他告訴她尚未公開的案件細節：死者肋骨斷裂、眼睛瘀腫，凶器還找不到，文森不願發言。他講到葬禮時，她擦擦眼淚，伸手越過桌面握住他的手。

「天啊，」沃克說完，她長嘆一聲。「太可憐了，沒想到星兒會是這樣的結果。從前我以為我們一輩子都會是好朋友。」

「所以我很理解妳不願回首往事的選擇。」

「你真這麼想嗎?」

「對不起,我不是有意——」

「我經常回憶往事,我只是沒辦法再回去。」

「是。」

「文森依然堅持要我做他的律師嗎?」

「他信任妳。另外唯一跟他合得來的律師是菲立克斯.寇克。看看後來發生了什麼事。」

「你知道我平常負責的是什麼案子嗎,沃克?受暴婦女、領養,還有一點離婚官司。我盡己所能賺錢付每個月的帳單,除此之外我選的就是最需要我的當事人。我幫助的其中一些女人,生命中唯一的目標就是把她們的孩子討回來。」

「文森也需要妳。」

「文森需要一個刑事律師。」

他打算端起啤酒,但感覺到手在顫抖,於是又放回去。

「你沒事吧,沃克?」

「只是很累。沒什麼機會睡覺。」

「真是辛苦了。」

「拜託幫我這個忙,瑪莎。我知道妳很為難,我可以想像,我就這樣突然出現請妳幫忙。相信我,這樣做我也很難受。」

「我相信你。」

「我不能放棄他。妳就出席提審庭就好，在他們宣讀指控罪名時站在他旁邊。然後我們會想辦法解決，我們會讓他理性面對。我只是……知道不是他幹的。我知道這話聽起來是什麼樣，只是絕望之人的胡言亂語，但那不代表我是錯的。我需要把事情查清楚，我需要時間好好調查所有線索。

「我過去這些年一直在想妳，每天都想，想妳和我們和當時發生的每一件事。我知道我沒辦法彌補過錯，也不能讓時光倒流，但我現在可以幫助文森，只是沒有妳的話我做不到。」他筋疲力盡地往後靠。

「提審庭是什麼時候？」

「明天。」

「我的天啊，沃克。」

18

拉斯拉莫斯的法院比平常更繁忙。

這是九月的一個星期二，冷氣機壞了，羅德斯法官鬆開領口，拿著一份卷宗權充扇子。

沃克坐在靠近前排的位置，跟三十年前一模一樣。

「保釋是不可能的，對死刑案來說。」瑪莎表示。她提早在外面跟他碰頭，他們一起到對街買了咖啡。她穿得很正式，套裝配跟鞋，化了淡妝，看上去既幹練又時髦。沃克不由得自慚形穢，他曾經還想過追求她呢。

他四下環顧，律師和當事人，深藍西裝和橘色囚服，有人認罪，有人抗辯，有人和解，有人許下無力的承諾。羅德斯法官努力忍住一個呵欠。

文森被帶進來時，法庭裡一片安靜。大家都是追著高知名度的死刑案而來。

羅德斯法官稍微坐直了一些，重新扣好衣領。記者坐在後排，不能帶相機，只准用紙筆。瑪莎離開沃克，上前坐進被告律師席，文森在她旁邊。

地區檢察官艾莉絲．德尚看起來正直嚴峻，她站到法庭前，開始宣讀指控罪名。沃克試圖解讀文森的反應，但是從他坐的位置無法清楚看到他的臉。

艾莉絲讀完之後，文森起立。沃克感覺到群眾往前傾靠、探出座位，目光落在這個三十年前殺過小孩、現在又回來殺死受害者的姊姊的凶手。

文森首先宣告自己的姓名。

羅德斯法官再次詳列指控罪名，隨後補充表示，如果嫌犯認罪，州法院會考慮判終身監禁，不得保釋。

沃克的呼吸沉重起來。關鍵時刻到了。

羅德斯法官詢問被告是否認罪時，文森轉過去對上沃克的視線。

「我沒罪。」

耳語聲四起，羅德斯命令他們安靜。

瑪莎看著法官，眼中某種絕望的神色讓法官召她上前。「金恩先生，您的律師擔心您不理解指控罪名和協商內容。」羅德斯說。

「我理解。」

警衛將文森帶離法庭時，他頭也不回。

沃克步出法院，迎向早晨的陽光。拉斯拉莫斯法院漂亮的中庭裡有一座龐大的雕像，是個跪姿女子，頭被神聖的法院壓得低下去。

庭審排定於明年春天舉行。

回程的車上，沃克全身直冒冷汗，顫抖的身體搞得他心神不寧。他在後照鏡裡看到自己的眼睛，但揉不散眼中的血絲。他的鬍鬚過長，皮帶上需要新打一個孔，制服彷彿大了一號，肩線落到了他的二頭肌上。

他在比特沃特的一間烈酒店暫停，買了一手啤酒。

瑪莎住在畢靈頓路上的一間小房子裡，離鎮上頗遠。一座白色柵門通往兩旁種植整齊花卉的小徑，左右的草坪翠綠茂密，精美的掛鉤上吊著花籃。若在平日定能給沃克帶來不一樣的喜悅。然而室內的情形卻迥然不同。到處都是文件，這個房子裡的每一吋地方都和主人的工作有關，都反映了主人為了幫助那些弱勢族群所做出的努力。

他找到路來到隱蔽的門廊上，瑪莎拿著一碗玉米片出來時，他已經喝了兩罐啤酒。他嚐了一口炸玉米片，那調味讓他的味蕾灼燒起來，她看得直笑。

「真是猴急。」

「有的人喜歡趁熱吃。」

他們坐得很近，並肩喝著啤酒。

就這樣直到黃昏沃克才平靜下來。兩罐啤酒，這就是他給自己的上限了。他想喝醉，想尖叫，想咒罵，想抓著文森・金恩搖晃到他恢復理智。

瑪莎啜了一口酒。「你得讓他認罪。」

沃克揉揉僵硬的脖子，這個症狀現在總是好不了。

「文森的官司是不可能贏的，這你應該知道。」瑪莎說。

「我知道。」

「那麼這就只能說明一件事。」

沃克抬起頭。

「文森・金恩想死。」

「所以我要怎麼辦？」

「坐在這裡跟我喝酒，一起感嘆世事如此悲慘不幸。」

「很誘人的選項。還有呢？」

「調查這個案子。」

「我已經在調查了。」

瑪莎嘆了口氣。「漫無目的地尋找目擊者，這不叫查案。你得另闢蹊徑。如果找不到合適的切入點，你就得自己創造新的切入點。關鍵是你有沒有這個膽量。」

✦

風吹過公路，捲起地上的煙塵。時值傍晚，店外只停了幾輛皮卡。還沒到門口，沃克就聽到了喧鬧的音樂聲。他停了一會兒，看著聖路易斯的寬廣大道，想起把孩子們丟在家跑到這裡上班的星兒。

室內的燈光昏暗，有著強烈的菸草味和變質啤酒的臭味。卡座都是空的，只有兩個男的坐在吧檯，還有一小群人圍著一座用上漆板條箱堆成的舞台。歌手上了年紀，唱的是不屬於這個地區的藍草音樂[10]，但在場的男人聽得一面喝酒一面拍大腿。

他從黛吉絲那裡問到那名男子的外觀描述。那是一次長談，黛吉絲不疾不徐地敘述自己這些年見到和聽到的許多事，他聽得頭都大了。而最令他震驚的是黛吉絲竟然那麼冷靜，彷彿她從來就沒有擁有過童年。

沃克一下子就找到了那個人：削短的頭髮、濃密的鬍鬚，壯碩的手臂暗示了長期的農務勞動。巴德．莫里斯。沃克側身走過去，巴德翻翻白眼，彷彿在聲明他不是好惹的。

「可以借一步說話嗎？」

巴德上下打量他一番，不屑地笑了起來。

沃克喝著蘇打水。他不是個喜歡正面衝突的人，雖然他受過訓練、戴著警徽，也能透過衝突達成目的。瑪莎的話又迴響在耳畔。他緊抓著玻璃杯。那聲音更大了。

巴德去廁所，沃克站起來跟進去，做了個深呼吸，在那個男人尿尿時拔出槍。

他把槍抵在巴德的後腦。

腎上腺素流遍全身，他的雙手和膝蓋都在顫抖。

「幹！」巴德尿到了自己的牛仔褲上。

沃克把槍抵得更緊。汗水流下他的鼻子。

「老天啊，你這人是不是有毛病？」

沃克垂下槍。「我本來可以在吧檯這樣做，在你的朋友面前讓你尿褲子給大家看。」

巴德怒目瞪視，然後垂下視線，很快就決定投降。他們聽見外面傳來喧譁，老歌手唱起了〈永遠悲傷的男人〉。

「星兒．萊德利。」沃克說。

巴德一臉困惑，然後恍然大悟，立刻清醒過來。

「我聽說你纏上了她還有她女兒，她演唱的時候你的手不安分。」

巴德猛搖頭。「沒有的事。」

沃克十分忐忑，自己是不是瘋了，為了查案，竟然在廁所掏槍威脅人。

「我約她出去過一兩次。」

「然後呢？」

「沒搞頭，就這樣。」

沃克再次要拿槍，作勢直到巴德退後。「我發誓。什麼事也沒發生。」

「你對她來硬的？」

「不，從來沒有，沒那種事。我對她很好。該死，我甚至帶她去了布里克街那家餐廳，一客牛排要二十美金。我訂了汽車旅館……是高級的那種。」

---

❿ bluegrass，一種起源於美國南方的快節奏民間音樂。

「她拒絕了？」

巴德看著自己的腳、尿濕的牛仔褲，還有那把槍。「不只是說不。我不是無法接受拒絕的人。該死，你去問其他女人就知道。但是星兒，她給人一種錯覺，我以為她對我有意思，可她的拒絕非常堅決，她說的不只是不，現在不行，而是永遠別想。她就是這樣說的，永遠別想。那他媽的算什麼？永遠別想。她就好像拚命在假裝成一個不是她自己的人。所以她對誰應該都是逢場作戲。」

「六月十四日，你人在哪裡？」

巴德想起來的同時露出微笑。「我知道那是哪天。我們請了艾維斯・卡德摩來表演。我人就在這。你問誰都行。」

沃克沒再理他，穿過一小群人，走進戶外的夜色，呼吸著夜晚的空氣，他的心久久無法平靜。穿過停車場時，他趴在一個垃圾桶上，吐了出來。

19

她在橡樹下吃午餐，眼睛盯著弟弟。

第一週平靜地度過，她沒有跟任何人說話。湯瑪斯．諾伯主動示好，被她無情地忽略。羅賓還在讀幼兒園，他們有自己的一個校區，用矮柵欄圍起。他每天都跟同一組女孩和男孩玩。他們站在想像中的泥巴廚房裡，羅賓和女孩負責做飯，另一個男孩則把做好的飯拿給不存在的另一個人。

直到光源被陰影擋住，她才發現身邊有其他人，她抬頭看的時候，對方的影子投射在她身上。

「我能也待在這兒嗎？」湯瑪斯．諾伯用正常的那隻手拿著鼓鼓一袋的午餐。

她無奈地嘆了口氣。

他坐下來，清清喉嚨。「我一直在觀察妳。」

「嗯，你病得可不輕。」她說著往旁邊挪了挪。

「我在想，妳願不願意——」

「不可能。」

「我爸說，我媽一開始也拒絕他。但她的眼神說的是『好』，所以他繼續堅持。」

「聽起來像個貨真價實的強暴犯。」

他在她旁邊鋪開一條又大又厚的餐巾，擺上了一包薯片、一條奶油夾心蛋糕、芮斯花生醬杯、一包棉花糖和一罐汽水。「知道這個地點的人這麼少，真是神奇。」

「你還沒得糖尿病才真是神奇。」

他靜靜地吃，咀嚼時不發出聲音，同時把厚厚的鏡框往鼻梁上方推。他把殘廢的那隻手藏在口袋裡。看著他用牙齒咬開棉花糖包裝真是令人痛苦。

「你可以用另一隻手啊。」她終於忍不住說。「不用因為我在場就藏起來。」

「短指症。就是——」

「我不在乎。」

他吃了一塊棉花糖。

羅賓跑到柵欄邊，給她看一個盛著泥塊的紫色盤子。他用嘴型說「熱狗」，她笑了。

「他真可愛。」湯瑪斯．諾伯說。

「你是變態嗎？」

「不……當然不是，我只是……」他沒再說下去。

他們身後是一片林地，平時不允許學生進入。林地邊緣有一條條被裁來做柵欄的木材，上面刷著白漆。

「我聽說妳是從黃金之州[11]來的。那裡在這個季節很美。我想我有個親戚住在普盧默斯。」

「國家森林公園。」

他回頭繼續吃。

「那個，妳喜歡看電影嗎？」

「不喜歡。」

「溜冰呢？我其實滿厲害的——」

「不喜歡。」

他聳肩脫掉外套。「我喜歡妳的蝴蝶結。我還是小寶寶的時候，也有一張頭上綁蝴蝶結的照片。」

「你是有一段內在獨白要發表嗎？」

「我媽一直想生個女兒，所以她喜歡把我打扮成女生。但接著睪固酮開始發揮作用，就像拉了一坨屎在她的美夢上。」

他拿了個花生醬杯要給她。

她假裝沒看到。

他們看著一群男生經過。其中一個人說了些話，整群人接著就笑起來。湯瑪斯・諾伯將手在口袋裡藏得更深了。

她看到一個男孩搶走羅賓手中的盤子，於是她站挺了一點。羅賓要去把盤子搶回來，但是另

⓫ 加州的別稱。

外那個比他高的男孩將它舉在羅賓搆不到的地方，然後扔到地上。羅賓彎腰去撿的時候被推倒在地。

羅賓哭了，黛吉絲立刻走過去，眼睛緊盯著那個鬧事的男孩。她看著其他女孩呵呵笑，一面聚成小團體聊天一面捲著頭髮，跟她儼然是完全不同的物種。她跳過柵欄。現場沒有老師，沒有午餐阿姨監督。她扶羅賓站起來，把他的短褲拍乾淨，抹掉他的眼淚。

「還好嗎？」

「我想回家。」他吸著鼻子說。

她將他拉近抱著，直到他冷靜下來。「我們會回家的。我保證。我想到辦法了。等我在這裡耗夠了，我就要去找工作，讓我們有一個可以回去的家，好不好？」

「我是說回家找外公。」

他的朋友站在一旁，一個女孩和一個男孩。女孩走過來，頭髮編成辮子，吊帶褲口袋裡有一朵花。她拍拍羅賓的背。

「別理泰勒，他對每個人都很壞。」她說。

「對啊。」男孩表示同意。

「你要繼續來幫餐廳做熱狗嗎？」

羅賓看向黛吉絲，她露出微笑，他便從她身旁走開了。她看著他回去玩耍，剛才的不愉快全忘了。

她轉身看到泰勒站在柵欄邊，拿著一根棍子。

「小子。」

泰勒轉過身，一副吊兒郎當的樣子。「怎樣？」

黛吉絲跪在地上，雙膝碰著粗糙的泥土地面，太陽在她背後。一把抓住泰勒的襯衫，把他拉到自己面前。

「你敢再碰我弟弟，我就把你的頭扭下來，『你他媽的』這是妳說的吧？」杜克校長十指放在肚子上交叉，緊繃的臉上滿是擔憂。

黛吉絲坐直身子。「我才沒有說『你他媽的』。」

赫爾微笑。「嗯，那可真稀奇。不然妳說了什麼？」

「我說的是『你這狗娘養的』。」

杜克校長不由得蹙眉，彷彿這話罵的是他。「這樣的話就麻煩了。」

黛吉絲聞得到他口氣中的咖啡味，還有噴在聚酯纖維領帶上的古龍水，恰好足以掩蓋他的體臭。

「我不懂為什麼。」赫爾的雙手發紅，皮膚龜裂。他聞起來有野外森林、萊德利家土地的味道。

「我是說她威脅人的方式。誰會說把人的頭扭下來啊？」

「這孩子是個法外之徒。」

黛吉絲幾乎要笑出來。

「我認為您不夠嚴肅看待這件事。」

赫爾站起來。「我會帶她回去，今天剩下的時間都不待在學校。我會跟她談，這種事不會再發生了。好嗎？」

她本來也許會反抗，既然已經惹事了，就多製造一點麻煩。但她想到羅賓，他已經在這裡交了兩個朋友。

「要是他敢再欺負羅賓，我不敢保證——」

赫爾大聲地清喉嚨。

「我不會再說那種話了。」黛吉絲選擇低頭。

她起身跟著赫爾離開辦公室時，杜克校長看起來還有些話想說。

他們在車上一言不發。黛吉絲坐在前座。赫爾沒有如常左轉，而是轉向東邊，當太陽隱沒，路在一片銀光閃耀的天空下拓寬。他們經過一座酪農場，有著薄荷綠色的鐵皮穀倉，然後是一個小鎮，只有一條主街和相接的幾條小街道。駛過幾段偏僻的路，然後他們看見高如摩天大樓的松樹。旁邊的河川流向峽谷，閃爍著礦物般的光澤，高山的頂峰結著白霜，步道蜿蜒而上。他們往上爬升，黛吉絲拉長脖子往後看，車開出了樹林，河川也像蛇一般爬出一條自己的路。遇到對向另一台卡車時，他們減速禮讓，對方車上的一個牛仔對他們行了舉帽禮。

他們停在一座滿是砂岩和塵土的斷崖邊，這裡的松樹又多了起來，在山側長得又高又寬。

赫爾下了車，她也跟隨在後。

他穿梭在樹木之間，她維持速度跟上，他們通過的間隙極其狹窄，但赫爾像領隊般熟門熟路，知道每一根樹枝的位置。

蒙大拿州在他們面前開展，自然的樹影、水流和土地綿延千里。她聞到松樹香，看著穿防水靴的男人在前方一哩處的清澈水域裡釣魚。她身邊的赫爾點起雪茄。

「這裡的溪流盛產鱒魚。」他指著風景交疊的地方，漁夫們看起來像巨大畫布上的一個個小點。「再過去五十哩有道峽谷，非常地深，人家說它的底部深及紅岩層。不管走上哪條小徑，都杳無人跡。一百萬畝的自由野地。」

「所以你才跑到這裡來嗎？就為了逃避全世界？」她踢了一顆石頭，看著它消失。

「妳要跟我休戰嗎？」

「你想多了。」

他聽了露出微笑。

「妳弟弟跟我說妳喜歡唱歌。」

「我什麼都不喜歡。」

菸灰落在泥土上。

「原住民把這裡叫作世界之脊。這裡有一片水域是妳絕對沒見過的藍綠色，水好冷好冷……

因為冰川融化侵蝕，水底完全長不出植物，永遠都保持清澈，沒有濁水，沒有遮蔽物。這挺特別的，妳不覺得嗎？」

她沉默不語。

「還有水面上的倒影，是那麼清晰，彷彿世界上除了倒轉過來的天空之外什麼都沒有。等羅賓大一點，我會帶他來，搭遊園車，如果他想釣魚，也許還可以坐一趟船。我想帶妳也一起來。」

「別這樣。」

「怎麼了？」

「把未來的事講得好像真實存在的東西，好像你到時候一定還會在，而我們也會在。」她不想大吼大叫，驚動這片寧靜。

他們旁邊有鋪平的落葉，還有黑紫色的莓果。

他摘了一顆吃。

「越橘莓。」他遞出一顆莓果，她沒有接受，而是自己摘了一顆。很好吃，比她想像中更甜。她吃了一把，然後又在口袋裡裝滿了莓果要給羅賓。

「熊也愛吃這個。」赫爾彎腰摘莓果時，她看到他帶了槍，跟她拿來開火過的那把一樣。

她吸了一口氣。「你為什麼不回去？」

他停下動作，直起身子轉向她。

「你沒有回來。是因為你了解我媽媽。你了解她是什麼樣的人，了解我們會過著什麼樣的生活。妳知道她幾乎連自己都照顧不來。你個子比我大，你又高又強壯，而我們需要——」

她停下來，撥弄著蝴蝶結，維持嗓音平穩，因為她不想讓他聽出她的傷痛有多深。

「所以當你指出這裡的美好給我看時，你以為我跟你看到的是一樣的東西。可你不知道的是，我以前見過的場面讓這一切都相形失色。這個紫色——」她朝旁邊的越橘莓叢擺擺手。「讓我想起她的肋骨，被打出一樣顏色的瘀血。那片藍色的水，就像她的眼睛，透澈到讓你看得出那背後已經沒有靈魂了。你呼吸時感覺到的是清新的空氣，但我甚至每次呼吸都覺得像被刀子捅。」她猛捶自己的胸口。「我孤孤單單。你會離開我們，因為你不是真的在乎，而我會繼續照顧我弟弟。你想說什麼都行，想說什麼話安慰我都隨便。但是，赫爾，去你的，去你的蒙大拿，這些土地和動物和……」她的聲音顫抖起來，於是她就此打住。

這一刻在他們之間延展，遠遠擴展到松樹林外，席捲了天空和雲朵，徹底埋沒了新的可能，將他們縮小得微不足道，在無盡的美景中只是滄海一粟。他拿著雪茄，但沒有抽；拿著莓果，但沒有吃。她向上帝祈願她已經打碎了赫爾想給他們的願景。

她轉身背對他，緊閉眼睛忍住淚水。

她不會哭的。

20

當夏日終於漸漸開始黯淡，沃克感覺到海文角所受的恩典也溜走不見了。

從星兒出事後的那天早晨開始，記者把常春藤牧場路堵滿，警方的封鎖線將萊德利家繞得嚴嚴實實。那時他就感覺到了，街上的氣溫低了一度，風景的顏色暗了一階。母親們把孩子趕回家，關上大門，把濃厚的溫暖留在家中。他是個跟殺人犯為友的警察，原本接到的邀約紛紛取消，他盡力撐過這一切。慵懶的夏日夜晚裡，他漫步在海文角的每一條街道，從卡倫廣場的柱式豪宅，到地勢最高的山路上的小房子。他挨家挨戶敲門，警帽拿在手裡，鬍子修得比較整齊，儘管絕望的情緒灌滿全身，他還是對人擺出緊繃的微笑。他詢問、試探，引導他們的記憶往未曾踏足的方向走去。那晚大家什麼也沒看到。現場沒有汽車、卡車或其他攪亂那個正常夏夜的異狀。

他看了主街上每家商店的監視錄影。畫質很爛，所以他不能快轉，只能一分一秒地看。十個小時，從天亮看到天黑，唯有他閉起眼時感受到的折磨，讓他的眼睛保持睜開。

他試探性地調查達克。如果要進行訪談，一定會引起達克的律師注意，也會因此驚動波依德和州警。他打了幾通電話，跟薩特郡的一個警察談過，也查了車子的自動收費站紀錄，只為能找到一點蛛絲馬跡。但他一無所獲。

瑪莎還是沒有同意正式擔任文森的辯護律師。雖然沃克幾乎每晚都打給她，跟她報告寥寥無幾的新線索。一個週日早晨，他開車載她去費爾蒙特郡立監獄，跟文森坐在一起緬懷往日時光。但話題一轉到辯護方面，文森就示意叫獄卒結束會面。

他們倆在沉重的靜默中開了一百哩的路回去。她邀他進屋，於是他們又再度坐在她家門廊上喝著啤酒。她煮了一種超辣的燉菜，辣得他臉頰像火燒，她一面笑，他一面把舌頭伸進啤酒裡。

他們稍微聊到過去幾年的狀況，她選擇在最需要她服務的地方執業。比特沃特鎮的收入中位數低，犯罪率高。她談起在那裡的工作時，沃克由衷地為她感到高興。她給他看了在她幫助下重聚的家庭的照片，還有被她救離施虐父母的孩子寫的信。

至於他們從什麼時候開始漸行漸遠，卻從不曾被提起。他們避開宗教的話題，在她和他、她和她父母、她和他們的信仰之間發生了那種事之後，他不再知道她的態度。但沒關係，他們有工作要忙，沃克一刻也不會忘記這件事，就算是在他靠過去親吻她的臉頰、或是她的腿輕掃過他的時候。她偶爾會注意到他雙手顫抖的樣子，或是他嘗試記起某件事時輕微的搖頭晃腦，然後她就會用猶如知道他病情般的眼神看著他。這樣的時候，他就會向她道晚安，開車回海文角——他的家，他的小鎮。

黃昏時分，他散步到常春藤路，案子的核心區域。

布蘭登來應門時沒穿上衣，身上只有一條運動短褲。他的舊足球衫裝框掛在他背後的牆上，旁邊是撞球桌和電玩街機，在在顯示了一個單身漢如何在十年的苦日子之後重新開始快樂人生。

「你又是為了對面那個怪胎來的嗎？」布蘭登的視線越過沃克，盯著米爾頓的房子。「你知道我在院子裡看到什麼嗎，沃克？他媽的一顆頭啊。」

「一顆頭？」

「一隻他媽的羊，或是什麼畜牲，鹿吧。總之那顆頭被挖空了，像是在給我警告。」

「我會跟他說說。但是你知道嗎，布蘭登，你那台車發動的聲音連我家都聽得到。」沃克低頭發現對方是踮腳尖站著，想讓身高看起來多三公分。

「其實，」布蘭登說。「沒了星兒深夜下班回家的聲音，就安靜多了。我是說，這是樁悲劇沒錯，但也許米爾頓現在不用熬夜等她，就會睡得比較好。」

「為什麼？」

布蘭登靠在門框上，胸前的刺青是某個老套的日本式圖徽。「有時候我晚回家，就看到他在窗邊。」

「他喜歡觀星。」

布蘭登大笑，「是啊，觀星。你去問他這件事啊，沃克。」

「他說你在他院子裡撒尿。」

「狗屁。」

「隨便。我其實不在乎。我只是不想你們兩個對我有誤會。」

「你看起來好憔悴啊，沃克。你平時沒注意皮膚保濕嗎？」

「聽我說，布蘭登。我會去跟米爾頓說一樣的話，但是你覺得你們各退一步？我手邊很忙，如果可以不用跑來關切你們的狗屁糾紛，那就太好了。」

「你需要運動，老兄。紓壓嘛。你找一天晚上過來，我們好好動一動。你知道，我試過要幫我的健身課程申請專利，『洛克全力搖擺』——」

沃克任他繼續說，自己過馬路到對街。他敲了敲門。

「沃克。」米爾頓應門時的笑容是如此燦爛，讓沃克不由得為他難過。

「我可以進去嗎？」

「進我家嗎？」

沃克忍住不要嘆氣。

「好啊。我是說，當然好，請進。」米爾頓站到一旁，沃克進了屋子。

「你要吃點什麼嗎？」

「不用了，謝謝。」

「你在減肥嗎，沃克？你看起來瘦了。來瓶啤酒如何？」

「當然好，米爾頓。」

米爾頓笑得有點太殷勤地消失進廚房裡，沃克則打量著客廳。整個空間堆得滿滿的，米爾頓是那種連舊電視雜誌都蒐集一整堆的囤積症患者。他跨過一堆紀念品杯墊，上面寫著許多州的州名，他知道那些地方米爾頓不曾去過。那是米爾頓從各地郵購來的，那種能夠象徵旅遊、朋友、圓滿人生的垃圾。電視機上的相框裝著一頭黑尾鹿的照片，從眼睛看應該是死的。

「那隻是在考崔爾獵到的，漂亮吧？」

「很不錯，米爾頓。」

「我沒有啤酒，只有咖啡利口酒。可我找不到製造日期，也許已經放一陣子了。不過利口酒不會壞，對吧，沃克？」

沃克接過玻璃杯放下，清了個座位，示意米爾頓坐在他旁邊。

「我想跟你談談那一晚。」

米爾頓動了一下，想要蹺腳，但是動作不太成功。沃克抿了一口咖啡利口酒，憋了半天氣才忍住沒吐。

「我聽說你在找鎮上的每個人談這件事。但我已經把一切都告訴那些真警察了。」

真警察？沃克平靜接受了這個攻擊，但米爾頓肯定不是有意的。「你說你聽到打鬥的聲音。」

「是。」

「你說星兒被殺的前幾天晚上，你看到文森和達克爭吵。」

聽到星兒的名字，令他瑟縮了一下。星兒說過他會在她忘記時幫忙倒垃圾。她在這樣的小事上需要他。

「他們為什麼起衝突？」

「我想可能是因為文森．金恩吃醋了。我還記得他們以前呢，沃克，還在念書的時候。他們看起來就是以後會結婚生子的樣子。我想文森可能在牢裡一直惦記著這個念頭，基於過去而幻想出一個虛構的未來。」

沃克在室內看了一圈，牆上鑲了木板，腳下則是軟軟的毛毯。火爐四周砌的是圓石，這是一間郊區的牧場屋，帶著七〇年代的懷舊風情。空氣中有甜美的香味，芳香劑空罐到處都是，但在那之下還是有屠戶的血腥味縈繞不去。

米爾頓清清喉嚨。「明知道是錯的事就不能做。你不能把選擇性跳過某一段往事，只強調好的部分。你明白嗎？」

「你打過好幾次電話給我們，幾乎每次星兒家裡有男人光顧的時候你都會打，即便是達克。有沒有？你說你很擔心。」

米爾頓咬著下唇。「那是守望相助隊任務的一部分。但也許那幾次我誤會了。達克是個好人。只是他的外表讓人議論紛紛。我懂，我懂那種感覺。你總不會以為我沒聽到那些小孩怎麼幫我取綽號的吧。菜瓜布、武技族、大毛怪、包肉的。你說可笑不可笑？」

陽光圖案的時鐘響了一聲，慢了十分鐘。米爾頓轉過頭，沃克看到他腋下積了兩圈汗漬。

「嘿，沃克，你還想再去門多西諾嗎？」

沃克微笑說：「我上次玩得很開心，但比起打獵，我可能更喜歡釣魚。你要是邀請我出海，我會非常高興。」

「我可不一樣。我從來沒學會游泳。我上過課，但我老是把嘴巴張開，想把水都吞下去。我喜歡氯的味道。」

這讓沃克不知如何應對。

「沒關係，我找了其他朋友去。」米爾頓看起來迫不及待想分享這件事。

「是嗎？」沃克順水推舟。

「我跟他一起去打獵。」

「誰啊？」

米爾頓咧嘴而笑。「達克。他開他的凱雷德載我一起去。你看過嗎？我告訴你，他的槍法可真不錯，獵了兩頭黑尾鹿回來。」

「這樣啊。」

「你誤解他了，沃克，他……」

「跟我想的不一樣？」

「是個很好的朋友。」他堅定地說，眼神鎖定沃克。「他說下次流星雨的時候他會再回來這裡。雖然那要到明年二月，但我相信他真的會來。」

沃克隱約感覺這裡面有蹊蹺，可他一時想不出究竟哪裡違和。

「我問他春天要不要來，去打獵一個禮拜。我幫他買了面罩和雨靴，表面上蠟的那種。」

沃克看著一旁塞滿的架子，有好多好多書，大部分都是關於狩獵的。「你不認識他。你應該小心一點，米爾頓。」

「你也是啊，沃克。你看起來氣色不太好。」

「我也要告訴你，我再去跟布蘭登談過了。莉亞說你有打電話來。」

米爾頓聽了愣住一下。「這個嘛，也沒什麼用吧。他那樣做是因為他知道我得早起。昨晚，我到窗邊看，他又在那裡催引擎。他看到我的時候就笑了。我不是小孩子了，沃克，這不像在學校。你知道，他以前老是霸凌我，把我的頭壓在馬桶裡沖水。現在我不必再忍受了。我應該——」

「放一顆羊頭在他院子裡？」

米爾頓瞪大眼睛，渾身的寒毛幾乎都豎了起來。「我不知道這回事。」

「你說他在你院子裡撒尿。」

「對。」

「你怎麼知道是他？」

「他被我逮個正著。我拉開窗簾就看見他了。」

「我的天。」

「所以我報了案。10-98。」

「那是越獄代碼。」

「你知道他有艘船吧。他把船停放在羅裴利茲港。離婚的錢拿到之後，我還想他會不會把車賣了，跑去住在船上。」

「他說如果你願意嘗試和平相處，他也願意。他說你是個好鄰居，他對自己的行為很遺憾。」

「他真的這樣說？」

沃克知道米爾頓沒有起疑。「所以你不能再搞羊頭這種把戲了。」

「從來就不是我做的啊，沃克。」

沃克看到他眼中的懇求之意。

「也許有一天我會切一塊肉送他什麼的。一開始不用是太特別的。牛肩吧。你覺得怎樣？」

「謝謝你了，米爾頓。」

米爾頓送他到門口。

在門廊上，沃克停下腳步看向對街。

「我想念她，」米爾頓說。「我真的很遺憾，我……」

「你怎麼了？」

「我只是很遺憾她不在了。」

「我們要抓住對她做出這種事的人，這是我們欠她和她孩子的。」

「你已經抓到人了，沃克。」

米爾頓避開他的視線，眼神飄向夜空。他站在那裡，手深深插在口袋裡，遠離了沃克、遠離了小鎮，也遠離了這裡曾經流的血。

21

他們坐在院子裡，沐浴著溫暖的聖塔安那風[12]。

儘管時間還早，沃克試著要睡，聽到敲門聲時卻只發現自己死盯著天花板。

「我不敢相信你還住在家裡，沃克。這樣真是太不酷了。」瑪莎說。

她帶了加辣的晚餐來，用沃克平常只拿來放外帶菜單的舊爐子加熱。

「我總覺得我吃這東西之前得在嘴巴上塗蠟做防護。」

「放輕鬆，沃克，我很客氣的，這只是史高維爾辣度指標上的初級。給不吃辣的人吃的。」

他用叉子碰碰舌頭，立刻感覺到熔岩般的熱度。

「有那麼誇張嗎？看來你病得不輕。」

她笑了。「那就吃玉米麵包吧。你看起來需要吃一點。希望你有好好照顧自己，沃克。」

他微笑著說：「妳會想念海文角嗎？」

「每天都想。」

「我告訴莉亞說我們又在一起了。」

[12] 加州南部山口吹過的強風。

「在一起？」

「我不是——」

她笑了，他則臉紅起來。

「莉亞·泰洛。她和艾德還是夫妻嗎？」

「是的。」

「哇，這些年來她一定忍受了很多。我記得他在學校的時候追過星兒。」

「那時候誰沒追過呢。」

「泰洛建設公司。我偶爾會看到他們的廣告。我之前有個客戶，丈夫被泰洛裁員了，就開始酗酒。」

「景氣不好，但會有轉機的。」

「尤其是他們開始蓋那些新住宅了。」

他站起來，幫她倒了酒。「我又去找了米爾頓一次。」

「那個賣肉的？我記得他在學校的樣子。他身上還是有血腥味嗎？」

「是啊。他很確定他聽到爭吵聲，說他可以作證說他看到文森和達克在星兒家外面吵起來。他猜測他們是在吵星兒的事。」

他們達成了共識，儘管一開始不順利，但瑪莎慢慢接受。沃克會調查金恩的案子，他會把所有的發現回報給她，她會將之抽絲剝繭分析評估，告訴沃克這些發現在法庭上有沒有價值。但她說得很清楚，她絕不會代表出庭。他們會盡力蒐集資料、提出主張，然後交辦給庭審律師。當然，如果文森還是不願意聘請別的辯護律師，她也不是不能挺身嘗試。

「你還能不能看文件？」

「能啊，反正也沒別的事，我又不睡覺。」

他微笑著看她走出側門，去車上拿了公事包回來。沃克清走髒碗盤，讓瑪莎將文件攤在桌上。五根蠟燭對抗著夜晚的天空，給他們足夠的光亮，香茅精油的氣味在空氣中燃燒。

這些是二十年來的退稅文件、對帳單、公司登記資料。沃克能夠查到關於迪奇・達克的一切。

「沃克，這些紀錄很乾淨，也很有條理。達克賺的是正當錢。大概一年二十五萬差不多。沒有什麼真的引人警覺的地方。我是從他買下葛瑞尚鎮拉文罕大道上的小房子開始查起的。」

「奧勒岡。」沃克彷彿在對自己說。

「我想他就是那裡出身的。他重新裝潢了那間房子，轉手售出之後賺了三萬美元，他全部誠實申報了，支出狀況也很普通。他在隔一個街區又有一間房，賺了四萬五。然後就沒了。」

「沒了？」

「他一定找到了其他的收入來源。四年間什麼紀錄也沒有。然後他把事業一口氣擴大了，從一個鎮搬到下一個鎮，沿著海岸線打拚，只要能賺錢的地方他都去。就這樣。」

「都是靠房地產？」

「大都是。尤金市一間、黃金海岸一間。他在一九九五年夏天到海文角來，買了卡布里約街上的一間老酒吧，然後花了一年弄到營業執照。」

沃克記得那間酒吧開幕的夜晚；就只是再度開張，在黑暗裡亮起燈光，沒有大張旗鼓辦派對。

「第一年就賺了五十萬。」瑪莎啜了口酒。「第二年翻了一番。那簡直是他的印鈔機啊，沃克。這還只是他申報的部分。像那樣的地方，消費都用現金對吧？總之，也許他就賺那麼多，但他需要的也就那麼多。」

「所以他就有資本買文森的房子。至少有這個可能。」

「不過他也有轉帳支出，而且金額不小。」

「轉給誰？」

「我想是某個和他一起投資的人。不是銀行。」

「高利貸？」

「有可能。他的信用紀錄有點可疑，太常搬遷，可能會讓他很難跟固定的往來銀行借到錢。後來他又買了福圖納大道的房子。」

「迪伊．萊恩住的那棟。」

「還有常春藤路上那棟。」

「萊德利家的房子。」

「都是出租的小房子。他還投資了一個叫雪松山莊的開發案。」

沃克在地方報紙上看過那個建案的廣告。

「抱歉了，沃克，這裡面看起來沒什麼異狀。」

沃克嘆了口氣。

「他的那間俱樂部，是叫八號俱樂部對吧？」瑪莎說。

「對。」

「我遇過一個在那裡工作的女孩。她跟男朋友有點糾紛。我記得她有提過達克一次。」

「我能跟她談談嗎？」

「或許。我問問看。」

「我們必須查清楚那些轉帳的細節。」

「我手邊有的資料就只有一個銀行帳號。」

「也許查得到些什麼。」

「或是什麼都沒有。我看過檔案，你查的那些毫無價值。你需要的是確鑿的證據，僅此而已。」

手機響了，他站起身，看到來電者是米爾頓。對方聽起來上氣不接下氣，正在夜間減肥散步的路上。這通電話講了一分鐘。

瑪莎收拾起文件。「一切都好嗎？」

「米爾頓負責社區守望相助隊。」

瑪莎挑起一邊眉毛。

「艾塔走後，他就是唯一的隊員。他說日落路上有10-91狀況。我得趕過去。」

「10-91？」

沃克嘆著氣說：「不知道誰家的馬迷路了。」

他不疾不徐地開往日落大道，連想都沒想到要開警燈。

一輛轎車停在金恩家的房子外，車身完全沒有可辨識的特徵，簡直要讓沃克以為那是便衣警車。

他將巡邏車停在那輛車正後方，閃了一次燈，然後走到對方車窗旁。

車裡有兩個人，沒有移動也沒有搖下車窗。沃克看著空蕩的街道、空蕩的停車場，還有被月光照亮的海文角水濱。在這樣的地方出現一台陌生車輛很是突兀。他輕輕敲了敲玻璃。駕駛慢慢轉過身來，年約五十，一頭黑髮，長得挺英俊。

「兩位有何貴幹？」沃克微笑著說。

駕駛看看他的朋友——年紀較長，大約六十五歲，蓄鬍，戴眼鏡。「我們惹了什麼事嗎？」

「目前我看不出來。」

「那就滾一邊去。」

沃克吞了吞口水，克制著上升的火氣和腎上腺素。「我要是不滾呢？」

那人臉上又露出微笑，只有一點點，但更像是提醒沃克識相一點，免得自找麻煩。

「我們在找理查・達克。」

「達克不住這裡。」沃克沒有拔槍，但是將一隻手放在槍上宣告他的意圖。

「知道我們可以上哪找他嗎？」

沃克想到達克、那些帳款、還有可能跟他打交道的那種人。「我不知道他住哪。」

「你要是看到他，就跟他說我們是不會走的。」年紀比較大的那個人說，眼睛沒看沃克。

駕駛啟動引擎。

「我需要請你們下車。」

駕駛抬頭看沃克，再看看後面的金恩家。「達克很擅長耍手段，但總有搞砸的時候。」

「我說請你們——」

駕駛關上窗戶，調轉車頭。

沃克考慮要追上去，用無線電通報，但最後他只是看著他們開到日落大道盡頭的海岸，手仍放在槍上。

✦

門打開時，黛吉絲牽著羅賓的手，走向兩匹並肩吃著草的馬兒。

「妳可以跟我們一起吃一頓飯嗎？」

黛吉絲溫柔地幫那匹黑馬戴上轡頭，用手掌輕拍牠的鼻子。「不可以。」然後她也為比較小的灰馬裝轡頭，試著要撫摸牠，但是牠轉開頭。黛吉絲喜歡這匹馬。

她綁好韁繩，溫柔地牽著牠們，羅賓在另一側避得遠遠的。他小跑步跟上，關好背後的門，就像她示範過的。

她跟牠們道了晚安，然後發現羅賓人在湖邊的一塊草地上。他知道不該離水邊太近，雖然他會游泳；她曾經每週六帶他搭三班公車去歐克蒙的一個泳池，為期將近一年，因為那裡有兒童免費游泳教學。

她接近時，他卻溜到更遠處。

「你還在生我的氣啊？」

「對。」他一隻手握拳擺在膝蓋上。他穿著短褲，細瘦的雙腿上膝蓋受了點擦傷。「妳不應該跟泰勒說那種話。」

「可他不應該把你推倒。」

一到黃昏，夜色就迅速籠罩下來，暖意散盡，只剩一片寒涼。

「就這樣吧。」

「不能就這樣。」他用拳頭打向草地。「我喜歡這裡。我喜歡外公和農場的動物。我喜歡柴爾德老師和新學校。我不需要……」

「不需要什麼？」雖然說得不動聲色，但她有不怒自威的本事。換作一個月前的他，一定會乖乖閉嘴。

「不需要妳。我有外公了，他是大人，他可以照顧我們。我不要妳給我準備吃的。」

他小聲哭了起來。她看著他縮起身子，下巴靠在胸前，雙臂抱著彎曲的膝蓋。她知道有些事物會改變一個人，有些記憶和事件會刻印在你的靈魂上。她需要讓羅賓好好的，這是她最需要的。他每個星期都去看心理醫師，雖然他不再把他們談的內容告訴她。我不用告訴別人。這是隱私。

「我知道妳是法外之徒，但我不是。我只想當個小孩。」

她靠過去一點，牛仔褲碰到了泥土。「你是個小王子，記得嗎？這是媽媽說的，她是對的。」

「妳不要管我就是了。」

她作勢要揉他的頭髮，但他躲開她的手，站起來跑回屋子。片刻之間，她覺得她也要哭了，放任自己被過往歲月腐化融進泥土，讓湖水沖刷得她骨肉分離，水中染上血紅，引來魚群浮上湖面。

她聽到卡車的轟隆聲，心裡猛然一緊，然後看到來者是桃莉。桃莉讓遠光燈繼續亮著，在水面上投射出一道強光。

「介意我在這坐一會兒嗎？」桃莉時不時會來拜訪。她這次穿了一件奶油色洋裝、紅底高跟鞋。她是從來不穿工作服的那種女人。

「我上週在教堂沒看到妳。」黛吉絲說。

「比爾生病了。」她將散發火光的香菸稍稍拿遠。

「噢。」

「他的病有些日子了。時好時壞。」

「這樣啊。」

「我想念妳的洋裝。」

黛吉絲在那件洋裝上多剪了一道，好讓肚臍露出來。

「妳知道，妳可以過來坐坐，如果妳有時候想要女生朋友陪。我沒有手足，沒有媽媽，從小就得照顧自己。」

「可妳把自己照顧得很好。」

「我很擅長掩飾，黛吉絲。在這方面我是個他媽的高手。總之，如果妳想過來，赫爾知道該上哪找我。」

「我試著盡量別跟赫爾說話。」

「為什麼？」

「我本來不是不該見到他嗎……我是說，如果我媽……」

湖水輕輕晃動。「他去過。」

黛吉絲驚訝地轉頭。

「去海文角。」桃莉悄聲說，彷彿說出這件事是背叛了他人的信任。「我只是覺得應該讓妳知道。」

「什麼時候？」

「每一年都是同一天。六月二日。」

「我的生日。」

桃莉微微一笑。「他會帶禮物去。他會請我幫他挑個妳會喜歡的東西。然後羅賓出生了，他就變成一年去兩趟。」

黛吉絲回望那間老農舍。「他怎麼知道？星兒說她不跟他講話了。」

「噢，她是沒有。妳媽媽很固執的。告訴他的另有其人。」

「別說了。」

「他在那裡還是有熟人，不時會打電話給他。是個警察。」

黛吉絲閉上了眼。

沃克。

「我從來沒收過禮物。」

「噢，我知道。每次他都原封不動把禮物帶回來。但他沒有因此停止。他不會在妳媽媽不贊同的狀況下見妳。」

「我媽媽覺得所有的事情都要怪罪他。」

桃莉將一隻手放在她肩上。

黛吉絲知道她外婆的事，她擁有自由的靈魂，是因為她，黛吉絲的姓氏裡仍把戴伊放在萊德利之前。事發時星兒十七歲，她嘗試要念大學，提早回家時一眼就看到那張字條：

我愛妳。我很抱歉。打電話給妳爸，別進廚房。

可黛吉絲從來就不是一個聽話的孩子。

桃莉站起來。「我帶了個派給羅賓。巧克力泥漿派。我想他一定會很失望那不是真的泥漿。」

黛吉絲跟著她到卡車旁，接過那個派。

「妳外公老了。」

「我知道。」

「妳犯過錯嗎，黛吉絲？」

黛吉絲回想海文角，那場火災，她打的那些架，布蘭登被她刮壞的那台野馬。「沒有。」

桃莉將她拉過來抱住。她聞起來是甜甜的香水味。黛吉絲想掙脫，但桃莉將她抱得很緊。

「千萬別迷失自己，黛吉絲。」

她看著遠去的卡車，直至它消失在夜色之中。

第一滴雨水落在她的肩上。

雨勢很快變大，濺起了泥巴沾到她的腿上。她站在那裡，對著天空仰起頭，雖然傾盆大雨不足以滌淨她。

她看到赫爾站在門廊上，拿著一條毛巾。她讓他用毛巾裹起她，然後走到座位，拿過他給的熱可可，馬克杯冒出的熱氣讓她放棄了抗議。雨聲如此響亮，淹沒了那個不斷唆使她對周遭拳打腳踢的聲音。

「羅賓去睡了。他說的話不是認真的。」赫爾坐在長椅上離她夠遠的位置。

「不，那是他的真心話。」

「我剛看到妳待在田裡。就算在雨中，無垠的天空也很美。」

「桃莉拿了個派來。」黛吉絲把腳邊的盤子拿給他。

屋裡的電話響了。不常有人打電話來。她看著老人走進屋，說了幾句她在屋外聽不到的話。

「是誰？」

「沃克。」

「他有講到達克嗎？」

「他只是關心問候一下。」

「達克會來的。」

「我們不可能知道。」

「你不懂。」

「那妳告訴我。」

「他保證他會來找我。」

「找妳幹什麼？」

她不發一語。

他們坐在門廊下喝著熱可可，呼吸著帶土味的雨露濕氣。

「我在這裡比較常作夢。我不喜歡。」

他轉頭看她。

「而且我的夢全都他媽的恐怖透頂。」

他沒有因為她的髒話而皺眉。「不妨跟我說說。」

「不要。」

「那就告訴那匹灰馬。牠聽得見。說出來就是了，黛吉絲，說出來會好受些。」

「好受些。」她懷疑地輕聲重複著。

赫爾面朝大雨閉起眼睛。這一刻，黛吉絲彷彿第一次真正認識了赫爾，一個為曾經的過錯付出極大代價的人，一個渴望上天能給他第二次機會的人，一個一心盼著贖罪的人。

「我夢見自己飄浮到農舍上空，看到屋頂的石板和綠地和滿溝的落葉，讓我想起秋天，讓我想起季節會不斷變化，不論哪個人死了。我在好高的天上，像上帝一樣將蒙大拿州盡收眼底。田野裡阡陌縱橫，像被螞蟻似的曳引機縫合起來，人群起伏波動，好像被平凡的日常生活給淹沒。

「大海無邊無際，但我卻能看到它的盡頭。我看到了地球，看到將它帶向明天的弧線軌道，但它沒有旋轉。我看到天空底層的雲朵，沙漠裡的日落和金屬叢林裡的日出。不久後，我又成了黑暗和恆星和衛星。世界變得無比渺小，我舉起一根手指就能遮住它。我變成了我不相信的上帝。我變得強大到足以阻止那些壞人。」

她極力忍著，她是不會哭的。

赫爾小心翼翼地看著她。「如果他敢來，我會對付他。」

「為什麼？」

「為了保護妳和羅賓。」

「我可以保護我們自己。」

「妳還是個孩子。」

「我不是孩子，我是法外之徒。」

他伸出一隻手臂摟著她，她融化在溫暖的懷抱之中，儘管她仍在心裡責備著自己的懦弱。

22

那間公寓在一家平價雜貨店樓上，一扇窗戶破了，用木板擋住，其他扇窗也骯髒陰暗。沃克無法想像裡面照得到多少光。門邊有一條通風管，雖然時間尚早，管子裡已經傳出中餐的油煙味。

那個女孩名叫茱莉葉塔・弗安帖，在好幾間俱樂部當舞者。瑪莎打她的手機留言了好幾次，沒得到回應，就把她的地址給了沃克。今天來這裡並非沃克的意思，他沒那麼著急，但是茱莉葉塔和前男友有糾紛，瑪莎很擔心她。

他看到門是開著的，於是爬上狹窄的樓梯，斑駁的天花板已被黴菌佔領。

他敲敲門，等了一下子之後用力捶門。

茱麗葉塔個頭嬌小，黑髮寬臀，漂亮得讓他不由自主後退一步。

她氣呼呼瞪著沃克，他亮了一下警徽，結果她瞪得更兇了。

「我兒子在裡面睡覺。」

「抱歉。我是跟瑪莎・梅伊拿到妳的地址的。」

茱莉葉塔的態度軟化了，讓她往外一步踏上狹窄的走廊，將門在背後拉上。

她朝沃克貼近過去。他試圖退後，往下踏一級台階，但發現這樣他的視線就和她的胸部等高。他咳了一聲，臉紅了起來，她又對他怒目瞪視。

「有話快問，不管你想知道什麼。」

「妳在八號俱樂部工作過。」

「我為了賺錢而脫衣服，這有犯法嗎？」

沃克想把領口鬆開，覺得血液循環被它堵住了，讓他的臉頰更加充血。

「我只想問妳一兩個關於迪奇．達克的問題。」

她瞪視的眼神毫無改變。

他清清喉嚨。「瑪莎說妳跟一個男的有糾紛。他是不是妳孩子的爸——」

「我不到處亂搞的，警官。跳舞的女孩子並非全都是婊子，你知道吧。」

沃克朝四下瞄了幾眼，當下他真希望能來人後援。「我很抱歉。我只是……只是想了解迪奇．達克的事。」

「不是他幹的。」

「什麼？」

「不管你覺得他幹了什麼，都不是他。」

「這算是妳們的行規嗎？」

她拉緊睡袍，把門打開一點點，豎耳聽裡面的聲音。「我兒子白天睡得很晚，晚上活力十足。」

「有其母必有其子。」

她終於露出一絲微笑。「聽我說，大家看到達克時，只注意他的身形，就推測他是那種硬漢。別誤會，我知道他能照顧自己，我見識過。有一次有個男人想亂摸我，達克就揪著他的脖子把他舉起來，舉得雙腳離地。跟電影裡一樣。」

「但他的個性並不暴力，對吧？」

茱莉葉塔拍打他的手臂，挺用力的，舉動中帶有某種拉丁風情。「你這是典型混帳條子的邏輯。」

「那我應該怎麼想？」

她想了想。「也許這更像父親保護女兒。」

「達克在你眼裡是這種形象？」

她嘆著氣繼續跟眼前的混帳條子交涉。「他不會看我們跳舞，從來不看，從來不嘗試約我們出去，或是要我們提供服務。相信我，這種人可不尋常。如果我們惹了麻煩，或是手頭緊，他會幫我們忙。你不管去問八號俱樂部哪個女孩，都不會聽到他一句壞話。」

「妳孩子的爸爸，那傢伙也是達克擺平的嗎？」

她沒說話，但眼神已經告訴了沃克他想要的答案。

「妳還有什麼事能告訴我嗎？他可能有麻煩了。」

「哪種麻煩？」

「有人在找他。兩個人，其中一個留鬍鬚、戴眼鏡。」

從她臉上的表情，他看得出她知道這兩個人。

「我只是想得到答案，拜託。」

「我知道他們，他們每個月都會來，固定在第二週的週五，走的時候會帶著一個厚信封。這沒什麼奇怪的，我工作的俱樂部總是會有人去收帳。」

「他每次都有付錢？」

她笑了笑。「面對那種人，你別無選擇。要嘛付錢，要不就是他們逼你付錢。達克很清楚。」

「而如果他們現在在找他……」

「你覺得他們會在乎八號俱樂部失火嗎？那不是他們的問題。他們就是要錢。」

「我不覺得他付得出來。」

她吞了吞口水，擔心的神色一閃而現。「他應該跑路的。」

「我相信達克會擺平的。」

「你不了解他。他的表面之下……」

「告訴我。」

「以前那裡有個跳舞的女孩，叫伊莎貝拉，她就可真是個婊子了。她以為達克有錢，就主動勾引他。他跟她說他沒有興趣。」

「他有說為什麼嗎？」

「他說他沒辦法用那種眼光看待她。他說他有個女兒。就這樣。我們再也沒看到她。」

「所以他有過對象。還有什麼事嗎？就算是妳覺得不重要的事都行。」

「天啊。你們警察真是窮追不捨。」

「拜託了，這很重要，想起什麼事都行。」

「你想揭這個人的瘡疤，但我只能告訴你他很照顧我們，很照顧我。我跟另外一個女孩是他最疼的。」

「為什麼？」

「因為我們有小孩。他對我們很保護，甚至可以說很溫柔。有一天晚上我沒去上班，他就跑來這裡。他看到我，看到我那晚的臉。他很擔心。」

「另外一個女孩是誰？」

「凱莉。他對她也是一樣。他甚至會帶她和她的孩子出去玩，去六旗樂園。我都有點嫉妒呢。他真是個好人。」

「我可以跟凱莉談談嗎？」

「她閃人了，去了西部的某個地方，跟她的小女兒一起。」

「喔，她有女兒。」

「對啊，她以前會在置物櫃上貼她的照片。是個可愛的小女孩。」

沃克聽見屋內傳來聲響，是茱莉葉塔的兒子在叫人。

「還有別的事嗎？」

「沒了。」

「祝你好運，警官大人。」

✦

他花了一個小時前往達克的住處。途中，他打電話給瑪莎。茱莉葉塔的前男友叫作麥克斯·柯堤涅茲，兩個月前在比特沃特的一間酒吧外被人打得半死。沃克叫瑪莎查一查相關紀錄。

麥克斯被人用大靴子又踢又踩，力道重到他的牙齒幾乎掉光，只剩一顆。比特沃特警局不會在麥克斯這種人身上多費心思。沃克試著直接打他的手機，好不容易接通後，他開口就要沃克滾遠一點。

沃克在後照鏡裡看到自己的眼神，他的鬍鬚長長了一些，臉消瘦了一點，真是一天不如一天。時至今日，不但他的身體背叛了他，更令他痛心的是，他一輩子恪守的各種原則如今正被他一條條打破，這樣肯定不會有好結果。

雪松山莊是一個蓋到一半的半成品建案，有停車場，看起來宏偉壯觀，卻給人一種沒有靈魂的感覺。大門警衛室的磚頭極為嶄新，連四周圍繞的樹林也有一股人工的感覺。達克在這裡投注了不少錢。

他來到一道柵欄前。有個男人走了出來，鬍鬚雜亂，穿著馬球衫，散發強烈的菸味。兩眼迷濛，好像沒睡醒的樣子。

「早安，警官。」

「我找迪奇·達克。」

那男人望向天空，搔著鬍子，敲敲頭側，彷彿在思考什麼難題。「他好像還沒回家，我沒看到他。」

「我跟他有約。」

過了一分鐘，那傢伙打了通電話。「他沒接。」

「我去敲敲門。」

他又搔搔鬍子。

那男人思考權衡的同時，沃克伸出一隻手。「你叫什麼名字？」

「莫西·杜坡里斯。」

沃克的臉不易察覺地抖了下。

旁邊有一座噴水池，已經乾涸發綠，馬賽克磁磚少了幾塊。

「要是我說逮到你抽大麻，莫西，這樣傳出去好聽嗎？我會威脅要把事情鬧大，去他鄰居家敲門。」

「呃，老實說，現在這裡沒多少住戶。」

「他住哪間？」

莫西用手指了指。「達克……達克先生，他現在住在展示屋。你可以在車道這邊停車。」

社區裡只有一條路，蜿蜒經過十來間房子。有些已經完工，但大部分都用木板遮蓋，鷹架還沒拆，油漆也漆到一半，房前堆著瓦礫。展示屋位於森林邊，造型很漂亮，有漆成白色的外牆、柱子和窗扇。沃克討厭這個地方，討厭這裡荒涼的氛圍。他想到了海文角，還有某些人是如何想把那裡變得跟此地一樣。有人在買進還沒開發的海岸土地。他希望在房產潮開始產生前，他就已經撒手人寰。

近看這才發現展示屋沒有想像中那麼新，一條長長的裂痕延伸到損壞懸空的排水槽。草坪長得太高，野草入侵了花床。

房子的門很大一扇，沃克找不到門鈴，只好像電視裡的警察那樣用拳頭砸門。重重地砸了幾下，聲音足以表達他的急切。隨後他靜靜地站在那裡等待，可除了幾隻受驚的鳥對他叫了幾聲，屋裡毫無動靜。

他沿著房子前緣走了一圈，百葉窗都是拉著的，連道可以偷窺的縫隙都沒有。房子一側另有扇又黑又沉的鐵門。他試了試，門沒鎖。

房子後面有泳池，有烤肉區，椅子旁邊還有電視螢幕。沃克駐足片刻，忽然看到屋後門開著。

「達克。」他喊道。

他走進屋裡，禁不住心跳加速。他想拔槍，可手卻不聽使喚。對於目前的身體狀況他感到無力。

他看到屋內秩序井然，櫥櫃打開只見一個個罐頭，標籤朝前，擺放得整整齊齊。

他冒著汗穿過室內，經過餐廳、辦公室、客廳，電視用靜音模式開著，轉到體育台，主持人傑瑞·坎斯維克在一面書牆前談論棒球選手包提斯塔和勇士隊。

整個屋子都精心裝飾，他看到碗裡擺著塑膠水果，邊桌上擺著塑膠花，相框裡有拍家庭照的模特兒擺出的塑膠微笑。

他想像達克獨居在這裡是多麼的格格不入，龐大而笨拙的身體得小心翼翼，以免造成破壞。

沃克爬上鋪著奶油色厚地毯的木製樓梯。他經過一面鏡子，看見自己的倒影，手還放在槍上，像個扮演牛仔的小孩，追著手拿玩具戰斧的文森。

他試著搜客房，找了三間之後才來到一絲不苟的主臥室。

「你在這做什麼？」

他趕忙轉身，心臟重重急跳。

達克站在那裡，穿著短褲和背心，戴著耳機。他瞪視的眼神冷酷無情。

「我來看看你。」

他還是只瞪著眼，沒有其他表示。

「有人跑來問起你。看起來不像那種你會想見的人。」

沃克跟著他下樓，到了一間休閒室。

「你想解決這件事嗎？」

沃克坐在柔軟的皮沙發上，達克依舊站著，他們之間的鴻溝逐漸擴大。

「茱莉葉塔・弗安帖。」沃克說，然後看他的反應。

達克流了一身汗，沾濕了肌肉虯結的手臂和雙腿。

「你還記得茱莉葉塔嗎？」

「每個幫我工作的人我都記得。」

「你記不記得她男朋友，麥克斯・柯提涅茲？」

毫無反應。

沃克站起來走向窗邊。院子很小，但是有精心造景規劃的樹木和邊欄，以及用樹幹刻成的某種雕塑。「你對麥克斯做的事，我不怪你。他跟茱莉葉塔的關係是一面倒，你幫他們扯平了。」

達克就只瞪著眼，但是片刻之間有某種情緒趁虛而入。像是悲傷，又或者遺憾。

「你為她做的是高尚的行為，證明你是個有正義感的人。」

「茱莉葉塔比其他人幫我賺得多。」

這就說得通了。他在保護他的財產，迪奇・達克，唯一的目標就是錢。

沃克繼續深掘，感到喉嚨發乾。「但你失手了，把他打得太慘。他可能會沒命。星兒身上發生的事也是這樣嗎？」

達克的臉上明白寫著失望。「你找了錯的人問了錯的問題。」

沃克走得更近，體內腎上腺素再度狂飆。「我不覺得。」

「文森．金恩，你不肯真正面對他現在是什麼樣的人，還是把他當成曾經的那個孩子。」

沃克又逼近一步。

達克挺直身子。「你失控了。你迷失了。我知道那種感覺。」

「那是什麼感覺？」

「有時候我們只是想要撐下去，卻有人擋著我們的路。」

「星兒怎麼擋著你的路了？」

「她那個女兒現在怎樣？你跟她說，我挺想她的。」

聽到這句話，沃克緊繃起來，氣喘吁吁，覺得室內似乎開始變暗。「我該走了。」

他走向廚房，達克跟在後頭。

沃克感到血液衝上腦門，於是放慢了一點速度。他伸出一隻手穩住自己。

他的藥，這該死的病讓他如此軟弱。

在面對街道的門旁，他注意到一個小行李箱擺在角落。「你要出遠門嗎，達克？」

「出差。」

「要去什麼好地方？」沃克轉身面對他。

「一個我希望可以不用去的地方。」

他們之間的那一刻過去了，沃克轉身離開，爬進巡邏車開回海文角。越過鎮界之後，他才停車，跑到一個電話亭，撥了蒙大拿州的區碼。

23

雨下得好久，黛吉絲漸漸習慣坐在窗邊權充椅子的箱子上，跟身邊的老人一樣看著天空。她發現他會密切觀察著她，也密切注意著車道，彷彿在等待訪客。

羅賓生病了，得了流感，在床上躺了一週。黛吉絲幫他端熱飲，忙進忙出，儘管他們之間的隔閡還是像重錘一樣懸在她胸口，她相信她總有一天能夠完全打破。

第三天晚上，他發燒到最高溫，在床上坐起來哭著要找媽媽，頭髮濕黏、眼神狂亂。他放聲尖叫，從身體深處擠出悲鳴，那是一種她自己也知之甚詳的痛苦。赫爾慌了，問黛吉絲他需不需要打電話叫醫生或救護車。她不理他，逕自浸濕了一條擦拭用的布，脫光羅賓的衣服。

她在他身邊坐了一整晚，赫爾則守在門邊，沒有說話，只是一直待著。

隔天早上，羅賓總算退燒了，他喝了點湯。赫爾把他抱下樓，讓他坐在門廊的鞦韆椅，看著雨，呼吸著霧氣。

「我喜歡雨像打鼓一樣敲在湖上。」羅賓說。

「嗯。」

「對不起，我之前說了那些話。」

她轉頭，跪在粗糙的木頭上，長褲的膝部早已因為勞動而磨破。「你永遠不需要對我說對不起。」

赫爾有一台錄放影機。在一個慵懶的週日，他們看了麗塔．海華斯的電影。黛吉絲從沒看過那麼美麗雅致的女人。然後她又在閣樓發現滿滿一袋的西部片，她坐在老人身邊連夜看遍了那些錄影帶，直到羅賓好起來。有整整一天，她不用自己的本名，假裝在玉米田裡追殺墨西哥人。赫爾在門廊上看著她，連連搖頭，他簡直像是收養了一個小瘋子。她叫他演醜八怪圖可，她演大壞蛋。演好人的羅賓拍著手，鬈髮被雨水沾濕，黃色雨衣滴著水。

白天黛吉絲仍經常練習射擊，現在她隔著一百碼的距離也能打中樹幹中央了。

第一次騎那匹灰馬的時候，她感覺自己特別像布屈．卡西迪[13]。這種相似深入骨髓，只不過少了一點異國氣質。她在蒙大拿州的土地裡生了根。她將一隻手放在灰馬身上，感覺牠的體熱，輕輕拍了拍。她告訴那匹馬說她不會踢牠，也請牠別把她這個女牛仔摔到地上。

她抓緊馬鞍上的握把，甩掉頭髮上的雨滴，讓赫爾領著她繞圍場一圈，只是輕鬆散個步，但走完的時候她得努力忍住自己有史以來最燦爛的笑容。

又過了一個禮拜，她看著廣闊的灰色天空開始撥雲見日，雨勢減緩，藍天漸漸露臉，一個月以來陽光第一次照拂大地。

她眺望農場時，看到赫爾站在耙過的田地，羅賓在雞舍旁，兩人都望著天空微笑。

---

[13] Butch Cassidy，美國舊西部時代搶匪。

赫爾舉起手，羅賓也是，接著黛吉絲也費力且緩慢地揮手回應他們。她在數學課上學到，三角形是最穩固的結構。

在蒙大拿，季節時序漸次變化，秋天席捲而來，為樹葉染上一千種不同的棕色。

有個星期六，赫爾載他們去看冰河。他們登上奔鷹瀑布，陽光下的楊樹令她看得屏息。他們走在落葉鋪成的地毯上，羅賓撿起的葉子有些幾乎跟他的肩膀一樣寬。他想收集葉子，手上堆滿到幾乎看不見路。赫爾將他們帶到一塊空地，他們看著黃色的三角葉楊樹搖擺波動。

「美極了。」赫爾說。

「美極了。」羅賓也忍不住附和道。

黛吉絲只是靜靜看著。有時候，她也無法確定自己是冷漠還是堅強。

他們停在巨石堆，其間有流水嘩嘩奔湧而過。他們站在一個四口之家旁邊，那家人看起來是如此和諧，黛吉絲不得不別開眼睛不看那對父母，彷彿他們犯了某種現代社會的原罪。她說服自己說他們很快就會離婚，讓他們的小天使也硬起心腸，直到他們的生活中只剩下甩門和憤怒的眼淚。這個念頭讓她微笑了。

每週日，黛吉絲還是穿著她的洋裝去谷景浸會教堂，每次都還是讓赫爾皺眉、其他小孩目光發直，但是其他的年長信眾，那些會駐足鞠躬的老夫妻、姿態高貴的寡婦，他們都習慣且接納了她。最友善的還是桃莉，每週末都來找她，坐在她旁邊。

教堂裡光線昏暗，需要有蠟燭或燈籠才能看清。羅賓對面坐著三個別家的小孩，那三兄弟的年紀都比他大，但願意讓他跟進跟出。他們的母親不時噓聲叫他們安靜。羅賓沉默而敬畏地看著他們，感覺自己和他們毫無可比之處。

「他會來的。」黛吉絲說。

「誰？」赫爾說。

「達克，你應該知道，他會來的。」

「他不會。」

「我是喬西．威爾斯[14]，他就是聯軍士兵。我的血就是賞金。他會來的。」

「妳還是沒說為什麼妳認為他會來。」

「他認為我陷害了他。」

「妳有嗎？」

「有。」

老牧師叫喚信眾上前，她看見大家排成隊伍，如此渴望滌淨罪惡，以至於願意共飲廉價的葡萄酒並分享彼此的口水。

「妳要不要去排隊？」赫爾每週都會問一次。

[14] 克林．伊斯威特主演的電影《西部執法者》中的主角。

「你覺得我想得疱疹嗎，赫爾？」

他別開視線，黛吉絲視之為自己的小小勝利。羅賓跟大男孩們一起去排隊。他繫著一條老式的密西西比領帶，是他們在閣樓找到的，還戴了頂巴拿馬帽，但比他的頭大了至少七個尺碼。隊伍經過時，羅賓轉向他們。「約翰、勞夫和丹尼要去領聖餐。我想跟他們一起，可是我不想得疱疹。」

赫爾對黛吉絲皺眉。

他們留下來吃蛋糕。黛吉絲吃了巧克力和檸檬口味各一塊，原本還在覬覦梨子和椰棗口味，但是一位老太太在她出手前拿走了那塊。她增加了一點體重，已經不是一副病懨懨的樣子了。

回到農莊時，黛吉絲看到那輛又舊又爛的腳踏車倒在門廊旁的泥地上。

「湯瑪斯．諾伯來了。」羅賓將臉貼在車窗上說。

湯瑪斯．諾伯站在台階底端，萎縮的手插在棕色燈芯絨褲的口袋裡。他還穿了正式的棕色襯衫和棕色夾克。

「老天爺。他看起來就像是貨真價實的一坨屎。」

他們下了車。黛吉絲手扠腰站著，皺起眉頭說：「你在這幹嘛，湯瑪斯．諾伯？」

他吞了吞口水，看看她的洋裝之後又吞了一次。

「希望你不是想吃我豆腐。赫爾會對你開槍的。對吧，赫爾？」

「對。」赫爾說。隨後他把羅賓帶進屋裡，並保證待會等他換下做禮拜的衣服，就讓羅賓開除草機。

「是……數學作業。我需要有人──」

「別跟我講那套屁話了。」

「我只是想說我們可以出去走走。因為我就住在那邊。」他用正常的那隻手指了個方向。

「萊德利農場我很熟，附近沒有鄰居。你騎了多遠的車？」

湯瑪斯・諾伯抓了抓頭。「四哩左右吧。我媽說我應該多運動。」

「你瘦到都快營養不良了。她還是叫你改變飲食習慣比較好。」

他露出天真單純的笑容。

「我不會請你吃午餐或喝飲料。現在又不是一九五〇年代。」

「我知道。」

「好，我要去湖邊除草。我們可不會因為你突然來訪就不用工作。」

她進屋去換上舊牛仔褲和襯衫，出來發現他還在原地，呆呆站著低頭看自己的運動鞋。

「我想你可以讓自己派上用場，沒事的話就過來幫忙。」

「好。」他趕緊說。

他跟著她到湖邊，跪在她指的地方拔草。她從口袋裡拿出一根雪茄，是去赫爾的櫃子裡偷來的。

「妳不能抽那個。妳會得癌症的。」

她比了個中指，然後咬掉雪茄前端，吐在地上。「傑西・約翰・雷蒙痛宰帕特・布查南那個懦夫時，嘴裡就叼著一支菸。」她把雪茄咬在齒間。「你有打火機嗎？」

「我看起來像是那種會有打火機的男生嗎？」

「說得好。我也可以直接嚼菸草，就像比利・羅斯・克蘭頓那樣。」

「我想他嚼的應該不是同一種菸草。」

「你啥都不懂，湯瑪斯・諾伯。」黛吉絲咬下一大截雪茄，嚼了幾下，然後努力忍住別吐出來。

湯瑪斯・諾伯清清喉嚨，然後瞇眼看著她。「所以……我之所以來，是因為有一場舞會要舉行了。冬季正式舞會。」

「我希望你不是在鼓起勇氣邀我去參加。特別是在這個時間點，我含了滿嘴的菸草呢。」

他迅速搖搖頭，回頭繼續工作。

「你得知道，我不想結婚。特別是不想跟你結婚……因為你的手。」

「那不是遺傳的。只是突變。雷米瑞茲醫生說——」

「我是個法外之徒。我不會相信一個墨西哥人的話。」

他靜靜地繼續工作，然後又停下來，再次瞇眼看她。「我願意幫妳寫一個月的數學作業。」

「好吧。」

「好吧，是妳同意了嗎？」

「不。我還是不跟你去舞會。但我同意讓你代寫數學作業。」

「因為我是黑人嗎？」

「不，是因為你是個軟弱的混蛋。我欣賞勇敢的男人。」

「可是——」

「我他媽的是個法外之徒。你什麼時候才會搞懂？我不會穿得漂漂亮亮跟男生約會。我有更重要的事。」

「比如說？」

「有個男人在追殺我。」她說，而他謹慎地看著她。「一個叫作迪奇・達克的男人，他開一台黑色的凱雷德休旅車，他想殺掉我。所以，如果你想做點有用的事，你就幫我留意他。」

「為什麼他想殺掉妳？」

「他覺得我陷害了他。」

「去跟警察說。或是跟妳外公說。」

「我不能告訴任何人。如果他們發現我做了什麼事，我就完了。他們可能會把我從羅賓身邊帶走。」

「我會留意。」

「你這輩子做過什麼勇敢的事嗎？」

他又抓抓頭。「去盪卡利溪邊的輪胎鞦韆。」

「那不算勇敢。」

「妳只用一隻手試試看。」

黛吉絲差點笑出來。

「我媽沒有吃止痛藥就生下我。勇敢是會遺傳的，對吧？」

「要命，湯瑪斯．諾伯，你出生的時候應該才六十公克吧，她搞不好打個噴嚏就把你噴出來了。」

他回頭去拔草，全程都瞇著眼睛。

「你的眼鏡咧？」

「我不用戴眼鏡啊。」

「你拔的是他媽的藍風鈴花。我偏偏挺喜歡藍風鈴花的。」

他小心把藍風鈴花的屍體擺回湖岸上。「妳知道，要勇敢並非總是那麼容易。我不像妳。妳也看到其他小孩會嘲笑我。他們成群結隊，比我高一個頭，個頭高，又有肌肉。」

「重點不是體型，關鍵在於你怎麼表現。」

他想了想。「所以我要表現出很不好惹的樣子？」

「一開始也許是這樣，時間久了就用不著裝了。」

「那個來找妳的男人，這招對他有用嗎？」

「不。你要是看到他，就立刻跟我說。」

「好喔。但也許妳更應該擔心那個被妳威脅的小孩，泰勒。他有個哥哥在找妳。」

她揮揮手。「管他跟他家人去死。你現在快把那株大雜草拔一拔，回家去吧。等你到家就要天黑了。你可負擔不起被卡車撞到、再損失一隻手腳的風險。」

他不情願地站起來。

她看著他走遠，牽起腳踏車，騎向門口。她等到他離開視線範圍，才吐出那口菸草，一面打顫一面用手指把舌頭刮乾淨。

24

艾佛郡遊行開始了。

主街上熙攘喧鬧，有個男孩用繩子套稻草紮的小牛，因為沒套中，嘴裡不停碎唸；女孩們將沙包丟進圓圈。有個賣熱狗的攤子，還有滑板坡道，但其實只是木板疊在倒放的大花盆上。赫爾帶羅賓去做面部彩繪。黛吉絲坐在人行道上看著遊行隊伍：卡山保險公司、西道銀行，還有戴著頭冠的小女孩，對著一兩台相機的閃光燈揮手。

她看到湯瑪斯．諾伯和他媽媽。諾伯太太胸部大、屁股也大，身邊陪了一個老男人，又矮又瘦，膚色白皙。

湯瑪斯走了過來。

「你媽是在做慈善嗎？幫助老人什麼的。」

湯瑪斯．諾伯順著她的視線看過去。「那是我爸。」

黛吉絲不由得皺起眉頭。「老天，她是被哪一點吸引，是錢還是什麼戀物癖？」

他拉拉她的手臂。「我有事要跟妳說。是急事。」

她不情願地站起來，他把她從人群中拉開。黛吉絲只能瞎猜到底什麼事對湯瑪斯．諾伯來說算是緊急，她猜測的版本包括他認為他媽媽在跟郵差亂搞，到他肯定他萎縮的那隻手正在變強壯，很快就可以捏扁鋁罐了。他對捏扁罐子這檔事真是情有獨鍾。

「最好不要跟我說是你媽在跟郵差亂來的事。」她和湯瑪斯．諾伯的關係發展成一種單向的友誼，他對她傾吐心事，她則拿這些秘密無情地對付他。

他戴了一頂遮陽帽，他們走到一間藥局外的遮蔭下時，他拿下帽子搧風。「那個叫泰勒的小孩。他哥哥來這裡，正在找妳。」

「你覺得這算急事？」

「妳不懂。他又高又壯。我看妳還是趕緊回家吧。」

「他在哪裡？」

湯瑪斯．諾伯吞了吞口水。

「你想當一輩子的娘砲嗎？湯瑪斯．諾伯。帶我去找那個大個子，讓我好好教訓他一頓。」

他帶她過去，一路上都在搖頭，用顫抖的手擦汗。消息傳開了，孩子們都聚集在櫻桃烘焙坊後面的巷子。

「他在那兒。」

黛吉絲看著泰勒，那個把羅賓推倒的孩子。然後她看向他旁邊的另一個孩子，長得更高、更胖也更醜。他穿著只及小腿的長褲，蒼白的腿像兩根樹幹，腳上的帆布鞋陳舊褪色。他深色的頭髮剪成西瓜皮，左右兩頰各長了幾顆痘子。

泰勒往她的方向指，大個子朝她走來。

「幹，你是哪位？」黛吉絲調整了一下頭髮上的蝴蝶結。

「蓋倫。」

「該死，我以為你長大會有料一點。」

「妳惹到我家人了。」他往前一步。

她翻翻白眼。

「妳威脅要傷害我弟。」

「我其實是威脅要把那雜碎的頭給砍了。」

周圍現在擠了十幾個孩子，就像聞到血腥味的鯊魚。

「妳給我跟他道歉。」

「你給我閉嘴，肥豬。」

孩子們退後了一點，紛紛發出吸氣聲。湯瑪斯·諾伯不再站在她旁邊了。

他又往前一步，一隻胖手握緊拳頭。

然後她聽到一個聲音，半是戰吼，半是女孩子氣的尖叫。湯瑪斯·諾伯衝了過來，眾人讓路給他。他解開了襯衫鈕釦，而且出於某種黛吉絲難以理解的原因，把左右褲腳塞進了襪子裡。

湯瑪斯·諾伯的動作很快，一下假裝出拳、一下換腳支撐，繞著不斷左右轉頭的蓋倫。

黛吉絲舉起一隻手掩面，從指縫間看著蓋倫一拳就放倒他。

然後烘焙坊後門打開了，黛吉絲轉頭去看，只見契麗拿出一袋垃圾。人群迅速移動，泰勒跟他弟弟也消失了。

黛吉絲走上前去查看湯瑪斯的狀況。

「我贏了嗎？」她扶湯瑪斯站起來時，他如此問道。

「有參與就夠了。」

他小心翼翼地摸自己的眼睛。「完了，我肯定會有黑眼圈。」

「你本來就是黑的啊。」

「也許還是烏青的那種。」

「來吧，我幫你找冰塊敷。」她握起他正常的手。雖然被打得很痛，他還是勉強露出燦爛笑容。

「剛才那樣很勇敢，對吧？」

「愚蠢多於勇敢吧。」

轉上主街時，黛吉絲的心突然一緊。她看到了她最不想看到的東西。

黑色的凱雷德休旅車。

她頓時面無血色。

達克終究還是找到他們了。

她放開湯瑪斯的手，在卡車車陣中移動。她看到天鵝山、蒙大拿馬鹿、第九區的保險桿貼紙。她想到達克試圖混進人群中，可他那雙冰冷無情的眼睛必然會出賣他。

黛吉絲看到赫爾的卡車，車窗搖了下來。她拉開門，溜上副駕駛座。湯瑪斯．諾伯看著她打開置物箱，拿出史密斯威森手槍。

她把槍塞進牛仔褲。

湯瑪斯．諾伯連反對的時間都沒有。

他們走回人行道上。太陽照著街上的人，孩子們和他們的家人臉上洋溢著幸福和無知的笑。兩個人不停地往前走，經過櫻桃烘焙坊外頭，走過理髮廳。他們緊靠在店面前，黛吉絲四下掃視，手放在皮帶上。

她的槍不再冰冷，被曬得發燙，等著她使用。

那輛凱雷德停在對街，她想像達克就在車上，像以前那樣偷偷地觀察著她。

她跨到路上，儘管恐懼與時俱增，她還是勉力忍住，擺出微笑。她要讓達克看看，她很高興他跑來了，因為她想要了結這件事。為了羅賓，她不介意殺人，而且毫不猶豫。

「妳在做什麼？」湯瑪斯．諾伯拉著她的手臂，但她把他甩開，轉頭怒目而視。

「你待在這裡就是了。」

「妳不能就這樣去堵他。」

湯瑪斯．諾伯都快急哭了，好像想要轉身就跑，但是他內心那個逐漸浮現的成熟男子在跟原本那個惶恐的男孩拉鋸。

她繞到那台凱雷德休旅車後方。

她在車旁的人行道上，伸出一隻手撫過烤漆表面，車身閃亮得足以照出她的倒影。

「黛吉絲，拜託。」他喊道，但是她沒有回頭。

她把槍從牛仔褲裡摸出來，架在她自己和車身之間，同時她伸手用力拉車門門把。門鎖住了。

她把臉貼近車窗玻璃，看到車內空無一人。

她轉過身，遊行繼續進行，鼓聲喧騰，彩帶紛飛。樂隊的孩子齊步行進，女孩們燦笑著舞動旋轉。

黛吉絲推擠經過一群人，聽到別的小孩對她咒罵。湯瑪斯・諾伯站在一旁。每個人在她眼裡都像達克，有溫暖的笑容和冷酷的眼神。她知道人做得出什麼樣的事來，光是他們有那樣的能力就夠可怕了。

她正要轉身時看見了他。

她拔腿就跑，撞掉了一個小孩手中的可樂，害一位老太太跌倒在地，眾人的喊叫聲紛紛響起。她跑著趕上他的時候，他轉過來抬頭微笑。

她跪下去把羅賓抱進懷裡。

「怎麼回事？」赫爾問。

然後有位女士發現她手裡拿的是什麼。

「有槍！」

周圍的人群爆發一陣恐慌，赫爾把她拉近身旁。

✦

赫爾的電話在晚餐後打來，跟他報告了狀況。群眾的恐慌消退之後，那輛凱雷德休旅車就已經不見了。黛吉絲沒有記下車牌，車主是誰都有可能。但這提醒了他們要繼續小心留意。

他剛掛斷，就又有一通電話響起。

「你真是大紅人。」瑪莎說。

他原本答應要煮飯請她吃，但是忘了注意時間，所以最後還是叫了外賣餐。瑪莎笑著說她鬆了一口氣，說這樣至少確定能吃點好料。他到屋外接電話，留她在室內繼續處理文件。

「柯迪。」沃克對著手機說。他一陣子沒跟柯迪聯絡了，聽到對方的聲音從另一頭傳來很是放心。「他狀況怎樣？」

「我讓他住回以前的牢房，雖然得叫一個走私犯搬到別間，但是文森在那裡好像適應得比較好。」

「謝謝你。」

「案子有什麼進展嗎？我試著問過文森，但他什麼也不說，不像其他人總是大呼冤枉、高喊司法不公，我發誓，他們會讓你以為我們這裡關的是一群唱詩班男孩呢。」

沃克笑了。「所以他還沒跟任何人說過話嘍？」

「呃，我正是為了這件事才打給你。」

沃克站直了一點。

「他昨天有個訪客。他們會面了一個小時。」

「是誰？」

「達克先生。我這邊有幾個人是全州最凶神惡煞的傢伙，但達克走進來的時候，連他們都不敢出聲。」

「我知道他。」

「你知道他打什麼主意嗎？他們似乎談得挺深入。」

「那間房子。他想買下文森的房子。我猜他們做了些協商，因為上次我聽說的時候，買賣已經談成了。」

他們閒聊了一下，然後沃克聽到瑪莎喊他。

他站起來，把啤酒放在窗台上，然後走進客廳。

一開始，瑪莎什麼也沒說，只是稍微挺起身，然後靠得離那疊檔案更近一些，戴上眼鏡專心聚焦。是她找到了突破點，將達克的名字和那間註冊在波特蘭的公司連起來。

「妳有發現了嗎？」

「也許。去幫我買點零食，我需要一點刺激。你有哈瓦那辣椒嗎？」

他搖頭。

「馬拉蓋塔椒呢？」

「我不知道那是什麼鬼。」

「該死，沃克，他媽的西班牙辣椒也行。我就是需要辣的東西。老天，下次請幫我準備好。」

被唸了一頓的他走進小廚房，煮了咖啡，看著街景。他們已經忙了四個小時，從晚餐時間到深夜，兩人都呵欠連連、眼睛發紅，但他們都寧願工作，也不要躺在床上夜不成眠。瑪莎已經全心投入這個案子中了，主要是因為沃克看起來被折磨得不成人形。

他把咖啡端給她，順便附上一個研磨胡椒罐。

她忍著笑對他比了個中指。

他看著她來回踱步，手中拿著公司稅單、註冊文件。這些紀錄已經複雜到她必須打給幾個認識的稅務律師求助。

「福圖納大道。」她說。

「第二排的房子。」

「這排房子的產權都是由同一間控股公司持有，只有一戶夫婦例外。第一宗報告是什麼時候？加州野生動管局關於海岸侵蝕的那宗？」瑪莎咬著筆蓋。

沃克翻著那厚厚一疊紙張。「一九九五年五月。」

瑪莎微笑著舉起手裡的文件。「這家公司在一九九五年九月買下第一間房子，然後接著幾乎每年都再多買下一間。他們用八間房子錢滾錢，每一間都拿去貸款買下一間。這方法用在前六間房子上都很順利，直到利率突然飆漲。」

「然後呢？」

瑪莎再次開始踱步，走到櫥櫃去幫她的咖啡加威士忌，也幫沃克加了一點。「所以，這家公司買下了第二排的每一間房子。加州野生動管局在十年前幫房子丈量過，對嗎？」

「差不多。然後他們蓋了防波堤，金恩家就安全了。」

「那是第二排房子，價值並不太高，坪數小，給小家庭住的。買進的價格很低，看起來也不像會大幅增值的樣子。」

「然後？」

「然後第一排的房子開始塌陷，觀光客開始進駐。第一排的房子一一倒下，所以這家公司想要弄到……」

「五百萬美元，至少這個金額。」

「唯一阻撓他們的就是文森．金恩和他家的房子。他們周圍的土地不能做建設，只要金恩家的房子存在一天，就沒有人能弄到許可。」

「那家公司叫什麼名字？」

「MAD信託。」

「這是哪門子的名字？」

「名字不重要，但你猜猜看公司的唯一負責人是誰。」

她把文件遞給沃克。他用力拿緊，試著穩住手。

文件頂端用粗體印著一個名字：

理查・達克。

25

那晚，黛吉絲帶著一身冷汗驚醒。

她看見模糊的形影，衣櫃變成了達克兇狠殘酷的模樣。

平靜下來之後，她查看了羅賓的狀況，然後溜出房間、下了樓。她穿著一件柔軟的睡袍，是赫爾幫她留下的。這成為了他們的相處模式：她不會直接拿他給的東西，不論是食物飲料，或是他提供的幫助，即使她在作業快交不出來、時間快速流逝之際還得照料馬匹。他會把要給她的東西放著，她會等他不在場時再拿走。她讚嘆他的耐心。

她直接從水龍頭捧了自來水喝。

轉頭回去時，她聽到了那個聲音。

門廊有動靜。也許是鞦韆搖椅，那個鏈條不管赫爾上了多少油都一樣吵。她蹲低身姿，心跳再度開始疾馳。

她摸索著抽屜，找到一把頗長的刀，緊緊抓住。她躡腳來到門邊，看到門開了一道縫，月光照在她的赤腳上。

「睡不著嗎？」

「該死。我差點要把你殺了。」

「那是把麵包刀。」赫爾說。

他坐在鞦韆搖椅上，一時只看得見他的雪茄火光。但等她走近，就看到霰彈槍放在他腳邊。

「你相信我的話了。」她說。

「也許我只是等著獵熊。」

「桃莉知道嗎？」先前，赫爾溫柔地將槍從她手中拿走之後，桃莉出現了，將她帶到安全的晚餐桌旁。

「她很堅強。她覺得多個人幫忙留意安全也好。每次我遇到她，她都問起妳。我想妳有點讓她想起年輕時的自己。」

「為什麼？」

「妳大概找不到比桃莉更強悍的女孩子了。她吃過很多苦頭，但從來不提。不過我有一次跟她家比利一起喝酒。他說桃莉的爸爸兇得很，有一次抓到她抽菸。」

「然後痛揍了她一頓？」

「不。他拿菸燙她。她的手臂到現在還有疤痕。他跟她說這樣她再也不敢點菸了。」

黛吉絲吞了吞口水。「他後來怎麼了？」

「她漸漸長大，她爸爸竟然對她……就進了監獄。」

「噢。」

赫爾咳了一聲。「她那時候穿的衣服不一樣，我看過照片。她當時都穿男生的衣服，鬆鬆垮垮沒有曲線的那種，但他還是找上她。」

「有些人就是黑心。」

「的確。」

「詹姆斯・米勒是雇傭刺客兼槍手。他固定上教堂，不菸不酒。但傳言說他五十歲就被殺了。被暴民私刑吊死。你知道他的遺言是什麼嗎？」

「什麼？」

「放馬過來吧。」

「人們成全了他。當罪惡發生時，如果好人選擇袖手旁觀，那他們還算是好人嗎？」

天空繁星點點，下雪是不可能了。赫爾說冬天還沒來，他說等到冬天降臨，他們會把秋天的顏色忘得乾乾淨淨。

他往旁邊挪了挪。

然而黛吉絲並沒有坐下。

他們沉默了好一會兒。赫爾抽完雪茄之後，又點燃一支。

「你會得癌症的。」

「也許吧。」

「反正跟我也沒關係。」

「當然。」

黑暗遮擋了他的眼睛。他望著遠處，或許他在看樹，或許在看水，或許什麼都沒看，但眼前這一切對黛吉絲突然有了不同的意義。

他站起來，走進廚房，黛吉絲很快聽見水壺的笛音。

她坐在長椅上較遠的一端，打量著那把霰彈槍。

他端著熱可可回來，將她的那杯放在她旁邊的門廊上。廚房傳來的柔和燈光照出她那杯裡的棉花糖。

他啜了一小口威士忌。「以前有過一場暴風雨，很強。我就坐在這裡，看著雷電打在我們的土地上。我想到魔鬼，我在天空中看到魔鬼的臉，舌頭像蛇一樣分岔。那時候穀倉都燒掉了。」

她看到一畝什麼作物都沒有的田地，只有已經不在的東西所留下的焦痕。

「那匹灰馬的母親當時也在裡面。」

黛吉絲看向他，感謝這片黑暗讓他瞧不見她眼中的惶恐。

「我沒法把牠救出來。」

那一刻她深吸一口氣，知道那樣的回憶有多麼陰魂不散。

「我們有時候也會遇到暴風雨，」她說。「以前在家裡的時候。」

「我常常想到海文角。我為妳媽媽，為妳，也為羅賓祈禱。」

「你並不相信上帝。」

「妳也不信啊，但我知道妳有時候會去那片空地，還跪下來禱告。」

「那只是我想事情的地方。」

「每個人都需要一個這樣的地方。儲藏室，還有放槍的地方，我一般在那裡想事情。只要我一坐下，外在的世界就與我無關了，我就可以集中精神考慮重要的事情。」他看了黛吉絲一眼，「我會寫信給他。」赫爾說。

「誰？」

「文森．金恩。這些年來，我給他寫了一封接一封的信。我明明不是個愛寫字的人。」

「為什麼？」

他對著月亮吐出煙霧。「這個問題有點大。」

她揉揉眼。

「妳該去睡了。」

「我睡不睡覺不干你的事。」

他放下杯子。「一開始我沒打算把信寄出去。只是，希希出事之後，還有妳媽媽和妳外婆的事之後，我需要一個抒發的出口。也許吧。但我後來想，為何不告訴他呢？也許他覺得他毀了自己的人生。但我想讓他知道他也毀了我們的人生。可能他以為我在這裡有片土地，過著幸福快樂的退休生活。所以我就把我如何辛苦地勞作、我欠的債、我每月要支付的帳單，以及我每天要承受的壓力，一股腦全告訴他。」

「他有回過信嗎？」

「有。起初信裡全是些懊悔的話。我知道那件事是個意外……我知道。可有什麼用呢?」

她拿起她的熱可可，用湯匙舀起棉花糖送進嘴裡。太甜了，讓她出其不意，彷彿她已經忘了世上有這種好東西。

「我去了他的假釋聽證會。每一場我都去。他本來有機會只服一半刑期。十五年，他出獄之後還能有大好時光。」

「所以為什麼沒有?沃克從來沒告訴我。我只以為他是在裡面惹了麻煩，幹了壞事。」

「他沒有，那個姓柯迪的典獄長，每次都幫他說話。但文森拒絕請律師。沃克也是每次都出席，我們會看到對方，但我一句話都沒對他說過。因為他是沃克的朋友，親如兄弟，我記得他們以前是那樣密不可分，文森負責幹壞事，沃克總是掩護他。」

黛吉絲試著想像還是個男孩時的沃克，想像他是文森．金恩最好的朋友。但她腦中的沃克還是穿著制服，從她有記憶以來他就一直是這樣穿。他就是警察，文森就是壞胚子。

「聽證會的最後，他們總是問同一個問題：如果你出獄，你還有可能會再次犯法嗎?」

「文森怎麼說?」

「他每次都會先看看我，說會的，他會。他會對其他人造成危險。」

也許他覺得這是某種高尚的行為，完整服完刑期，用這種方式悔罪，儘管只是微小的補償，但重要的是他的動機。不過她現在知道他只是說實話。他就是會造成危險。

「那樣的痛苦。失去妳的母親，失去我的女兒和妻子，失去我生命中有過的一切美好事物。

我了解。我當時不覺得我能撐過來。」

「那你是怎麼做到的？」

「我搬來這裡。慢慢恢復呼吸。蒙大拿這地方很適合，妳有一天或許會明白的。」

「星兒說受苦和罪惡之間有連帶關係。」

他微笑了，彷彿能聽見這些字眼從女兒口中說出來。

「希希是怎麼樣的人？」

他按熄雪茄。「死亡會讓凡夫俗子也變得像聖人。至於孩子……她嬌小、可愛、完美無缺。就像妳媽媽小時候。就像現在的羅賓。」

他知道不該提女兒的事。

「她喜歡畫畫。國慶日放煙火的時候她會哭。她敢吃紅蘿蔔，但不吃任何綠色蔬菜。她很黏妳媽媽。」

「我跟她長得很像。我看過照片。我和星兒和希希。」

「沒錯。就跟她一樣漂亮。」

她吞了吞口水。「星兒說你很嚴厲。她說你沒有半點柔軟的部分，在事發之後就沒有了。她說你是個酒鬼。她說你沒有出席我外婆的葬禮。」

「我們都是從終點開始的，黛吉絲。」

「如果你覺得這樣你就可以安心了，那真是大錯特錯。」她不帶怒意地悄聲說。「她跟我說的事都是真的嗎？」

「我對自己都感到失望。」

「我知道還有其他事，所以你才不回來，所以她才不讓你見我們。你做了什麼？」

他吞了一下口水。「那是在事發幾年之後。我是說……我聽到傳言說他關了五年就要假釋。雖然他對我的希希做了那種事。」

她聽出他聲音中的痛苦，即使已經過了這麼久，依舊清晰可聞。

「也許我真的是喝太多了。當時有個人來找我，他有個兄弟也在裡面關，在費爾蒙特郡立監獄，跟文森一樣。他跟我做了個提議。他可以解決這個問題，糾正這個錯誤。他要的錢也不多，我……如果時間能重來，我也許能堅強一點，拒絕他。」

「文森在監獄殺的那個人。原來他是正當防衛？」

「對。」

她呼出長長一口氣，他的一字一句是如此沉重，她無法回應。

「妳媽媽發現了。然後就這樣，一切就這樣結束了。都是因為遙遠以前的一天晚上，因為那單單一件事，我們才會是現在這個處境。」

她喝著熱可可，回想她的母親。她想找出一段能夠在這個夜晚帶來溫暖的回憶，可除了星兒死氣沉沉的眼睛，她什麼都找不到。

「你是為了這個原因才上教堂嗎？」

「是為了理解我們做過的事，和可能做出的事。」

喝完可可之後，她站起來。想到達克可能會追來，她覺得好累，同時看著眼前的老人和霰彈槍。

走到門口她猛地轉身。「文森。他在假釋聽證會的表現。你覺得他為什麼那樣做？」

赫爾抬頭看他，她在他眼裡看到了羅賓。

「他們會讓他先發言，然後沃克會看著柯迪，像是他們一點也無法理解他的話。但他寫了信給我。他嘗試要告訴我。」

黛吉絲不由得瞪大了眼睛。

「在那天晚上之後，在他做了那件事之後，他知道我們所有人都再也無法找到自由。」

✦

他們站在萊德利家的舊屋外。在灑落的月光下，沃克依稀看出瑪莎的輪廓，她臉部的形狀、小巧的鼻子、長度剛好過肩的頭髮。他聞到她的香水，某種清淡的香味。他們拿著手電筒，此時雙雙打開開關。

沃克取得了通話紀錄，知道文森撥電話的時間，和驗屍官估計的死亡時間。準確性應該有保障，黛吉絲當時騎腳踏車去彭薩科拉路的加油站，沃克知道她總是騎在主要道路上，即使路況比較危險，所以她來回的時間是四十五分鐘。這代表文森大約有十五分鐘可以把槍丟掉。他們必須思考他可能是兇手的假設，這個假設的想法讓沃克夜不成眠。

「我們要往所有他可能走的方向試試看。」

瑪莎帶了馬錶。如果文森用跑的，衝去丟槍再衝回來，有可能在時限內辦到，不過沃克並不記得他當時有喘氣或流汗。然而，那天晚上的細節，沃克也有很多記不清楚，除了星兒的臉，他知道他此生都忘不掉。記憶喪失的症狀慢慢地影響了他。他養成了做筆記的習慣，只不過他假裝在寫東西，其實只是為了記錄：他每日的作息規律、他吃藥的時間，這些他全都記下來。

他們從星兒家的後院出發，跨過損壞的柵欄，從沃克有印象以來，那排柵欄就立在那裡。然後他們進入稀疏的林地，只是一片將常春藤牧場和牛頓大道隔開的矮林。他們有條不紊地檢查了每條步道、每棵樹、每叢灌木和每簇野花。他們檢查了水溝，他知道波依德的手下和警犬已經搜過同樣的路線，但沃克希望能多發現些什麼，一些只有當地人會注意到的事。他閉上眼，從文森的角度設想。

他們走了七條路線，其中幾條之間只有些微的差異。他們一無所獲。

「槍不在他手上。如果有，我們一定已經找到了，或更有可能是波依德一定已經找到了。」

「這是他們的理論裡的一個漏洞。很大一個。」瑪莎說。「地區檢察官會氣死的。」

他們找到路走回萊德利家，站在人行道上。

她伸出手握住他。他瀕臨崩潰。不管往哪個方向，他都想不透。他跟丟了達克，一次又一次打他的手機，留言多到把語音信箱都塞爆了。

他感覺得到。是達克殺了星兒，嫁禍給文森．金恩，為了染指他的房子，好拯救他的事業帝國、大賺一筆。這個理論有缺陷，但他只能在這個基礎上努力了。至於那女孩，他只能欣慰於赫爾這個人彷彿幽靈人口，萊德利家的土地又被埋沒在荒煙蔓草下，所以兩個孩子在那裡很安全。

在牛頓大道盡頭，她帶他沿著鄰近住戶的車道走，然後跳過一道隱沒在茂密櫱木叢中的矮柵欄。

「妳還是對這些捷徑全都熟門熟路。」沃克說。

「這條是星兒走給我看過的。」

二十分鐘後，他們站在以前那棵許願樹下，看著海洋上的星光，小河教堂的塔樓像一座廢棄的燈塔。

「我真不敢相信它還在。你記不記得我們以前都在那棵樹下親熱。」

他笑了。「我全都記得。」

「你總是解不開我的胸罩。」

「有一次成功了。」

「不，是我事先解開的，讓你享受成功時刻。」

她坐下來，然後又起身拉他一起坐著。他們一起靠著碩大的橡樹，仰望星空。

「我還沒跟你道過歉。」她說。

「為什麼要道歉？」

「因為我離開你。」

「那是好久以前的事了。那時我們還只是小孩。」

「並不是，沃克。對法官來說不是。你想過嗎？」

「想過什麼？」

「我，懷了孕。有個寶寶。」

「我每天都想。」

「我父親無法接受。他人不壞，只是……他覺得他做的事對我來說是正確的。」

「可惜他錯了。」

好一會兒，她什麼也沒說。船隻的燈光隨著潮汐起伏漂蕩。

「你沒有結婚？」她說。

「當然沒有。」

她輕輕笑了。「我們當時才十五歲。」

「但我那時就知道了。」

「這就是我愛你的地方。你純粹的信念，對於善惡、對於愛。關於我父親和他的作為，你隻字不提，沒告訴任何人，即使我拋下了你，即使星兒去了別的學校，只剩下你，和文森幹出的這件他媽的恐怖的大事。」

沃克吞了吞口水。「我只希望你們所有人都快樂。」

又是一樣的笑聲，沒有任何憐憫的成分。

「我的確有看到妳，」他說。「大概過了一年之後，在水晶灣的一間商場，我跟我媽一起去，妳在電影院外面排隊。」

她沉默了一下才想起來。「大衛．羅文。只是個普通男生。對我沒什麼特殊意義。」

「噢，我知道。瑪莎，我只是覺得妳當時看起來很快樂，我不是要說那是因為他。我也想，那個男生他不知道，不知道我們經歷的事。我想那樣也好。那件事不會卡在你們之間，你們不需要共享那種經歷。你們可以就只是……那樣。」

瑪莎哭了。

沃克握著她的手。

26

冬季來臨時，萊德利農場結了凍，天空被細雪撲白。

羅賓仰躺著看天空看了好久，黛吉絲得在他手指發白的時候把他強行拉進室內。田裡的工作減少了，但牲口還是需要照料。灰馬和黑馬吃草的時候罩上了外套。黛吉絲開始每天早上單獨牽灰馬出去，在曙光初現時裝上鞍具，沿著她開始漸漸熟知的路徑騎。她很享受蒙大拿的靜謐，沉鬱得彷彿上帝在森林上蓋了一條毯子，掩蓋住所有的聲音，只剩下響亮的鳥鳴。

他們小心留意達克，赫爾每晚都在屋外坐到深夜，戴著獵鹿帽，蓋著毯子，霰彈槍擺在腳邊。有些夜晚，黛吉絲會醒來走到窗邊，看到他坐在那裡，然後就又回去陷入沉睡。也有些夜晚，她會下樓去，他會幫她泡熱可可。他們通常靜靜坐著，但有時候她會讓他講比利·布魯的故事，講得生動又詳細，讓她懷疑這是不是他自己編的。有一晚，她靠在他肩上睡著，醒來時已回到自己床上，被子蓋得好好的。

她的週末和湯瑪斯·諾伯與羅賓一起度過，漫步在白色的森林，她讓他們先走，然後追蹤他們的靴子鞋印。冷空氣清新乾爽，讓她紛亂的心思澄澈起來。她比較少想到四季毫無變化的海文角了，而更常想到蒙大拿，偶爾還會想到未來。她小心篩選關於她母親的回憶，就像在煤山裡尋找鑽石。

她的成績進步了，她坐在教室後排，趕上作業進度，打著關於印弟安人和移民的報告草稿，設法讓他們在她筆下活過來。她寄給沃克一張萊德利農場的照片，是從她房間窗口照的，那天他們醒來就發現雪積了厚厚一層。每週六早晨，她會和赫爾一起進城，去雜貨店採買，然後去櫻桃烘焙坊喝可可、吃甜甜圈。桃莉通常都在那裡，他們會坐著跟她聊天。比爾的健康狀況逐漸惡化，黛吉絲在桃莉無瑕的臉孔下看見逐漸蔓延的裂痕，已經提前開始哀悼。這個發現令她焦躁不安。

他們開車到漢比湖，水深得就像大海。赫爾租了一艘船，他們漂行垂釣時，船身切穿水晶般的湖水。這是黛吉絲允許自己想像的最完美的下午，太陽悄悄帶走了寒意，羅賓釣到一隻上好的虹鱒，釣到之後卻又哭著逼赫爾把魚放生回去。

湯瑪斯・諾伯常常說起冬季舞會。有些日子她只叫他閉嘴滾開，有些時候她指控他只是想要下藥把她迷昏之後做壞事。她罵他是性掠食者，他聽了搔搔頭，把眼鏡往鼻梁上推一推。

十二月的第一天，他帶給她一束他收集已久的藍風鈴花。雖然花早就乾枯了，看起來很可憐，但他的心意到了。他在結冰的路上騎了四哩，然後轉上他們家鋪面平整的車道。他抵達的時候已經有點輕微的凍傷，還暈得眼冒金星。赫爾讓他坐在爐火前，直到他暖和起來。

「我不會跟你跳舞，」她在他們一起看著火焰時說。「我不會親你，也不會抱你。我不會牽你正常的那隻手。我不會穿漂亮衣服，當天晚上大部分的時間我甚至不一定會跟你講話。」

「好啊。」他說，牙齒有點打顫。

她看到赫爾和羅賓在門邊笑著，於是對他們比了中指。

下個週日的教堂禮拜之後，赫爾載他們去柏萊爾鎮的購物中心。那裡有十間商店排成整齊的一列，從Subway到預借現金服務中心都有。她找到一間叫「卡莉」的店有賣女裝。她翻揀一架又一架的聚酯纖維衣料，拿起一件亮片禮服對著燈光看，發現上面至少有五個地方的亮片已經掉了。「還真是宛如置身巴黎呢。」

他指著一件黃色洋裝，她反問他哪裡懂時尚。她指指他的靴子、褪色的牛仔褲、格子襯衫和寬簷帽，活脫脫像個稻草人。

他們在店裡繞了三圈，羅賓拿來好幾件俗麗的衣服，對她露出滿臉燦笑，她問他難道是想讓姊姊穿得像八〇年代的流鶯，他就跑掉了。

店主卡莉本人走出來，判讀了一下現場的氣氛，又退回櫃檯後面去。她穿著蜂窩圖案的洋裝和厚底鞋，用寬皮帶藏住了多餘的十公斤體重。赫爾對她微笑，她也報以同情的笑容。

黛吉絲在店後發現了她的目標物，她愣愣地停下來瞪視著，然後緩緩伸出手將它拿起。她將帽子戴在自己頭上，感到腹中翻攪，心裡想到比利．布魯，想到她的血脈、她的一席之地。

那是頂很美的帽子，鉚釘是皮製的，帽簷寬度恰到好處，就是法外之徒會愛不釋手的那種。

赫爾出現在她背後。「跟妳很搭。」

她拿下帽子看看標價。「老天爺啊。」

「史德特森牌的。」赫爾說，彷彿這樣就足以解釋那令人流淚的高價。

她不能要那東西，太高級了，但她走回洋裝區時，還是眷戀地回望著它。

「那就這件算了。」她將那件黃色洋裝從掛衣架上拿下來。

赫爾原本要開口告訴她，這就是他一個小時前選的同一件。她怒目瞪視他，於是他識相地閉嘴。

✦

柯迪安排了這場會面，約在比特沃特谷南邊的一間漢堡店，店名叫作「比爾」，紅色的油漆已經褪色，散發出江河日下的氣息，手寫的招牌列出了幾款三美元特餐。店裡空蕩蕩的，沃克搖下車窗，開向取餐車道。

會面的對象是個上了年紀的男人，中南美裔，穿戴髮網和圍裙，皺著眉頭，就是那種會被龐克小子惹怒、事後還要幫他們收拾垃圾的老人。沃克看看他的名牌。「路伊斯。」

路伊斯打量了沃克，然後指向停車場。

沃克開過去，停了車，下車靠坐在引擎蓋上。等了十分鐘，對方才拖著腳步蹣跚走來。

「我只有五分鐘休息時間。」路伊斯說。

「謝謝你來見我，」

「只要是柯迪的朋友都行。」

路伊斯在文森隔壁的牢房住了八年。他因為一連串罪名入獄，最新的一項是持械搶劫。他手上的刺青顯示他跟幫派有關係，但沃克猜想那都已是過往雲煙。

「你問我答，然後我就要閃人了。老闆不喜歡有警察來這邊。」

「沒問題。跟我說說文森．金恩這個人。」

路伊斯點了根菸，背靠著窗戶，在呼出煙霧時用手把煙搧散。「他是我遇到的人裡面唯一沒有聲稱自己是被栽贓的。」

沃克笑了。

「他很嚴肅。話不多。」

「他在獄中沒有朋友。」

「對，他沒有。他甚至不去院子放風，也不拿布丁。」

「抱歉，你說什麼？」

「布丁。監獄的伙食跟狗屎一樣，但布丁除外。我看過有人為了布丁被捅呢。文森每天都把他的那份布丁給我。」

沃克尋思著要如何理解這項資訊。

「你不懂嗎，條子大人。他只吃剛剛好的東西，說剛剛好的話。該死，他甚至只呼吸剛剛好的空氣。」

「怎樣是剛剛好？」

「剛剛好夠他活下去。除了基本維生之外什麼也沒有。他為了服完刑期而活下去，又他媽的把服刑生活搞得慘到不能再慘。沒有電視，沒有收音機，啥都沒有。如果柯迪同意，他會一直待在單人禁閉室裡。」

路伊斯深深吸了一口菸。

「他在裡面惹過麻煩吧？」沃克說。

「每個人多少都會。他已經應對得很好了，讓其他人事後不再來找他的碴。」

「但他們還是找上了他。我看到他那些疤痕了。」

「他唯一的敵人是他自己。」

「這是什麼意思？」

「他曾經請我幫他弄把刀子。沒什麼大不了的，我想他只是想跟某個人算算帳。」

「結果不是？」

「我給他刀的那天，就聽到獄卒在大呼小叫，雖然沒什麼稀奇，但是從文森的牢房傳來的，我就湊過去看看。」

「然後？」

沃克看他臉上血色盡失。

「一片淒慘啊。他把自己割得傷痕累累，都是很深、很嚴重的割傷。他沒有割到動脈，他不想死，只是想受苦。」

沃克震驚到說不出話來，喉嚨緊得幾乎無法呼吸。

「我們談完了嗎？」

「我需要幫他找個品格證人。」

「你找不到的，因為沒有人真的認識文森。」路伊斯擱下菸按熄，然後又把菸屁股撿了起來。他對沃克眨眨眼，伸出一隻手，沃克要跟他握手時他又不悅地嘖嘖出聲。

最後，沃克掏出一張二十元鈔票，路伊斯收下，轉身走了。

27

桃莉帶著一個大箱子出現在他們家門前。她是來接羅賓去她家過夜的，因為赫爾說他得排開其他事，以免諾伯太太沒辦法在舞會後接他們回去。他總是在戒備，總是在擔心。

她帶黛吉絲上樓到臥室，打開箱子，箱裡是一堆閃耀奪目的化妝品和香水。

「別把我搞得像妓女似的。」

「我沒辦法保證什麼，甜心。」

黛吉絲聽了這話微笑起來。

過了一個鐘頭，她走下樓梯時，頭髮精心吹捲過，嘴唇上塗著閃亮的粉紅色。她頭上綁著新的蝴蝶結，穿了卡莉幫她挑的新鞋。她多長了點肉，因為工作而肌肉結實，不再骨瘦如柴。

她看到赫爾的臉上掛著某種像是驕傲的神情，所以她在他開口前就叫他閉嘴。

「真美，」羅賓讚嘆道。「妳看起來就跟媽媽一樣。」

他們跟在桃莉和羅賓後面，直到在阿佛卡街轉彎。雖然下著小雪，但路面撒了混鹽的砂粒，並不濕滑。桃莉家又大又高級，窗戶裡有溫暖的燈光。桃莉問過比爾，但比爾沒有賣房的意思。

他們經過一道閃爍的慢行標誌。

「你在緊張？」赫爾說。

「怕今天晚上被搞大肚子？沒啦，該來的總是會來。」

他們轉上卡頓街。

「我有點擔心羅賓。」她說。

他的目光投了過來。

「那天夜裡他肯定知道些什麼，雖然……雖然他不會天天想起，但是，我也不知道，他會夢到。我懷疑他可能全都聽到了。」

「聽到就聽到吧，我們只能做最壞的打算。」

「就這樣？」

「是啊。不行嗎？」

她點點頭。

他們轉彎開上海伍大道。

「該死。」

「怎麼了？」但赫爾馬上明白了。他試圖忍著，但還是憋不住大笑起來。

諾伯家門前的小路剷淨了雪，還鋪著玫瑰花瓣。

「幹，一槍打死我算了。」

她在窗邊看見他，臉貼著窗玻璃，像羅賓等待聖誕節來臨的樣子。

「他還打了個他媽的領結，看起來活像魔術師。」

赫爾把卡車停下。對著街道的門打開了，諾伯太太站在那兒，手裡拿著相機，諾伯先生則在她背後，肩上扛了一大台攝影機，亮著眩目的聚光燈。

「調頭回去。我才不要參加這場怪胎秀。」

「沒關係啦。也許就當作為了他們吧，就這麼一次。」

「真是慷慨無私呢。」

「我等著妳。要是出了問題就打給我。」

她做了個深呼吸，然後伸手拿鏡子，調整了一下蝴蝶結。

「祝妳今晚玩得開心。」

「我才不會。」

她打開車門，寒意迎面而來。「我的洋裝太樸素了。不像其他女生。」

「妳也不想變得像她們。妳是個法外之徒嘛。」

「我是法外之徒。」她走入雪中。

他啟動引擎，她則在動身關門時喚道：「赫爾？」

「黛吉絲，我在。」

她對上他的目光，他看起來很蒼老，雖然精明幹練，但她知道他為此付出的代價。她想到她母親，也想到希希。

「對於我跟你說過的所有那些話，我並不後悔，」她吞了吞口水。「我只是……」

「沒關係的。」

「有關係。但我想可能有一天我會後悔吧。」

「妳過去吧。試著找點樂子，笑一個、拍張照，給他們兩個都拍一拍。」

她對他比出中指，但是配上了一抹笑容。

閃亮的鏡球旋轉著，黛吉絲眼看碎散的光線灑落在人群中。派對的主題是夢遊仙境，她盯著棉花般的雪和結霜的花朵。他們上方掛著藍白兩色的氣球，布置得像冰層的舞池周圍有顏料畫出的星星和硬紙板剪成的樹。

她撥弄手腕上的花飾。「戴起來好癢。你這是去垃圾堆撿的嗎？」

「這是我媽挑的。」

他們待在場地後方。她看見許多女生穿著高級的洋裝和搖搖欲墜的高跟鞋。她無聲地祈求她們跌倒。

湯瑪斯．諾伯穿著大了一號的晚宴西裝，萎縮的手縮進袖子裡遮住。他背後披著一件絲綢斗篷，怪得妙不可言，令她無法移開視線。

「我爸說紳士出席正式場合時總是要披件斗篷。」

「你爸恐怕有一百五十歲了吧。」

「他還是老當益壯喔。他們打砲的時候我都得躲到後院去，那聲音真是震耳欲聾。」

她恰如其分地驚呆了，直直瞪著他。

音樂響起，黛吉絲看著一群女生奔向舞池。

湯瑪斯．諾伯幫他們拿來果汁，在心形的舞台和攝影師旁邊找了一張桌子坐下。

「謝謝妳跟我一起來。」

「這話你已經說過十八次了。」

「要吃蛋糕嗎？」

「不用。」

「還是吃點洋芋片？」

「不用。」

他們播放著某些節奏很快的歌曲。雅各．李斯頓清出一塊空間，表演他最炫的舞步，身為他舞伴的那女孩尷尬地鼓掌。

黛吉絲皺著眉頭說：「我覺得他還挺適合這場子的。」

音樂換成某首慢歌，舞池裡的人減少了。

「妳要不要——」

「別逼我再說一次。」

「西裝很讚啊，湯瑪斯．諾伯，」比利．萊爾和查克．蘇利文來了。「至少蓋得住那隻廢掉的手。」笑聲繼而響起。

湯瑪斯・諾伯啜了一口果汁，眼睛繼續盯著舞池。

她伸手過去牽起他萎縮的那隻手。「跟我跳舞吧。」

他們走過去時，她靠過去跟比利說了些什麼，他就趕快閃開了。

「手離我的屁股遠一點。」她在他們抵達舞池的時候說。

「妳跟比利說了什麼？」

「我跟他說你的老二有二十五公分長。」

他聳聳肩。「也有四分之一算是事實啦。」

她笑了出來，笑得又大聲又用力，她都忘了這樣笑的感覺有多棒。

她摟住他。「該死，湯瑪斯・諾伯。你每根肋骨我都摸得出來。」

「這還是我有穿衣服的時候呢。妳肯定不會想看到我裸上身。」

「沒差。我有看過一部在講饑荒的紀錄片。」

「我真高興妳來了。」

「是你死纏爛打逼我投降。你爸一定會以你為傲。」

他們撞見雅各・李斯頓與他的舞伴。雅各全身扭來扭去，看起來像在憋尿。黛吉絲對他的舞伴投以同情的笑容。

「我是說很高興妳來蒙大拿這裡。我很高興妳留下來。」

「為什麼？」

「我只是──」他突然停住，有那麼一刻，她覺得他可能要試著親吻她了。「我只是以前從來沒遇過法外之徒。」

她朝他踏近了一步，跟隨著他的舞步動起來。

✦

沃克坐在辦公室裡，百葉窗拉上了，但鎮上的燈光還是切穿了黑暗投射進來。他將電話夾在頭肩之間，一面和赫爾說話，一面抄筆記。他將腳搭在一落紙堆上，看到他的文件盤滿得要爆炸了。這讓其他人都困擾不已，他倒不以為意；不過他還是會處理的。

他每個禮拜都會打電話去關心，總是在週五晚上，同一個時間。

電話通常很簡短，只是了解一下羅賓適應得怎樣，還有沒有在看心理醫師。然後話題會轉向黛吉絲。有時候他們會講個五分鐘，時長剛好夠赫爾說明她又幹了什麼壞事，說他自己氣完之後是怎麼拚命忍住笑聲。沃克對這種表現很熟悉。

「慢熱，」赫爾說。「跟黛吉絲只能慢慢來，但她在改善了，有進步了。」

「那就好。」

「她今晚去參加學校的舞會。」

「等等。你說黛吉絲去參加舞會？」

「是冬季正式舞會。他們辦得好盛大，整個長青中學都點了燈，打光強得恐怕從你那兒就看得見。」

沃克將腳蹺上桌子，任由自己露出笑容。那女孩過得不錯，不管發生了多少破事，她還是得以享受人生。

「還有羅賓。我覺得他開始回想起來了。」

沃克將腳放了下來，拿著話筒緊貼耳朵，近到能聽見老人在另一頭的呼吸。

「是沒想起什麼具體的事。」

「他有提到任何名字嗎？達克？」

赫爾一定是聽出了他的焦急，後面幾句話的語氣放軟了些。「沒什麼具體的，沃克。我想他是在慢慢敞開心胸，面對他母親被謀殺當時他可能在場的事實。那個心理醫生挺厲害的，沒有逼問、沒有刺探，也沒有強行帶著他往哪個方向發展。」

「有一部分的我希望他沒有記得。」

「我跟她也是這樣說的。她說他有很大機率永遠不會回想起來。」

「我掛心著你們所有人。」

「我會關照他，這個達克啊。上次黛吉絲看到車的時候，我以為他真的找來了，就像她老是說的那樣。」

「那現在呢？」

「我等著呢。只要他一出現，二話不說，先吃我一槍，然後再問。」

沃克露出一個疲憊的笑容。失眠的報應來了，他的思緒像是從腦子裡被掏空出來、被打趴在地上。有時候他會發現自己開著車在公路上，卻把應該往哪裡開忘得乾乾淨淨。

「晚安，赫爾。你多保重。」

他把話筒掛回去，雙腳一蹬，打了個呵欠。通常他會累到直接回家，喝啤酒、看體育台，直到睡意找上他。但此時此刻，他感到一股無法抵擋的衝動，想去看瑪莎，甚至不需要跟她說話，只要別讓他獨坐著度過一夜。

他拿起電話開始撥號，然後又切斷了通話。他完全明白自己這是在做什麼，一步步逐漸介入他無權干擾的他人生活。不管他的感覺如何，這都是一種冷酷的行為，冷漠又殘酷。她只要看到他，就會想起自己生命中最陰暗的片段，永遠都會。

在一片漆黑的警局中，他緩緩走在走廊上。

「莉亞，我不知道妳還在。」

她抬起頭，一臉疲憊，沒有半點笑容。「對，又在加班。總得有人把歸檔系統搞定，就算連夜工作，都得忙到下個月。」

「需要幫忙嗎？」

「不必了，你先走吧。我在這裡過夜也不要緊，艾德根本不會發現的。」

他本來有些話要講，還不確定要講什麼，但她已經轉身背對他，回去工作了。他走了出去，想像著黛吉絲・戴伊・萊德利參加學校舞會的模樣，並且帶著微笑走進溫暖的夜色。

✦

不幸言中，他們開車回去的時候，雪下得越來越大。諾伯太太跟湯瑪斯問起舞會如何，他說這是他這輩子最美好的夜晚。

黛吉絲看著雪積在旁邊的農地上，那片地通常隱沒在黑暗裡。她還看得見一英里外的山峰。抵達萊德利家的土地時，諾伯太太正要轉彎，但車道已經積了厚厚的雪。赫爾來不及剷雪，車道太長，雪又下得太急。

「我可以從這裡走過去。」

「妳確定嗎，寶貝？我可以挑戰一下衝過去，但我怕我們會整夜卡在那兒。」

「赫爾會在門廊上。他會看到妳的車燈然後過來。你們走吧。」

趁諾伯太太和湯瑪斯來不及下車跟上她，她迅速爬下車，在車道上起步開始走。

走到半途，她轉身揮手，目送他們的車燈消失在黑暗裡。

她踏在雪地上，每一步都將新鞋抬得高高的。路邊立著桉樹，樹枝被雪的重量壓成彎彎的弧形，讓她彷彿走過婚禮的拱門。她自由自在地望向天空，望著飄旋的雪花，這幅景象簡直美不勝收。她想到羅賓，想到他們將如何度過週末——在雪地上印出雪天使，堆出跟外公一樣高的雪人。

她走出樹影時，月光柔柔灑在舊農舍上，她不知道為了什麼微笑起來。從遠處還可以看見廚房裡有光。

她又踏出一步，然後猛然呆住了。

雪地裡有印痕，幾乎已經被雪掩蓋，但仍然就在地上。

是腳印。

很大的腳印。

這一晚，她第一次感到寒意，真正的、刺骨的蒙大拿酷寒。

「赫爾。」她小聲叫道。

她稍稍加快步伐，心跳也開始加速。有些事不對勁，她感覺得到。

然後她看見了他，頓時鎮定下來。

他坐在長椅上，槍擱在腳邊。

她走到門廊時揮了揮手，露出大大的笑容，同時爬上台階。她要跟他說說這一晚過得有多誇張。

但她接著就看到他的臉，蒼白緊繃，頭側冒汗。

他喘著氣，但還是試著對她露出微笑。

她緩緩走近，然後小心翼翼地拉走他身上的毯子。

她就是在這時看到了血。

「天啊，赫爾！」她低聲叫道。

他的一隻手按著出血處，但血依然汩汩地往外冒。

「我打中他了。」赫爾說。

奄奄一息之際，他對她伸出一隻手，她握住了，他的血沾在她手上，宛如某種致命疾病。

她放手，跑去廚房找電話。艾佛郡警察局的號碼已加進快速撥號鍵，她盡可能把她能說的都說了。

話筒上被她沾了赫爾的血印。她從櫥櫃裡拿了威士忌，跑回屋外。

「媽的！」她將酒瓶靠到他唇邊。

他猛烈地咳了起來，嘴角也開始淌血。

「我打中他了，黛吉絲。他跑了，但我打中他了。」

「別說話。有人在趕來了，他們知道該怎麼辦。」

他看著她，「妳是法外之徒。」

「對，我是。」她說，聲音哽咽。

「我以妳為傲。」

她緊握著他的手。

「我們從終點開始。」

「現在還不到終點，」她的頭跟他相貼，她閉上眼睛、忍住淚水。「幹，」她大叫出來。她用力捶他的手臂和胸膛，拍打他的臉頰。「外公，醒醒。」她低頭看著嶄新黃色洋裝上的血跡，然後再看向雪地上的腳印，她的目光跟著足跡走向白色的大地。

她再度蹲跪下去。「我們從終點開始。」她拿走了他身邊的霰彈槍。

她不再感到刺骨的寒冷，不再注意渾圓盈滿的月亮，看也不看星星、紅色的穀倉和結凍的湖水。

她在馬廄幫灰馬裝好鞍具，將牠牽了出來。

她單手將自己拉上馬鞍，另一隻手裡握著槍，韁繩一抽，他們就跟著足跡前進。

她咒罵自己的得意自滿，罵自己如此沉陷在新生活的願景裡。她回憶起她的憤怒，燙熱又扭曲的憤怒。

她告訴自己她是誰。

黛吉絲・戴伊・萊德利。

法外之徒。

第三部　復原

28

這趟車程他從白天開到晚上，沿途的燈光、野花和莫哈維沙漠都溶逝得只剩模糊的形影。十五號公路沿途，拉斯維加斯的燈火閃耀得像是某種從天而降的巨大外星飛行器。聳立的廣告看板上，造型時髦的魔術師做出挑眉的表情，年華老去的小牌明星靠著演過的舊片大發利市。

他在後照鏡中看著這一切消逝，不久這些景象就宛如從未出現過。他繞過火谷的邊緣，將比佛丹和大峽谷永久不滅的陰影抛在腦後。眼前只見汽車旅館的廣告燈和加油站，以及隨著時間流逝越來越空的高速公路。

到了雪松市，他在一間整晚營業的餐館旁停車。鋼鐵郡這個歷史悠久的市區大半已陷入沉睡。他坐進卡座，聽到兩個傢伙的對話：「克拉克玩完嘍。」他聽不出來這個克拉克是死了，還是要結婚了。

他揉揉眼睛看著路標：波卡特洛市、布萊克富特市、愛達荷瀑布市。

開進卡里布—塔基國家森林公園時，他在綿延數千哩的漆黑中看見了第一抹藍天。他在八十七號公路減速，眼望太陽在亨利斯湖上方升起，水面折射出的顏色千變萬化，讓他忍不住又揉了揉眼。

三叉河口已下了初雪，白色的大地與白色天空相接。他關上車窗、打開暖氣，但不管是冷或暖他都感覺不到。

艾佛郡警局來電時，沃克人在家裡，不由自主地躺在床上，某種麻痺感緊緊攫住他，讓他幾乎沒辦法接電話。但講完電話、另一頭的警察掛斷之後，他將話筒狠狠摔了一次又一次，摔得它解體。接著他把桌上的東西全掃到地毯上，猛力把電腦螢幕踹到裂開。事後，他又緩慢地將這一切重新清理好。

那一張張明信片、一通通週五夜晚和赫爾的電話，全都只是幻象，讓他相信姊弟倆也許還是有機會過上他們應得的生活，現在所有的幻象都冷冷地、永遠地死滅了。沃克整整三天沒有跟任何人說話。他請了假，這是他十年來第一次休假，局裡的人都擔心得要命，露安還過來他家猛敲門。他沒有應門，也沒有接瑪莎打來的電話。

第一天，他在公寓裡度過。電視後方的牆上展示了達克一輩子的生活，讓他的心思片刻也無法忘卻這個人。他追蹤到的線索已經古老塵封，電話號碼變成空號，就算還打得通，他找到的人也已經二十年沒有聽過達克的名字。他試圖借酒澆愁，開了一瓶金賓波本威士忌，喝了四分之一瓶之後放棄。他吃的藥和酒精混合的效果令他頭昏腦脹。他想找到一個錯誤、一個理由，讓他可以將責任扛在自己肩膀上，拖著他深深往下沉，但他怎麼找都找不到。只有命運殘酷的魔爪，微不足道的意外。達克當初做了選擇，硬幹到底，而他們沒辦法把任何罪名釘到他頭上。沒有證人，血跡也被雪掩埋。他們到處布下檢查點，封住唯一的道路，派搜索隊伍進去，能走多深就走多深。艾佛郡警局提出了凶手已死的理論，認為他被埋在林中冰封的墳墓裡，雪融之後多半就被野獸給五馬分屍了。

沃克回到警局，繼續度日。他照常開違規罰單，照常去小學巡邏，照常值班，維持了四天一夜。

瑪莎不請自來地登門拜訪，他將消息告訴她時，她一隻手摀著嘴，彷彿要尖叫出來。如果沃克之前就已被擊潰過，現在蒙大拿州發生的事更是將他打擊得支離破碎，讓他失去了恢復完整的希望。

他去找文森，在燠熱的等待室裡坐了三個小時，看文森會不會改變心意出來見他。他和柯迪並肩站著看籃球賽，場上的人重重摔倒在地、被別人的手肘撞掉牙齒時，他的眼睛眨也不眨。

他的鬍鬚現在變長了，長度超過脖子，長到了瘦骨嶙峋的胸前。幾個月間，他就老了十歲，皮膚空洞地繃在消瘦的頰骨上。

路易斯與克拉克國家歷史公園積了越來越厚的雪，他在八十九號公路上的一間加油站盥洗，廁所滿是尿臊味，他脫掉制服時試著只淺淺吸氣。他赤裸地站在閃爍的燈光下，身上沒有突出的啤酒肚、沒有下垂的胸脯，只有肋骨和腰骨歷歷可見。他接著穿上襯衫、休閒褲，繫上領帶。他的頭髮現在削得極短，不需要梳。他的手在發抖，無法抵擋。這雙手不再那麼合作了，如果他一隻手拿著電話，另一隻手就會連筆也抓不住。他筋疲力盡，心裡又急得抓狂。

谷景浸會教堂到了。

有人清過停車場，將雪剷到四周堆高。他早到了一個小時，於是他把座椅往後倒，閉眼休息。開了一夜的車之後，他理應抓緊三十分鐘的補眠時間，可思緒卻纏著他不放。他想到小時候的黛吉絲，還有她凝視他的樣子，彷彿他能夠為她解決所有的問題。

停車場有第一批車開了進來。他看著車主，是些臉龐飽經風霜的老人，緩緩走進教堂時面頰凍得發紅。

他在後排找到一個角落的位置。風琴演奏著某種平靜舒緩的樂曲。

前方擺著棺材。

其他人起立時，他也照做。

然後他轉身看見羅賓，牽著某位女士的手，他並不認得她。男孩突然看起來老成多了，他的童年再一次被人無情掠奪。

這時，她來了。身上穿著深色的簡約洋裝。她抬起視線，眼神強硬且帶著挑戰意味。她環視教堂，看見的盡是盡其所能擺出哀傷微笑的人。她對他們沒有報以絲毫笑容。她已經不是小孩了。

看見沃克時，她怔了一下，只一下，彷彿被喚起某段不堪回首的往事，隨後她便走過他旁邊。

她坐在前排時，他看見了她髮間的蝴蝶結，雖然撥到不明顯處，但還是繫著。

她後面有個戴眼鏡的瘦小男生，牧師開口說話時，羅賓哭了起來，那個男生將手搭在黛吉絲肩上。她沒有轉身，只是甩開他的手。

葬禮後，沃克跟著他們回到萊德利農場。

屋裡有三明治和蛋糕，有一位自稱桃莉的女士拿給沃克一杯咖啡。羅賓站在那位女士身邊，看起來無比徬徨失落。桃莉拿給他甜甜圈時，他沒有道謝；另外那位女士問他要不要上樓跟他的房間道別時，他也沒有道謝。

沃克溜出屋外踏雪而行，跟隨著雪地上小小的腳印。

他在馬廄找到她。她背過身，拍撫著一匹好看的灰馬，小手碰在馬鼻上。馬兒屈身蹭蹭她，她溫柔地給牠一個吻。

「你可以走了，」她沒有轉頭。「你不用再留下來了。我看屋子裡的人全都在盯著時鐘，但赫爾才不會想讓他們踏進家門。」

他在拱形的屋頂下踏出一步，「我很抱歉。」

她舉起一隻手，意思可能是「沒關係」也可能是「給我滾」。他不知道哪個才對，但這也不重要了。

「剛剛教堂裡有個孩子，一直在關照妳。」

「是湯瑪斯．諾伯，他根本不了解我。」

「但多交朋友總是好的，對吧？」

「他是個正常的小孩。有爸爸有媽媽，成績又好。每年夏天都到佛羅里達的度假屋待個六週。我們完全是不同世界的人。」

「妳有好好吃飯嗎？」

「你咧？沃克，你看起來不太一樣了。你那些贅肉跑哪去了？」

她身上只穿洋裝，但卻並沒有被凍得發抖。

「教堂裡跟羅賓一起的那位女士是——」他說。

「普萊斯太太。她喜歡我們這樣稱呼她，免得我們和她走得太近。她只是來露個面。」

沃克對上她的視線，過了一會兒她就別開眼。

「我真的很抱歉。」

「幹，沃克，別再這樣說了。你能幫的已經幫了。說是認命也好、放棄也罷，都沒有差別了。」

「他們在教堂裡不是這樣教的吧。」

「自由意志是虛幻的，你越早接受，就能越快脫離苦海。」

「農場怎麼辦？」

「我有聽到他們討論。赫爾有欠債，所以農場會被拍賣，然後清空，萊德利家的整片土地都是。我們都只是暫時代管。」

「那羅賓呢？」

她的眼底深埋著只有他看得見的悲傷。

「他……他現在都不說話了。他除了『好』或『不好』之外就不再多說什麼。我們會被送去寄養，直到他們找到安置的地方。普萊斯先生和普萊斯太太籌了錢照顧我們，餵飽我們，八點鐘送我們上床睡覺，因為他們想要保有自己的時間。」

「聖誕節呢？」他立刻後悔自己提起這個不合時宜的字眼。

「我們的社工帶了禮物來。普萊斯太太什麼東西也沒給羅賓準備。」

他吞了吞口水。

她轉身，再次拍了拍那匹灰馬。「牠要被賣掉了，除非有人想要連農場一起收下牠。我希望他們不要讓牠太操勞。經過那天晚上的事，牠有點跛腳了。」

「牠摔著了？」

「是我摔倒了，」她苦澀地說。「不是牠的錯，牠是匹好馬。事情發生之後牠還是一直陪著我，不離不棄。」

外面又開始飄雪，沃克望了出去，望回農舍的方向，那個戴眼鏡的男生正被媽媽帶著走出來，一面伸長脖子看向黛吉絲。他想起了文森和星兒。

「妳可以繼續待在這裡嗎？待在原來的學校？」

「有個女人會負責處理我們的案子。對，這就是現在的我們，沃克。一個案子，我們只是數字和檔案，一個記錄著我們特徵描述和過錯的清單。」

「妳不只是數字。妳是個法外之徒。」

「也許我爸的血統就是讓我該死地這麼軟弱，沖淡了萊德利家的遺傳。我不像星兒、赫爾、羅賓或是比利・布魯。我只是一個晚上的一個錯誤，一次衝動的反應。除此之外我什麼都不是。」

「妳不能這樣想。」

她轉身背對他，彷彿是在跟那匹灰馬說話：「我永遠不會知道自己是誰了。」

他的視線越過冰凍的大地，看見鹿群聚集在山腳下。「如果妳需要我……」

「我知道。」

「但我還是得說。」

「那個老牧師有一次布道完之後，問我們生命的意義是什麼。他一個一個問了我們每一個小孩。大部分人都說是家庭或是愛。」

「那妳的回答呢？」

「我什麼都沒說，因為羅賓也在場，」她咳了一聲。「但你知道羅賓說了什麼嗎？」

他搖頭。

「他說生命的意義就是有人關心你關心到願意保護你。」

「他有妳保護他。」

「然後我們卻落到這個下場。」

「但妳知道，這不是——」

她用一個閉嘴的手勢止住了他。

「他們認為被赫爾開槍打中的人已經死了。」

「我知道。」

「他們不會再繼續找他了。那個人就是達克，儘管他們不相信我。」

他們一起穿過雪地，走向巡邏車。

「我想起了文森・金恩。」

他想證明星兒和達克有所關聯。但他辦不到。

「妳知道，這不能怪妳。」他讀得出她的心思。

「不，沃克，這次就是應該怪我。」

他轉身想要擁抱她，但她伸出一隻手，他握了握。

「我想我不會再見到你了。」

「我會跟妳保持聯絡。」

「可以不要嗎？」她的嗓音中出現第一絲顫抖，非常輕微，但他看到她別過頭。「你只要像以前一樣，叫我要乖乖的，說些那種話就好。然後你會繼續過日子，我也會過我的日子。沃克警長，我們的經歷不值一提。雖然悲傷，但卻微不足道，我們就別假裝它有什麼大不了了。」

他們站在一片籠罩著樹林和萊德利家土地的靜默中。

「好吧。」沃克說。

「然後呢？」

「妳要好好的，黛吉絲。」

29

負責他們案件的社工搽著紫色唇膏，盡其所能地表現出肅穆正式的樣子。她名叫雪莉，頭髮同時有三種顏色，黛吉絲判斷那三色都不是她天生的髮色。她既熱情又充滿愛心，負責地關照他們的未來，並且在喪禮上為她素未謀面的死者當眾哭泣。

他們坐在她生鏽的七四〇舊車後座，車內的地板散落著可樂鋁罐，菸灰缸滿了出來，雖然她從不在他們坐車時抽菸。

他們從枝椏低垂的樹下經過，黛吉絲在水邊轉頭看了農舍最後一眼。

「你們小朋友在後面還好嗎？」雪莉將車子打到二檔，車身震動起來。

黛吉絲伸手握住她弟弟的小手。他沒有反抗，但也沒有回握，只是毫無生氣地癱著手。

雪莉在後照鏡中微笑。「典禮辦得很好。」

他們途經一哩又一哩的純白雪地，冬天的氣息已經四處遍布，他們回想不起秋天是什麼樣子。空氣冷冽得讓黛吉絲心懷感激：就讓世界結凍吧，讓所有的顏色流失殆盡，讓大地的畫布恢復一片空白。

他們抵達了沙德勒鎮，鎮上有著一條條井然有序、鋪設平整的道路。

普萊斯家的房子所在的那條街，蓋滿了許多幢十年屋齡的獨棟房屋，外觀全都一模一樣。他們的家漆成一種十分乏味的米灰色，彷彿建商恥於用這棟房子破壞此地美麗的景觀。

「到了。你們跟普萊斯先生和普萊斯太太待在一起沒問題吧？」雪莉常常這麼問。

「沒。」羅賓說。

「亨利和瑪莉露呢？」

那兩個是普萊斯家的小孩，跟他們年紀夠接近了，但是卻活在天差地遠的兩個世界。兩個小孩在爸媽面前很有禮貌，但是黛吉絲聽過他們私下對話，談到赫爾和他遭遇的事，談到他們不該接近那個女孩，因為有謠言說她曾經拿著霰彈槍追殺一個男人。什麼樣的女孩子會幹出那種事啊？

他們顯然被保護得太好，不知道法外之徒的存在。

「他們也很好。」黛吉絲說。

他們互道再見，擁抱了幾下。黛吉絲領著羅賓走上普萊斯家門前的通道。雪莉等到普萊斯先生來開門，然後便揮了揮手離開。

黛吉絲準備去幫羅賓脫掉正式的皮鞋，但他躲開她，決定自己來。普萊斯先生什麼也沒說，沒有問起喪禮如何，只是轉過身去讓他們自己安頓。黛吉絲也不能說他們這是遭到不當對待，不過是被放生罷了。晚餐盛在每個人各自的盤子裡，飲料不是用玻璃杯裝，而是塑膠廣口杯。他們被放在遊戲間裡看電視，普萊斯一家人則坐在活動室裡。他們同在一個家，很多時候卻井水不犯河水。

黛吉絲跟著羅賓走進由大理石檯面和白色家具組成的廚房。亨利的成績單貼在冰箱上，瑪莉露的美術作品裝了框掛在餐桌上方。羅賓站在門口往外望。院子裡有普萊斯先生和亨利堆的一個個大雪人。

普萊斯太太和瑪莉露拿著樹枝走過雪地，將枝條折成適合做雪人手臂的長度。亨利說了些什麼，把她們逗笑了。

「你想出去嗎？」黛吉絲說。

就在同一刻，普萊斯太太抬頭看著他們，然後又轉回去面對自己的家人。她伸出一隻手臂摟住瑪莉露，是個充滿保護性、意義不言自明的動作。

他們的房間是由閣樓改裝的。黛吉絲跟在羅賓後面爬上樓梯。有一間小浴室專屬他們倆共用，裡面有洗臉盆、浴缸和杯中的兩支牙刷。房裡的一個小架子上有些已經翻舊的書，包括《五小福歷險記》和蘇斯博士的一系列作品。

「你要把正式的衣服換下來嗎？」

他原本仰躺在床上，接著翻身背對她，讓她看不到他哭的樣子，只見他的肩膀微微顫抖。她過去坐在他身旁，將一隻手搭在他手臂上，但被他甩開了。

「妳今天根本就不該來。妳討厭外公。就算他對妳好的時候，妳也一直對他說很壞的話，因為妳從頭到尾就都是這麼壞心。」

他盯著上方的天窗，在飄落的雪花中，只有這一座暫借來的棲身之所將他們與荒野隔開。

「對不起。」她說。

「妳說了那麼多對不起，有什麼用？」

她戳戳他的肋骨，可他沒有笑。

「你想看書嗎？」

「不想。」

「你想對瑪莉露的臉丟雪球嗎？我可以用凍硬的冰做成球。」

他差一點就笑了。

「或者我可以拿來丟普萊斯先生，砸斷他一顆牙，然後用冰柱刺普萊斯太太。我們可以逼他吃黃雪。」

「黃雪是怎麼來的？」

「在雪上撒尿啊。」

他這會兒笑了出來。她將他拉過來抱住。

「我們會沒事嗎？」他說。

「會的。」

「我們要怎麼辦？」

「我們會——」

「妳沒辦法照顧我們。我也不覺得普萊斯先生希望我們住在這裡。」

「照顧我們可以幫他們賺到每個月一千兩百塊。」

「所以他們可能會為了錢繼續收留我們。」

「不。這只是暫時的寄養，記得雪莉說的話吧。她會努力幫我們找到一個好人家，讓我們永遠待下來。」

「有農場和牲畜的那種家？」

「也許吧。」

「而且我們很快就可以去撒外公的骨灰了。」

「等他們跟雪莉聯絡的時候就可以了。」

「那我們就會沒事了，一切都會好好的。」

她親了一下他的前額。她並不喜歡對她弟弟說謊。她在浴室裡找到一把小剪刀，幫他剪了指甲。「我之前就該這麼做的。」

他凝視著她。「妳看起來又跟媽媽一樣了。妳應該多吃點東西。」

她翻了個白眼，他看得笑了。

那天晚上，他們在小房間裡的電視前吃了薯泥和臘腸，身上仍然穿著參加喪禮的衣服。

「至少她懂得煮飯，」羅賓邊吃邊說。「這個臘腸我可以吃兩份。」

黛吉絲過去用餐刀把自己那份臘腸推到他盤子上，但他把她的手推開。「不是說要吃妳的。妳也需要吃東西啦。」

「我去看能不能幫你多拿一份。」

她拿起她的餐盤，緩緩沿著走廊前行，羅賓關上的門後傳來電視卡通的聲音。牆上掛著家庭照片，有一張是亨利和瑪莉露在迪士尼樂園戴著米老鼠耳朵，一張是在甘迺迪紀念公園，還有另一張是在大峽谷，照片上的普萊斯先生和亨利戴著一樣的棒球帽。

什麼鬼，還有一幅塗鴉漫畫，畫的是普萊斯太太站在水邊，臉上的笑容比黛吉絲實際看過她的任何時候都更燦爛。

她站在廚房門邊，聽到他們餐桌上的對話聲。普萊斯先生跟瑪莉露問起她的考試，接著又問亨利的軟式壘球打得如何。她等到亨利開始回話的時候，才溜進廚房。

「黛吉絲。」

她轉身，在他們朝她看過來時一語不發。

「我只是……羅賓喜歡吃臘腸，所以我想幫他多拿一份。」

「都吃完了。」普萊斯先生說。

「噢。」

她看向瑪莉露的餐盤，裡面有三條。

黛吉絲轉身離開他們，用叉子撥弄自己盤裡的臘腸，等待了一會兒。回房之後，她把餐盤遞給羅賓。

「妳的已經吃掉了嗎？」他說。

「對啊。很好吃。」

「我沒騙妳吧？」

整間屋子陷入沉睡時，她靜靜下樓，溜進普萊斯先生的書房。裡面都是木質裝潢，堆著一排排關於金融和貨幣的書籍。她在電腦上搜尋「文森．金恩」，把她能找到的案件相關內容都讀遍了。文森的罪行這麼明顯，他卻沒有認罪，這讓她大惑不解。報紙上說他還是沒有發言，在提審時沒有，而且也沒有給律師提供指引。

檢察官很狡猾，她主打的悲情牌是星兒．萊德利及其身後遺下的孤兒。那兩個可憐的孩子。

她聽見有人來到門邊，於是迅速轉身。

「妳不該進來爸爸的辦公室。」

是瑪莉露，吃得飽飽的，頭髮每天由普萊斯太太精心梳理，臉上長著些痘子。她現在十五歲，黛吉絲猜她是那種會戴守貞指環的女生，但是在第一次喝酒的時候就會失身了。

「我得用一下電腦。」

「我得告訴他。」

黛吉絲在聲音中加進了孩子氣的恐懼意味。「噢拜託，別跟妳爸爸告狀。」

「妳最好小心點。」

「不然怎樣？」

「妳以為你們是第一個住在這裡的小孩嗎？」

黛吉絲瞪著她。

「我聽到妳在跟妳弟弟說話。妳還覺得你們會被收養？」瑪莉露笑道。

「為什麼不會？」

「這個吧，羅賓可能會吧。他年紀夠小，也夠乖。但是我有聽到爸爸講起妳，還有妳惹的那些麻煩。誰會想養妳？」

黛吉絲往前跨一步。

瑪莉露也往前一步。「妳想打我對吧。大肆發洩一下，你們這種小孩就是會這樣做。」

黛吉絲緊緊握拳。

「動手啊。」瑪莉露笑著挑釁說。

黛吉絲感到腎上腺素狂飆，體內燃起烈火。然後她的視線投向電腦螢幕上，一張案發當晚的照片，是常春藤牧場的小屋和一群面目模糊的鄰居與記者。旁邊的照片是海文角警局的沃克，面帶笑容。他是她的錨，將她和所有良善的事物繫在一起。

她從瑪莉露身邊快步走過，做了個深呼吸，然後上樓回房。

30

趴在辦公桌上的沃克醒了過來，只見陽光照亮散落的紙張。

他掙扎著拉直身子，整個人痛得差點哭喊出來。他在抽屜找到止痛藥，不配水就乾吞了兩顆。

他讓莉亞幫他訂了新的褲子、襯衫和外套。他量體重時，磅秤顯示他瘦了十一公斤。

他不知道敲門聲響了多久，但是現在聽起來有點急迫的意味。

他搖搖晃晃地站起來，試著伸懶腰，但痛得幾乎要嘔吐出來。他深吸一口氣，挺起胸膛，步出辦公室，但看到來者只是五金行的厄尼．考夫林時，他不禁有些洩氣。

「早。」沃克打開門，但是厄尼沒有進來。

「那個屠夫呢？他在哪裡？」厄尼咆哮著，雙手塞在棕色圍裙的口袋裡。

沃克搖頭晃腦想要甩開一頭霧水。

「屠夫，」厄尼重複說一次。「都超過七點了。他每年都是同樣這一天休假回來，為什麼他的店還沒開？」

「可能去打獵了。也許射箭，或者可能休息了？」

「這個蠢貨，又到處在追火雞。二十二年了，沃克，我這二十二年來都跟他買早餐的臘腸，從他接手他爸的鋪子就開始了。我買完就過馬路拿回家，給蘿西料理，配上三塊鬆餅、糖漿和兩杯濃咖啡。」

「你不能吃蘿西買回來的臘腸嗎？」

厄尼看著他的眼神像是見了什麼噁心的髒東西。「你看報紙了嗎？郊區又開始蓋房子了。他們會毀了這裡的。我估計你應該也會投反對票吧？」

沃克點頭，打了個呵欠，將襯衫紮進褲腰。「我會去看看他。」

厄尼又搖了一次頭，然後轉身離開。

沃克回到辦公桌前，撥了米爾頓的電話，但是被轉接到答錄機。然後他立刻回頭看雪松高地的監視錄影。負責看守的莫斯沒怎麼反抗就把影片交了出來，甚至沒有要求沃克出示他沒準備的那些行政文書。

影片中幾乎毫無動靜，但是因為畫質很差，他必須努力聚焦視線，以免漏掉任何徒步離開的人。他不知道該鎖定哪個時段，所以他有好幾天份的錄影得看。他看著一整天的時間在影片裡流過，郵差和開著福特汽車的附近居民經過。

又過了一個小時他才看到了些什麼。他調慢影片播放速度，重播了三遍。他對那輛舊卡車很熟悉，一輛卡曼奇貨卡。他瞇著眼，恰恰可以辨識出後保險桿貼紙的圖形，一頭黑尾鹿的輪廓。米爾頓的車。

他專注地看著柵欄升起，然後非常緩慢地在畫面中搜尋。三個小時後，雖然那輛卡車離開時被拍到的角度更模糊了，但無疑是同一輛車。

再過三個小時，他發現了那輛轎車，還有兩個人，和那兩個來找達克的男人足夠近似。

十分鐘後，他看著他們離開。

他花了十九分鐘才打電話聯絡到波依德，但是他只消兩分鐘就回絕了沃克對達克住處開立搜索令的請求。沃克提到了那兩個在找達克的人，而波依德問他車牌號碼時，他覺得自己像個爛透的菜鳥，因為他沒辦法辨識清楚。

電話掛斷時，沃克鬆開領帶，然後往前彎身，用額頭撞向桌面，力道大到讓他會痛。

「我覺得我好像該介入一下。」

他抬頭看見瑪莎，於是擠出一個微笑。她拿著塞滿檔案的公事包。

「你這裡有沒有酒？」她在他對面落座。

他在最下層抽屜摸索，拿出一瓶肯塔基珍藏老威士忌，是個度假旅客送的，為了感謝他在冬季月份巡邏她的房子。他找來兩只咖啡杯，給兩人各倒了一杯。

他看著她喝酒，已經可以預期微弱的紅暈會爬上她兩頰，跟她憤怒或興奮時如出一轍。他還是對瑪莎．梅伊這個人瞭若指掌。

「我這兒一無所獲。」她用誇張的語氣宣告。

「妳特地跑來，就為了告訴我這個？」

「也許是我想見你呢。」

他微笑。「真的嗎？」

「當然不是。我給你帶了一道菜。」她打開包包，拿出一個保鮮盒。

「敢問裡頭是什麼？」

「只是剩的義大利麵。」

「還有？」

「沒了。」

他眨著眼睛等待。

「古巴辣椒，」她最後說。「很不辣的炒辣椒。你得吃東西，沃克。你都瘦得皮包骨了。我很擔心你。」

「謝謝。」

她站起來踱步，跟他說了些他本來就知道的話，然後又坐下來。他跟她說了達克的事，還有監視錄影。

「你的判斷是？」

他揉揉脖子。「暫時還沒有。我想去達克他家看看。我也想知道他那些錢都是付給了誰。就算不是為了赫爾或是星兒的案子，我也想查他。我想讓他從鎮上消失。」

「如果當時蒙大拿的那個人真的是他，說不定現在他已經死了。」

「我們可以假定是他，那樣就可以找出他和星兒的案子的連結。也許羅賓確實聽到了什麼，所以達克要他死。這是我們可以利用的籌碼，我只是需要一個切入點。」

「銀行付款紀錄？」

「我打電話給經理過了，要是沒有法院命令，他一個字也不會說。不意外。」

「第一聯合銀行嘛。你得把眼光放低一點，也許從櫃檯出納員下手。」

他揚起眉毛。

「怎麼，你以為我不知道怎麼哄人套話嗎？我遇過一堆隱藏收入來逃避贍養費的廢物老爸，所以我都直接從源頭查起。」

「那樣做有效嗎？」

「不是永遠有效，但是我會去討些人情債，也做些人情給別人。所以嘍，沃克，全鎮的人你都認識，一定有人能幫你一把。」

他走上主街，低著頭迴避他人的招呼，只有在懷裡抱著小狗的愛麗絲・歐文擋住他的去路時，他才停下來。

「你可以幫我顧一下牠嗎，沃克？我只是得趕去——」

「我有別的地方得去。」

「真的啦，一分鐘就好，」她把狗——那隻他媽的兇巴巴雜種狗——塞給他，然後走進布朗熟食店。他看著她在店裡跟櫃檯後的女孩閒聊，並且肯定是點了某種用新機器做出來的怪異黃豆製品，同時對著幾種要價二十美元的起司細細思量。

他低頭看看那隻齜牙咧嘴的狗，再看回愛麗絲，她巧遇了布莉・伊凡斯，正在眉飛色舞地說話。

然後他看著自己的警徽，想想他從警以來的日子，忽然發覺自己就是他媽的一具行屍走肉。

他將狗放下，解開狗鏈丟進旁邊的垃圾桶。

那隻笨狗抬頭看他，腫腫的眼睛裡滿是困惑。然後牠試探似地掃視荒野，導引出內在的動物本能，然後開始沿著主街小跑步。

沃克離開現場，橫越一塊空地，一面按摩雙手，一面挺直背脊。現在換他上場，對世人大顯身手了。但他的手不由自主做出搓藥丸般的抖動，然後慢了下來；他難以專心於任何事。

他站在一小間獨棟房屋外瞪視著。他之前沒有看到施工，甚至不知道這間老房子已經改建了。是在瑪莎回去之後一個小時，他第一百次重讀訊問紀錄時，這個念頭才靈光一現。

迪伊．萊恩。

她在銀行遇過達克，就是第一聯合銀行，從沃克有記憶以來，她就一直在那裡當櫃員。他發現他們沒有她的最新地址，於是打電話給莉亞，莉亞對疑惑的他表示，迪伊仍然住在福圖納大道的那間房子，就是達克名下持有的、被貼過查封警告的那間。

房子的衰頹樣貌已不復見，換上了新的窗戶，砌了新的門廊，木頭表面煥然一新，上漆處也光澤閃亮。院子裡種著新的草坪和花朵，周圍加了一扇大門，與周圍的破敗相比，頗有鶴立雞群的味道。

沃克還沒敲門，迪伊就到門口迎接他，帶著微笑站到一旁讓他進屋。

屋內和之前大致相同，不過他看到的不再是一個個紙箱，而是已經拆箱上架的實際日常生活，照片和家具回到了各自應該在的位置。她去泡咖啡，他則表示要借廁所，接著爬上樓梯。他看到大女兒的房間，掛著耶魯的校旗，雖然已經是很久以前的事了，但沃克記得他聽說過這家的兩個孩子都挺聰明。老公的房間漆成粉紅色，床上有新的毯子。屋裡沒什麼炫富的高級品，但是有一台新電視和電腦。他以前曉得這兩個孩子的名字，現在卻怎麼也想不起來。

回到樓下，迪伊帶他去戶外的院子，兩人坐在一張小桌邊。

「我知道你在想什麼。」她說。

「我只是很高興達克讓你們把原本的房子拿回來。我還以為這裡已經被拆掉了，讓給有錢人蓋新屋什麼的。」

她啜了口咖啡，望著遠處的大海，彷彿那是今天才出現的景象。

「這裡景色很美。」沃克由衷說道。

「是啊。我現在醒得很早，大約都五點左右，起床的時候看到的美景簡直讓我不敢置信。我喜歡看日出。你見過水面上的日出嗎？」

「見過。」

她點了一根菸，小心翼翼地吸，彷彿只能藉此阻止自己尖叫出來。他知道她做了什麼，她也知道他知道。但他們還是有既定的台詞得講，為了老套至極的劇碼做彩排。

「所以，妳那天晚上跟達克在一起。星兒被槍殺的那晚。」

聽到這句話，迪伊退縮了一下。她看著他的神情像在暗示他不需要這樣說。「我們談過這個了。」

「沒錯。」

「你看起來很累，沃克。」

他強迫自己的手穩定下來，將那隻手藏在桌下，並在雲層散開時戴上太陽眼鏡。

「那天晚上，他在這裡。你們在做什麼？」

「上床。」她面無表情地說。

若是在不久以前，他聽了也許會臉紅。但他現在只是露出悲傷的微笑，他懂了。她的話中沒有恨意。

「我一直在努力工作……」她深吸了一口菸。「我乖乖繳稅，撫養小孩，忍住不殺掉我出軌的老公。我不曾從任何人身上奪走任何東西。」

他啜飲咖啡，但燙得無法好好品嘗。

「你知道我一年賺多少錢嗎，沃克？」

「應該不夠花吧。」

「他沒有付子女撫養費。這難道公平嗎？他把財產藏起來，就不用付錢養這兩個他親生的女孩。」她低下頭。「萊德利家的孩子。他們——」

「他們的母親死了。」

「老天，沃克，」她的手耙過頭髮，細瘦的手腕上靜脈清晰可見。「你就是非讓情況更棘手不可。你已經抓到人了，對吧？」

「妳沒有想過要問達克那晚人到底在哪。」

她的頭往後輕仰，從微張的嘴巴中呼出煙霧。

「妳覺得自己一點事都沒有嗎？」

「我不知道你這話是什麼意思。」她含著淚對上他的視線。

「我會傳喚妳作證。妳知道作偽證的刑責吧？」也許他可以證明達克說了謊，但這也沒啥意義，光靠這個成不了事。

她閉上眼。「我沒有別的家人了。只有我跟兩個女兒，沒有別人了。」

他不會拆散母親和孩子，這代價太大了。和赫爾的對話、看著黛吉絲和羅賓的遭遇，讓他明白了這一點。

「我需要妳幫個忙。也許終究會徒勞無功，但我需要。」

她沒有問要幫什麼忙，只點了一下頭。

他伸手向前碰碰她的手，她緊緊抓住他，彷彿不願放開，彷彿如此便能得到赦免。

31

每一晚，她都睡得很淺，一聽到敲門聲，就迅速起身套上毛衣和牛仔褲。羅賓則在她的身邊睡得好沉，蜷縮成胚胎姿勢，就像以前在凡庫爾丘的家裡臥室一樣。

她走到窗前，做了個噤聲的手勢，然後找到帆布鞋穿上，躡手躡腳下了樓梯，溜進室外的寒夜。

他圍了圍巾，戴著毛帽，腳踏車斜靠在門口。

「該死，湯瑪斯．諾伯，你剛用石頭丟的是瑪莉露的窗戶。」

「抱歉。」

「你騎了多遠的車啊？」

「我是晚餐時間出發的，我跟我媽說我要在朋友家過夜。」

「你才沒有朋友。」

「我開始跟瓦特．格尼玩了。」

「那個眼睛有病的小孩？」

「沒有摸到的話就不會傳染啦。」

他穿了一件厚到不行的外套，看起來像是身上套了一圈圈輪胎。

他們沿著長條形的院子往後走。光禿的樹木後方有個小魚池。羅賓曾經在池邊坐了一個小時，普萊斯太太才告訴他裡面沒有魚。

他們坐在一張石椅上，空中懸著弦月和一團閃亮的星光。

「你其實只要戴一般的手套就好了。連羅賓都不用戴毛線手套。」

湯瑪斯．諾伯伸出手，牽起她的手呼了一口熱氣。他鼓起勇氣準備面對她的反應，但她什麼也沒說。

「妳上報了。之前發生的那些事都上了新聞。我還留著剪報。」

「我都看到了。」

「我希望妳會回來上學。」

她望向還在沉睡中的房子，還有旁邊的鄰居。他們的日子不外乎醒來、上班、付帳單、度假，擔心退休金和家長會，考慮要買哪款車、去哪裡過聖誕節。

「我喜歡赫爾。我知道他很讓人害怕，但我還是喜歡他。我真的很為妳難過，黛吉絲。」

她將雪握在拳頭裡，直到骨頭凍得發疼。「我在想下一步該怎麼辦，才能讓一切好起來。我只知道，我不能搞砸。那個叫瑪莉露的女生……我他媽真想把她的頭給砍下來。」

湯瑪斯．諾伯將帽子拉低蓋住耳朵。

「我得回海文角去。我答應過羅賓說我這次會幫我們找到一個永遠的家。這是對他而言唯一重要的事。」

「我問過我媽能不能讓你們過來一起住，但是——」

她揮揮手，讓他不用繼續說下去。「看她對待郵差的那個樣子，你搞不好很快就要有弟弟妹妹了咧。」

湯瑪斯皺起眉頭。

「我不需要任何人……可是我弟弟，他還是個孩子。你覺得這世界上有真正無私的舉動嗎，湯瑪斯．諾伯？」

「當然有。就像妳跟我一起參加冬季舞會。」

黛吉絲微微一笑。

「比起其他季節，我最喜歡冬天。還好我們蒙大拿的冬天比任何一州的都長。」

「為什麼？」

他舉起那隻畸形的手，現在被毛線手套完全遮住。

「所以你才戴手套。」

「對。」

「以前有個法外之徒，叫作威廉．唐斯，是個神槍手，他被捕之前搶了三間銀行。他只有一條手臂，另一邊從肩膀以下整隻沒了。」

「真的假的？」

「真的。」當下她很高興他看不出她的破綻。

她冷得開始發抖。

湯瑪斯脫下外套，披在她肩上。

可換他開始發抖。

「他們也許會把我們送到某個很遠的地方，全國哪個角落都有可能。如果有人要我們的話。」

「我會騎車去。不管在哪。」

「我不需要任何人。」

「我知道。妳是我見過最強悍的女生，也是最漂亮的。而且，雖然妳可能聽了會打我，但我覺得妳來到我的世界裡之後，它變好了許多許多倍。在妳出現之前，我的世界裡只有對我哈哈大笑、指指點點、竊竊私語的小孩。但現在不一樣了。而我知道——」

然後她吻了他。這是她的初吻，也是他的。他的嘴唇冰冷，碰在她臉頰上的鼻尖也是冷的。他嚇得無法回吻她。她中斷了親吻，將頭轉向結凍的池塘。

「閉嘴。」她說。

「我什麼也沒說。」

「你本來有話要說。」

他們呼出霧氣。

「赫爾說我們要從終點開始。」

「那麼我們現在在哪裡？」

「我想這不重要。」

「不管現在這是哪裡，我只希望我們可以在這裡待久一點。」

他們握著彼此的手坐了一會兒，然後站起來沿著院子走回去。春天的生機已被大雪深深掩埋。屋裡有她的行李箱和弟弟，除此之外她在世上一無所有。她無法判斷這是讓她自由自在或是萬劫不復。

湯瑪斯．諾伯將腳踏車從門邊拉起，掃掉坐墊上的積雪。

「你是怎麼找到我的？」她一面將外套還給他一面問。

「我媽找過妳的社工。」

「原來如此。」

他騎上腳踏車。

「嘿。那你為什麼今天晚上要來？」

「我想見妳。」

「還有呢？我看得出來你有話要說。告訴我。」

「我在找他。找達克。每天放學之後，我都騎車去萊德利農場，徒步在林地找。」

「你可能只會找到屍體。」

「那樣最好。」

他騎向普萊斯家車道的盡頭，她跟著走到街上，街邊整齊劃一地豎立著一個個信箱，漆著各家的姓氏：庫柏、羅溫斯坦、巴克斯特。

「湯瑪斯。」

他停下來，一隻腳撐在地上，轉頭回去看她。

她舉起一隻手。

他也舉起手。

她回到房間時，發現羅賓在哭，他縮在牆邊，雙手抱頭。

「怎麼了？」

「妳跑到哪去了？」他抽泣著說。

「湯瑪斯·諾伯剛才過來。」

「我的床。」

她看著捲成一團的床單。

「我尿床了。」他苦惱地說。

她將他拉近，在他頭上親了一下，然後幫他換下短褲和T恤，讓他進到浴缸裡，替他把身上洗乾淨。

洗好之後，她幫他穿上乾淨的睡衣，讓他躺在她的床上。她去把弄髒的床單從床墊剝下來時，他已經睡著了。

沃克躺在床上，回顧著他最新掌握的情況。迪奇．達克針對自己在星兒遭人謀殺當晚的不在場證明說了謊。米爾頓去找過他，也許他們是一起去打獵，但沃克不相信。米爾頓失蹤了，沃克去他家看過，房子裡漆黑一片。他不會投宿在汽車旅館之類的任何地方。米爾頓會露營、狩獵、移動好幾英畝的範圍，享受杳無人煙的地方。

黎明前一個鐘頭，他站起來穿好衣服，喝了咖啡，上車開往雪松山莊。

夜間，門口的警衛室沒有人值班，於是沃克將車停在漸亮的天色中微微搖曳的樹下，然後越過車道，從側邊較小的門進去。

每間屋子裡都沒有活動跡象，連街道對面也沒有。他大剌剌地走動，抬頭挺胸，毫無疑問會被監視錄影機拍到。他不知道這是因為睡眠不足，或是因為他的顫抖症發作，但那天早上他一點也不在乎自己會惹來什麼麻煩。

他移動到屋子側邊，打開柵門走進院子，然後看到眼前的景象時愣住了。屋子的後門被人小心翼翼、不聲不響地拆掉了一塊玻璃。他一面想著那兩個來找達克的人，一面伸手轉動門把。

他在屋內走動時，四周毫無動靜。電視是關著的，碗裡擺的是塑膠假水果。他走遍樓上和各個房間，都布置得像是一個美滿家庭暫時出門，好讓有興趣的人一窺他們的生活。

他查看床底，拉開被單，將枕頭丟到地上。然後他看到了那個東西，完全不在它該在的位置：一件小小的粉紅色女童毛衣，就在床上。他想到要把它裝進證物袋帶走，拿去向波依德解釋。不過他最後將它留在原處，只在簿子上記了一筆備忘。

接著，幾道光線突然閃入。

他蹲低身姿，移向窗戶，聽見一輛車怠速暫停。他冒險偷看了一眼，雖然轎車換了一台，但同樣是那兩個人，其中留鬍子的那個將車窗搖下，香菸的火光照亮了他的臉。他盯著屋子看。

沃克默數著自己的心跳。

十五分鐘後，他們倒車、轉彎，緩緩駛離。還好，他記下了車牌號碼。

他回到廚房，打開燈，翻遍了每個櫥櫃。

他差一點就與重要的線索失之交臂。

他跪在地上檢查磁磚。

顯然，那是血跡。

鑑識技術員的廂型車過了三個小時才到，這還是靠他討人情來的。他打電話時，塔娜・雷果斯正好值班快要結束。沃克有一次抓到她兒子在佛伯克的一場派對上吸大麻；當時沃克認出了那孩子的姓氏，於是沒有移送他，還載他回家。塔娜為此對他永遠感激不盡。

警衛莫斯來到警衛室，沃克本想向他解釋，但後來他發現回答那些問題最簡單有效的方式就是塞給對方一張二十美金紙鈔。

他繞到後方，發現了那間小辦公室。裡面的電腦是空洞的塑膠模型，和此地標榜的理想願景一樣虛假。

塔娜出聲叫他，跟她一起來的還有另一個傢伙，年輕、有條理又積極。塔娜拉下口罩時，那傢伙站在後面，挑起了一側眉毛。她指著廚房的方向，窗簾拉起來之後，魯米諾試劑讓地板一片螢亮。

「老天，」沃克說。「真的是血嗎？」

「對。」塔娜說。

「量很大？」

「對。」

「妳可以做檢驗嗎？」

「你來這裡有沒有拿到搜索令？」

他一語不發。

「那我猜我不能拆磁磚了。」

「抱歉。」

「我會用拭子沾一下，採樣回去。你再多給我點資料，我就可以建立個側寫。但如果這個人不在系統裡，那也沒辦法了。」

他想到那兩個在找達克的人。然後他的心思飄到了米爾頓身上。

✦

他把車停在人行道上，看也不看萊德利家的房子一眼，就跑向米爾頓家的前院，猛力敲門。

「米爾頓，」他大喊，然後又退到街上，抬頭看樓上的窗戶。他聽見背後有聲音，轉頭看見布蘭登・洛克在幫草坪澆水。

「你有看到米爾頓嗎？」

「他去度假了。」布蘭登看起來糟透了，臉上戴著墨鏡，鬍碴亂長，羽毛般的頭髮扁塌。

「你還好嗎？」

「莉亞沒告訴你？」

「告訴我什麼？」

「他們兩個不跟對方說話了。她可能還不知道咧。」布蘭登含糊地說。

「知道什麼，布蘭登？」

「艾德把我開除了。」

沃克朝他走近一步，聞到了酒味。

「我、約翰和麥可。」

「我很遺憾。」

布蘭登揮了揮手，搖搖晃晃地往自己的房子走。「市場衰退，經濟不景氣，全是狗屁。是艾德自己把生意搞垮的。栽在酒和女人。我都簡直把八號俱樂部當成自己家了，但他去得比我還勤啊。」

沃克拖來一個垃圾桶，站到上面，翻過米爾頓家的外牆側門，進了後院。他落地時感到自己的骨頭都震碎了。

他在一顆假石底下找到鑰匙。五年前，米爾頓收養過一隻流浪狗，皮包骨的混種犬，但過了一年就被他養胖得需要安樂死。吃了那麼多肉之後，牠也甘於開心上路。米爾頓的父親去世時，沃克還幫忙餵過牠。

他進到屋裡。

他立刻聞到了血腥味，他猜米爾頓不管到哪都帶著這股味道。他看到牆上的月曆，有兩個星期做了標示，還圈出了店鋪恢復營業的日子。

「米爾頓！」他放聲大喊，怕是那傢伙在洗澡，他要是見了那傢伙光著屁股跑出來肯定會作上一輩子的惡夢。

客廳空無一人。

他爬上樓梯，查看了客房，只有地板上的一塊床墊，沒有床單。接著他來到主臥室。房裡很整齊，雖然天氣暖和，床上仍鋪著厚毯子。舊梳妝台上方掛著鏡子，也許是他母親留下的。牆上掛著一顆嵌在紅木底座上的鹿頭，眼神死氣沉沉，讓沃克好奇是什麼樣的人才會想要被這種東西俯視。

還有一座書架，放的全是關於狩獵、陷阱的書籍和野外地圖。沒有天文學的書。他走到窗邊，看見那架星特朗望遠鏡。他用一根手指拂過鏡身後部，發現上面積了厚厚一層灰塵，像是一整年都沒使用過了。

他彎身看進望遠鏡裡，不由得深吸了口氣——他發現鏡頭不是朝向天空，而是瞄準對街的房子。

瞄準一扇特定的窗戶。

星兒·萊德利的臥室窗戶。

他想起米爾頓總是不吝伸出援手，開著那輛卡曼奇貨卡，幫她倒垃圾，切肉給黛吉絲帶回家。沃克一直當他是個好人，不被理解、有點怪異，但基本上正直善良。他開始一一翻找抽屜，同時低聲咒罵。

他在床底下找到行李箱，將它拖出來，倒出內容物到床墊上。

守望相助。

簿子上用奇異筆潦草地寫著這幾個字。

裡面是依序分類編排的照片。

總共有幾百張，有的是拍立得照片，有的畫質更好。他拿起一張，看到的是衣服脫到一半的星兒，袒胸露背，僅著內衣。照片還分成各個主題，有些是她穿著整齊在院子裡工作，有些也拍到黛吉絲和羅賓，但他們顯然不是焦點。他從裸體的那堆照片別開頭——彎下身的星兒，脫衣準備睡覺的星兒。

「米爾頓這個渾蛋。」

有些照片已顯老舊，他已經這麼偷窺了十年。他看見有幾張照片拍到了一個她的約會對象，沃克想不太起來那個男的叫什麼名字。他猜米爾頓是希望拍到他們上床，但得到的一連串鏡頭只是星兒跟他親吻道晚安，而他告退到客房去。

然後沃克的動作停住了。

有個文件夾上標示的日期是六月十四日。

星兒被殺的那一天。

他用顫抖的手翻閱簿子的頁面，看到的盡是空白頁，他不禁再度咒罵。

他最後再掃視一次四周，然後打電話報告。接聽的是莉亞．塔洛，她的聲音聽起來深受震驚。

他告訴她，等他一找到米爾頓，會立刻逮捕他。

32

生活變得支離破碎。

每天早上，當瑪莉露和弟弟在上學途中跟朋友會合，他們只能靜默而行。有一次，黛吉絲在冰上滑倒，磨破了牛仔褲，擦傷了膝蓋，他們也沒有停下來幫她一把。她只能跛著腳安靜地繼續走，手裡依然拿著她和弟弟的書包。

普萊斯太太在羅賓的床上加了層塑料隔尿墊。每天晚上羅賓和黛吉絲爬上床時，隔尿墊都會發出令人討厭的窸窸窣窣的聲響。

他們和兩對夫婦會面過。

第一組是寇林夫婦。黛吉絲一看就知道，雪莉一定是大費周章才說服他們到場——到雙榆大道上公園的遊戲區來。黛吉絲推著鞦韆上的羅賓，寇林夫婦和雪莉坐在公園長凳上，喝著保溫瓶裡的咖啡，盯著他們看的眼神彷彿他們是動物園裡的小獸。

「幹，他們在看什麼看？想要我們變戲法還是怎樣？」

「小聲點，他們可能會聽到。」

黛吉絲從外套裡掏了張衛生紙擦鼻子，然後回頭去推鞦韆，與此同時，雪莉對著她微笑。

「那個男的看起來好像圖書館員。」

「為什麼？」

「他的眼鏡。他還穿那種無袖的毛衣。我覺得他們年紀太大，沒辦法自然生小孩，現在想要第二次機會。可能是他的精子有問題，也有可能是她跟莫哈維沙漠一樣是塊不毛之地。」

羅賓朝她看過來。「什麼是不毛之地？」

「就是她的器官已經衰退了。」

「她看起來挺好的啊。」

「我感覺她的悔恨都從毛孔裡流出來了。她當初應該去凍卵的。她不會好好愛我們。」

「但是沒有其他人來了。」

「會有的。雪莉說我們要有耐心，對吧？」

羅賓低下頭。

「對吧？」

「嗯，我想是吧。」

「他們這些人，都要接受測驗，經過審核。他們會上課，學習如何當好父母。」

她把他推得更高，高到鞦韆的鐵鏈繃緊，而他又叫又笑。她讚嘆他的適應能力，讚嘆他頻頻對普萊斯夫婦微笑的樣子，只期待著他們也許有機會對他回以同樣的笑意。

現在，她努力控制自己的脾氣，在瑪莉露嗤笑的時候、或是亨利不肯跟羅賓一起玩的時候，她能做到一語不發。有一部分的她會想到赫爾和他的死、她母親和她的死，而她把這一部分埋藏起來。她看老西部片，讀她的書，從中了解了復仇能夠怎樣使人生變色、侵蝕掉一個人原本可能有的良善面。

是沃克讓她不致做出傻事，他是將她與美好事物連結的錨，將她的目標導向未來、而非沉溺於現在。沃克提醒了她，人性有可能是善良的。他讓她不會大步走向雪莉和寇林夫婦面前，叫他們滾蛋，跟他們說她會照顧羅賓一輩子，沒打算改變主意。

寇林太太舉起一隻手，羅賓也燦笑著使盡全力向她揮手，彷彿他搞不懂現在是什麼情形。他們根本沒怎麼跟姊弟倆講到話，只是用粗獷的中西部腔調問了一兩個問題，不可能了解這兩個孩子。他們不過是又一對設法想讓家庭圓滿的夫妻，但一看就知道萊德利家這兩個孩子不符他們的期待。

「沒遇到對的人嘍。」雪莉載他們回普萊斯家時這麼說。

普萊斯太太那一晚對他們很是生氣，彷彿他們做錯了事，彷彿她厭倦了他們，想要找更幼小的新鮮面孔帶去每個星期天的教堂炫耀。

下一場會面糟透了。是桑福夫婦，先生是退役上校，太太是個守著空房的家庭主婦。

他們和雪莉坐在同一張長凳上，一面閒聊一面打量兩個孩子。那位上校笑個不停，也一直用手拍他太太的膝蓋，力道大得足以留下掌印。

「他會揍死我們。」站在鞦韆旁的黛吉絲說。

羅賓瞪著他。

「他可能會要你剃光頭、入伍從軍。」

「搞不好那位太太會教妳烘焙。」羅賓說。

「去他媽的。」

「妳講太大聲了。」

他們抬起頭，看到上校盯著他們。黛吉絲舉手行了個禮。雪莉緊張地微笑。

到了三月初，雪開始融了。

每天晚上，黛吉絲都坐在窗邊看著雪水穩定滴落，萬物的色彩也緩緩回歸蒙大拿。早晨破曉時有冰寒的陽光，但終究還是陽光。人行道的冰融化了，被埋在雪下的庭院重見天日，花楸樹褪去棕色枯葉，向著天空長出白花。她看著這一切改變，但絲毫看不出其中的美。

黛吉絲麻木無感地過著她的每一天，她的心如一潭死水，每一種情緒都是如此機械化，讓她有時候甚至記不得當天是星期幾。她照顧羅賓、送他上學，不理會瑪莉露和她的跟班凱莉嘲笑她的鞋子、上衣和牛仔褲品牌。雪莉每個星期都會來訪，偶爾帶他們出門喝熱巧克力，有一次還帶他們去看電影。羅賓談論起新家，說他們的爸爸會像赫爾，教他釣魚和打球。他小小的手緊握著這份信念，一天接著一天越握越緊。

有個週六，雪莉帶他們回去看農場。遺產認證的程序需要處理好幾個月，所以那裡還有一段時間仍會是萊德利農場。他們繞路去載了湯瑪斯・諾伯一起。

那是個仲春早晨，羅賓帶雪莉去看犁過的田，跟她說他以前負責的是哪些工作。黛吉絲和湯瑪斯·諾伯走在玉米田間，但田裡現在沒種作物，只有一排排的雜草和土堆。她感到一股深沉的哀傷，讓她久久不能言語。她每走一步都想到赫爾，他們走上門廊、坐著鞦韆椅時，她想到他的雪茄菸味。她往後仰，鞦韆椅的鏈子拉緊、發出嘎吱聲，她想哭泣，但是忍住了。她走訪了那匹灰馬曾經奔馳過的空地，她想念牠的程度幾乎就和想念她外公一樣。

然後，他們在沉重的靜默中離開農場，羅賓哭了出來。她將他的手握在自己手裡。回到普萊斯家之後，他們閒坐在街邊，看著鄰居小孩騎腳踏車。天氣漸漸暖和起來，夏季雖然還要一陣子才到，但它的氣息已悄悄浮現。

「又有申請者了。」雪莉說。

黛吉絲從她的聲音中聽出某種線索，微弱但確實存在。某種異於平常的線索。

「誰？」羅賓問。

「彼得和露西。他們來自懷俄明州，就是我以前工作的地方。他們本來只想找一個小孩，但我告訴他們說你們有多麼特別——」

「也就是說妳撒謊了。」黛吉絲說。

雪莉笑著舉起一隻手。「聽我說完。他們住在小鎮上，男的是醫生，女的是老師，教小學三年級。」

「哪種醫生？」

「真正意義上的醫生。」

「心理醫生嗎？我不想要有人天天煩我弟弟——」

「普通的醫生。開診所的。把生病的人治好的那種。」

「我喜歡他們。」羅賓說。

黛吉絲嘆了口氣。

「如果你們想要，可以下週末跟他們會面。」

羅賓懇求地看著黛吉絲，直到她點頭同意。

✦

他們坐在她的Prius油電混合車上，取道五號公路從美德佛前往春田。出了薩勒姆一百多英里之後，他們遠離明亮的燈光和平坦的混凝土路面，取而代之的是坑坑疤疤的陰暗小徑，蜿蜒穿越馬瑞昂鎮、和其他只存在於舊地圖上的城鎮。

瑪莎睡著了。當路面再度恢復平直，沃克不禁往她瞄了一眼。他感到了一股銳利的痛楚，從他回到她生活中的第一天就開始，現在也同樣刺痛著他。她看起來平靜又安詳，而且是如此的漂亮，讓他有時候必須努力克制衝動，不去親吻她。

天空在卡拉塞德公路上方破曉，沃克累得把車開偏到雙黃線上，直到瑪莎伸過手來，溫柔地扶住方向盤。

「你該靠邊休息一下了。」

「我沒事。」

在銀瀑公路上，他們看著太陽緩緩爬上丘陵，陽光在農地上照出十幾種不同的綠色調。他們在一間餐館吃了蛋和培根，喝了濃到不行的咖啡，沃克瞬間精神抖擻起來。

「已經不遠了。」瑪莎看著攤開在桌上的地圖說。

他們要去的是合一醫院，銀瀑公園附近的一間私立醫療院所。也就是他們在迪奇・達克的銀行交易紀錄中查到他一直以來的付款對象。前一天晚上，迪伊想通了，跑來敲沃克的家門，交給他一張寫著帳戶名稱的紙條。

喝掉三杯咖啡之後，他們離開餐館，駛近銀瀑州立公園的途中，咖啡因在沃克的血管裡流動著。瑪莎為他們導航，不久後他們兩旁就出現了高聳的林木，還有層層綠丘上突起的岩石。經過瀑布時，沃克搖下車窗，聆聽那潺潺的水聲。

再轉一個彎，他們就來到了院區大門前。沃克事前致電過，說他們想來參觀，他向對講機報上名後，大門緩緩開啟。

他們沿著長路前行，直到醫院映入眼簾，建築造型流線而現代，深色邊框的玻璃和砂磚形成鮮明對比，簡直像是森林裡的奢華豪宅。

一個姓艾雪的女人在門口迎接他們，露出熱情的笑容。她帶領他們走進寬敞的入口大廳，裡面裝飾著現代藝術作品，一尊可能是老鷹的雕塑。這裡的一切都帶著平和的氣息，醫生信步晃過，護士緩緩走動，沒有人大驚小怪，沒有人擔憂焦急。乍看之下，沃克可能會把這裡當成度假中心，那種忙亂不堪的企業高層會去放鬆充電的地方。但稍後艾雪回來和他們會合，她身上的氛圍透露出這裡的人做的是什麼樣的工作、他們的病人有哪些特別的需求，必須全天候提供照護。

她雖然超重了二十多公斤，走路的步伐還是敏捷穩定。她的口音難以辨認來源，有可能是德國腔，但是又混雜著當地的俚俗用語。她沒有問他們是為了誰來參觀；沃克在電話上提到有個親戚需要協助，需要特殊照護。艾雪邀他過來看看，先不用太正式，這是個重要的程序，著急不得。

他身邊的瑪莎一語不發，只是注視著周圍的日間病房、許多部電梯，還有厚到讓她感覺雙腳沉陷下去的地毯。

艾雪詳細解說這間醫院的歷史，以及毗鄰州立公園的地利之便和安靜舒適的生活環境。他們有五位待命的醫師和三十名護士，能夠應付任何緊急狀況。

她帶他們走進庭園，範圍一路延伸到一道矮柵欄後的小溪。沃克四下環顧，看到兩名工友在一扇對開門旁偷偷抽菸。艾雪向他們投去一個眼神，他們就按熄菸蒂繼續去忙了。

「我方便問問您是怎麼得知本院資訊的嗎？」

「聽我一個朋友說的。迪奇・達克。」

她笑了，露出潔白的牙齒，門牙中間有一道明顯的縫。「原來是瑪德琳的爸爸。」

沃克沒接話。

「她是個特別的女孩。達克先生也真是堅強，尤其是他在那種狀況下失去了太太。您認識凱特嗎？」

瑪莎往前一步。「不太熟。」

艾雪難掩憂傷，就像嶄新的門面上出現了裂縫。「她是本地人，在克拉克格羅夫長大。瑪德琳跟她是一個模子印出來的。」

她帶著他們回到建築物裡，遞出一本小冊子，承諾會打電話追蹤，準備結束這趟導覽。沃克不需要繼續追問，他已經達成了他來這裡的目的。

「請替我問候他。希望他早日康復。」艾雪說。

沃克轉頭看她，而她讀懂了他的表情。

「抱歉。我說的是那場意外。迪奇的腳受傷，說是滑倒了。」

沃克感到一陣激動。「是哪時候的事？」

「大約一週前吧。有些人好像就是擺脫不了霉運。」艾雪又回以笑容，然後轉身離開了他們。

他們去了十五哩外的克拉克格羅夫，在繽紛熱鬧的主街上走了一段，這個城鎮和海文角截然不同，沃克立刻喜歡上了這裡。他們在街底找到了老舊的鎮立圖書館，外觀雖然古樸優美但疲態盡顯，彷彿只靠慈善救濟維生。館內空空蕩蕩，陰暗而涼爽，書香味讓沃克彷彿回到了波托拉、回到他那兩年的大學時光。

櫃檯的老太太繼續盯著螢幕，沒有抬眼看他們，於是他們繼續走到後方的兩台電腦旁。瑪莎著手準備開工，坐在沃克旁邊，一條腿跟他靠在一塊。他看著她，看她皺眉的樣子，看她呼吸時胸膛的起伏。

「你是在偷看我嗎，警長？」

「不，抱歉，沒有。」

「真可惜。」

沃克笑了。

她迅速打字輸入「凱特．達克」，資料庫搜出十幾個相符結果。他們沉默地閱讀，讀到那場車禍的發生，讀到凱特如何當場死亡，瑪德琳．安則受了嚴重的腦傷。資料中有照片，路上的冰、滑出路面直直墜下陡坡的福特汽車、撞上樹而破裂的擋風玻璃。背景裡的八號湖，是照片上唯一平靜的景象。

還有一張事發前的全家福照片。

瑪莎放大圖片，其中的達克讓沃克看得大吃一驚。當時的他完全沒有那股空虛感、那種空洞的視線。

「所以，瑪德琳現在應該是十四歲？」瑪莎說。

「對。」

「老天。她在這裡住了九年。差不多就是達克開始動手腳的時候。要花的錢肯定不少。」

沃克找到另外一篇報導，聚焦在瑪德琳和合一醫院的照護工作。內容寫了很多，但沒有任何實質資訊。總之，那個女孩靠機器維持生命。

達克是在盼望奇蹟出現。

33

羅裴利茲港。

沃克在三十分鐘內就抵達現場，沒開警車車燈，因為卡布里約國家紀念園區此時空無一人。電話是在他從波特蘭回來之後的一個小時打進來的。

他將車停在門口，徒步經過搖晃的船隻，一艘閃亮的貝琳娜遊艇和一排航海家船艇。一艘艘船的甲板之間隔著空隙，水面在其間晃盪。他看見一個老人將當天用剩的魚餌往水裡扔，引來一群鯰魚攪動爭食。

水面翻騰，風中帶著鹹味與一股恐懼。

他要找的船是一艘七三年出廠的雷諾工作船，但是船身有嶄新的油漆和藍色飾邊，看起來比實際年份新。安德魯．威勒站在船首，凝視著翻湧的波浪。

沃克對安德魯稍微有些認識，他和星兒約過幾次會。

遠處是海文角的峭壁，一片延伸到海岸邊的土地，金恩家的房子居高臨下地俯視著一切。安德魯還是和史奇普．道格拉斯一起工作，史奇普已經老態龍鍾，在陸地上幾乎不開口說話，此刻他正踏上甲板，朝沃克點了一下頭，就繼續前進返回海灣，肯定是準備要拿個兩瓶啤酒，慰勞這辛苦的一天。

安德魯下來跟沃克握了手。安德魯的雙臂肌肉發達，曬成古銅色，儘管天色已是黃昏，他頭上仍架著墨鏡。沃克踏上船，船上的燈亮了起來。

「發生什麼事了？」沃克說。

「我們跟城裡人一起出海，從沙加緬度來的一群，有三個人，是從小到大的朋友，來六河國家森林園區旅行。」

龍蝦產季從十月開始，一直到隔年三月，捕撈的數量、大小和重量都有限制，但反正大部分的遊客也只是想出海一天。

「史奇普叫我過去的時候，我們正在緩速航行。網子纏住了，這種事常發生，也總是煩得要死。有時我會穿上潛水裝，潛下去割開該割的地方。」

雖然海上只有輕微的波浪，沃克仍然伸出一隻手撐在船側。

「但這次網子很重。史奇普平常做這種事時全不費工夫，但這次連他都要拿下棒球帽擦汗。我抓住了漁網絞盤，拖動網子，然後那東西就破水而出。船上那三個人都吐了。聚集過來的海鷗比平常更多，那時候我就知道了。史奇普把那個死人的眼睛闔上時，那些海鷗叫得好大聲。」

「除此之外，你們就沒有碰他了？」

安德魯搖搖頭，然後退到一旁。

「搭船的那幾個人吐得好厲害，回程的時候我只好試著把屍體蓋起來。」

沃克拉開屍體上面的毯子，頓時驚訝得喘不過氣來。

是米爾頓。

浮腫而布滿屍斑，眼睛腫凸。

「你還好嗎，沃克？」

「天啊！」

「你認識他？」

沃克點頭。

他想起達克住處的血跡，他毫不懷疑，過不久血跡的比對就會有結果了。他有太多頭緒需要釐清，有太多謎團需要解開。

「坐一下吧，你氣色不太好。」

他們坐在甲板上等驗屍官來。安德魯遞給沃克一杯啤酒，他喝了一口，臉上緩緩有了血色。

「好點了嗎？」

「你看起來不太像遭受了什麼重大打擊。」沃克說。

「這是我看過的第三具屍體了。」

「你認真？」

「在澤西看過一具，還有我在礁島群工作時也有。海文角這裡也是一堆怪事。」

「太多了。」

沃克將酒瓶舉到頭側，舒緩正在醞釀的頭痛。他一面喝，手一面發抖，但他放棄了掩飾。

他說：「我在葬禮上有看到你。抱歉沒機會跟你打招呼。」當時安德魯站在場地後方，低著頭待了幾分鐘，便提前走了。

安德魯揮了揮手。「我當時……真是挺難過的。我聽到她出事時就覺得這整個都太令人難過了。那時我就想到那兩個孩子，男孩子當時還是小寶寶，可她女兒已經懂事，以前經常瞪我。」

沃克想起了黛吉絲。

「你知道是誰把這傢伙害成這樣的嗎？」

「可能吧。」

安德魯沒再問別的問題。

他們看著一艘小船靠岸，低垂的燈光照在平靜的水面。

安德魯對著西沉的太陽舉起酒瓶。「我最後一次見到她，已經是五年前的事了。但我還是常常在想她。這不是……能夠輕易忘掉的事，完全不是。你知道當你想要拯救某個人，卻一點也不知道該怎麼做的那種感覺嗎？」

「你跟她交往過一陣子。」

「大概幾個月吧。在一間酒吧遇到她，看了她唱歌，請她喝一杯，我覺得她漂亮風趣，又有點受過傷。這在我會去的那種酒吧裡並不算太少見。」

「然後呢？」

「我們在一起了，但不是真的那樣。幾乎就只是像朋友。我想要更進一步。」

沃克看著他。

「性。我們沒做過。」

沃克望著一艘快艇，白淨又惹眼，顯得十分突兀，肯定是某個度假遊客帶來的玩具。新舊事物的這番交會讓他心中一痛。艇上掛著出售告示，沃克希望買主會把它開到遠遠的地方去。

「她長得很美。而性這回事，我們雖然不談，但它還是存在，一段交往關係裡如果少了這個，還剩下什麼呢？」

沃克想到瑪莎，想到他們之間友誼的本質，還有每一次他看著她時推動他的那股暗流，將他的心思拉向不該去的地方。她封閉了自己，封閉了心中曾經屬於她的部分，那部分跟著她失去的孩子一起入土了。

「她有說理由嗎？」沃克問。

「她說每個人只有一個真愛。如果找到了算你幸運。其他算不上真愛的，全都不值一提。」

沃克想起星兒。她沒有得到圓滿結局，但他每晚都祈禱她的孩子們可以得到。

✦

會面那天，羅賓很緊張。

前一晚，他們清醒地躺在床上。羅賓談起彼得和露西的樣子，彷彿已經跟他們很熟識。他決定自己以後或許也要當醫生，或是當老師。她叫他乖乖睡覺，明天才會有精神。但他還是又講了一個小時的話。

她幫他拿出短褲和T恤，他卻換了葬禮穿的正裝褲子和襯衫。他試著綁上領結，然後丟到一旁。他用口水和紙巾把他最好的一雙鞋擦亮。她試著梳開他打結的頭髮，最後放棄，只將髮絲撫平分邊。

她穿了牛仔褲搭配上衣，但他大喊大叫逼她換成洋裝。他幫她挑了一個黃色蝴蝶結夾在頭髮上，還問她是不是該化一點妝。他沒吃早餐，只是靠在窗邊喝了點果汁。

「你得放輕鬆點。」

「要是他們沒有來怎麼辦？」

「他們會來的。」

開車去公園的路上，羅賓靜悄悄地往外看。黛吉絲低頭瞥見他小小的手指交叉著許願。他們將車停在空地，踏進外頭的陽光、鳥鳴和微風。

彼得個子很矮，有點過重，但整個人的姿態還不錯。露西有一種圓融完滿的美，讓黛吉絲認為她生來就是要當母親或是小學三年級老師的。雪莉向他們招手，他們便開始走過來。

彼得轉身一吹口哨，一隻黑色拉布拉多犬聞聲抬頭，一隻前腳舉到空中，然後起步奔跑。

「老天，他們還有養狗。」羅賓說。

「你試著冷靜點就是了。」

羅賓抬頭看她。她等了一下下，然後點頭，他於是拔腿跑向那隻拉布拉多，並且像瘋子似的狂揮手。

「要命。」

「別擔心。」雪莉說。

「他本來還想把行李箱帶來，以免他們決定立刻把我們帶回家。」

「要命。」雪莉也附和她。

他們會面的狀況本來可能會很尷尬，就像其他次那樣，小心翼翼地握手、太多眼神接觸，但是彼得和露西從一開始就態度溫暖且心胸開闊。他們做了自我介紹，說起他們從懷俄明州的小鎮開車來有多遠，還帶著他們的拉不拉多犬捷特。彼得跟羅賓和捷特一起跑了起來，越過高草原、繞過卡斯特少將雕像，正好在其他人視線範圍內。羅賓一直回頭揮手，等黛吉絲也揮手。黛吉絲沒說錯話，但也沒有真的說到什麼要緊事。露西稱讚她的洋裝，黛吉絲就說謝謝。她問起學校生活如何，黛吉絲就說很好。她問到他們跟普萊斯一家過得怎樣，黛吉絲也說很好。

她一邊旁觀、一邊擔心的同時，羅賓緊握彼得的手，並且摸著捷特，臉上的笑容太過燦爛。露西提起他們家還有養雞時，黛吉絲只能祈禱彼得沒把這件事也告訴羅賓。

十分鐘後，羅賓轉過頭來用嘴型跟她說了「雞！」，黛吉絲報以微笑，他拍起手來。

他們保持著安全距離，不談過去，只有露西說起她對赫爾、還有對一切的事很遺憾。她說她自己的母親也在她很小時就過世了。

會面結束時，羅賓抱著彼得抱了好久，久到黛吉絲必須出手干預。

回程一路上羅賓都在講話，甚至不用停下來換氣。他說彼得提到要再跟他們見面，下次還要讓他牽捷特的狗鏈。雪莉說他表現得很好，也說彼得和露西都很想再見見他們。

「然後呢？」羅賓說。

「我們再看看。但這次我有好的預感。」雪莉說。

羅賓拍起手來，跳下車跑上普萊斯家門前的小路。普萊斯太太在門口迎接他，擺出笑容給雪莉看。

「妳不該說這種話的。除非妳真的知道結果會怎樣。」

「保持樂觀是很重要的。」雪莉說。

黛吉絲揉揉眼睛。這一年太漫長，不確定感讓她油盡燈枯。

她不曉得自己是否真的相信有上帝，但那天晚上她禱告了。

34

沃克在教堂找到她。

他站在門邊，一隻手搭在老舊的牆板上，眼睛望著海面，還有墳墓上的鮮花。

瑪莎獨自坐在前排的長椅上，眼望彩繪玻璃窗和講壇，當她父親還擔任牧師時，這裡就是她每個週日早晨固定的座位。沃克安靜地在後排入座，不想打擾她。他一整個早上都在講電話，先是跟波依德報告米爾頓的事。他把事件和達克的連結告訴了波依德：這兩個人一起去打獵，有人看到米爾頓出入達克的住處。他不能提到血跡，但是波依德表示會設法拿到搜索令。

然後他打給清湖鎮一個名叫卡特的辯護律師，是瑪莎的熟人。卡特想跟文森・金恩見面，但沃克沒辦法安排。時間緊迫，只剩下幾週了，不夠讓任何人做準備。

「我需要妳。」他說。老舊的教堂讓他的聲音傳了過去，她停下原本的動作，抬起頭但沒有轉身。她先默默在心裡說完了她選擇的禱詞。

他走過去，跟她一起坐在古老的十字架和聖徒面前。

「我需要妳出庭。」

「我知道。」

他低頭看著自己的領帶、金色的領帶夾和點綴著星星的衣領。他不曾感到如此軟弱，也許他一直都有這個感覺，只是先前沒有意識到。他又去找坎卓克看診過，增加了服藥劑量。該來的事終究無法避免。

「我會出錯的。後果會很嚴重。」

「我知道這個要求並不公平。」

「不只是不公平。這是攸關生死的大事。我曾經想要站到第一線，用這種方式幫助別人，當他們的避風港，不管結果如何，只求問心無愧。但我父親，他把我的這份初心扼殺了。」

「妳還是可以——」

看到她滿是淚水的雙眼，沃克止住了。

「我不想一輩子活在謊言之中。」

「米爾頓死了，那個肉鋪的屠夫。我想是達克殺了他。我想也是達克殺了赫爾，為了接近那兩個孩子。」

「他怕羅賓會想起來。」

沃克點頭。「達克現在沒辦法回來這裡。他欠了錢，債主都是些窮凶極惡的人。」他查過車牌號碼，這次總算有所發現。那輛轎車登記在河濱市的一間建設公司名下，公司的其中一名主管跟某個已知的家族黑幫有關聯。達克的問題是沒辦法輕易解決了。

她看著他說：「帶他們去找波依德。他們需要接受保護。」

「我試過。可他還是不相信。」

「因為其中牽涉了文森・金恩。」

「但如果他是無辜的，如果我們能救他……」

「該死，沃克。連全國最厲害的辯護律師都救不了他。」

「如果文森是無辜的，而達克的目標是羅賓・萊德利，不是黛吉絲。」一陣顫抖讓沃克閉起眼睛，揉揉脖子，他的肌肉僵硬到連轉頭都會痛。

「你打算要告訴我你怎麼了嗎，沃克？你以為我這麼久都沒發現。你看起來累得要命，又瘦了那麼多。」

「只是壓力大。」

「你就自欺欺人吧。」

「我沒有。」

他看著一位老太太經過門口，先停下來屈膝劃了個十字才繼續走。也許這樣會讓她睡得更好。

「你心思越來越重了，沃克。以前我總是一眼就能看穿你的心思。」

「我想要變回以前那樣。可是……回不去了。我一步一步失去了自我，我每天都感覺到。我曾經以為是我身邊的一切都在改變。我開車經過托勒家的土地時，好難想像那麼多房子。」

「沃克，人就是得有地方住。」

「那都是他們的第二間房子。他們會把這個小鎮變得越來越擠。」

「你喜歡事物原本的樣子。我看過你家，還有你辦公室。你太戀舊了。」

「我們經歷過美好的時光，那時我們青春年少，妳還記得嗎？我從小就確立了我的人生目標，就是，在我出生長大的小鎮上當警察，娶妻生子，帶他們打棒球，出去露營。」

「然後文森住在對面，也許你們的太太會交上朋友，你們會一起度假，一起烤肉，看著小孩衝浪。」

「我還是看得見那樣的畫面，雖然過了三十年，還是一樣清晰，是那麼的……簡直觸手可及。可現實……我改變不了。」

「跟我說說你記憶中的文森。」

「他什麼事都願意為我做，對，他就是這麼講義氣。他不缺女友，但只有星兒是他的真命天女。他動起拳頭來敏捷得很，可是他從不主動打架。他有時候會安靜好幾天，我知道那是因為他爸爸盯上他了。他也是個風趣的人。他是我的一切，當時他就是我的兄弟，現在也是。」

他暫時看不到瑪莎的眼睛。室外陽光明媚，鳥語花香。「瑪莎，我曾以為我會跟妳結婚。妳知道嗎？」

「我知道。」

「我一直掛念著妳。早上起來第一個想到妳，夜裡躺在床上也想著妳。」

「手淫可是犯罪喔。」

「在教堂裡不要講手淫兩個字。」

「沃克，你喜歡我是因為我很安全。我就是鏡子裡的你。因為我不會變，不讓人驚訝，單純又可靠，直到我們純真的童年成了碎片。」

「不是這樣的。」

「就是這樣。但這無可厚非。我們在幫助別人，沃克，這樣的人生不是更有意義嗎？」

「這麼說妳同意了？」

她沒有回答。

「妳覺得，如果在另一個版本的人生裡，我們會在一起嗎？」

「這個版本的人生都還沒結束呢，警長。」她伸出手，用溫暖的手安撫他的顫抖。

✦

彼得和露西到普萊斯家接他們。

雪莉和他們一起坐在休旅車上，他們開車時，她在後座忙著處理文件。

彼得和羅賓一路上聊個不停，聊著捷特、聊牠有多怕鳥、聊彼得的一個一整年都在打嗝的病人。

「你有試過嚇嚇他嗎？」羅賓說。

「彼得的臉就夠嚇人了。」露西在後照鏡裡對黛吉絲眨眼。黛吉絲也報以微笑，雖然她擠不出笑聲來。那天早上，瑪莉露跟她說，沒有哪個好醫生和醫生娘會想要帶一個問題少女回家，一個成績爛透、喜歡玩槍的問題少女。黛吉絲聽進了她的話，默默吃著玉米片，瑪莉露則走到他們正在看的電視後面，拉掉了電源線。

他們在途中某處靠邊停車，彼得和露西在座位上轉身，彼得手裡拿著一本旅遊指南。

「要到向陽大道了。準備好了嗎？」

「準備好了。」羅賓說。

彼得看了眼黛吉絲，微微一笑。

她身邊的羅賓用力捏捏她的手。

「準備好了。」她說。

向陽大道長達五十英里，兩旁都是高聳的岩石，他們在東側出口重見光明，兩座山逐漸分開，像是一齣表演正在揭幕。

他們沿著陡坡逐漸向下，道路蜿蜒扭曲、無盡延伸，猶如一趟景色絕美的雲霄飛車之旅，黛吉絲不禁閉上眼睛。

他們駛過山谷，一旁的瀑布傳來嘩嘩巨響，路邊還有五彩繽紛的野花。緊靠峭壁的小路下坡通往清澈的湖泊，高高的松樹緊貼著山丘，彷彿在努力避免自己墜落。

露西拿出一台尼康相機，拍了一張又一張照片。後座的雪莉傾身向前，伸出手搭在黛吉絲肩上輕捏一下，彷彿她知道對方正需要她的支持。

他們在傑克森冰河停車。露西從後車廂拿出一個路障，然後在草地上鋪了條毯子。羅賓和彼得坐在一起吃三明治和洋芋片，一面喝鋁箔包果汁，一面看著湖上搖擺的光影。

「外公一定會很喜歡這裡。」羅賓說。

黛吉絲吃著三明治，向露西道謝，並且試圖微笑。有時候，她感覺她離一個自己未曾有過的家好遠好遠，那個家似乎就在某個地方呼喚她，只是她不知道該如何找到它。她用袖子擦擦眼睛，同時感覺到露西在看她。露西也許在想：這個小孩的問題到底有多嚴重？我真的想要她永遠待在我的生活中嗎？

「妳還好嗎，黛吉絲？」露西問。

「還好，謝謝。」她想讓自己的話聽起來真心誠意，但不知道該怎麼做。她想表達的是，她可以在他們的生活中靜靜度日，不會惹事、不會造成影響，只要他們好好疼愛並且照顧她的弟弟。

她站起身，走到圍籬邊，探身看見清淺湖水和水面下的藍色石頭與紫色花朵，散發閃亮光芒，水面倒映著一排密密排列的扭葉松。

露西過來陪她，一句話也沒說，黛吉絲非常感激。

回程途中，他們因為遇到山羊和大角羊而放慢車速。

「要是牠們跌下去怎麼辦？」羅賓說。

「別擔心，」彼得說。「我是醫生呢。」

露西調皮地翻了個白眼。

黛吉絲偷偷觀察彼得，他開車小心翼翼，笑起來親切自然。她想像著一種井然有序的生活，一切都按部就班。他帶著一種不慌不忙的平靜，別人經過他身邊時，他不會發現也不會在意。她覺得他當羅賓的父親還不錯。

回到家時，她看到羅賓擁抱了彼得，手臂緊緊圍在對方腰際。她也看見了彼得和露西交換的眼神。

黛吉絲於是篤定地知道了：他們找到了新家。

35

他們一直忙到深夜，瑪莎在午夜時泡了一次咖啡，凌晨兩點時又泡了一次。

他們在費爾蒙特郡立監獄和文森待了一個下午。瑪莎錄了音，試著提供指導和鼓勵，但是文森始終不肯出席作證，所以他什麼也沒說。沃克原本希望瑪莎的信任能夠讓文森終於找到一個理由，將案發當晚的始末和盤托出，但這是一場徒勞無功的努力。儘管如此，沃克還是抱有一線希望，也許瑪莎親眼看到文森的態度之後會轉而相信他能找到讓文森開口的理由，從而將那天夜裡的真相揭露出來。

見面期間柯迪找過沃克，交給他一個信封。

「這是什麼？」他問。

「寄給文森的信。裡面倒沒說什麼，不過我猜你可能會想看一眼。」

沃克一直等到所有人都離開了等候室才把信紙展開。內容是列印的，但可以確定來自達克。

資金難籌，但我不會放棄。我知道我讓你失望了，所以我想到了一個彌補的辦法。審訊的時候祝你好運。有些願望是會成真的。

他反覆讀了十幾遍，仔細揣摩字裡行間的隱藏意義，努力想找到些蛛絲馬跡。也許達克還有一點點良知。但現在已經不重要了。

當他把信轉交給文森時，文森直接把信裝進了口袋，轉身面向瑪莎時也換了話題。他們中間有條看不見的界線，而顯然沃克在界線的另一邊。

出庭日近在眼前，瑪莎整天都在準備，到處求助，甚至開車去找她住在卡麥隆郡的老教授。他們在沃克家的地下室設了個臨時辦公室，每面牆上都貼滿了紙張、照片和地圖。她研讀庭審逐字稿，重複練習開案陳詞，連沃克也把每個字背得滾瓜爛熟。瑪莎聽過對手檢察官的名聲，也知道對方已經準備了好幾個月。事實證據很有說服力：文森．金恩認識被害人，而且在她的家中被發現，身上染滿了她的血。

他們曾經討論要傳喚迪奇．達克，但是找不到他的下落。沒有任何證據能將他跟案發現場連結，而且如果傳喚他，也就代表迪伊．萊恩會被叫上證人席，沃克不想讓她的孩子經歷這一切。達克一定會被傳喚為檢方證人。

他們畫出當地關係人的活動範圍和交會地點。檢察官會主張文森將槍丟進海裡，而瑪莎會證明他當時沒有足夠的時間這樣做。這是他們唯一可能小勝的一局，也是他們所需要的。

九點時，沃克坐在椅子上，感到顫抖症首先在他的左手發作，然後出現在右腿。他閉上眼睛，宛若能用意志力使顫抖消失。他放緩呼吸，咒罵他的身體，竟然在如此關鍵的時刻背叛了他。

「你還好嗎，沃克？」

他正要開口說話，但是他的臉部、下巴和嘴唇也感受到了顫抖。先是一陣輕微的刺激，然後是跟他身體其他部分一樣的抖動。這次發作會過去，但是需要時間。他感覺到自己燙熱又羞慚的眼淚。他嘗試在她看見之前伸手拭淚，但他的手動不了。

他閉著眼睛，在精神上把自己抽離這個房間、這座小鎮，也許還有這段人生。他回想十歲那年，他跟文森一起騎腳踏車，互相擋路碰撞，他們笑得好開懷，只有孩子能夠那樣笑。

然後他感覺自己的手上放著另一雙手，力道不大，但就是暖暖地放在那裡。他睜開眼，看見瑪莎跪在他面前，美麗的眼睛裡盈滿淚水。

「會好起來的。」

他搖搖頭，不可能了。他已經十幾年沒有哭過了。但是此刻，當他看著他的人生變成這樣的一團亂，他嗚咽哭泣得就像他十五歲那年，文森又要被送走的時候一樣。

「你為什麼這麼放不下文森？」

「因為那是我的責任。那天晚上，我發現希希之後，我去了他家，看到那輛車，我立刻就知道是他幹的了。」

「我知道，你告訴過我。」

「但我本來可以叫醒他，他可以去自首。那樣看在法官和陪審團眼中會光彩一點。法官可能會網開一面。可我呢，我直接把那輛車交給杜柏瓦警長。誰會做這種事？誰會這樣對待自己的朋友？」

瑪莎的雙手捧著他的臉。「你做了正確的事，沃克。一直是如此。你對星兒幾十年如一日的保護也是一樣，而且還是在明知道她可能會誤會你的情況下，這件事有著特殊的意義，你那麼做也有著特殊的意義。」

「人活著就得學會忍耐，不為別的，就為了我們愛著的那些人。」

「如果有更多像你一樣的人，這個世界就會是個更美好的地方。」她說得如此真摯，讓他幾乎要相信了。但是他越過她的肩膀，看見釘在板子上他的朋友的照片。他們剩下的時間已經不多了。

突然之間，他不假思索地吻了她。

他開始道歉，但接著她的雙唇也摸索到他的嘴上，她親吻他的方式之中有某種急切慌亂，彷彿她已經等了三十年。她將他往後推開，然後拉著他站起來，牽著他的手，帶他走向臥室。他想阻止她，告訴她這又是個錯誤，跟她說他在各方面都比不上她。但她親吻他的時候，他感覺到了，感覺又回到了十五歲。

✦

他很晚才接到消息。他的手機將他從好久以來最深沉的睡眠中喚醒。他坐起身，瑪莎在他身邊動了一下。

他沉默地接聽完，切斷通話，然後躺回去。

「怎麼了？」

他盯著天花板。「米爾頓的驗屍結果出來了。他是溺死的。沒有別的死因，沒有別的外傷。他就是溺死的。」

儘管天色仍暗，瑪莎還是迅速站了起來。「沃克，就是這個。」

「什麼？」

「我們一直在等的，扭轉情勢的關鍵。」

✦

那天晚上，羅賓哭著醒來，床單濕透了，他深陷在逼真的惡夢之中，黛吉絲抱住他的時候，他一開始甚至說不出話。

「是媽媽。我看到媽媽了。我想要彼得和露西。我想要媽媽，還有外公。我想要回去，我希望現在的這一切才是一場惡夢。」

她輕聲哄她，親了親他的頭。

她幫他洗乾淨，然後把另一張床的保潔墊拉過來，兩人擠在同一張床上。

透過她拉開的窗簾，他們一起看著繁星點點、滿月高懸的夜空。

「會沒事的，你知道吧。」

「妳覺得他們會帶我們去懷俄明州嗎？」

「你的未來還沒注定，羅賓。你有各種可能。你就像王子。」

「我想跟彼得一樣當醫生。」

「你會是個好醫生的。」

他睡著之後，她坐在窗邊，拿出課本。她盡量把歷史課報告寫好了。課業對她來說再次變得吃力。

她看向弟弟，心裡肯定地知道，他就是她人生中最絢麗的色彩。

隔天，他們走路上學途中，瑪莉露輪流靠在其他小孩耳邊說悄悄話，他們聽了皺起鼻子，笑出聲來。

「他們是在說什麼？」羅賓對黛吉絲問道。

「沒什麼。可能只是她在電視上看到的蠢話吧。」

悄悄話延續了整段路，從山胡桃街一路到矮林街。路上又有四個小孩加入：威爾森雙胞胎，還有艾瑪·米勒和她弟弟亞當。瑪莉露每次做的都是同一套動作：把對方拉近、悄聲說話，在他們皺起臉大笑時開心地看著。

「唷，好噁心。」艾瑪一面說一面往後瞄。

羅賓又抬頭看著黛吉絲。「亨利今天不讓我跟其他比較大的小孩一起走。」

「亨利是個混蛋。」

他們一面走，黛吉絲一面瞪著那些孩子，瞪著一直轉頭偷瞄竊笑的瑪莉露，瞪著凱莉和艾瑪，還有他媽的亨利和他那些爛貨朋友。抵達校門口時，她覺得自己血管裡冷卻的鉛開始熔化，而瑪莉露又在對著一群她班上的同學耳語。他們全都轉過身，偷笑變成了公開的大笑，臉上露出嫌惡作嘔的歪扭表情。

黛吉絲朝他們移動，羅賓緊緊抓著她的手拉她回來。

「拜託。」他說。

她跪在草地上。「羅賓。」

他開口要說話，她將他的鬈髮往後撫平。

「我是什麼人？」

他對上她的目光。「法外之徒。」

「那麼法外之徒會做什麼？」

「他們不會受別人的氣。」

「沒有人可以對我們呼來喚去。沒有人可以嘲笑我們。我會為你挺身而出。我們流著一樣的血。」

他的眼中帶著恐懼。

「你進教室吧。」

她輕輕推了他一把，他轉身走進校舍，仍然緊張地回頭瞥視。

她站起來，扔下包包，瞪著瑪莉露，然後走向對方。艾瑪、凱莉和艾莉森·邁爾斯那些女孩都移開了，因為她們聽過她的傳聞。

「什麼事那麼好笑，妳要告訴我嗎？」

男孩子跑過來聚在她們周圍。

瑪莉露沒有退縮，臉上還是掛著同一副獰笑。「妳有尿臊味。」

「什麼？」

「妳尿床。昨天晚上。我看到我媽在洗妳的床單。妳跟智障一樣會尿褲子。」

黛吉絲聽到上課鐘聲響起。

沒有人移動。

「是啊。」

四周傳來低語、笑聲和幾句她聽不出內容的喊叫。

「妳承認了？」瑪莉露說。

「當然。」

「當然。我就跟你們說這不是我在瞎扯。」她對凱莉說。然後她轉身，人群也開始移動。

「但妳知道我為什麼要那樣做嗎？」

他們停下來，往後轉頭。

瑪莉露看著她，不確定接下來會如何發展，但是上緊發條準備好面對。

「那樣妳爸才不敢來碰我。」

時間好像靜止了。

「妳說謊。」瑪莉露說。

凱莉和艾瑪小步退開。

「妳他媽的說謊。」她大叫著衝向黛吉絲。

瑪莉露習慣跟人推擠打鬧，或許也會互扯頭髮，但僅止於這種程度。她沒預期會在學校操場遇上法外之徒。

黛吉絲狠狠一拳就把她放倒。

瑪莉露蜷著身子，一顆牙被打落在草地上，其他小孩看到她的嘴裡湧出鮮血，紛紛叫嚷起來。

黛吉絲沉穩平靜地站著，看著她的手下敗將，有點希望對方會爬起來跟她再打一場。

風波很快結束，校長和兩位老師跑出來查看瑪莉露，她被打得鮮血淋漓、缺了顆牙，新來的女生站在她旁邊笑著。他們把黛吉絲拉進校舍，打電話給普萊斯夫婦和雪莉。

黛吉絲獨自坐著等待，但願赫爾能出現在走廊上，把她搗的亂給整頓好。她透過窗戶望著蒙大拿州的天空，想著沃克和海文角，不知道一切再度改變的那天早上，他們看見的是什麼樣的天空。

普萊斯太太哭哭啼啼地趕過來，她丈夫環抱著她。

「再也不要了，我們再也不做這種事了，」她在抽咽喘息之間說，眼睛狠狠瞪著黛吉絲，像是恨不得要了那女孩的命。

普萊斯先生也死瞪著黛吉絲，於是她比了個中指。

雪莉到場之後給了黛吉絲一個擁抱。黛吉絲定定站著，沒有回擁她。

大人們在校長辦公室談話，掛著一塊金色牌子的門又厚又重，讓黛吉絲只聽得見音調拉高的奇怪聲音，其他什麼也聽不出來。然後普萊斯太太爆發了，要他們滾出她家，多待一夜也不行，為了她孩子的安全著想。

普萊斯夫婦一出來，黛吉絲就被叫了進去。擦身而過時，他們別開視線，彷彿她不曾住在他們的屋簷下。

雪莉問起她稍早關於普萊斯先生的說詞。她誠實交代，她是為了讓瑪莉露閉嘴才那樣說的。雪莉盡其所能支持她，雖然她就像一匹注定要輸的賽馬。校長驚駭不已，做出嚴厲的指控，表示學校不容許暴力行為，這裡不再歡迎她回校。

黛吉絲也對他好好比了個中指。

「妳還好嗎？」雪莉在她們走出學校時問。

「死不了的。」黛吉絲轉頭回顧，她不想把羅賓留在那裡。

她坐上雪莉的車，在他們駛向普萊斯家時靜靜坐著。

普萊斯太太戒備地站在廚房裡。普萊斯先生已經送瑪莉露去急診室，檢查她被打掉的牙齒。他們提出了法律方面和其他方面的威脅。黛吉絲被趕到閣樓收拾行李，沒花多久時間，她的行李箱從他們入住的第一天就準備好了。

她走出房子，沒對站在門階上拭淚的普萊斯太太再多說一個字。

雪莉沉默地開車回到辦公室，瘋狂地忙著講電話，黛吉絲則坐在老舊的木椅上，就這樣過了幾個小時。

三點鐘，雪莉出門去，把黛吉絲留給兩位年紀較大的女士看管。她們每十分鐘就對她微笑一次。

雪莉帶著哭過一場的羅賓回來。

五點鐘，他們找到可以暫留的地方。雪莉面無表情，她太累了，經手過那麼多文件，那麼多案子，那麼多人。

「你們要去的是教養院。」她說。

36

那棟房子很宏偉，希臘式復古風格，高聳的多立克廊柱讓黛吉絲站在旁邊時覺得自己好渺小。

屋前有一畝精心照料的草坪，邊緣植有鮮綠色的顫楊樹，襯著春日的天空，掠過高空的飛機留下尾流軌跡。黛吉絲和羅賓一起坐在長椅上，雪莉在屋內，會見一位名叫克蘿黛的大個子黑人女士，這裡各種需要照管的大小事似乎都是由她負責。這地方叫作「青少年輔導之家」。

羅賓很安靜，他們剛抵達房子這裡時，他一副聽天由命的模樣，但還是緊張得握著姊姊的手不放。

「對不起。」她聲音中的悲傷是如此強烈，讓他將頭靠在她的肩膀上，依偎了一會兒。

屋外還有其他孩子，用一顆球、三個圈環和一根球棒在玩著某種複雜的遊戲。黛吉絲旁觀了二十分鐘，仍然摸不清其中的規則。但她認得出那些孩子的眼神，跟她一樣命運多舛的孩子。他們不會微笑或點頭，只是自顧自過著日子，彷彿能夠度過每一天都是個奇蹟。外面的街上有一位女士，牽著一個年紀不比羅賓大的女孩，凝視著這棟房子。她帶有一種毒癮者的躁動恍惚神情。

半個鐘頭後，他們一起進了屋內的餐廳吃飯，裡面聞起來的味道就像有一百個小孩在那裡狼吞虎嚥過一百頓晚餐。羅賓只將食物推來推去。

屋內還有一間交誼廳，角落的電視在播放電影，兩個女孩坐在棕色沙發上邊看邊吃爆米花，但基本上並不理會對方。

另一個角落，有個塞滿的玩具箱，內容物從積木到拼圖應有盡有。

「去玩吧。」

羅賓低頭走過去，挑了一本對他而言太幼稚的故事書。他盤腿坐在地上，時不時翻頁，感覺跟他的姊姊以及這個房間都隔著很遠很遠的距離。

她在走廊上找到雪莉。

「我知道我做了什麼事。我知道我徹底搞砸了……」

雪莉正要摸摸她的手臂，但黛吉絲退開了。「現在會發生什麼事？」

「我不——」

「妳就說吧，雪莉。告訴我，我跟我弟弟會發生什麼事。」

「這間教養院只收女生。」

黛吉絲搖搖頭。

雪莉抬起手，做出安撫的手勢。「考慮到羅賓的年紀，克蘿黛會讓他跟妳一起待下來。」

黛吉絲又能呼吸了。「那麼彼得和露西呢？」

雪莉吞了吞口水，轉開視線看著羅賓、看著別處，就是不看黛吉絲。

「妳告訴他們了嗎？」

「我必須告訴他們。彼得……他是醫生，露西又是在學校教書的，妳針對普萊斯先生說的那種事，他們承擔不起被這樣指控的風險——」

「我懂。」

「我們會繼續找。我們只是需要找到適合的人選。」

「我不管在哪裡都不適合。」

雪莉的眼神幾乎令她崩潰。

羅賓從交誼廳出來，他們通過走廊，爬上樓梯。

他們經過一間間住著其他孩子的臥室。有個女孩在大聲朗讀故事，她的妹妹專注聆聽。牆上塗著繽紛色彩，柔和的粉紅和黃色調。布告板上釘著照片，有些是家庭破碎之前的全家福。

他們的房間牆壁是白色，布告板上空空一片，還沒有任何事物記錄他們的時光。房裡的兩張床後來被黛吉絲推著併在一起，床單有彩虹色條紋。還有一個空衣櫃和置物箱，和放髒衣服的籐籃。地毯是一片片拼圖般的正方形，如果弄髒了，很容易就能拆開來清洗。

「需要幫你們整理東西嗎？」雪莉問。

「我來就好。」

羅賓站在房間中央，抬頭看著窗戶，然後拉上窗簾遮住投射進來的光線。他開了夜燈，接著爬上床，蜷身背對她們。

「彼得會來嗎？」他問。

雪莉看著黛吉絲，黛吉絲說沒事，她可以走了。雪莉說她明天會再來看他們適應得如何。

黛吉絲過去陪他，一隻手搭在他背上。「彼得和露西……」

他轉過身，坐起來直視著她。

她沒再說話，只是搖了搖頭。

他飛快退後，用他知道的每一個字咒罵她。他暴衝過來用力抓她的臉。她沒有舉手抵抗，只是閉上眼睛，聽他尖聲喊叫出一連串已經不再會刺痛她的事實，她早已明白了：她是個壞姊姊；她是個壞人。他哭得全身顫抖，臉埋在枕頭裡尖聲嘶喊，曾經有幾週的歡樂時光，他夢想的那種生活離他好近，近到就在掌握之中。

黛吉絲等到他哭得筋疲力盡，等了很久。她感覺自己臉上被他抓傷的地方流了血。

他終於睡著時，她脫下他的運動鞋，幫他蓋好被子，擔心他沒有刷牙。

那天晚上他們聽見了聲響，來自走廊對面的小房間裡、跟他們一樣的新人。先是哭聲，然後是克蘿黛安慰的話語。

黛吉絲移身到弟弟的床上，凝視著他。她想到湯瑪斯．諾伯，想到他現在沒辦法來找他們了。她不知道他的地址，不能寫信給他。她可以問雪莉，但她知道自己不會這樣做。她不過是他人生中的一個小註腳，對沃克、對桃莉來說也是。她無法留下長久的印記，她帶來的衝擊雖然醜惡，但所幸也非常短暫。

「黛吉絲，」羅賓坐直身子。

「沒事的。」她輕撫他的頭髮。

「我作夢了。又是那個夢。」

她安撫他躺回去。

「有時候我會忘記自己在哪裡。」

她伸手放在他的心口，直到他平靜下來。

「但是妳在這裡。」

「我在這裡。」她說。

他抬起手碰碰她的臉。「那個痕跡是我抓的嗎？」

「不是。」

「對不起。」

「你永遠不需要和我說對不起。」

✦

春天飄晃而過，迎向夏日的序幕。沃克和瑪莎準備著審判，萊德利姊弟又入讀了一所新學校，從輔導之家跟其他孩子一起搭校車，適應了另一段備受限制的生活。黛吉絲仍然照顧著羅賓，像母親一樣，但是不再大驚小怪，而是單純處理著每天的任務，彷彿這是她唯一的專長。她努力為了他微笑，推他盪鞦韆，陪他玩遊戲，在大院子裡跑步，幫他爬上橡樹。但她彌補不了自己的錯誤，她感覺她犯的錯不但會拖著她沉淪，也會讓她弟弟連帶受害。

雪莉還是固定來拜訪。她的頭髮從粉紅色變成鈷藍色時，羅賓看得笑了。她每次來，他都問起彼得和露西，甚至問了他們的地址，想要寫信過去。黛吉絲幫著他寫信。他告訴他們，他知道他和姊姊不適合他們家，但是沒關係。他問候了捷特，也問到懷俄明州的天氣有多熱、捷特要如何保持涼爽。他在信尾寫「致上我的愛」，然後畫了一張輔導之家，還有他和黛吉絲的圖。他們是兩個火柴人，嘴巴在圓形的頭上是兩條直線，彷彿在深思情況本來會演變成如何。他也叫黛吉絲在信上簽名。她草草寫下「黛吉絲·戴伊·萊德利，法外之徒」，然後他叫她劃掉最後一個詞。

她收到沃克寄的一張明信片。他跟雪莉還有聯絡，她跟他報告了近況。他寫了海文角的事，說那裡少了她變得多麼安靜。他的字寫得好小，她差點看不清。

明信片上的照片是卡布里約國家紀念園區的畢克斯比溪大橋，橫越大蘇爾海岸線的拱橋。橋下的浪花激越，她彷彿能聽見浪濤聲。她將明信片釘在布告板上，跟彼得和露西上週寄來的信一起。他們寫了很多，但也像是什麼都沒寫。他們告訴羅賓說他們家那裡比地獄還熱，露西在院子工作時都曬傷了。羅賓叫她唸信唸了五次，每次都問出一串她無法回答的問題。他們的信末也附上圖畫，畫的是他們印象中的羅賓和黛吉絲。露西是個很不錯的畫家，但她讓他們笑得有點太燦爛了。他們還在信裡夾了一張捷特的照片。當晚，羅賓把那張照片擺在床頭桌上，睡到一半還醒了幾次檢查它在不在。隔天，黛吉絲把照片也釘在布告板，讓他們的收藏豐富了一點點。

黛吉絲終於開始思考未來了。不是她自己的，而是羅賓的未來。她的成績又退步了，她在教室裡越來越往後坐。其他孩子也跟她保持距離，大概知道她可能不會在這裡待太久。

然而有一天，一個叫瑞克・泰德的男生開始找她麻煩。原來這個瑞克和瑪莉露的跟班凱莉・瑞蒙是親戚。瑞克聽說了她的事之後自己加油添醋、傳播出去。等謠言傳回黛吉絲耳裡，他們已經把她說成害瑪莉露瞎掉一隻眼睛的罪魁禍首。黛吉絲置之不理，就算瑞克在排隊領午餐時絆倒她、讓她跟餐點一起摔到地上也一樣。

過了一天，她狠狠揍了瑞克，讓他進了學校保健室。雪莉被叫來，擺平了這件事，校長曉得瑞克・泰德是個什麼樣的孩子，所以設法不讓事態擴大。

她那天請了假，雪莉帶她去主街上，跟她一起坐在漢堡店外面喝奶昔，看著車流緩緩經過。這條街正在為即將到來的遊行活動做準備，豎起了旗子，街道兩側的樓房懸掛著橫幅。

「玉米節遊行？聽起來是世界上最遜的遊行耶。」

雪莉微笑著說：「妳知道今天是什麼日子嗎？」

「我有在關注。」今天是庭審第一天，她趁整棟房子的人都睡著時在電腦上把找到的資料讀遍了。

「妳還好嗎？」

「當然。赫爾說審判很快就會結束了。他們會判他死刑。」

雪莉嘆了口氣，頭稍微撇了一下。

「說吧。」黛吉絲表示。

「什麼？」

「妳本來到底要說什麼。」

雪莉用墨鏡遮住眼睛。「我從來不會把兄弟姊妹拆開安置。手足在一起永遠是比較好的。」

「傑西．詹姆斯和他哥哥法蘭克從愛荷華州一路搶銀行搶到德州。警察在諾斯菲爾德抓到他們的集團，擊斃了六個人，只有兄弟倆逃脫。他們是很互相照顧啦。」

雪莉微笑了。「我做這份工作已經二十年了，什麼樣的人都見過。他們來來去去，我安置了幾百個孩子，但每一次……我都會哭。我把這變成人生的一部分，它的確也該如此。但是——」

「其實沒有所謂的壞小孩，是嗎？」她的聲音中出現一絲慌亂。

一輛卡車靠邊停下，和赫爾的車是同樣的顏色。黛吉絲感到內心一陣痛苦。

「羅賓現在六歲。這個年紀很好，真的很好，但很快就過去了。雖然這話很難啟齒，連用想的都很為難。」

黛吉絲將奶昔杯放在桌上，瞪視著它。

「妳知道我說的是什麼意思嗎，黛吉絲？」

「我知道妳的意思。」

雪莉從包包裡翻出面紙，摘下墨鏡擦擦眼睛。這時她看起來老多了，彷彿如此長的歲月、如此獨特而痛苦的任務帶來的重量磨蝕了她。

「除非我死了，否則我是不會和我弟弟分開的。」

「這不是分不分開的問題。」

「這是把他託付給某個我見都沒見過的人。而我這輩子見過的好人沒幾個。我不喜歡仰賴這種機率。」

「我懂。」

「這算是一種無私的行為嗎？」

雪莉抬頭看著她。

「是嗎？」她的眼神現在急切而絕望。「做這種事算是無私嗎？你知道的，他很可愛，他善良又可愛，他需要一個比我更好的姊姊。妳可以幫他找到嗎，雪莉？我要失去他了，他的心正在變涼。我不能讓這種事發生。他晚上會驚醒，會找我，會出聲叫我。如果我不在他身邊——」

雪莉將她拉進懷裡緊緊抱住。

「媽的。」

「沒事的。」雪莉輕聲說。

「不，怎麼會沒事？」

「我永遠不會這樣對妳，黛吉絲。在跟妳談過之前，我不會做任何行動。我明白這樣不對。兄弟姊妹就是該在一起。我會繼續找。我們會找到適合的人選。我保證會繼續找。」

37

沃克與瑪莎度過了痛苦煎熬的三天，他們開車回到海文角之後，清醒地躺在沃克的床上，腦中仍然無法驅散檢方塑造出的畫面：一名囚犯花了三十年的歲月，對他得不到的女孩復仇。

開庭陳述簡明扼要，就是把自己的辯護方案擺出來。瑪莎講了七分鐘，地區檢查官艾莉絲・德尚則講了十八分鐘。德尚令人刮目相看，提出了長長一份專家證人名單，衣著正式，黑髮圍繞著一張蒼白的臉蛋。她散發出誠懇的氣息，博得陪審團一片歡心，她告訴陪審團她是為人民、為加州政府、為星兒・萊德利與她喪母的孩子們服務。她為他們發聲，為正義發聲。會有壓倒性的證據來證明這是一場事先謀劃、冷血無情的謀殺。文森・金恩是個殺人凶手。他先後奪去了一個小孩和一名獄友的性命。殺人對他而言易如反掌。陪審員們會明白，他們唯一的選擇就是判決這個人有罪，並且通過死刑的決議。這不會是個輕鬆的決定，但她需要他們這樣做，萊德利家的孩子也需要。

德尚是耶魯法學院畢業，能力很優秀，還帶了兩個助理時刻觀察法庭反應，不時給她遞個紙條或點頭提示。

庭務員、法警、法庭畫家和記者，這一小群人旁觀著一個男人即將底定的命運。

德尚對陪審團的說詞高竿而華麗，提出的事實證據的確真材實料、無可辯駁。她找來州立犯罪鑑識實驗室的病理學家，報出長長一串學經歷和認證資格，讓瑪莎不禁提出動議表示：「好啦，我們相信他真的是專家總行了吧。」德尚提出抗議，但被羅德斯法官輕鬆化解。沃克對瑪莎能夠堅持立場很是欣慰，同樣堅持立場的還有文森。

那位病理學家開始展示證據照片，讓陪審員紛紛搖頭，其中一位還哭了。他詳細描述死者遭受的攻擊，力道大得打斷了她三根肋骨。他畫出了胸口致命槍傷的彈道軌跡，表示她可能在倒地之前就已死亡。展示架上擺出圖表，仔細解釋解剖結果。

一位指紋鑑識人員帶大家一一看過從萊德利家屋裡採到的指紋。文森．金恩到過廚房、走廊和客廳。他們也從面對街道的門上採到一枚他的指紋。過了一個小時，陪審團開始感到疲倦了，完全不懷疑文森．金恩就置身於犯罪現場。

還有一位彈道專家，受聘前來做槍械分析。他的確談到了凶槍本身，雖然槍枝下落不明，但星兒．萊德利的遺體上取出的子彈是點三五七麥格農手槍用子彈。

然後一如他們的預期，換德尚登場。她抽出文件拿在手中揮舞，像在揮火把似的。文森．金恩的父親名下註冊了一把魯格黑鷹手槍。她要陪審員猜猜那把槍的口徑和子彈規格。沃克仔細觀察陪審團，看出他們每個人都上鉤了。

交叉詰問時，瑪莎試圖贏回幾分，她逼得那位專家承認點三五七麥格農雖然是較不常見的子彈，但仍有眾多通路可以購買。可惜這扳回不了多少勝算。

德尚繼續詳述星兒的人生故事：艱困的童年，時常缺席的母親，夭折的妹妹。她重述了一樁椿事件。文森・金恩動也不動地坐著，只有在她講到那個小女孩陳屍的帶狀林地時，他才閉起眼睛。那女孩又冷又孤單地被拋棄在那裡等死。然後提到的是星兒的母親自殺，以及發現她死狀的星兒會有什麼感受。最後終於說到了一點光明面，她雖然飽受創傷，但非常疼愛她的孩子，黛吉絲和羅賓。他們現在住進一個陌生城鎮上的輔導之家，必須換一所新學校重新開始，離家鄉千里遠。新一張照片出現了，是他們一家三口在海灘上，正是沃克在一個風平浪靜的稀奇日子親自拍攝的。

沃克和其他幾位當時首先趕到場的員警被傳喚為檢方證人。他第一個上場，在偌大的法庭裡就座，清清喉嚨，原原本本地道出了醜惡的事實：文森身上沾了血跡，語調平靜。他沒有扭曲任何細節，只是如實陳述，其間時不時朝他的朋友瞥幾眼。文森對他微微一笑，像在說：「沒關係，這是你的職責，沃克。」

八天後，趁著休庭，沃克和瑪莎去法院對面的酒吧，找了個靠後的卡座，吃著新鮮的炸蝦。

「文森狀況如何？」

「噢，還行，」瑪莎說。「我有點想讓他上證人席，給陪審團看看他有多平靜，我們可以主張他精神異常，讓他餘生待在牆壁貼軟墊的牢房裡，但總好過死了，對吧？」

沃克拿起一隻蝦子端詳一番，又將它放回沾滿油的紙上。「妳還需要多久？」

「一兩天吧。我把我該說的全都說了，把能請到的人全都請來，但最後他們會贏，而且會判他死刑。」她盯著自己的汽水。

「妳表現得很好，瑪莎。真的，妳在庭上的表現非常出色。」

「別一直盯著我的屁股。這是騷擾。」

「我是被妳的鞋子吸引。妳對查克泰勒帆布鞋真是情有獨鍾啊。」

她伸手進包包裡，拿出一瓶辣醬。

「妳開玩笑吧，這東西妳竟然真的隨身帶著。」

「還可以當防狼噴霧用呢，」她倒醬料倒得十分隨意。「你有注意到我戴了十字架吧。」她指指自己的項鍊。「三號、九號和十號陪審員都是教堂的常客。」她親自參與挑選陪審員的程序，整整兩天累得她焦頭爛額，曾有兩人力主死刑，甚至狂熱到願意親自去行刑，最後被她聲請迴避。她提議挑選開明人士，得到德尚的贊同。

「凶槍，」她嘆道。「還有子彈。有這些證據還不夠糟嗎？」

沃克做了個深呼吸，讓自己穩定下來。「我對妳有信心。」

「你只是想把我騙上床罷了。」

✦

隔天早上，沃克注意到她顯得很焦慮。羅德斯法官走進來入席時，他們全體起立。法官席的大椅放置在兩支旗子中間，再往外有兩盞燈，整個法庭是渾厚的橡木色澤。

文森坐在前排，身穿沃克替他挑的廉價西裝，但斷然拒絕了領帶。

瑪莎首先傳喚了她這一方的醫生，柯亨先生。她幫過他女兒擺脫麻煩（又是個愛揮拳頭的沒出息廢物引發的不幸故事），柯亨深懷感激，樂意為女兒報個恩。

他們一一看過星兒・萊德利的傷處照片，兩人都指出傷勢的嚴重程度。接著展示的是文森・金恩的手部照片，右手有輕微腫脹，但有可能是舊傷，或許是在早幾天的一場爭執中造成的。

交叉詰問時，德尚讓柯亨不得不承認，他無法斷言右手的腫脹是如何造成的，也承認文森這種體格的男性即使不握拳，同樣能夠輕易對人造成傷害。

瑪莎接著討論到槍擊殘留物的問題，請出她這一方的專家證人，一位沃克從逐漸減少的積蓄中挪錢請來的鑑識科學家。這位女專家證人年輕亮麗，向眾人講解了科學原理、元素組成、連鎖反應、槍擊發生時排出的火藥殘跡分布。文森・金恩身上並未找到殘留物。

但在對方的質問中，瑪莎的專家證人也不得不承認，殘留物有可能因為清洗或流汗而脫落，或是如果文森在開槍之後就立刻離開室內，身上也可能完全不沾到火藥殘跡。

沃克再次上庭，這一次他面帶微笑，主動承認他和文森是兒時的朋友，但那是很久以前了。實際上正是他親手把文森送進了監獄。他的職責是維護法律，所以他不會讓任何個人感情影響自己的證詞。

隨後瑪莎站了出來，深呼吸一口氣，使出她的撒手鐧。

肉鋪老闆米爾頓。

沃克望過去，看到德尚瞇起眼睛，身子坐直了一點。

瑪莎詳細描述了米爾頓的早年生活，他的父親也是肉鋪老闆，他長大之後繼承的就是父親的店鋪。她說他是個邊緣人，其他人避之唯恐不及。這個邊緣的孩子長成了一個失常的成人。他生活寂寞，甚至常常跟觀光客攀談，邀請他們一起去打獵。是的，米爾頓喜歡打獵。瑪莎詳列了他名下登記持有的槍枝，清單很長，沃克看到陪審員們互使眼色。

「你覺得你和米爾頓關係密切嗎？」瑪莎說話時站在陪審員席旁邊。

「我挺喜歡他。他的死我很難過，他平時給人的感覺怪怪的，但我猜他只是害羞，他沒什麼朋友，所以很少去找別人。」

「所以他就找你？」

「有時候會。我們一起去打獵過，就一次。我喜歡吃肉，但不喜歡殺生。」

三三兩兩的笑聲響起。

「所以他用起槍來很厲害嘍？」

「不是普通厲害。我親眼看過他從九百公尺外射倒一隻駝鹿，這人的槍法很好。」

沃克回答的時候對著一號陪審員，那個人跟米爾頓一樣在門多西諾打獵過。

瑪莎繼續陳述，提到米爾頓住在星兒家對面，以前常借她車、幫她倒垃圾。

「我當時覺得他挺好心的，」沃克說。「這樣她也有個人來關照她。」

「除了你以外的人？」

「對。」

沃克和她對上視線。她表現得很好，讓他引以為傲。

瑪莎向法庭展示證物C。

「沃克警長，你可以告訴我這是什麼嗎？」

沃克帶他們順了一遍整個過程，描述他在米爾頓房間裡發現的東西。其中有星兒衣衫不整的照片，幾位陪審員看了搖頭。

「總共有多少張照片。」

沃克從頰內呼出一口氣。「很多，幾百張，照日期編目排列，可以追溯到很久以前。」

「他非常執迷。」

德尚看起來想要提出反對，但是忍住了。

「看起來是如此。」沃克表示贊同。

「然後，你說米爾頓有一架望遠鏡對吧？」

「他說他喜歡觀星。」沃克平穩地說出這句話，等待陪審員領略話中的涵義。

「望遠鏡瞄準的並不是天空嗎？」

德尚站起來，但什麼也沒說就又坐回去了。

「那麼望遠鏡瞄準的是哪裡？」

「星兒・萊德利的臥室。」

「那些照片，有最近一年的嗎？」

「一直持續到星兒被殺的那天晚上。」

「當天晚上的照片呢？」

「不見了。警方至今還沒有找到。」

瑪莎瞥了一眼陪審團。「你跟米爾頓問到這件事時，他是怎麼說的？」

「我沒機會問。我們上個月從海裡撈出了他的屍體。」

席間傳來一片驚訝的喘息聲，聲音大到羅德斯法官必須命令他們安靜。

「他是溺死的，」沃克說。「沒有跡象顯示可能為他殺。」

「自殺。」瑪莎讓這兩個字懸在空中；德尚起立大喊反對，瑪莎收回發言，但是這句話已經傳進了法庭裡每個人的心中。

德尚在反詰問程序努力表現，她讓沃克承認他們沒有在萊德利家發現米爾頓的指紋時，急得臉都漲紅了。他有可能戴了手套——沃克不需多做說明，米爾頓畢竟是個屠夫，很習慣戴手套。這點並不難聯想到。

當晚，他們在酒吧裡時的相處氣氛好多了。沃克點了漢堡，他們心滿意足地靜靜用餐。瑪莎在龐大的壓力下顯得十分疲累。他們討論了文森，談到他對米爾頓的事毫無反應，只是一如往常坐在那裡，垂著眼不理會別人的目光。

「今天值得慶賀。」

瑪莎咬著插在汽水裡的吸管。「情勢還是對我們不利啊，沃克。」

他抬起頭。

「需要解決的問題還多得很，想忽視都不可能。我不想要你期望太高。這種案子很少有贏的，但我們已經盡力了。雖然這樣講不好聽，但米爾頓的事算我們走運。只是這樣還不夠。我們依然有許多事要做。槍的問題、子彈的問題，還有文森以往的歷史、他手上的血跡。該死，如果我不認識他，我也會判他有罪。」

「但妳是認識他的，對吧？」

「陪審團可不認識。」

他陪她走出去，來到她的車前他忽然停下。「妳還會回來嗎？」

「明天是結案陳詞啊，我得早點睡。」

他看著她離開，隨後才上了自己的警車，開回警局。時間已經很晚了，露安不在，局裡一片漆黑，但自從庭審開始之後他就沒進辦公室了，非來這趟不可。他發現自己的桌上堆著一大疊文件，打開燈，往後靠坐在椅子上。他翻閱信件，拆了幾封信，然後發現了那關鍵的一封。來自威訊電信公司，是達克的通話紀錄。波依德幫他申請到了。

涵蓋一整年時間的紀錄總共有好幾頁，數字字體小到讓沃克必須瞇著眼睛讀。他決定等庭審結束再回頭看。他隨手翻頁，雙眼迷茫地打呵欠伸懶腰。他並不期待會有什麼發現。

但他接著就看到了那個日期，十二月十九日，赫爾過世的那天。他的眼睛一開始只是瀏覽著熟悉的數字，並沒有意會過來。

他重新聚焦視線，期待會看到些什麼不同的東西。

然後紙張從他手中落到了桌上。

打到達克手機的那支電話，出自海文角警察局。

✦

她哭泣著，他在一邊旁觀。

他們坐在院子裡，整個海文角仍在沉眠，她卻醒著，兩個大黑眼圈顯示她最近嚴重睡眠不足。她眨眨眼，流下被睫毛膏染黑的淚水。

上空懸著的滿月照得這幕場景更加悲傷。莉亞．泰洛擦擦眼睛，吸吸鼻子，又哭了一會兒。

沃克是悄無聲息地來到她家的，他原本希望能有點意外收穫。

「現在可以說了吧？」

她完全沒有想說謊。她凝視著草地，平靜下來，平靜得像是她原本就在等待這一刻。「我們糾結了很久。」

他深吸一口氣，希望能屏住氣久一點，就算只是片刻也好，他知道他呼出這口氣時，一切就將改變。

「都是錢害的，沃克。」

他看著對方痛苦的神情。

「艾德。他的生意全完了。」

「完了？」

她抬起頭。

「跟我說一下前因後果吧，莉亞。」

她回頭望著房子。「泰洛建設公司已經在艾德的家族傳承了七十年。他祖父傳給他父親，他父親再傳給他。以前的獲利曾經很不錯，半個鎮的人都是他們的員工。唉，現在艾德只剩下十五個人了，大多數時候我們還得靠自己的積蓄付他們薪水。

「然後艾德的父親過世了，他把福圖納街第二排的房子留給我們。房子不小，對我們來說是筆豐厚的遺產，可對公司來說就不值一提了。」

「你們可以賣掉公司啊，那樣不就能減輕虧損了。」

「艾德不願意。他愛這個鎮啊，沃克，就跟你一樣。但我們需要改變，需要蓋新的房子，需要新的生意。可是這條路一直被你擋著，被你和其他人。你們每一次都投反對票。」

他消化著這個訊息，思考自己扮演的角色，還有他是如何需要避免這個地方在沒有他、沒有文森、星兒和瑪莎之下就停滯不前。

「達克呢？」他問。

她吸了一口氣。「他用低價跟我們買了福圖納街的房子。他給我們的回報是，他會把拆除那裡和街上其他房子的包案都給我們。還會讓艾德接到建設案，那些房子和公寓大樓。這會拯救我們，沃克，也會拯救海文角。」

「但現在機會沒了。全都沒了。」

「還不至於。」

「我不懂。」

「金恩家的房子。保險金。黛吉絲．萊德利手上有那捲錄影帶。如果她把東西還給達克，保險公司就會給付，我們的機會就回來了。」

他飛快地動著腦筋。「能拿回多少？」

莉亞吞了吞口水。「全部。我們的房子、公司的二胎借款、卡債和貸款。該死，我們的虧損太大了，沃克。現在我們連生活都成問題，所以我才拚命加班啊。」

沃克望著月亮，然後又瞥回他們的房子。「艾德知道妳做的事嗎？」

「不知道。負責記帳的是我。艾德他媽的是個白痴。他以為我不知道他和多少女人鬼混過，可他身上的女人香水味早就把他出賣了。」

「而妳出賣了一個孩子。」

她搖搖頭，眼淚迅速掉了下來。「他不會傷害黛吉絲的。你不了解達克。」

不論如何，他還是想要握住她的手。他畢竟認識了她都快一輩子了。但他穩住自己。「妳是怎麼找到他們的？」

她不帶感情地繼續說，只呈現冷硬的事實。「那通電話。我知道是從蒙大拿打來的。我保存了你的收據。查到了加油站。赫爾在電話上跟你講到了學校的名字，還有湖邊的農場。」

「妳監聽我的電話？」沃克目瞪口呆，驚訝得幾乎喘不過氣。他揉揉眼睛，捏捏後脖頸，臉上感覺火燙。他站起來，可是兩腿發軟，不得不又坐下。「莉亞，妳的手上已經沾了血。妳這麼做又是為了什麼？就為了妳丈夫的公司？」

「為了他們。」她指了指自己的家，「為了我的小孩。為了我們在鎮上養活的所有家庭。那只是一捲錄影帶，一捲他媽的錄影帶。就是黛吉絲把那間俱樂部燒掉的。大家心知肚明，可你卻無動於衷，毫不作為。」

「不是這樣——」

「就是這樣，沃克，你自己知道。因為你和星兒，還有因為你對文森．金恩那股天殺的扭曲的忠誠。星兒是他的女人，你承諾了要照顧她。我知道這一點。你跟我說過你什麼事都願意為朋友做，就跟中學時一樣。如果你做好你的工作，如果你逮捕她——」

「達克現在在哪？」

「我不知道。」

他直視著她的眼睛。

「我真的不知道。我發誓。」

「他還在找黛吉絲嗎？」

「是錢的問題，一直都是。他不會停手的，不管有沒有我幫他。」

此時他想起了在家裡準備結案陳詞的瑪莎。

「他殺了一個人。這責任要算在妳身上。」

她大哭著說：「我顧不了那麼多。」

「該死，莉亞。」

「生命中就是有些人值得我們為他們做任何事。這點你比誰都更清楚。」

✦

那一夜，他在海文角的街道上漫步，直到陽光穿破夜空，晨曦降臨在他眼前。他先後在萊德利家、米爾頓家、主街和日落大道駐足。他站在金恩家的房子旁，想著它即將被拆毀。就算達克沒有拿到錢，也會有其他人把房子買下。他想到他們在車道上投籃，在閣樓裡躲著看文森爸爸的《花花公子》雜誌。他們有可能是對的，米爾頓確實有可能真的犯下了瑪莎所說的罪狀。也許文森會住進精神病院，也許他只是自厭到寧願接受死刑、也不肯以自由之身活下去。還有許許多多的問題得不到答案。他知道自己也許是一廂情願，但他仍然有這股深刻入骨的感覺：文森・金恩是無辜的。他再也不會讓機運決定一切，他已經走了這麼遠，他會抵達終點，就算要賠上他的靈魂。

38

那天早晨，沃克站在鏡前刮了鬍子。

他看著洗臉槽注滿水，倒映出他蒼白消瘦的病容。他沒有躊躇沉思，只用冰水沖了沖臉，然後用力做了一次深呼吸。然後他駕車開往拉斯洛馬斯，找好自己的座位，不理會旁人的注視和耳語。

莉亞．泰洛被帶了進來。

她一臉平靜，用化妝品遮掩住昨夜的折騰，身上穿著簡單的洋裝和跟鞋。她經過時對上沃克的視線，他沒有微笑。

瑪莎介紹莉亞的背景，說她在海文角警局的行政部門和收發處工作了十五年，像沃克和露安一樣成為了某種像家具般的恆久存在。瑪莎的語氣充滿自信，雖然在一兩個地方舌頭打結，但沃克看得出來陪審團喜歡她。

他早些時候打了電話給莉亞，告訴了她整個計畫，她立刻就同意了。這是他們之間的某種休戰協議，後果等以後再說，但現在的要緊事不能等。然後他再打給瑪莎說明。他在她的聲音裡聽出疑慮，他知道如此孤注一擲的作法有可能會讓他們這些日子的努力付之東流。

「這整個體制……都是笑話。姑且這麼說吧，沃克喜歡每樣東西是它們本來的樣子，而非它們該是的樣子。」莉亞說。

瑪莎對沃克微微一笑，沃克無奈地揚了揚眉毛。七號陪審員看在眼裡，也笑了笑。

「所以我嘗試改革已經好幾年了，我想把檔案室重新整理。他們四年前開始採用了新的模板、格式和編碼方式。而沃克堅持的作法……雖然也有一定的條理，但怎麼說呢，算是亂中有序吧。」

德尚站起來表示抗議，羅德斯法官提醒證人注意重點，瑪莎禮貌地表示歉意。

「我目前已經動工了三個月，整理到一九九三年的資料，我就是在那個年份有所發現。」

瑪莎舉起一份檔案。德尚提出反對，法官叫檢辯雙方上前。沃克聽見德尚語調急切，轉身時滿臉通紅，搖著頭走回座位。羅德斯同意採納這項證據。

「請告訴我們這是什麼好嗎？」瑪莎說。

「這是一九九三年十一月三日的一起竊案的紀錄。案發地點是日落路一號，葛蕾西．金恩的住家。」

「文森．金恩的家。他獲釋之後返回的房子。」

「是的。」

「紀錄中有說失竊的是什麼東西嗎？」

「有。沃克警長的紀錄一如往常非常詳盡。他和文森的母親葛蕾西．金恩核對過。結果是她忘了鎖保險箱，竊賊拿走了兩百美元現金、一只金胸針、幾對鑽石耳環，還有一把手槍。」

「一把手槍？」

「對。一把魯格黑鷹手槍。」

四下傳來交頭接耳的低語聲，直到羅德斯法官要求眾人肅靜。德尚回到法官席前，又做了一番爭論。情況膠著到羅德斯下令休息十五分鐘。

休息結束後，沃克接著上證人席，他沒有重新介紹自己的身分和專業資歷。瑪莎跟他順過竊案的始末。他說話時態度平和，一次也沒有對上文森的目光，雖然他感覺得到對方的凝視。

隨後輪到德尚提問。「我有一點不太明白。」她說。

「莉亞是昨晚才發現這份報告。她丈夫如果能回家陪孩子，她有時候就會值晚班。這個歸檔系統給她造成的問題比較大。我則是已經知道資料都在哪了。」

「那麼，沃克警長，如果你已經知道資料都在哪了，你先前為什麼沒有提起這件事？」

「我忘了那樁竊案。」

「你忘了？」她滿臉疑惑地看向陪審團。「你和文森．金恩是一起長大的，你認識他們那家人。你還去監獄探視他。考慮到這些，我實在不認為你會忘記這種事。」

沃克吞了吞口水，他知道在此之後，一切就將改變，所有一切。

「我病了。」

他環顧室內，看著後排的記者，還有站成一列的旁聽群眾。他感覺到安靜的氣氛，和聚在他身上的目光。

「我得了帕金森氏症。我的記憶力大不如前了。我還沒有告訴任何人，我覺得自己能夠應付。我想……我想我不希望因此失去我的職位。」

他瞥向陪審團，看到他們的同情之色。然後他望向文森，對方用悲傷的眼神看著他。

然後他看著那份竊案紀錄，他知道如果有人特意檢視、如果有人看得夠仔細，他們會看到上面的草率字跡有點歪斜，像是由一隻顫抖的手所寫下。

✦

結案陳詞五點開始，羅德斯法官表示他寧願晚些讓陪審團去討論決議，也不要再多拖一天。瑪莎先上場，她站到定位時，所有人的目光都聚焦在她身上。她沒有看稿，沃克可以想像她昨天一定演練到很晚。她的陳詞簡短，將事實重點一一條列。她提到星兒以及她所遭遇的悲劇。她提到萊德利姊弟，說他們應該得到正義伸張，但是不能懲罰錯人。然後她講到米爾頓，還有他無從反駁的罪證。她描繪出他可悲而切實的形象，讓陪審員聽得入神。她接著談及文森，請他們想像在十五歲的年紀進入監獄體系、身為一個恐慌的孩子去面對最陰暗邪惡的囚犯，會是什麼樣的感受。她講到他的後悔，說他拚命度過艱苦不堪的獄中生活。他是坐過牢，他是曾經出於自衛而殺人，他也許的確犯過無可原諒的錯誤，但這都不代表他殺死了星兒・萊德利。他的沉默不代表罪惡感，而是狂烈的自厭，讓他寧願為了別人所犯的罪受懲罰，也不願意待在一個被他殺死的孩子已經沒有機會生活的世界上。

✦

離法院一千英里外，羅賓在金花矮灌木叢裡摘了一朵黃花帶回房間。黛吉絲幫他把花壓平，然後貼到布告板上捷特的照片旁邊。她伸出一隻手臂摟著他，心思飄向別處。瑞克・泰德又想找她麻煩了，這次更過分，他是那種不知道何時該見好就收的小孩。他在她背後吐口水，跟她說是在幫瑪莉露出氣。她想起沃克，想起他叫她要乖乖的，於是她只是去廁所把襯衫洗乾淨。

那天傍晚吃完飯，黛吉絲帶羅賓去大院子裡盪鞦韆，在穿透樹蔭的陽光下把他推高。他瞇眼微笑，她跟他說他就是個小王子。

然後她準備送他上床睡覺，幫他刷牙，唸一章小豬韋伯和蜘蛛夏綠蒂的故事給他聽。

「他真是一隻有感情的豬。」羅賓說。

「沒錯。」

那天晚上，他們一起禱告。羅賓看了姊姊一眼，她叫他把眼睛閉好、手指併齊。

「我們今天為什麼要祈禱啊？」他問。

「算是掛個號。」

他睡著之後，她躡足走出房間。她經過一張張床，上面睡著一個個被遺忘的孩子，在這寶貴的幾個鐘頭間，他們對這世界而言形同不存在，可以暫時忘記自己的處境、神遊到別的地方。

交誼廳一片黑暗，只有電視發出微光。她上下轉台，轉到了她要找的新聞台，看著記者聚集在法院外。

她用對方付費電話打給沃克過。他聽起來很疲憊，告訴她說陪審團會考慮，他們姊弟隨時可以回去。所以她猜想應該就快了。

她的心思飄向她母親，還有過去的這一年、隨之而來的一切。

她轉頭看見弟弟站在門口，眼睛盯著她。

「妳不在床上。」

「對不起。」

他走過來坐在她身邊，他們看著電視上的景象，顯得離他們好遙遠，難以相信那和他們有關聯。

他們看著記者拖時間、電視台進廣告。她靜靜坐著，好奇她弟弟心裡在想什麼。新聞重新開始時，回顧了整場庭審，並且介紹他們的母親與文森・金恩已知和未知的背景細節。

判決結果的紅字閃出時，她坐直起來，心臟飛快狂跳。

「上面說什麼？」

「他們說他沒有殺媽媽。」

她微張著嘴巴，看著一個記者堵上其中一位陪審員。陪審員看起來很累，但還是擠出笑容。

他轉述海文角警長的證詞，說那位警長找到一起竊案紀錄，證明疑似用來行凶的武器不可能在文森．金恩手上。此前陪審團一直持中立態度，這份證詞給了他們改變中立的理由。

黛吉絲覺得胸口悶得難受，不得不用拳頭抵著腹部。「沃克，你他媽的做了什麼啊，沃克？」

羅賓靠近她身旁窩著，她親親他的頭，心中質疑著她原本對這個世界所有的了解。真相的概念、不可能實現的公平，她周遭的一切又再次歪斜傾倒。

然後他們看見了他。

羅賓站了起來。

螢幕上的人就是文森．金恩，由一個穿正式套裝配帆布鞋的女人陪同護送。

全國媒體的攝影機鎂光燈照亮了整個房間。無罪之人被帶上等候在旁的車子。

她瞥向她弟弟。「怎麼了？」

他抖動著，整個人不停打顫、掙扎著呼吸。

他哭了起來，褲子上出現了深色色塊，逐漸擴大。

她跪到地上。「羅賓，跟我說話。」

他搖搖頭，雙眼緊閉。

「沒事的，我在這裡。」

「是他，」他哭得上氣不接下氣。「我想起來了。」

她溫柔地捧著他的臉。「你想起什麼了？」

他的視線越過她望向螢幕。「文森把我關進衣櫃。我記得他說的話。」

她擦乾他的眼淚，終於跟他對上眼神。「他跟我說，他很抱歉他對媽媽做了這樣的事。他叫我什麼都別說，不然我會後悔。」他閉上眼睛啜泣，她將他緊緊摟住。

她帶他回房間，幫他在浴缸裡沖洗乾淨，然後換上乾淨的睡衣，哄他上床睡覺。

他很快就睡著了。

而黛吉絲卻開始收拾行李。

她在包包裡找到一張星兒和他們姊弟倆為數不多的合影之一。他們在院子裡赤腳大笑著。她將照片貼在布告板上，跟赫爾的照片一起。

她打開窗簾，迎來外面的星光，然後坐在他的床尾，她常常坐在這個位置，回憶他們共度的時光。她回想他的出生，他開始學走路、學說話。她想起他用各式各樣的方法把她逗笑，和他第一天上學，還有她在家裡的小院子教他丟足球。

她一直待到第一道曙光出現，因為他不會想要在黑暗裡孤身一人醒來。

她拖著背包來到門口，小心翼翼地打開門，然後又轉身回來。這次她忍住眼淚，直到無法呼吸，她咒罵自己，像個瘋子一樣拉扯頭髮，雖說她也真的是瘋了。如果她手上有刀，她會狠狠割傷自己。她活該受傷，她活該承受所有的痛苦。

她靠過去，在她弟弟頭上親吻一下，叫他要乖乖的。然後她悄悄溜出了他的生命，就像先前他身邊的許多人一樣。

39

沃克坐在桌前，找到抽屜裡的那瓶肯塔基威士忌，轉開瓶蓋灌了一大口。酒精的燒灼感讓他閉上眼睛。這實在不像是在慶祝。文森直接回家了。他一路在車上都沒說話，也沒有笑容，只和瑪莎．梅伊握了握手。沃克跟瑪莎說她表現得很好，兩人對上視線，他曉得她也知道。這是一場空虛的勝利，不管怎樣都沒能讓對手心服口服。地區檢察官當下是怒步踱出法院去的。

他又多喝了一點，直到夜色變得輕柔，他的肩膀垂下來，身體不再緊繃得令他筋疲力盡。

他看向面前的文件盤裡堆成高高一疊的紙張，已經累積了一年之久，大部分都是例行公事，他之前全然不管，只想著文森和達克。關於沃克辦公室裡的混亂狀況，他們在法庭上是真的沒說謊。

他把那疊紙拉過來，開始翻閱。有露安草草寫就的紙條、交通違規、破壞公物、擅闖私有土地。他覺得難以專注，不再認得這些曾經是例行日常的事務。他拿來幾張備忘便條，然後在便條紙間看到一位先前回電給他的大衛．尤托醫師的留話。

沃克在腦海中搜尋，挫敗感逐漸增強。然後他才想到了巴克斯特．羅根的驗屍解剖——文森在費爾蒙特殺死的那個人。

他看看錶，時間晚了，但他還是撥了號。

電話才響第一聲，對方就接聽了。原來這是尤托在職的最後一週，他在準備交接給比他小了二十歲、相較之下毫無經驗的繼任者。他們小小閒聊一下，沃克回顧了羅根的案子，尤托只花了一分鐘就找到檔案，他是個熟悉歸檔秩序的人。

「你還需要多知道什麼？」尤托說。

「我不知道……我想是細節吧。我只是在納悶——」

「我們以前沒有那麼一板一眼。沒有DNA可以查。我記錄了死因：頭部創傷。」

沃克啜了口威士忌，將腳蹺到舊辦公桌上。「所以就這樣，一記重擊，然後——」

「不只是一記重擊。羅根看起來不是那樣。」

沃克凝視著手中的酒杯。

「我記得是柯迪打的電話。當然，他那時候還很年輕，還沒接下他爸的衣缽。但他叫我不要在羅根身上浪費時間了。性侵前科犯在費爾蒙特並不受歡迎。我記錄了死因，然後就接著處理其他案子了。」

「他被打得……很慘嗎？」

尤托嘆息道：「雖然已經過了很久，但有些事啊，你就是忘不掉。他牙齒被打掉，兩眼的眼窩都裂了，鼻梁徹底斷到平貼在臉上。」

「但那是鬥毆。文森是為了保命而戰鬥。」

「沃克警長，我不知道你現在希望我說什麼。那是鬥毆沒錯，但是結束之後，羅根還挨打了很久。」

沃克的思緒轉向星兒，她斷了三根肋骨。他向尤托道謝，掛斷電話。

他吞了吞口水，仍然嚐到威士忌的酒味，但他喉嚨發乾，心跳開始失控。他起身離開警局徒步上路。此刻的夜裡，只看得見遠處的燈光照在海浪上，還有穩定穿越海灣的船隻。

他呼吸著鹹鹹的海風，慢慢地走，試著彙整思緒，但是他的念頭恣意奔騰，組成他不想看到的畫面。他沿著布萊斯伍大道走，沿路的鄰居都是他在那些年的夏天之前就認識的，當時這個城鎮還屬於他。

他停在日落大道的盡頭，看見文森在對街，身穿深色牛仔褲和襯衫，背對著他迅速行動。他原本想出聲叫他，但改而隔著遠遠一段距離跟上他。他好奇這個從死亡邊緣重獲新生的男人有什麼感受。

沿著街道往前走了兩分鐘後，文森爬過一堵光禿的灰色石牆，牆緣在柔和的街燈下呈參差鋸齒狀。他走到許願樹旁，沒有放慢腳步，只是迅速彎了一下身，然後又直起腰環顧周圍。

街道盡頭有一輛車，車頭燈上上下下照著丘陵。沃克移身躲進陰影中，而被嚇了一跳的文森繼續按著原本的步調走，遠離車燈光線，步入夜色。

沃克看著那輛車經過，然後他也爬過牆，落在高高的草叢間。他在樹旁摸索，然後拿出手機照亮樹根處。

樹根靠近泥土的地方有一個洞，小到足以讓人忽略。
他蹲下去伸手到洞裡，拿出了一把槍。

40

「月球上的那些足跡，」湯瑪斯．諾伯說。「是阿波羅太空船的太空人踩出來的，會留存至少一千萬年。」

她仰望天際時，不再覺得天空無窮無盡。她知道靈魂、知道預言、知道冥冥中的相會、知道一個即將臨到的新世界。她試著不要去想羅賓，不去想他那天早上是否帶著驚恐醒來。她嚥下一股苦澀的羞慚感，幾乎要哭出來。

「妳接下來要去哪裡？」

「我有事要處理。」

「妳可以留在這裡。」

「不。」

「我可以跟妳一起去。」

「不行。」

「我很勇敢。我為了妳被人打黑過一隻眼睛。」

「我會永遠感激你的。」

他們躺在他家院子的盡頭，背後的樹林投射出陰影。

「妳經歷了這麼多事，」他說。「這不公平。」

「你說話像個小孩似的。講公平這種事。」她閉上眼。

「妳知道這樣是不會有好結果的。」

一絲星光猶如血跡般從天空滲出。她沒有許願。對星星許願是小孩做的事，黛吉絲知道自己已經不是小孩了，她不曉得自己有沒有真正當過小孩。

「這些人，」黛吉絲說。「花了一輩子對著天上問問題，但上帝有出手干預嗎？如果沒有，他們幹嘛還要祈禱？」

「因為信仰。他們希望祂會干預。」

「因為要不是這樣，人的生命就太渺小了。」

他再度悄聲說：「我擔心妳會找不到方法回來。」

黛吉絲看著月亮。

「我以前會問上帝，為什麼我的手是這樣？之類的問題。我以前會祈禱，希望一覺醒來我就變正常了。妳知道嗎，那些祈禱都是浪費。」

「也許全部的祈禱都是浪費。」

「跟我待在這裡吧。我會幫妳躲起來。」

「我有事得做。」

「我想幫妳。」

「你幫不了。」

「妳想要我就這樣放妳孤單一個人走掉。這種事算是勇敢嗎？」

她握起他正常的那隻手，跟他十指交扣。她好奇著，身為他這樣的人是什麼樣的感覺：他的煩惱是如此輕微，他的母親在家裡安睡，他的未來是一片澄淨開闊。

「他們會找妳。」

「不會太積極找。不過又是一個靠社會福利金過活的小孩跑掉。」

「妳應該要被找到的。而且羅賓怎麼辦？」

「拜託。」她說話時已經離崩潰邊緣好近好近。「他們可能會來問你。警察那些人。他們可能會問你我在哪裡、我跑去什麼地方。你自己考慮要不要說，你知道怎麼做最好。」

「如果我說了呢？」

「你不會的。」

她一直在那裡躺到早上。湯瑪斯．諾伯的媽媽很早出門，穿著工作服，湯瑪斯打開後門時，她開著Lexus靜靜駛出車道。

黛吉絲進了諾伯家，洗了澡，吃了早餐穀片。

屋裡有個保險箱，湯瑪斯從裡面拿了五十美元交給她。她拚命想拒絕，但他還是把鈔票塞進她手裡。

「我會還你。」

她在包包裡塞了幾罐豆子和湯。她迅速行動，因為她已經看到雪莉比她行動得更快——電話響了，轉接到語音信箱。

他們一起聽著雪莉的留言。

「她聽起來很擔心。」

「她還有上千個跟我一樣的小孩要處理。」

她在門口看見準備搬上車的行李。湯瑪斯．諾伯過幾天就要去度假了。他會忘了她，他會繼續過自己的日子。這個想法讓她微笑了。

外面的街道正在甦醒，路的一端有垃圾車，郵差則從另一端過來。

湯瑪斯．諾伯牽出他的腳踏車靠在門口。「妳拿去吧。」

她準備拒絕，但他伸出一隻手放在她肩上。「就拿去吧。這樣妳在被找到之前可以跑遠一點。」

「我會變成誰都找不到的幽靈。我現在就已經是了。」

「我會再見到妳嗎？」

「會。」他們都知道這是謊言，但湯瑪斯沒有計較，往前傾身吻了一下她的臉頰。

她騎上腳踏車，包包掛在肩上，裡面裝著她在世上僅有的一切。

「後會有期，湯瑪斯．諾伯。」

她沿著車道騎走，往街上去，他舉起完好的那隻手揮了揮。然後她用力踩踏板，頭也不回，把明亮的馬路拋在背後，往黑暗而去，強風刮擦著她的臉龐。

一個鐘頭之後，她來到主街上。她將腳踏車靠在傑克森．霍利斯葬儀社門前，走了進去，中央空調強得讓她起了雞皮疙瘩。

「黛吉絲，」瑪格妲帶著微笑說。「真高興又見到妳。」

這間葬儀社是瑪格妲和她先生柯特一起經營的，他和他服務的亡者一樣有著慘白的膚色。他一定是跟某個人在忙，因為室內的布幕拉了下來，遮住棺木。

「我想拿回我外公的骨灰。」

「我還在想妳什麼時候會來呢。雪莉說她會帶妳過來。」

「她在車上。」黛吉絲瞥向對街一台停在視線死角的日產汽車。

瑪格妲回到後頭找了一下，一分鐘後才小跑步出來。

黛吉絲接過骨灰，轉身要離開，此時布幕掀開了，桃莉走出來，柯特跟在後面。黛吉絲溜到外面的人行道上，幾乎要走到櫻桃烘焙坊時，桃莉匆匆趕上。

「黛吉絲。」

桃莉把她帶進一間咖啡店，讓她坐在角落，自己則去櫃檯點單。

桃莉顯得老了些，妝容不再那麼完美，頭髮的捲度不再那麼精緻。她穿戴的還是名牌貨，香奈兒的包包和鞋子。

「我得說，看到妳回來真好。」

「可是呢？」

桃莉露出微笑。

「比爾的事我很遺憾。我本來不知道。」

「他已經有心理準備。結果沒準備好的人是我。」

黛吉絲的包包是開著的，裡面的衣服和罐頭都露了出來，她連忙把它拿近、拉上拉鍊。

桃莉悲傷地看著她。

「妳現在要怎麼辦呢？」黛吉絲問。

「把我丈夫下葬。除此之外，我還沒怎麼多想。我們本來計劃了旅行，有些地方我們想一起去。我不知道我能否自己成行。但他擁有美好的一生，我們除此之外所求無多，對吧？」

「湯瑪斯・諾伯跟我說起過公平。」

桃莉微笑著說：「我明白。」

「公平就代表事情是有人控制的。」

「我聽說那個人的事了，新聞有報。我想到妳和羅賓。也許湯瑪斯・諾伯指的是這個意思：同樣是活在世上，為什麼有些人將痛苦加諸於他人，有些人則只是試著努力求生。而這兩種人似乎總是會狹路相逢。」

黛吉絲想著桃莉——她的人生，她的父親，她被塑造的形象。「赫爾說那個男人就像我們家族裡的癌症。他的影響深遠，擴及我和羅賓，我的弟弟，我無法……」

桃莉伸出手覆住黛吉絲的手。

「也許妳就是沒辦法選擇自己要成為什麼樣的人。也許一切早已注定。有些人本來就是法外之徒，也許我們總是會找到彼此。又也許這一切都毫無意義。誰也沒辦法控制，除了願意起身而行、直取目標的人。」

「妳對正義的了解是什麼樣的呢，黛吉絲？」

「三指傑克。他騎了五百哩的路去替他的搭檔法蘭克．史戴爾報仇。」

「但妳認為那行動代表什麼？我指的不是嚴格的定義，而是妳認為，對那些受到傷害的人而言，那行動代表什麼？」

「代表一個終點。讓我可以重新來過。但我知道那樣不夠。」

「那麼對羅賓而言呢？妳覺得他想要的是什麼？」

「他只有六歲。他不知道他想要什麼。除了他身邊的事物之外，他不了解這個世界。」

「那妳呢？」

「我知道得太多了。」

女服務員拿來兩杯可可，還有一個小杯子蛋糕，上面插著一根蠟燭。她放下餐點，朝黛吉絲眨眨眼，然後回到櫃檯。

「生日快樂，黛吉絲。」

黛吉絲瞪視著蛋糕。「妳不需要這麼——」

「噓。一個女孩子的十四歲生日，可不是每天都有的事。妳得許個願。」

她發現桃莉真的很堅持，於是她傾身向前，閉著眼吹熄了蠟燭。

離開咖啡店之後，她們走在街上有遮蔭的一側。經過葬儀社時，黛吉絲牽了腳踏車走。

桃莉在自己的卡車旁駐足。「我有很多話想說。」

「但沒有什麼是我還不知道的。」

「妳要來家裡一趟嗎？我有些東西想給妳看。」

「不行。我得走了。」

「下次吧。」

「當然好。」

桃莉拉著她的手。「答應我，總有一天妳要過來。」

「我會的。」

「我知道妳會信守承諾。法外之徒言出必行。」桃莉看起來很脆弱，滿臉寫著擔憂關切，彷彿黛吉絲也算得上她該操心的問題。

「我可以去關心關心羅賓。」

黛吉絲點頭，下唇起了一陣微弱的顫抖。她應該要更強悍一點的，才能面對接下來的事。

「好好保重，黛吉絲。」

然後桃莉伸手到包包裡拿錢包，她開始數鈔票時，黛吉絲爬上腳踏車騎遠了。

她在主街尾端轉身。

她揮手告別，桃莉也揮起了手。

黛吉絲在下午一點到了萊德利家的舊地，她雙腿痠痛得像火燒，T恤整件濕透，頭髮也濕黏扁塌。她把車停著讓雜草淹沒，然後緩緩走上彎垂樹木下、一池死水旁的蜿蜒車道。

她想著羅賓，想著他現在有沒有上學、雪莉有沒有陪著他。當時她耗盡了全身的力氣，才沒有從半路回頭，回去跪下來將他抱進懷裡。她留著他的一張照片，是一年前拍的，頭髮還比較長的他微笑著。她爬上舊門廊階梯、坐在搖椅上時，把那張照片從包包裡拿了出來。

門口那裡有一塊告示板，寫著「蘇利文地產公司」，未來有一天，這裡會被拍賣出去，有其他人會搬進來照料這片土地，按著時序循環執行同樣的工作。

黛吉絲在遠處看見一群麋鹿，牠們一如往常聚集在丘陵底部。這片土地需要好好整頓。她想起孤獨地在這裡度過一輩子的赫爾。

她到紅色穀倉開了門，看見他的工具還擺在原處，都是對其他人沒有價值的東西。她走進陰影中，到了地毯旁邊，將它拉開。

她拉起地上沉重的活板門。汗水從她下巴滴落，但她終究把門板撐了起來，走下階梯。一間地下儲藏室。層架上擺著槍枝，還有一個來福槍的槍架。

地窖裡還有一把破舊的皮椅，這是赫爾獨處的地方。

旁邊有張小桌，桌上是厚厚的一疊信。她摸了摸，把最後一封抽出來打開，結果從裡面滑出兩張紙掉在地上。她撿起來看了看，發現是一張撕成兩半的支票。她把支票拼起來，驚訝得直嚥口水。一百萬美元的遠期支票。日期為預定開庭日之後兩個月。簽名很簡單，更像印刷體。理查．達克。背面她看到了文森的許可，名字就簽在赫爾名字的上面。

她把支票塞回信封。他們想拿這個堵住外公的嘴，但外公把它撕了。想到這裡，黛吉絲心裡暖暖的。

她站起身。

對面有一堆盒子。

她走過去，看到五顏六色的包裝紙時，不由得單膝跪地。那全是禮物。她查看上面的標籤，寫的是她和她弟弟的名字。每個禮物上都有日期，對應到她生命中的每一年。她坐到最底端的一級階梯上，拆開一份禮物。是個洋娃娃。再拆一份，是一組拼圖。她沒有拆羅賓的禮物。

她在最後一份禮物前躊躇，上面標示的日期是「那一天」。她小心翼翼拆開包裝，拿起盒蓋，看到裡面的東西時嚥了嚥口水。

她拿起那頂帽子欣賞。帽帶上有皮製的鉚釘，帽冠有氣孔，帽簷是四吋寬。她用拇指摩挲精緻的金色標牌。

約翰．B．史德特森。

然後她緩緩將帽子戴到頭上，尺寸完美符合。

她拿了兩把槍，一把是她的，一把是他的。她拿了一盒子彈，是他展示給她看過的那種。

拿完之後，她把所有東西物歸原位。她揹上包包，感受它的重量。

然後她到了他們以前偶爾並肩而坐的地方，讓他的骨灰隨水漂遠。

她打起精神，行了個舉帽禮。

「再見了，外公。」

41

沃克一整天都在躲避上頭打來的電話。

消息走漏得很快，他會被召去霍普金斯州長的辦公室，他們會討論他的職務調整，肯定是要提供他純坐辦公室的工作。今天已經來了三通電話，感覺像是他們假定他已不再適任。

他坐在辦公桌前，檔案攤在桌上，米爾頓浮腫的臉從照片中瞪著他。這個男人沒有家人可言，只有一個關係很遠的女性長輩住在傑克森的一間照護機構。他打過電話去，對方表示她不認識哪個叫米爾頓的人。

他抬頭看到她在門口，他試圖微笑，但這個舉動十分困難。

瑪莎將門在背後關上。

「你在躲我的電話嗎，警長？」她微笑著說。

「抱歉，我在忙。」

她坐下來，抬了一下頭並挑起眉毛。「真的？」

「我沒辦法面對妳。」

「我被你晃點了。」

「我不是存心的。」

她蹺起腿。「我不計較。我們參與這件事的時候，腦子都很清楚，對吧？」

「可我更多是從我的立場考慮，而不是妳的。」

「我接到一堆案子。有等著執行死刑的傢伙想要我幫他們上訴。算了，還是讓我處理沒出息的渣男和身心受創的女人吧。他們才是我的菜。」她舉起一隻手耙過頭髮，他看著她的每一個動作。

她伸手過去想與他相握，但他縮回了手。

「跟我聊聊吧。」她說。

「我們開始這件事的時候，我只著眼於結果。我只想看到文森重獲自由、時間倒流。那樣對我來說就夠了，那就是我要的結局。我病了，瑪莎，我的細胞正在死亡。我身上的症狀還只是早期階段，一切才剛剛開始。」

「我知道。」

「真的嗎？我讀了很多資料，跟醫生討論過，在醫院等候室看過其他病程比我更晚期的人。」

「所以你覺得？」

「我不想要妳當我的看護。我想要妳擁有更多，我一直是這麼想。」

她站起身。「你聽起來跟我爸一樣，好像我還是個不能決定自己心意的小女孩。這是我自己選的……你就是我的選擇，我以為你也選擇了我。」

「妳是。」

「才怪。你選擇了你自己，選擇了你那他媽的高尚又充滿依賴性的自我。」

他低下了頭。

瑪莎擦了擦眼睛。「我不是難過，我是生氣。你是個懦夫，沃克。所以你才等到現在。」

「我本來不覺得妳想見我。」

「哼，可惜你錯了。」

「對不起。」

「幹，別跟我說這句話。這麼多年來，你有機會跟我聯絡、來見我，該死，你甚至只要打個電話就好。結果是文森讓你行動了，一如往常。」

「這不是——」

「我跟你問起你記憶中的文森時，你強調的都是他的好，卻半點沒說他一次次把星兒害得多慘。他搞上的那些女孩，讓她那麼多次靠在我肩膀上哭。你會幫他掩護，甚至對我說謊。你總是幫他掩護。」

「那不代表什麼。」

「我知道，我只是說，你過去三十年來都在為別人而活。你現在該改變了。」她大步走向門口，然後停下來轉身，伸出一隻手指指向他。「等你忙完之後，等你自憐夠了、找回你的擔當，再打給我。」

門打開來，瑪莎和莉亞·泰洛擦身而過，後者轉身目送她離開。

「她還好嗎？」

他起身，在莉亞進來之後關上門，她坐在他對面的椅子上。她沒有化妝，頭髮放下來，臉拉得老長。

他坐進座位。

「你確定你想這麼做嗎，沃克？」

「確定。」

他看著她用一支拋棄式手機撥號。

達克沒有接聽。莉亞等到語音留言的機械音出現。

「我知道他們在哪了。打給我。」莉亞說話時聲音哽咽，掛斷電話的同時眼淚簌簌流下。

「等他回撥，妳就給他這個地址。跟他說這孩子跟黛吉絲是朋友，可能知道要上哪找她。」

沃克塞給她一張紙條，潦草的字跡只能勉強辨識。

「別這樣做，沃克。我會去跟波依德說，我會一五一十告訴他。」

他看著她，或說是她殘餘的部分，他努力不要恨她，卻做不到。他了解她所做的事和背後的原因。他有時候仍驚嘆於人為了保護自己的心之所愛，能夠做出什麼樣的事。

✦

她知道要往南走，去比較大的城鎮：普萊堡，那裡有巴士站。她不知道五十塊能讓她搭多遠的車，但她猜應該不夠遠。也許可以到愛達荷，幸運的話到得了內華達。她立刻決定不要想當天以後的事情，只讓眼前的任務推著她前進。

她騎在單線道上，放緩速度，坡度開始爬升時，她下車用推的；到了下坡路，她就順勢滑行，警覺地用手按緊煞車。

蒙特賽，彗星公園，一個個風景絕美的地點，隱藏在茂密的樹木與陰影裡。漂亮的房屋之間彼此相隔遙遠，有黃色的告示牌呼籲投票支持建設奇斯通油氣管，為停滯的城鎮注入生機。雜貨店外的幾輛卡車不過是迴光返照的微渺生機。

她在方圓兩哩內都毫無人跡的地方爆胎了。這個打擊讓她近乎落淚。她試圖繼續前進，現在腳踏車的車速很慢，每踩一次踏板都無比吃力。

她一面咒罵，一面將湯瑪斯．諾伯的腳踏車丟棄在傑克森溪的樹林裡。

她坐在一棵倒落的樹上，吃著已經發硬的麵包，喝著剩下的飲水，然後徒步繼續行進，不適合跋涉的運動鞋拉扯著她的兩腳腳跟皮膚。

她經過了農舍和拼布般的一塊塊田地，各種色調的綠與棕色並陳。三一教堂仍然有大鐘，敲鐘人也還在。她跟著一對老夫婦走了一英里，他們的裝備輕簡，拿著長手杖，帶著輕鬆的笑容。

她聽著他們的每一下腳步聲，儘管她一直偏離小徑，但至少能保持一些方向感。他們一定是要前往某個地方。她還是肯定她應該往南走。然後她跟丟了他們，再度發出咒罵，感覺自己軟弱又孤立無援。

她遇到一條又寬又長的路，路上沒什麼車。她停在路邊，抬頭望著天空。

然後那對老夫婦又出現了——來自卡加利的漢克和碧西，度假中的退休人士，住在汽車旅館，享受登山健行之樂，用他們垂垂老矣的眼睛欣賞新的風景。

她跟他們同行，跟他們說了半真半假的故事搪塞他們不斷的好奇心，說她媽媽生病了，她要去普萊堡的醫院看她。他們給了她一些水和糖果棒。

碧西說起他們的兒孫們，總共有七個人，四散在各地，一個在遠東地區從事銀行業，一個在芝加哥當醫生。脖子曬紅的漢克走在前方，彷彿在開路，幫兩位女士移開樹枝。

漢克注意到她走路有點蹣跚，趕緊讓她坐在草地上，從包包裡翻找出紗布，

「可憐的孩子。」

隨後他們繼續上路。漢克有張地圖，他指了指泰森湖的方向。

「又一個湖。」碧西一面說，一面對黛吉絲擠眉弄眼。

「我小時候住在一個叫海文角的鎮。」

「真是個好聽的名字。」碧西說，她有著適合健行的強壯雙腿，臉寬寬的，不甜美但帶有英氣。「妳對那裡印象還深嗎？」

他們走上另一條小徑，黛吉絲揮開面前的蒼蠅，說：「印象不深。」

他們越過七十五號公路，走了一條不比卡車寬的小路。漢克看起來很有目標，她沒有質疑他。他們住的地方距離普萊堡半英里，承諾會把她安全送過去。她終於走運了，終於。

「妳有兄弟姊妹嗎？」碧西問。

「有。」

黛吉絲看出碧西想繼續問，但對方一定從她哀傷的微笑和泛淚的眼睛裡看出了什麼。於是所有的疑問都在二人的心照不宣中隨風而逝。

又走了一個鐘頭之後，他們遇到了幾道柵門，門後彎彎曲曲的路爬升到極遠處，望不到盡頭。漢克說他們應該停下來休息一會兒，於是他們撥開忍冬和枯萎的野花。一幢雄偉的大房子出現在他們面前。他們走到屋前，看著比她的頭還大的石磚，還有繁複美麗的窗戶。

漢克四處探看，黛吉絲旁觀著他，同時抓緊自己的包包確認裡面的槍還在。

「這是艾塔威宅邸。漢克對建築很有興趣。」

漢克拿出相機，興奮地一連拍了十幾張照。

他們繞到屋後，看見一排長長的儲水池一直延伸到樹林裡。

「那兒有煙。」碧西指著遠處說。

煙來自空地旁的一個火堆。那裡有另一對夫婦，同樣的年紀，眼裡有同樣的神色，彷彿他們提前十年找到了天堂。雙方做了自我介紹。

南西和湯姆來自北達科塔州，他們有一台休旅車停在霍普金斯水壩，但是他們想來參觀艾塔威宅邸。

他們吃著火烤漢堡。黛吉絲想起羅賓，看了看錶，估計他現在應該孤零零在吃飯。他只願意跟她一起吃飯。她心裡忽然一陣難受，不由得摀住胸口。

日落時分，他們到了汽車旅館，普萊堡只剩二十分鐘路程。漢克塞給她滿手的糖果棒，還有新的一瓶水。碧西緊緊擁抱她，說會為她的母親祈禱。

黛吉絲走向市區，腳沒那麼痛了。黑暗降臨在後頭的山脈上，她看到幾點燈火，一間叫史達克曼的餐館和鮑伯戶外用品店。

她在街角找到了汽車站，就在一家車體修理廠對面，沿路停著光鮮閃亮的汽車，引擎蓋反射著街燈。車站櫃檯後面坐著個黑人女子。失望的是這裡沒有黛吉絲想像的那麼熙熙攘攘。她估計雪莉一定已經報了警，他們可能已經去農場看過，跟湯瑪斯．諾伯問過話，但未必有什麼發現。

「請問五十塊可以讓我搭到哪裡？」

那位女士隔著眼鏡打量她。「妳想往哪去？」

「往南。去加州。」

「妳自己去？妳看起來年紀不夠——」

「我媽生病了。我得回家去。」

她看著黛吉絲，在她的五官間搜尋些什麼，也許是說謊的跡象。但顯然她並不在乎那麼多，轉而扭頭看起了電腦。

「能到布法羅，四十塊就夠了。」

強化玻璃後面有張地圖。黛吉絲在上面找到了布法羅，看起來很遠，但是絕對還不夠遠。

「明早才會發車。妳要考慮一下嗎？」

黛吉絲搖搖頭，將錢推過櫃檯。

「我們要打烊了，」見黛吉絲一直看向那些有襯墊的長椅。「妳有地方去嗎？」

「有。」

她把票遞給黛吉絲。

「從布法羅接著我該怎麼走呢？」

她又看一眼螢幕。「去丹佛。車資八十塊。然後到大交匯城，轉去洛杉磯。路途很遠啊，小妹妹，也很花錢。」

黛吉絲離開巴士站。她身上有十七塊錢、裝著兩把槍的包包、一點食物和一套換洗衣物。在一間叫作歐蘇利文的酒吧外，她找到一具公共電話。她拿起話筒，但是發現她沒有任何人可以聯絡。她想跟羅賓說話，甚至不講話也好，只要在他睡覺時聽著。她想親一親他的頭，把他抱到身邊，雙臂環著他入睡。

她找到一座公園，裡面有一叢樹和遊樂場。她溜進樹叢，躺在草地上，從包包裡找出一件毛衣蓋著身體。

當整個鎮還在沉睡時，她走完剩下的半英里路，每一步都好沉重，她的每一束肌肉都在抗議。汽車旅館裡很安靜，連櫃檯人員都沒有，完全空無一人，只有「大藍天旅館」、「彩色電視」、「尚有空房」的招牌。她走過停車場，每扇門前都停了家庭型房車，深色磚瓦的低矮屋頂後高高冒出一叢樹。她移動到前面停了一台Bronco休旅車的房門前，房間窗戶的玻璃罩著網簾。車子掛著卡加利的車牌。漢克和碧西就住在這裡，他們開著窗，毫無戒心。

她放下包包，拿出裡面的槍。默默祈禱幾句後，從窗口跳進房間。

被單下蓋著的身影是漢克，他睡得不醒人事，爬一整天的山必然會有這種結果。光線正好讓她足以走到椅子邊，他掛著褲子的地方。她翻找口袋，掏出錢包，看到一張照片，上面是一群笑得很天真的孩子。從裡面往外掏錢的時候，她緊張得連氣都不敢喘。

然後她看見碧西，她睜著眼睛，一臉悲傷。黛吉絲的手伸向背後，摸索塞在牛仔褲裡的槍。那位老太太什麼也沒說。

黛吉絲離開時心都碎了。

她的任務就是要提醒他們，讓他們知道這不是一個良善的世界。

42

沃克坐在一輛租來的車上，停在海伍德大道盡頭。

這裡有一排家庭式獨棟房屋，氣派豪華，造價不菲，車道上停的都是德國車。他身穿制服，但是在座位上縮得很低。他旁邊的座位上堆滿空咖啡杯，沒有食物。他開了一千英里的路來到這裡。他想過要面對自己的恐懼改搭飛機，但他需要帶槍，所以決定把飛機這個選項留到下次。

諾伯家的房子空無一人，湯瑪斯和家人一起去了一年一次的度假。黛吉絲跟他說過他們每年夏天都會去佛羅里達。沃克把那個地址給了莉亞．泰洛，知道達克夠聰明，會事先做調查，不會跑去一座偏僻的農場撲空。

沃克手邊沒有報紙、沒有書，完全沒有能讓他從眼前任務分心的東西。一個鐘頭前他才吞了幾顆藥丸，他的肌肉痠痛得很，不斷抽筋，他只想要躺下來讓這陣折磨過去。

這是他身為警察的最後一個任務，在幾十年的一事無成之後，算是最後努力畫個句號吧。他不去想瑪莎，不去想文森，還有海文角逐漸展開的混亂。這是為了萊德利姊弟，他要保護他們的安全，他要為了星兒和赫爾做到。他不知道達克回電給莉亞時，人在多近的地方，但他猜達克離蒙大拿並不遠。黛吉絲和那捲影帶，就是達克挽救傾頹帝國的最後機會。

沃克感覺好疲累，就像在酷寒的夜裡蓋著一條厚重溫暖的毯子，讓他的睡意越來越深，眼皮越來越重。藥的副作用之一是嗜睡，但他想他已經將近一年沒有好好睡過，所以現在應該也不至於睡著。不過，他還是打了個呵欠，然後慢慢地閉上了眼睛。

✦

湯瑪斯．諾伯躺在床上看電視時，突然停電了。

他沉默地站起來，四下安安靜靜，只有房子本身的聲音：走廊上的時鐘、熱水鍋爐穩定的嗡嗚。他站起來，才走了一步就絆到他已經收好的行李。每年都一樣，他爸媽會把他丟去夏令營，他們自己去佛羅里達度假，他則在離家八英里的地方作沙畫和紮染T恤。所以他趁夜溜回來，穿過樹林跑進院子，在車庫裡找到備用鑰匙。等到早上就會東窗事發，但那時他就會在前往加州的路上了。他要去跟隨她，幫助她。

他的心臟狂跳，他將一隻手放在胸口，試圖保持冷靜。他仔細傾聽，但什麼也沒聽見，被黑暗嚇成這樣，他覺得自己蠢透了。他走到窗邊，看到鄰居家亮起來，門廊的燈閃爍著。他知道總開關箱在哪裡，也知道跳電時該怎麼辦。

聽見玻璃破碎聲時，他已經走到樓梯上。

他僵住，像是生了根一樣立在原地，一根肌肉都動不了。

他聽到鑰匙轉動、門被打開。

腳步踩在玻璃上的碎裂聲。

他知道他爸爸有槍，鎖在辦公室裡。但他也知道他沒有勇氣拿槍瞄準人或是開火，就算他兩隻手都健全也無法。

腳步聲再度響起，先是重重踩在廚房地板上，接著輕輕經過鋪了地板的走廊。他想大聲喊叫，讓對方知道家裡有人，說不定能把他嚇跑。他們這裡是高檔街區，房子都很氣派，他媽媽有不少珠寶首飾，說不定就是因為這些才被壞人盯上。

他吸了口氣，踏著樓梯每一階的邊緣，迅速從頂樓來到二樓，到他父母的房間。他首先拿起床頭桌上的電話。

拿起電話，沒有撥號音。

他跑向窗邊，想要大叫，但是又聽到腳步聲，這次更接近了，就在樓梯底端。他的腦子飛快地動起來，他看看樓層高度，判斷自己若是跳下去，起碼會摔斷一條腿。

他急忙轉身四下環顧，看到床底下有個空隙，也知道衣櫥裡有空間。但最後他決定去客房。樓梯上出現了人影。他趕到客房、溜向門後、緊貼著牆壁時，才敢回頭看。他好想哭，但是又拚命忍住，他覺得不管闖入者是誰，對方也許都以為屋裡沒人在家，會拿了想要的東西就離開。

「湯瑪斯。」

他閉上眼睛。

「我知道你在這裡。我從樹林裡就開始觀察你了。把我需要知道的事告訴我，我就會放過你。我保證。」

他想大喊，想問那個男人到底要什麼，然後立刻毫無異議地照著他的話做。但隨後那個男人又出了聲，於是湯瑪斯·諾伯感覺自己的血凍成了冰。

「黛吉絲·萊德利。」

是那個開凱雷德休旅車的人：達克。

湯瑪斯·諾伯慌亂地四下張望，找不到任何派得上用場的東西，沒有任何夠重或夠尖銳的物體，沒有什麼能幫他爭取到寶貴的幾秒鐘。達克就要找到他了。

他想到黛吉絲，想到他第一眼見到她的時候，還有她經歷的一切，他們跳的第一支舞，她第一次親吻他。他之前沒有辦法幫助她，但他現在有機會了，他可以證明自己。他也可以當個法外之徒。

他看著那個身影踏過門口，龐大得像一頭他媽的怪獸。它接近時，湯瑪斯·諾伯深吸一口氣，縱身衝過黑暗。

一聲槍響。

沃克頓時醒過來，連忙跳出車外，起步奔跑。

玻璃破了，門敞開著，他快步衝過去，拔出槍來一一檢查每個房間。他爬上樓梯，那孩子縮在地上，背靠著牆，膝蓋縮在胸前。

「你有受傷嗎？」

他搖頭。上方的石膏板裂開了，半塊天花板不翼而飛。代表警告意味的一槍。

「他在哪？」

「後門。」

沃克奔下樓梯。他四下環顧，看到了草地盡頭的柵欄。他跑著躍過柵欄，發現自己置身於屋後的樹林。他跟著一串模糊的足跡，槍舉在面前，穿過濃密樹叢的月光灑下碎玻璃般的銀點。

「達克！」他大喊，沒有聽到任何回應，於是他繼續跑。

他跑過高聳的樹木，夜色徹底漆黑，讓他看不見背後的房子。

然後他在前方瞥見了那個身影，挨著一棵樹緩緩移動。

沃克舉起槍。

他雙腳岔開站穩，雙手鎖定位置。

他開了一槍。

那個龐大的身影倒下了。

他慢慢前進。

他靠近時，達克已經重新靠著一棵樹撐起身體，手中空無一物。

沃克看到槍落在離他一兩呎遠的地方，他彎腰將它撿起。

達克費力地喘氣，槍傷在他肩膀，雖然痛苦，但不會要他的命。

沃克轉頭回望，沒聽見任何動靜。鄰居應該很快就會報警了。

在那一刻，沃克感覺不到身體的刺麻顫抖，只全神貫注於任務。他的任務，他的一席之地。這兩者他都還沒準備好要放棄。

「沒想到你會來。」

「該做個了斷了吧，達克？」

「好啊，沃克。」儘管敗局已定，他的聲音依然平靜、毫無情緒。

「這段時間你一直躲著。」

「我是在療傷。我欠了一些人錢。他們咬著我不放。你被人開槍打中過嗎，沃克？我現在有兩次經驗了。」

「我有很多疑問。」

達克沒有按住傷口，就這麼讓血流下他的手臂，從手指滴落。

「我們找到米爾頓了。他的屍體被漁船鉤住。」

達克仰頭盯著他。

沃克繼續。「他抓到了你的什麼把柄？」

「他喜歡拍照。」

沃克點了點頭。

「他只是想要朋友，一個能跟他一起去打獵的人。所以我就去了。沃克，我們都是比較孤僻的人。僅此而已。」

沃克想到了瑪莎。

達克握緊拳頭，血流得更快了。「難道這也有罪嗎？」

遠方傳來警笛聲。

「我知道瑪德琳的事。」

達克吞了吞口水，這是他第一次流露出感情。「她現在十四歲了。」

「跟黛吉絲・萊德利一樣年紀。」

「我並不想去找那孩子的麻煩，可其他辦法我都試過了。」

「那赫爾呢？」

「他沒給我說話的機會，一見我就拔槍了。」

「你是殺人凶手。」

「跟你的朋友一樣。」

沃克退後一步，那股暈眩感又回來了。「文森……」

「悲劇就是有辦法讓罪人變成聖人。相信我，沒人比我更清楚。」達克大口喘著氣，痛楚十分劇烈。「屋裡那個男孩子，我沒傷害他。」

「我知道。」

「別人看著我的時候，因為我的樣子，他們會有某些特定的印象。不過這沒關係，反倒能幫我完成很多事情。」

「你謀殺了星兒．萊德利。」

「你現在還這樣相信嗎，沃克？我請她幫個忙，幫我跟文森說情，說服他賣房子。我才提起他的名字，她就發了瘋似的對我拳打腳踢。她就是這麼野。」

「你和文森達成了某種交易，結果你搞不定，因為你給不了高價。」

「我是個言而有信的人，不信你去問文森，他會告訴你的。」

「聽你的口氣好像你很了解他似的。」

「也許我確實了解他。也許因為星兒告訴了我一些事情。她喜歡喝酒，有時也嗑藥。告解這種事不是只發生在教堂裡。」

「你在說什麼？」

「文森……他不是你想的那樣。」

沃克注視著他，想從他的表情中確定這是不是真的，或許他並不希望是真的。

達克的呼吸變得短促。「我買了人壽保險。保險金夠讓瑪德琳活下去。」

「說白了永遠是為了錢。」

「自殺是領不到保險金的。相信我，我查過。」

「所以你就借警察的手自殺。」

「看你怎麼說了。」

「她難道不需要你嗎？」

達克閉上眼睛，然後又重新睜眼面對這一切的痛苦。「一個孩子能有大人陪著總是好的，可她情況特殊，她現在待的地方，就是她所需要的。也是所有我能給她的。」

「她那個病不容易好。」

「他們無法確定。會有機會的。每天都有奇蹟發生。」

沃克不確定他是否真的相信，但猜想他就是靠著這個念頭撐下去。

「開槍吧。」

沃克緩緩搖頭。

「把我的槍放到我手裡，然後對我開槍。」

鮮血還在滴落。達克身材很壯，又高大又強壯。

「他媽的，開槍吧。拜託。他媽的對我開槍吧。我殺了那個老人。我追著那個女孩不放。拜託。」

沃克低頭看著他手中的另一把槍，他聽見背後的聲響，還在遠處，但逐漸接近。

「我不能那樣做。」

「行行好吧，沃克。你的上帝會理解的。」

沃克搖了搖頭，一點也看不清何謂正確的事、公平的事。他想到瑪德琳，一個他不認識的女孩，然後又想起他所認識的黛吉絲。

他朝達克走近一步。

「給我女兒一條活路吧，沃克。你可以的，你做得到。」

沃克又走近一步。「他們會把你抓去關。」

「總有一天我會出來。然後我又會去找黛吉絲，這次單純就是為了復仇。我會一槍射死她。」

沃克一眼就識破了他的激將法。

「幹，拜託，沃克。你要是讓警察把我帶走，我女兒就死定了。我現在沒錢了，一無所有，我付不起讓她活下去的費用。」

沃克站在原地，手裡的槍重到他幾乎握不住。

「你得把你的指紋擦掉，」達克將頭靠在樹上，眼中含淚。「我的口袋裡有一把鑰匙，我在海文角外面有一間倉庫，在西蓋爾。裡面是我希望瑪德琳拿到的東西。總得讓她知道我們吧。」

沃克注視著他，不發一語。

「我們沒時間了，動手吧，沃克。給我女兒一個機會。」

沃克擦拭了達克的槍，然後彎身將槍交給他。

達克舉槍時皺起眉頭，然後將槍口轉向遠方，扣下扳機。

槍響的回音在沃克耳中迴盪，他舉起了自己的槍。

達克點了一下頭。

沃克扣下扳機。

43

黛吉絲經過了一個個城鎮、遺世獨立的山脈，還有一片湛藍的天空，有時藍得彷彿將她帶回海文角無邊無際的大海。

搭車時，每一次顛簸都疼入骨子裡，公路在地表上宛如一道疤痕。這是她外公曾經拋下生命中唯一的幸福遠走高飛後來到的地方。

他們在各個城鎮停靠，乘客來來去去，安靜而易被遺忘的老人、帶著背包、地圖和旅遊計畫的年輕人，還有不斷放閃的情侶，讓黛吉絲忍不住別過頭。司機是一名黑人男子，在整台巴士上的其他人睡著時對她微笑，只有他們兩人看見一個便車客被科羅拉多的黎明日光圍繞的身影。

沿途有拋錨的卡車，男人在掀起的引擎蓋下彎身，同行的女人看著銀色的巴士經過。還有餐館、警車、林肯轎車，以及一輛基本上哪兒都去不了的加長型轎車。

在凱羅加平原停車時，有個帶著吉他的男人上了車，問幾位乘客是否介意他來點音樂，他們搖搖頭，於是他唱起了關於黃金夢鄉的歌，他的聲音很粗，但是歌聲中有些什麼彷彿掀開了舊巴士的車頂，讓星光照進來。

只有在那一夜，當月亮沒入阿塔亞峽谷、司機放慢車速並調暗燈光，黛吉絲才允許自己想起羅賓。這個念頭刺痛了她，不是她在某人留在座位上的雜誌裡讀到的那種「甜美的刺痛」，而是一種生猛殘暴、將你的靈魂開膛剖肚的痛，強烈到她得要彎身喘氣，伸手到包包裡拿出飲水，對著瓶子淺淺呼吸。司機對上她的目光，他眼裡充滿了徒勞的關切。她不會好了，她的心從此再也無處安放。

到多塞羅郊外某處時，她的錢快花光了。那個地方凸起的山丘上有著圓坑，一座火山拔地而起，綠樹中間是寸草不生的紅土地，紅到她忍不住彎腰去摸。

她在七十號公路上的一間加油站找到電話亭。河流向前奔湧，從洛磯山脈奮勇流向墨西哥，以及更遠的地方。她打了對方付費電話，接線生幫她轉接到一個感覺離她很遠的世界。謝天謝地，是克蘿黛接了電話，她拚命閃避了關於回家和警察和惹麻煩的話題，她勉強撐到克蘿黛告訴她說是的，他很好。然後克蘿黛說要去找他，叫她稍等。聽到弟弟的聲音後她便掛斷了電話，頹然靠在磚牆上。這裡不管要去哪都有好遠的路，像她這樣的年紀顯然不適合獨自旅行。抬頭看天，一場暴風雨在所難免，她躲不掉的。羅賓在電話裡說了聲「喂」，聲音很小，像在說悄悄話，而她竟一個字也說不出口，哪怕為自己所做的事和即將去做的事說一句對不起也好啊。

她用最後的兩塊錢買了牛奶和一個乾巴巴的貝果。

而後她在路邊一坐便是四小時。太陽沿著弧線往上爬，像時鐘的指針，將時間從早晨推向熾熱的下午。加油站裡有個顧櫃檯的女人，疲累地低著頭，在櫃檯後藏了本雜誌。她戴著大大的眼鏡，襯衫上有一塊污漬。她把廁所的鑰匙借給黛吉絲，同時快速地微笑一下，彷彿她了解這女孩的處境，而且看過許許多多像那樣的人。

廁所裡臭得要命，每面牆上都畫滿塗鴉，像是「湯姆與貝蒂．蘿瑞到此一幹」的浪漫宣言，和招攬尋芳客的電話號碼。黛吉絲小心地脫下T恤和牛仔褲，用洗手乳洗澡，然後用紙巾擦乾。她的眼睛滿是倦意，她用冰冷的水潑在臉上。

回到外頭，她看著許多卡車司機，試圖純靠直覺挑出一個正確的人選，儘管她的直覺過去也沒幫她做出什麼正確的選擇。

過了一個小時，她挑中一個穿格子襯衫、上唇有鬍髭的大塊頭。他開著一輛乾淨的拖板車，引擎蓋上寫著「安妮貝絲」這個名字，兩側畫了愛心。

她向他走近，他露出笑容，看看她沾濕的頭髮、牛仔帽、小包包、和四十幾公斤的身形。

「妳要去哪？」

「可能去拉斯維加斯吧。」

「拉斯維加斯，哼。」

「對。」

「妳是逃家嗎？」

「不是。」

「我可能會惹上麻煩。」

「我沒有逃家。我十八歲了。」

他聽得笑了。

「我會經過魚湖。」

「那是啥地方？」

「在猶他州。」

「那還好。」

車程中，她從居高臨下的視點看著世界。車裡有皮革的味道。那個大塊頭叫作馬爾康，這名字聽來像是他爸媽對他寄予厚望。擋風玻璃前有一株盆栽，她覺得這是個好跡象。還有一張照片，是個年紀不比她大的女孩，旁邊陪著一個成年女子。

「那就是安妮貝絲嗎？」她問。

「我女兒。」

「真漂亮。」

「當然。那照片舊了……她現在十九歲，在讀大學，主修政治學，」他的每個字都透著驕傲。「我每天晚上都會跟她聊聊。她實在是，真的很聰明，我們都不知道是遺傳到誰。上天的恩賜吧。」

「旁邊的是你太太？」

「曾經是。我以前太愛喝酒。」他指著玻璃前的一個徽章。「現在已經戒了十八個月。」

「也許她會重新接受你。」

「還不知道。我有個仙人掌盆栽，我養它養了六個月，之後就隨緣了。都說覆水難收，對吧？」

她看著那株仙人掌，早已死透了。她不曉得他知不知道要把仙人掌養死有多難。

他試著問她幾句話，她什麼也沒透露，於是他放棄，拉下遮陽板擋住刺眼的光線，然後開過一哩又一哩的路。

她睡著了一下下，醒來的時候嚇著了，他連忙跟她說沒關係。她看見紅色的岩地，還有被陽光烤乾的黃色和橘色，夕陽沉落在一條好長好直的路上，她懷疑自己是不是作了夢才看到如此景象。

到了一處卡車休息站，他跟她說就載她到這裡了。她向他道謝，他祝她平安。

「回家去吧。」他說。

「我正要回去。」

✦

在一座名字不怎麼清晰的小鎮近郊，黛吉絲頂著一片銀白的天空往前走，她的雙腳好沉重，光是要繼續移動就耗盡她全身的力氣。路旁左右都是高高的樓房，越往前走就看到油漆的顏色變得越淺。她經過黃色的花盆、幼小的樹苗、凋零的商店、飄蕩的噪音，街道對面有一間酒吧閃爍著霓虹燈。心裡有股聲音叫她不要進去。她站在原地，肩膀的皮膚被包包拉扯著，累到視線模糊，街燈變得朦朧。過馬路時的每一步都不受控制、難以對準方向。她斷斷續續喘氣，不知道該如何繼續撐下去，她的雙手因為負重而發麻，只有對羅賓的回憶偶爾點亮她的心胸。對於那個偷走她過往生活的男人，她則是滿腔怒火與厭恨，他就這樣漫不經心地丟掉了她的人生，像把垃圾扔在風中。

她不顧理智判斷，推開門勉力走進酒吧，裡面的男人和幾名女性讓開一條路，燈光一片鮮紅。她向老邁的酒保點了一杯可樂，然後才想到她錢不夠了。她在掏口袋的同時，他已經把飲料放下，完全讀出了她的心思，好意地將飲料推向她。她幾乎已經忘了還有這種善意存在。

她找了個角落放下包包，坐在一張矮凳上，閉著眼睛享受甜甜的飲料。一個帶著吉他的男人坐在另一個角落，向常客打招呼，跟他們一起彈唱，眾人在旁欣賞，不時發出笑聲。他們全都唱得不成調，但黛吉絲直盯著他們，彷彿已經好久好久沒有聽過音樂。

片刻之間，她閉上眼睛，抹淨了臉上的塵土與汗水，看見她的母親將羅賓舉向星空，把他當成天賜的寶物，而不是另一個錯誤。

然後她發現自己站了起來，再次走過為她讓道的人群，女人把她當成小孩般看待，男人則用觀賞奇珍異寶的眼神看著她。

她經過撞球桌，聞到香菸、啤酒和一群疲憊男子的酒氣。他們並肩相靠，有些人隨著吉他樂音搖擺。

音樂結束時，她走到了那個角落，吉他手向她行了個舉帽禮，她也回禮。

「妳想唱歌嗎，小妹妹？」

她點點頭。

「沒問題。」

她找了個座位，往外看了看在場每個人，有些人對她微笑，有些人不帶笑容。

她湊過去悄聲說話，因為她不記得曲名，只記得歌詞，但那個男人聽懂了，他的笑容像是覺得她的選擇很不錯。

他彈奏起來，她靜靜坐著、閉上眼睛，錯過了開始跟唱的時機，但他似乎不介意。群眾中有人竊竊私語，但接著就靜了下去，她讓吉他的和弦將她帶回一年以前，當她的母親還是一個她觸手可及的對象，雖然難以捉摸，但還是有著存在感。她看見她的弟弟、還有外公，他充滿補償意味的慈愛讓她屏息。

她開始唱起來，歌聲中飽含著舉步維艱時對他們的思念。人群中的談論聲漸漸平息，喝酒的人們紛紛轉身看著這個小女孩。她的聲音彷彿打開了天堂之門，她炙熱的靈魂毫無保留地展現在眾人面前。吉他手被深深地感染了，弦聲幾乎跟不上她的歌唱。

她好似來到了街上，窮途潦倒、失魂落魄，黑夜已經降臨，痛苦肆意瀰漫。

她不懷任何幻想，仇人的血無法滌淨她，但她還是會行動，她無法不這麼做。

一曲終了，酒吧裡鴉雀無聲。老酒保從吧檯後面走出來，給她一個裝滿鈔票的信封。她皺眉，但他指著一個告示牌，上面寫著「每月歌唱比賽」，獎金是一百元。

她沒有等著聽眾人的喝采，因為喝采之聲終將響徹這寂寞的夜晚。她拿著包包離開酒吧，朝著汽車站的方向走去。

這是一條永劫不復之路。

一個女孩踏上了這條路，要去扭轉她一輩子所有的錯。

44

沃克花了一天一夜的時間處理事件的餘波。

艾佛郡警局向他問了話，他透露的內容很少，他們還在試圖查明達克為什麼闖進諾伯家。沃克無法提供更多訊息，他說他累了，還生著病，他接下來幾天會再寫完整份報告。他不會提到黛吉絲和影帶，他會找個更合適的理由。

他爬進租來的車，開去找個能睡覺的地方。他找到一間五十哩內沒有人跡的汽車旅館。他在陳舊的房間裡爬上床，想到了現在下落不明的黛吉絲。他的身體顫抖時，他不再抵抗，就這麼投降。他的褲頭寬鬆，儘管他已經在皮帶上打過三次新的孔。如果他望進鏡中，他會看到蹙眉取代了原有的笑容。人們都說他永遠不會變，他也如此堅持著。

他在床邊的抽屜找到一本聖經，還有紙筆。他接受命運安排，寫起了辭呈。還有問題懸而未決，或許永遠不會有答案，但他會努力，為了那對姊弟，他會繼續努力。

他打給瑪莎，但被轉接到語音信箱，於是他留了那種含糊支吾的語音訊息，跟她說他沒事，他知道她不會相信，但他最後保證會再打電話，等他補完眠之後。他也說了他很抱歉，為了他可能無法彌補的事而道歉。

他的手機在九點鐘響起。

他預期會聽到瑪莎的聲音，但來電者是鑑識實驗室的塔娜．雷果斯。他這次沒有逼問得太緊，只問她能不能低調完成檢驗。

「我還欠你幾份血跡鑑識。但上個月我給你留言了好幾次。」

「抱歉，我在……」

「總之，我優先處理槍的部分。」

「達克房子裡的血跡。是米爾頓嗎？」

「不，其實不是他。那是動物的血，不是人血。」

沃克伸手耙過頭髮，同時想著跟達克一起打獵的米爾頓，結束行程後回到後者的住處。「是鹿嗎？」

「有可能。」

「好吧。」

「你還好嗎，沃克？」

「那把槍，妳有什麼發現嗎？」

「被擦拭過，但是我們設法採到一個局部指紋。」

「文森．金恩的嗎？」他屏住氣息，房間開始旋轉，一切成敗端賴這一刻。

「不，並不是。」

沃克接受了這個答案，他累到甚至連脈搏都沒有加快。

「指紋很小。」

「是女人的？」

「小孩。很小的小孩。」

沃克閉上眼。他腦裡的拼圖開始歸位，手機從他手中滑落。他痛苦不堪、深受打擊，幾乎連頭都抬不起來。

他謝過塔娜，然後撥了文森的號碼。

文森在電話響到第二聲時接了。他也成了夜貓子，再也睡不好的那種人。

「我知道了。」

他聽見文森吸了口氣。

「你知道什麼？」文森淡淡地說，他不是在質疑，而是接受。

「羅賓。」那男孩的名字懸在空中，伴隨著去年發生的一切，還有更久之前就已經失去的事物。沃克走向窗邊，看著無車的高速公路與無星的夜空。「我找到那把槍了。」

他們兩人之間懸著漫長的沉默，一如往常。

「不打算跟我說說嗎？」

「我背負著兩條人命，沃克。但我只能容忍其中的一個。」

「巴克斯特．羅根。他是罪有應得，對吧？」

「你會以為我做的事應該能讓那個女生的家人高興，我解決了那個毀掉她的禽獸。也許吧。

我知道自己做了什麼，我不後悔。可是希希不一樣。我的每一次呼吸都該屬於她。是我從她身上偷來的。」

「告訴我發生了什麼事。」

「你已經知道了。」

沃克吞了吞口水。「那男孩射殺了自己的母親。」

文森不吭聲。

「但他本來瞄準的是其他人。」沃克悲傷地說。

「對，是達克。」

「因為黛吉絲燒了他的俱樂部。保險公司不肯賠。那你怎麼會出現？」

「我看到他的車繞回去。我聽到槍響，一進去就全都看見了。那個男孩在衣櫃裡，一定從門縫裡看到了整個過程，看到他母親在達克翻箱倒櫃時不斷慘叫。也許他以為她被打了。他拿槍瞄向衣櫃外面，閉著眼睛扣扳機。我到的時候，他都還閉著眼睛。」

「達克。」

「達克原本可能會殺了他。他身上沾了她的血，那孩子是唯一的證人，不管說了什麼證詞，達克都在現場，肯定逃不了了。」

沃克將頭靠著窗玻璃，外面下起了毛毛雨。他想到達克，想到他為人處事的一貫作風。也許他真的可能殺了羅賓，只是沃克不太相信，但現場情形確實對他不利。「你跟他是怎麼串通的？」

「我跟他說我會把責任全扛下來。我會頂罪，警察不會找其他人。就當他從沒去過那裡。」

「他答應了？」

「不。他是有條件的。條件就是房子，沃克，他要的是我的房子。所以我給了他，讓他買下來，只要他放過那孩子。」

「你為什麼不乾脆認罪？」

「如果認罪，我就要一輩子待在牢裡。不認罪還有揭開真相的機會。這是一場贏不了的官司，太多謎團，比如槍的去向。」

「你把槍藏起來了。」

「達克拿走了。他怕我改變主意。」

「你幫羅賓從窗戶爬回去，然後洗了手。該死的，文森。」

「在牢裡待了三十年，總該學會如何處理犯罪現場吧。」

「你主動頂罪，卻又保持沉默。」

「你們的問題不需要回答。我越是保持沉默，看起來就越是有罪。只要我一開口說話，你們就會死死咬住我，槍去哪兒了，這我沒辦法解釋。儘管讓他們給我來一針好了，三十年前就該這樣。」

「希希的死不是謀殺。」

「沒什麼兩樣，沃克。你只是不願接受罷了。我現在已經準備好了。我想回去，回到牢裡去。但服完刑期後，赫爾說他很高興我進了監獄受懲罰，死亡太便宜我了。」

「達克籌不到錢買你的房子，他湊不到頭期款和稅金。在黛吉絲做的事之後。」

「這我倒不知情。可他隨後給我寫了封信。」

「那封信我看過。」

「是。」

「你一定很生氣吧？」

「沒錯，一開始很生氣，不是因為我……而是因為錢的問題。我需要那筆錢。」

「他因為不能兌現諾言，就把槍還給了你。他很守信用，對吧？」

又沉默了許久。

「人是複雜的動物，沃克。你以為你看透一個人的時候……他給了我一個我正好需要的藉口。」

「有時候夢想確實可以成真……我想起了那棵許願樹。」沃克彷彿在對自己說，他試著微笑，可離成功卻只差一步。

沃克想著電話另一頭的文森。他納悶著對方被折磨得有多消沉，曾經的那個孩子是否還存在於他心裡。「你就賭那個男孩不會記得。」

「我看到他那個樣子，失了魂似的，跟周遭世界脫節。我認為他不知道發生了什麼事。所以我告訴他，是我幹的。這樣就夠了，只要讓他產生這個懷疑，其他就讓別人去處理。幹，這是他應得的。我試著救過她，幫她壓胸做人工呼吸，能做的我都做了。」

沃克想到星兒斷裂的肋骨。他想到達克和瑪德琳，還有命運殘酷的魔掌。

「你為了我說謊。你站在法庭裡，戴著警徽說謊。你認得自己變成了什麼樣子嗎，沃克？」

「不認得了。」

「你救不了一個不想被救的人。」

電話裡安靜了好長時間。

「你跟瑪莎怎麼樣？」

沃克勉強微笑出來。「這就是你指定要她來辯護的原因？」

「所有的悲劇都是從那一晚開始的，沃克。大部分都是我無法挽救的。」

沃克想到羅賓。「我曾經想要回去，重來一遍。但是現在我只覺得累，他媽的累。也許你做的是件好事。」

「我對萊德利一家人有虧欠。他也許不記得，他還小。我可以用自己的死讓他重獲新生。這件事有機會永遠不被知道。」

「你差點拿自己的命來換一個機會。」

「我不能讓他變成又一個我。」

45

沃克駛過最後一段車程，每一哩都是他不願再涉足的路。他一輩子都害怕改變。現在的他殺過人。儘管外在沒有任何改變，他知道不會有。海灣的壯闊風景朝他逼近，他的目光望著破碎的海岸線。

離開家二十哩之後，他找到了那個地方，西蓋爾的一處倉儲設施，外觀是飽經風霜的紅色庫房，沒有辦公室，只留了一個服務電話以備不時之需。

沃克停了車走過去，從口袋裡拿出鑰匙。他查看了吊牌上的號碼，然後找到了其中一個比較小的倉儲單位。他開了鎖，走進黑暗的空間中，找到電燈開關。燈光閃爍幾下之後，燈管投射出單調的黃光。

他在其中一側看到兩個塑膠儲藏箱。他緩緩翻看，看到來自過往幸福生活的一切。結婚相簿裡，達克看起來很年輕，雖然高大但還不那麼嚇人，他的妻子美極了。還有瑪德琳的照片，她有著棕髮和淺色眼睛，在每張照片裡都笑得很開懷。她長得像母親。她在堅信禮穿的禮服是一件舊婚紗，家族裡代代相傳的那種。

沃克會把這裡保留下來，支付租金，讓醫院的人知道。也許哪天奇蹟會發生。

他準備轉身、關燈鎖門時，他看到了遠處角落的一落箱子和垃圾袋。他查看了一下，都是些舊檔案，沒什麼特別，然後他看到一疊廣告信。上面的姓名地址是迪伊・萊恩的。

他一路回想到一年前，然後才恍然大悟。在她找新住處的時候，達克提議讓她借放東西。是在他們做成那個協議之前。

他將廣告信丟回那堆東西上，結果它們倒了一地。他咒罵著彎身查看，這時視線裡出現一樣突兀的東西。

一捲錄影帶。

他開車趕回海文角，車速超過了鎮上的速限。他看見一塊新的金屬告示牌，還有高聳的鷹架，探照燈照在上面，宣示著新住宅、新店面即將誕生。建設議案在小鎮悄無聲息地通過了。沃克心情惆悵，在一個不斷變化的世界中，這不過是又一個不起眼的改變罷了。

警局一片漆黑，他沒開燈，坐在辦公室裡將錄影帶放進機器，看見達克的八號俱樂部出現時，他皺起眉頭。然後他注意到上方一角顯示的日期，脈搏開始加快，他意識到了自己現在看著的是什麼東西。

錄影時間涵蓋了一整天，他按了快轉，直到在吧檯工作的星兒出現。他看著她像在看一個鬼魂，她微笑、賣弄風情、拿到源源不絕的小費。他往前跳了一點，停在一場鬥毆發生的時刻，到處都有人倒在地上。星兒往後退，摀著眼睛，似乎在咒罵。她走路跌跌撞撞，似乎不勝酒力。

沃克看不到背對攝影機的那個人是誰。

但接著那個男人走了出去。

他認出他跛行的步態，還有吃力地修正自己姿勢的樣子。

布蘭登．洛克。

他再度搜尋影像，往前快轉，直到清楚地看見她：小小的個子，金色的頭髮，行動時臉上帶著熊熊燃燒的恨意。他看著黛吉絲放了這場延燒了一整年的火。

看完之後，他站起來，拿下警徽放在桌上，然後從機器裡取出錄影帶，步向戶外的夜晚空氣。他在主街上走了一會兒，把磁帶從匣裡抽出來，丟進垃圾桶。

✦

金恩家空無一人。

黛吉絲站在屋前，路邊停著一輛福特金牛座舊車。車鑰匙是她從卡布里約一間酒吧裡某名玩角子機的女士身上拿來的。黛吉絲就把車留在那兒，鑰匙還在車上，她累到無法為自己的行為內疚。

她繞了屋子一圈，敲敲門。她心中還是有著懷疑，懷疑她能否真的達成目標，雖然為了這一刻她已經走了這麼遠。

剛才開車經過主街時，她看著街上，像是在期待有些什麼在她離開的這一年發生了改變，不需要是多大的變化，只要有些跡象告訴她海文角少了她和她的家人之後有所不同。但她只看到這個小鎮沉睡著，沒有絲毫不同，只是有些東西被掩飾過去了，她母親的血跡已被徹底遮蓋，宛若她這個人從未出現過。

她再度繞回屋後，找了一塊石頭敲破窗戶，嘩嘩浪濤吞沒了碎裂聲。她在金恩家的屋裡走過一個個房間，手中握著槍。牆上掛著照片，是文森跟沃克，背對著大海，臉上帶著她從未見過的無憂笑容。

她爬上樓梯，檢查過每一間臥室，只靠月光指路。她看到一座衣櫥，裡面只有少少幾件文森的衣服。三件襯衫，一件牛仔褲，厚重的靴子。她在想一個殺人犯是如何誕生的，是否早在他們出生前就開始醞釀，如此她便詛咒其父母的基因，該死的血統。或者，也許殺人犯是慢慢演變而來的，太多磨難，太多傷害的結果。文森・金恩或許一度是個好人，但是你的手上一旦沾了一個孩子的血，就不可能洗淨。而且他在窮凶極惡的罪犯之間生活了三十年，恐怕再堅定的人也難免會被同化。

房裡沒有床架，只有直接放在地上的床墊，也沒有家具、掛畫、電視或書籍。

只有單單一張照片貼在牆上。

那張照片讓她喘不過氣，因為照片裡的女孩跟她長得好像，一模一樣的金髮藍眼。希希・萊德利。

她離開屋子，走了一哩路，爬上俯瞰鎮上燈火的小徑。她停在半途，身上所有肌肉都在痛，呼吸刺痛她的胸腔，彷彿她的身體不想再讓她活下去了。

爬上最後一座小丘時，她看見了深夜禮拜的燈光。她來過這裡一次，跟其他五、六個人坐在一起，只因為她睡不著。

小河教堂。

她沿路走過尖柵欄，到了門口，聽著天堂般美妙的音樂。她將包包放下一會兒，靠在木牆上，這漫長的一天終於快要結束了。她沒有別處可去，於是她去了小墓園，她母親和希希並肩長眠的地方，那裡是保留給最純真無邪之人的墓地。黛吉絲要求讓她們在這裡重聚。

她突然停住，驚訝地盯著那個身影。

他站在那裡，高大的身形襯在朦朧的夜色前。他背後的地面陷落成陡峭的石壁和無邊的大海。

✦

沃克走上常春藤牧場的入口小徑，敲了門。

布蘭登看起來糟透了，他什麼也沒說，只是退到一旁讓沃克走進屋內。屋裡的味道很難聞，到處都是外賣紙盒和啤酒罐，每樣東西表面都積了厚厚一層灰。有一疊健身教學DVD，《洛克全力搖擺》，封面是布蘭登用力縮腹的樣子。

布蘭登坐在廚房檯面旁，雙眼迷濛。沃克想到星兒，想到她灌了他太多次酒，也許那就是為什麼當晚布蘭登會管不住自己的拳頭。

「我知道你做了什麼。」沃克開口。

他就只需要說這麼一句。

布蘭登哭了出來，情緒潰堤，哭得肩膀顫抖。沃克看著他，心中的疑惑逐漸累積。

「我不是故意的，我很抱歉。你得相信我，沃克。」

沃克什麼也沒說，只聽著他在啜泣之間道出的故事。

「聽了你的建議，我主動去找了他，提議帶他搭船出海，釣釣魚什麼的。我想讓這一切爭端結束。但是我後來想了想，他刮了那台野馬跑車。我知道是他，不然還會有誰？我原本想報案，但是後來星兒那些事就發生了。我本來只是開玩笑，讓他自己游一會兒，我們那時甚至離岸邊還不遠。」

沃克恍然大悟，他不再迷惑，只剩悲傷。「是你把米爾頓推到水裡的。」

布蘭登哭得更兇了，用力咳嗽的樣子像是要把記憶嘔出來。「我在碼頭等他。我只是想給他一點顏色瞧瞧，讓他游回來，只是開個玩笑。然後他沒出現，我回去找，可是他不見了，沃克。他就不見了。」

沃克坐在他旁邊等著，他打電話給波依德，交代布蘭登該說什麼話。還叮囑他要誠實，否則這輩子晚上都別想再睡得安穩。

他看著警察帶走布蘭登，後者走路時低著頭，只是不經意抬頭看見街對面米爾頓的家時，再度崩潰大哭起來。也許這就是星兒過去常說的因果報應。沃克沒時間細想，因為迪伊・萊恩打了他的手機，說她看到有人闖入金恩家。

「妳有看到闖入者嗎？」沃克說著跑了起來。

「看起來像個女孩。」

他一路跑到日落大道，瘦下來還是有好處的，跑起來又輕又快，像一陣風。不過跑到門口時他還是出了一身汗，使勁猛捶門。

他繞到屋後，看見碎了一地的玻璃。

他跟著她的足跡。這是她的反擊，他知道一切很可能已經太遲了。他在爐台上找到照片，幾乎認不得其中的男孩，但他只看見文森和星兒的笑容，這張快照捕捉了他再努力也喚不回的時光。

然後他上樓，看到那張照片時也怔住了。

也許文森能夠擺脫監獄、獄卒、獄友和鐵網柵欄，但他從來不會拋下那個小女孩。

✦

她凝視了他良久，才踏出步伐。

「我一直在等妳。」文森說。

黛吉絲走得更近，緩緩放下包包，拿出了槍。槍拿起來比她記憶中還重，她幾乎舉不動。

文森看見了槍，但卻不慌不忙，絲毫沒有詫異，反倒得償所願似的垂下肩膀，鬆了口氣，好像他等這個結局已經等了一輩子。

他後退，她則往前踏步，一次又一次，直到她雙腳站穩，看著他背後的月光。

老教堂的音樂傳了出來。

「我喜歡那首歌，」他說。「費爾蒙特……有一間禮拜堂。我一直都很喜歡這首歌。世上的喜樂逐漸黯淡，榮光消逝不見。」

「我四處所見唯有改變與腐朽。」

「對不起。」

「我不想聽你講話。」

「好。」

「我不想聽你說發生了什麼事。我不想知道。」

「好。」

「人們說這不公平。」

「從來就沒有公平的事。」

「你那天給我槍的時候，你說是你父親的。」

「對。」

「我按照你說的方法清理過，以示尊重，對吧？然後我就把槍藏在衣櫃裡，儘管你叫我把它拿來自保。」

「我不應該跟妳說——」

「所以我就是那麼做的。我確保我自己和弟弟遠離你。赫爾說你就像癌症，你接近的一切……都會被你害死。他說你不值得活在世上。」

「他說得沒錯。」

「沃克上了法庭說謊。星兒還說他就是個好人。」

「對不起，黛吉絲。」

「幹，」她舉起手調整帽子，喘不過氣來。她的聲音幾乎撐不住，但是她穩住手，指頭伸向扳機。「我是黛吉絲．戴伊．萊德利，法外之徒。而你，文森．金恩，是個殺人凶手。」

「妳不需要這樣做。」他溫柔地微笑。

「我知道我需要做什麼。正義。復仇。我什麼都不怕。」

「妳還是可以成為任何妳想成為的人，黛吉絲。」

她舉起槍。

他落下淚來，但還是向她微笑。「我是來告別的。這不怪妳。我不能讓妳揹上我這條命。」

說完他往後退了一步，墜入空中時雙手張開，她倒抽一口氣。

她大叫著跑過去，停在峭壁邊，同時他已被黑暗吞噬。

她手中的槍落地，她也跟著跪了下去，膝蓋壓進泥土裡，她伸出一隻手越過峭壁，只抓到空氣。

黛吉絲的背後是她母親的長眠之地，她用盡最後一絲力氣爬回墳墓旁。她將一邊臉頰貼在碑石上，閉起了眼睛。

第四部　心歸何處

46

布萊爾峰位於艾克頓三一國家森林和白腳森林的邊界，在這種地方，沃克可以一整天什麼也不做，就凝視著廣闊的荒野，看著高聳參天、彷彿迎向上帝之手的樹木。

他開車過來，經過光禿的丘陵、枯死的草地，還有十幾個人去樓空的聚落；過去二十年，他開過這段路超過一百次，星兒會陪著他，靜靜數過一哩又一哩的路程，他從不曾看她如此快樂。棲宿在她靈魂中的惡魔被一位名叫柯騰・辛恩的諮商師所驅散，他在一間二手鋼琴店樓上的空間執業。

現在，儀式結束之後，沃克手中拿著一個小甕。

文森・金恩的遺囑交代得簡明，但也十分模糊。沃克覺得這個地方夠好了，綿延了六個郡、面積大至兩百萬畝的森林。

他過到對街，下車踩著落葉，走向高聳的糖松樹，將骨灰撒在林地上。他什麼也沒有說，沒有豪氣的告別，他只讓自己花了片刻緬懷一段終於開始褪色的往日時光。

然後，他走到聯合街，找到那扇門，店雖然關著，但仍有燈光照亮冬日。他按了門鈴，聽到門打開了，於是走進一間小門廳，爬上狹窄的階梯。他來過一次，當初陪她來第一趟，確保她不會臨陣脫逃。

「我是警……，」沃克結巴地說。「抱歉，我是沃克。就是沃克。之前是海文角警局警長。」

辛恩愣了一下，沃克並不意外。他面前出現一個上了年紀但外觀不錯的男子，滿頭灰髮，大概一百八十公分高。沃克提起星兒・萊德利時，對方伸出一隻手。

「抱歉，但這真的是很久以前的事了，」辛恩說。「我十分鐘之後有約，我可以簡短談談，但恐怕也只能這樣了。」

他們坐下來，沃克陷進一張鬆軟的椅子，看著牆上氣氛靜謐的複製畫微笑。牆邊有一扇大窗，面對三一森林與頂端積著白雪的山峰。

「我可以就這樣看風景看個一整天。」

辛恩微笑道：「我常常這樣。」

「我是為了星兒的事情來的。」

「你知道，我什麼也不能告訴你。規定是——」

「對，」沃克打斷他。「我只是……抱歉，我又到鎮上來，只是想打個招呼。你知道……她過世了。」

辛恩同情地微笑。「我有看到，我有追蹤這件事的新聞。真是個悲劇。但是，即使當事人過世……」

「我甚至不確定我為什麼要來這裡，不真的確定。」

「因為你想念你的朋友。」

「我……沒錯。我想念我的朋友。」這個念頭排開了其他的感受、他追蹤的線索和互相辯證的理論，他原本並不曾想到他有多麼想念這個朋友。你很容易就只看到她遭遇的磨難、她漂亮的臉孔，而忽視掉他一輩子都認識的這個真實而美好的人。

「我猜我只是想知道她為什麼不再來諮商了。她表現得很好，維持了好長一段時間。然後療程就突然停了，她再也沒有回來。」

「關於人為什麼退縮、為什麼選擇其他道路，可以有上百萬個不同的答案。但就算我能夠跟你透露，那也是很久以前的事了，而且我就只見過她一次。」

沃克皺起眉頭。「抱歉，但我說的是星兒·萊德利。」

「是的。我現在想起來了，我不常有案主是被警察給帶來的。」

「但是，我每週都開車載她來。」

「她不是來見我。不過我的確常常看到她。我老是待在窗戶旁邊，從這裡看到的。」

沃克向前靠去。「你是在哪裡看到她的？」

辛恩站起來，沃克跟著他到了玻璃窗邊。

「就在那裡。」辛恩指點道。

沃克站在戶外的人行道上時，雲層開始聚集。布萊爾峰只有一班公車，沃克上了車，跟隨著星兒十幾年來每月一次的行程。公車站就在柯騰．辛恩的景觀大窗對面。

他坐在後排座位，公車爬上陡峭的山坡、再駛下山谷時，車上只坐了半滿。高大的樹木投下陰影遮住路面。

過了一會兒，他們駛出林地，眼前是開闊的加州平原。他起身走到前方，站在司機旁邊往外眺望。

最後一次轉彎時，他才看見那個地點。然後，毫無預警地，他意識到自己身在何地、眼前的東西又是什麼。

公車停下來，他下了車，在公車開走時四下環顧。四周只有綿延好幾哩的空地、長長的泥土路、二十呎高的刺網柵欄，還有費爾蒙特郡立監獄的低矮建築物。

他在一個房間裡單獨等待了一個小時，舉起自己的手觀察顫抖的症狀。他退步了一點，漏吃了幾次藥，因為生活（不是他的，而是文森的生活）帶來的干擾讓他分心。現在的狀況挺糟的，疼痛不時出現，恐懼更是如影隨形。他會把鬧鐘提前一個小時，讓自己有時間面對一場越來越難得勝的戰鬥。未來令人害怕，但他想想覺得未來其實一直都是如此。

柯迪出來的時候，臉上半笑不笑。「沒了制服上那些星星，都要認不出你來了。我快下班了，你跟我走走吧。」

沃克跟著那位大塊頭典獄長，穿過一道道開了又關的閘門。他一輩子就這樣負責把壞人關在裡面、好人留在外面。沃克無法想像這種負擔。

「很抱歉我沒能去參加儀式，」柯迪說。「我一向不太喜歡道別。」

他們沿著柵欄走，旁邊的塔樓狀似筒倉。

「有些事情我不知道。」沃克說。

柯迪瞥眼過來，彷彿一直在等待此刻。沃克不知道他們在這裡繞著監獄走是做什麼，也許柯迪只是喜歡在十個鐘頭的值班後呼吸點新鮮空氣吧。

「星兒來過這裡。」沃克說。

「沒錯。」

「但她的名字在哪？我檢查過訪客登記簿，能查的全都查過了。」

他們路過塔樓裡的一名守衛，柯迪舉起了手。

「我喜歡黃昏，」柯迪說。「暮光結束的時候，太陽沉到水平線下。我有時候會放他們出來看日落。五百個人，殺人犯、強暴犯和毒販，他們會站在一起看著天空，只有那種時候不會發生真正的麻煩。」

「為什麼？」

「也許是因為日落的景象太美了。在那樣的氛圍下，人若要反抗，難度會增大。」

「或降低。」

「別那麼悲觀，沃克。那樣就太悲慘了。」

「告訴我星兒的事。」

柯迪停下腳步，這裡是離監獄本體最遠的點，位於兩座塔樓之間，樓裡是跟陪審團一樣不吝於終結他人生命的獄卒。

「我挺喜歡她，這些年下來也漸漸了解了她。文森．金恩算是我遇過人品最好的人。我也看到了他的改變。一開始是個恐慌的孩子，中間有一段時期則是什麼也不怕，然後他逐漸接受了。」

「接受什麼？」

「他自己。他的狀態一開始並不好，是星兒幫助了他。她的痛苦是他造成的，也只有他能化解。於是他重新有了目標。」

沃克看著第一顆星光在遠方的天際點燃。

「文森需要星兒，只有她能讓他感覺自己還是個人，還有情感。而不是身穿囚衣、戴著鐐銬的行屍走肉。這二十幾年來，她都來探視，就像夫妻一樣，一開始他們也不說話，只是看著彼此。她就像一把火，燒得好熾烈，他看著她的樣子，就好像她是專為他而降臨在世界上的。」

「那其他犯人的反應是？」

「噢，我不會讓他們在會客室見面。我是說，一開始當然是，但我馬上就發現她太年輕了，其他那些男人的言詞和恐嚇太殘酷了。會面之後，文森和其他人處得不好，打鬥發生時，獄卒及時把他們拉開，但其他人一旦知道他的弱點，就會拿來利用。我們有一間寓所，一間單獨的房間。夫妻探視房，那是要靠良好表現換得的獎勵。現在只有我們和其他三所州立監獄有。」

「你讓他們這樣獨處？」

「文森需要……重新感覺自己像個人。該死，我需要看到他變回人樣。他和星兒，他們兩個之間就是有那什麼宇宙的引力吧，地球上沒有一所監獄能斬斷那種引力。」

沃克微笑了。

「嚴格根據規定來說，我其實不能那樣安排。但我看著她，九個月間的身形改變、容光煥發，你知道的，總共兩次。從絕望中誕生的兩個奇蹟。」柯迪帶著笑容說。

「但她從來沒有帶他們——」

「他不准。不想讓他們看到他被這樣關著，也不想讓他們知道。這也怪不了他。他說外面的小孩不會想要有個關在費爾蒙特的爸爸。我們談過，他下定了決心。為了別人活下去，這樣的人生不算浪費，很好。」

沃克閉上眼，想起黛吉絲和羅賓不為人知的血緣。

「他叫我不要說出去。我說我不會自願透露，但如果有人來問，我不會說謊。我說到做到。」

「嗯。」

「然後情況有了變化。他們要拆掉那間寓所，把空間拿去做新的電源配線。經過之前的事，文森不願意在會客室見她。我說啊，有些男人會誇口說出獄之後要去找她。都是空話，但仍然是恐嚇。文森不想讓她和他的孩子遭遇這種事。」

「所以他跟她斷了聯繫。」沃克哀傷地說。

「這算是我做過最難的事，就那樣拒絕她。他叫她放下，找個別的對象。她還是會來，等了一年，等他會不會改變心意。結果什麼也沒等到。我想她找到方法調適了。」

「她是有找到方法，但不是調適，只是讓自己什麼也感覺不到。」

柯迪一語不發，但他了解。他見證過各式各樣悲劇的發生與留下的結果。

「所以你本來完全不曉得？」柯迪說。

「不。星兒知道我會怎麼說，會叫她要保護自己，會說這樣沉湎於過去沒有半點好處。講得好像我有多懂、有權利說三道四。也許他們需要的只是某種獨屬於他們的事物，他們的小家庭，雖然破碎，但還是屬於他們的。」

走到門口時，沃克和他握手。「謝謝你，柯迪。你做了件好事。」

「我方便問你為什麼現在提起這事嗎？是什麼原因讓你跑回來？」

「機緣。文森要我把他的骨灰撒在三一森林。我甚至不知道原因。」

柯迪微笑，搭著文森的肩膀指向遠處。「文森的牢房在上面那裡，一一一三號。他從那裡往外看了三十年。你看看那牢房面對的是什麼地方。」

沃克轉身。

在那裡，在連綿的丘陵之上，他看到的是兩百萬畝的自由之地。

47

這是一個美好的秋日早晨，閃亮的陽光越過了後方的山脈。

每天，在蒙大拿州甦醒前的清晨，黛吉絲就騎著那匹灰馬出門。她如今對山徑的路線已足夠熟悉，灰馬喘著氣，慢慢走著，牠現在跑不動了。黛吉絲輕撫著牠，跟牠一起站在方山上，眺望著牧場。

鋸木建造的屋子外觀十分美麗，屋裡點著爐火，煙囪冒出輕煙。牧場裡有穀倉，還有一條河流經過，她穿過白楊樹林，跟著河走了三英里，然後看到了狼的足跡，於是迅速撤退。她帶著一把刀（原本是她外公的），每逢週末，她會獨自去探險，在灌木叢裡為自己開路，踏過瀑布沖刷出的淺水灘。

事發後的幾個月漫長而痛苦，但她發現新環境對她有所幫助。她慢慢恢復呼吸的節奏，就像赫爾教過她的，雖然這一切都很痛苦，但她知道時間是強而有力的解藥。

騎到馬廄時，她把灰馬牽進去，確定牠有水可喝、有草可吃，然後拍了牠的鼻子。

她在廚房裡找到正在看報的桃莉，空氣中瀰漫著咖啡香。先前，黛吉絲自己跑來找她，在午夜時分出現，兌現了她的承諾。一開始，她只同意待一天，但隔天早上，桃莉帶她去馬廄，給她看那匹灰馬，是她在赫爾的遺產處分完畢之後免費牽走的。

一天延長成一週，又延成一個月、然後更久。桃莉假裝需要人手打理田地，雖然她的錢多到足以請好幾個人每週來幫忙。黛吉絲努力工作，日出而作、日落而息。一開始她們對話不多，黛吉絲當時深受打擊，桃莉知道自己需要過一陣子才幫得了她。

一天早上，她們在清掃車道上的野櫻落葉時，桃莉提起了辦正式收養手續的話題。有三天的時間，黛吉絲什麼都沒說，最後告訴桃莉，如果她蠢到想要一個這樣的女兒，那她真的該看醫生了。但如果醫生說她沒問題，那麼，好，黛吉絲會想繼續待在這裡。

黛吉絲把腳上的靴子踢掉。「我需要賺錢。」

桃莉的視線從報紙上方抬起。

「我欠了錢，得還給人家。」

「我可以給妳——」

「我得自己賺。法外之徒有債必還。」她還沒想出該怎麼找到漢克和碧西。她應該會從汽車旅館開始找，打幾通電話。她會好好彌補。

黛吉絲走過桃莉旁邊，但在她拿起一封信時停下腳步。

「這是寄給妳的。」

黛吉絲接過那封信，看到上面蓋著海文角的郵戳，於是她退回自己的房間。房裡被她漆成一款跟戶外山丘相同的綠色。

她關上背後的門，坐在窗邊的大椅子上。

她認得信上的筆跡，字寫得很小，她猜想沃克寫這封信一定寫了一整個星期。

她慢慢讀信。他為了在法庭上說謊、動搖了她的信任而道歉。他告訴她，有時候人會為了正確的理由做出錯誤的行為。

他寫了二十頁，描述他自己和她母親的人生，還有年輕時的文森．金恩和瑪莎．梅伊。他告訴她說他病了，他原本引以為恥，也害怕因此失去自己的地位。他東拉西扯了一頁才切入重點，告訴她真相，她看了便丟下信站起來，在房裡踱步。

冷靜下來之後，她撿起信繼續讀。他告訴她文森的事，跟她說她血管裡流的是什麼樣的血，說她不該難過，而是該自豪。因為她母親始終愛著文森，即使在最嚴峻困頓的處境下也保有那份愛。他談到文森所受的折磨，因為他無法為他偷走的生命做補償。但她是被愛的，他如此說，她和她弟弟是在最堅不可摧的愛之中誕生。

信裡附了一張照片，是沃克站在一艘生鏽的船上，但船身掛的牌子是新的，上面寫著「海文角釣客」。黛吉絲看到水面的倒影，是個黑髮的嬌小女士拿著相機，臉上掛著燦爛無比的笑容。

除了照片之外，還有一份法律文件，是文森．金恩的遺囑和公證文件。稍後，桃莉告訴她，這代表她和羅賓現在擁有一間位於海文角的大房子。文森幫他們整修好了。他們現在還不需要做什麼，但未來有一天，他們可以去看看，或是賣掉房子，或做任何她想要的處置。她原本一無所有，轉眼之間擁有了一些什麼，儘管未來仍不篤定，但已經確實存在。

那天晚上，她清醒地躺著，想著先前逝去的一切，想著她會記取哪些教訓、遺忘哪些事。她在等待，在療傷，在變得足夠堅強。

隔天早晨，她告訴桃莉，她準備好了。

48

這座小鎮宣告自己身分的方式並不張揚，只有一面小牌子寫著鎮名。貓頭鷹溪。

桃莉有個朋友住在雷克斯堡，她們前一夜開車過去，黛吉絲從那裡再自己搭巴士出發。桃莉問過黛吉絲需不需要她陪，黛吉絲說不用，但還是謝謝她。

巴士很狹長，銀色的車身有著紅和藍的搭配細節。車停下時，她拿了包包站起來，踏過走道，走進懷俄明州的空氣。

司機出聲祝她旅途平安，然後關上車門開走。她朝車窗看了最後一眼，看到有人回視她，和幾張微笑的臉。她聞到引擎機油味，感覺到機械的熱氣。

自從那天之後，她走路都低著頭，比以往任何時候都更安靜。

她經過議會大廈旅館。那些有錢遊客喜歡光顧的店鋪都撐起了遮陽棚。蕾西陶器店、奧頓古董行、普瑞斯利花店等。

她經過卡內基圖書館時，太陽沉重地低懸在大號角國家森林上空，前方是一片寬敞的平原。她深深呼吸，車上的座位令她背痛。她在一間光鮮整潔的加油站廁所裡梳洗，希望她的頭髮在帽子下的模樣沒問題。

她拿著一張小小的地圖，把她必須去的地點都圈了出來，距離看起來並不太遠。她走了不到一英里之後，看到一大片被漂亮屋子圍繞的草地。

再過一條路之後，她找到了。

貓頭鷹溪小學。

樓房很矮，標示牌漆成白色，懸吊的籃子裡長出花朵。對面是又一片草地，更遠處有一棵高大的橡樹，讓她想起許願樹。她走過去，站在樹枝下，然後又坐在一堆落葉上，落葉的顏色是好鮮豔的橘黃，她忍不住捧起一把，撒向天空。

她包包裡有一瓶水，她拿出來喝了一點，剩下的留到之後。她還帶了一條糖果棒，但緊張得吃不下。

第一輛車在此靠邊暫停，然後跟來另一輛，不過她發現鎮上大部分人是走過來接小孩的。她立刻就看到彼得，牽著把狗鏈扯緊的捷特。彼得幾乎對所有人都微笑問好。

第一批孩子出校門時，她抓緊了胸口。她調整帽子、重新綁了鞋帶。她穿了最好的洋裝，而且是他最喜歡的黃色。

她看見他時倒抽了一口氣。

他看起來長高了，頭髮剪得短了些，笑容美好無瑕。她知道他總有一天會變成萬人迷。

他旁邊的人是露西，她帶他走到小路盡頭的途中，他都緊緊抓著她的手。然後他看到彼得，連忙跑過去，彼得將他一把抱起。她弟弟閉上眼睛，持續了好一會兒。

彼得將羅賓放下，把狗鏈交給他，捷特跳起來舔他的臉，他笑了。黛吉絲愣愣站在原地不動，看著彼得將他們帶到旁邊的小公園，推著坐在鞦韆上的羅賓，又幫他爬上高高的溜滑梯，然後在底端接住他。

她看了他們一個小時，感受著他的每一個笑容，彷彿那是她自己的喜悅，並且聽著他的笑聲傳到遠處。露西也來加入他們，她揹著一個袋子，裡面有紙張探出來。羅賓看到她時跑了過去，彷彿已好久沒有見面。

他們動身時，黛吉絲也跟著移動，跟他們保持好一段距離，他們不會發現的。她好幾次試著要出聲叫喚，但聲音小到連他的名字都叫不出口。

他們住在一間漂亮的房子裡，有綠色的牆板、白色的窗扇和整齊的庭院。就是那種她曾經夢想要為他們找到的家。

他們有個信箱，上面寫著「雷頓」這個姓氏。日落時，她走到他們住的街上。懷俄明州的天空以雅致絕美的色彩迎向她。她觀察了鄰居，看到小孩、單車、球棒和棒球。

暮色籠罩時，她回頭從他們家的一側溜進院子。裡面有鞦韆、烤肉架和昆蟲屋。

夜晚取代了白日，帶來無數星光，她站在那裡僵住了。

一個小時之後，她走向門廊，爬上階梯，停在窗邊。屋裡溢出燈光，上演著最美好的一幕。露西和羅賓待在一起，教他讀書，彼得站在廚房流理台邊宣告晚餐開飯，擺好了每個人一個餐盤。他們坐在一起，電視開著但調成靜音，捷特在羅賓旁邊，眼神充滿期盼。

羅賓把晚餐全都吃光光。

她看著他們，直到時間到了不得不走，直到彼得在羅賓頭上輕吻，露西拿著睡前故事書，牽著羅賓的手帶他上樓。

她好奇他會不會記得，記得他們經歷的一切。她知道他很有可能不會記得，不會記住細節。他還很小，能夠長成任何樣子。世界屬於他。他是個小王子，現在她終於懂為什麼了。

她不是那種愛哭的女孩，但現在她的眼淚簌簌流下，她允許自己的情緒在此刻潰堤。

她為了她所失去的一切而哭，也為他找到的一切而哭。

黛吉絲將手掌貼著窗玻璃，向她弟弟說了再見。

49

接下來幾天，黛吉絲都待在自己房間裡。

儘管擔心，桃莉知道要給她時間和空間，讓她能夠呼吸。桃莉把三餐放在房門外，只去關心過一次，問她早上想不想幫忙照料那匹灰馬。她進房時發現黛吉絲坐在小書桌前，正在寫東西，陽光灑落在身上。

到了星期一，黛吉絲和湯瑪斯．諾伯一起走進教室。

「妳寫完了嗎？」他問。

「寫完了。」

那是一份加分作業，自選題目的報告。她看著一個個孩子站在台上，談論五花八門的主題，從傑佛遜總統到足球、暑假時光到追蹤白尾鹿的方法。被老師叫到的時候，黛吉絲走到全班面前，將她的作業貼在黑板上，忍住緊張的情緒。她將雙手插進口袋，站在她的家族樹前。

一幅完整的家族樹。

所有人的視線都在她身上，她瞥向湯瑪斯．諾伯時，他對她微笑，示意她可以開始。

黛吉絲清清喉嚨，轉身開始報告。

她第一個介紹的，是她的爸爸，一個真正的法外之徒：文森．金恩。